명문대
합격
생기부
필독서 40
≡ 현대문학 이야기 ≡

사교육 없이 명문대 가는
생기부 고득점의 비밀

명문대
한격
생기부
필독서 40

현대문학 이야기

이지혜 지음

생기부와
수능 현대문학을
동시에 잡는다

생기부
세특 보고서
글쓰기 주제
가이드 수록

2022 개정
교육과정 반영
대입 필독서

가로책길

명문대 합격하는
완벽한 생기부 로드맵 비법을
파헤치다

2022년 국어 교육과정은 학생들이 독서를 통해 비판적 사고와 창의적 표현 능력을 기를 수 있도록 설계되었습니다. 이 교육과정은 문학 작품을 중심으로 다양한 장르와 주제를 탐구하며, 학생들이 사회적 이슈와 인간의 감정을 이해하는 데 중점을 둡니다. 독서는 단순한 지식 습득을 넘어, 학생들이 자신의 생각을 정리하고 타인의 의견을 수용하는 능력을 배양하는 중요한 과정으로 강조됩니다. 또한, 이 교육과정은 학생들이 다양한 관점에서 문제를 분석하고, 융합적 사고를 기를 수 있도록 다양한 문학 작품을 선정하여 깊이 있는 분석을 제공합니다. 이를 통해 학생들은 문학을 통해 얻은 경험을 바탕으로 자신의 가치관을 정립하고, 사회와 소통하는 능력을 키울 수 있습니다.

2022 교육과정 개편에 맞춘 생기부 필독서 분석의 필요성과 학생의 역량을 강조하는 두 가지는 꽤 긴밀하게 연결되어 있습니다. 현대문학은 우리 사회의 복잡한 구조와 다양성을 이해하는 데 큰 역할을 할 수 있습니다. 마치 문학 작품들이 우리의 사고를 확장하고, 고정관념에서 벗어나 다양한 각도에서 문제를 바라볼 수 있게 도움을 주는 것처럼요. 어떠한 방식으로 이런 문학 작품들이 융합적 사고를 이끌어낼 수 있을까요? 현대 사회는 급변하는 정보의 홍수 속에서 학생들이 다양한 사고를 통해 문제를 해결하고, 창의적인 가치를 창출

할 수 있는 능력을 요구하고 있습니다. 이러한 시대적 요구에 부응하기 위해, 2022 교육과정 개편은 학생들이 융합적 사고를 기르고, 학문 간의 경계를 허물며 폭넓은 시각을 갖출 수 있도록 하는 데 중점을 두고 있습니다. 이에 따라, 본 책『명문대 합격 생기부 필독서 40 – 현대문학 이야기』는 학생들이 다양한 관점에서 사고할 수 있도록 돕기 위해 교육현실에서 경험하며 느낀 점을 바탕으로 선정한 40권의 현대문학 작품을 집중 분석하였습니다.

현대문학 작품들이 융합적 사고를 이끌어낼 수 있는 방식은 여러 가지가 있습니다.

우선, 현대문학은 다양한 사회적 이슈와 인간의 복잡한 감정을 다루며, 이를 통해 학생들은 여러 관점에서 문제를 바라보는 능력을 기를 수 있습니다. 예를 들어, 특정 작품이 사회적 갈등이나 개인의 정체성을 탐구할 때, 학생들은 그 갈등의 원인과 결과를 분석하고, 다양한 인물의 입장을 이해함으로써 복합적인 사고를 발전시킬 수 있습니다. 이러한 과정은 학생들이 문제를 다각도로 분석하고, 창의적인 해결책을 모색하는 데 도움을 줍니다. 문학 작품을 통해 학생들은 비판적 사고와 창의적 표현 능력을 동시에 향상시킬 수 있습니다. 작품에 대한 깊이 있는 분석과 토론을 통해 학생들은 자신의 생각을 명확하게 표현하고, 다른 사람의 의견을 수용하며, 비판적으로 평가하는 능력을 기르게 됩니다. 이러한 능력은 학생들이 다양한 학문 분야와의 연결고리를 찾고, 새로운 아이디어를 창출하는 데 중요한 역할을 합니다. 예를 들어, 문학 작품을 통해 제기된 주제를 과학, 사회학, 철학 등 다른 분야와 연결지어 생각해보는 것은 융합적 사고의 좋은 예입니다. 또한, 현대문학은 학생들에게 인간 존재의 본질과 사회의 구조에 대한 깊은 성찰을 제공하며, 이를 통해 학생들은 자신의 가치관을 세우고 타인과의 소통 능력을 키울 수 있습니다. 이러한 과정은 학생들이 자신의 정체성을 확립하고, 다양한 사회적 맥락에서 자신을 이해하는 데 큰 도움이 될 것입니다. 결국, 현대문학은 학생들이 복잡한 문제를 해결하고, 창의적인 가치를 창출하는 데 필요한 사고 능력을 기르는 데 기여할 수 있으며, 이는 그들이 미래 사회의 주역으로 성장하는 데 필수적인 역량을 배양하는 데 중요한 역할을 합니다.

이 책은 단순히 문학 작품을 소개하는 데 그치지 않고, 각 작품이 지닌 깊은 의미와 시대적 맥락을 탐구하여 학생들이 고정된 사고에서 벗어나 넓고 깊은 사고를 할 수 있도록 유도합니다. 현대문학은 우리 사회의 다양한 문제와 갈등을 반영하고 있으며, 이를 통해 학생들은 인간 존재의 본질, 사회의 구조, 그리고 개인의 정체성에 대한 깊은 성찰을 할 수 있습니다. 이러한 과정은 학생들이 자신의 가치관을 세우고, 타인과의 소통 능력을 키우는 데 큰 도움이 될 것입니다.

게다가 각 작품에 대한 분석과 함께, 학생들이 다양한 관점으로 작품을 탐구할 수 있는 내용과 분석을 통해, 독서가 단순한 지식 습득을 넘어 사고를 확장하고 나아가 미래 세상의 주인공으로서 살아갈 때 삶의 의미와 방향을 탐구하는 과정이 되도록 하였습니다.

『명문대 합격 생기부 필독서 40 – 현대문학 이야기』는 학생들이 독서를 통해 얻은 경험과 지식을 학교생활기록부에 효과적으로 반영할 수 있는 방법을 제시하는 중요한 자료입니다. 이 책은 현대문학의 다양한 작품을 통해 학생들이 문학적 감수성을 키우고, 이를 바탕으로 자신의 생각과 감정을 정리하는 데 도움을 줍니다. 학생들은 이 책을 통해 독서의 중요성을 깨닫고, 문학 작품을 분석하며 비판적 사고를 기를 수 있습니다. 또한, 각 작품에서 얻은 교훈이나 감동적인 순간들을 자신의 경험으로 연결하여, 이를 학교생활기록부에 기록할 수 있는 방법을 배울 수 있습니다. 이러한 과정은 학생들이 자신의 진로를 탐색하는 데 큰 도움이 되며, 나만의 포트폴리오를 구축하는 데 필요한 통찰을 제공합니다. 특히, 이 책은 학생들이 문학을 통해 다양한 사회적 이슈와 인간의 복잡한 감정을 이해하고, 이를 바탕으로 자신의 가치관을 정립하는 데 기여합니다. 독서를 통해 얻은 지식과 경험은 단순히 학업 성취에 그치지 않고, 학생들이 미래의 진로를 선택하는 데 있어 중요한 기준이 될 것입니다.

또한 『명문대 합격 생기부 필독서 40 – 현대문학 이야기』는 학생들이 문학을 통해 자신을 발견하고, 그 과정에서 얻은 통찰을 학교생활기록부에 효과적으로 반영할 수 있는 길잡이가 되어 줄 것입니다. 이 책은 학생들이 자신의 이야기를 만들어가는 데 필요한 도구와 영감을 제공하며, 그들의 성장과 발전에 기여할 것입니다. 독서는 단순한 취미가 아니라, 자신의 미래를 설계하는 중요한 과정임을 잊지 말아야 합니다.

마지막으로, 이 책이 학생들에게 독서의 즐거움과 삶의 가치를 깨닫게 하고, 교사와 학부모가 자녀의 독서 활동을 지원하는 데 유용한 자료가 되기를 바랍니다. 현대문학을 통해 학생들이 더 넓은 세상을 바라보고, 자신만의 길을 찾아 나가는 데 이 책이 작은 도움이 되기를 기원합니다. 감사합니다.

이지혜

차례

01 | 엄마의 말뚝 1
박완서

EBS 수능특강, 2017년 서울 과기대 수시 논술 출제

생각하며 읽어요

『엄마의 말뚝』은 1980년부터 발표되기 시작한 연작소설로서 총 세 편으로 구성되어 있어. 그중 『엄마의 말뚝 1』은 어른이 된 '나'가 어린 시절을 회상하는 방식으로 전개돼. 이 소설은 어린 아이의 성장 과정을 중심으로 하고 있어서 성장소설로 볼 수 있어. 일반적으로 성장소설은 유년기에서 소년기를 거쳐 성인이 되는 과정에서 겪는 내면적 갈등과 정신적 성장을 다루지. 그래서 '나'의 상황 변화는 엄마로부터 시작되는데, 박적골 시절은 '나'의 유년기를 형성하는 중요한 공간이야. 하지만 아버지의 죽음과 오빠, 엄마의 서울행으로 그곳에서의 삶은 무산되고 말지. 엄마가 '나'를 데리러 왔을 때, '나'는 가기를 거부해. 이는 닉원에서 추빙덩하지 않으려는 의지의 표현이야. 하지만 엄마의 의지로 인해 '나'는 서울로 가게 되고, 그곳에서 박적골과는 다른 세계를 경험하게 돼. 엄마의 허영심이 이 경험의 배경에 자리 잡고 있어. 엄마는 박적골의 생활을 비판하면서도, 서울의 생활 방식에 대한 환상을 품고 있지.

엄마의 이중적인 태도는 그들이 사는 공간인 현저동 꼭대기에서 더욱 두드러져. 엄마는 사대문 안의 공간을 끊임없이 욕망하지만, 현실적으로는 그곳에 도달할 수 없어. 결국 '괴불 마당집'은 사대문 안으로 가는 중간 단계로, 엄마의 욕망이 혼재된 공간이야. 박완서의 『엄마의 말뚝』은 한 소녀의 성장 과정을 그

리면서 한국 사회의 과거를 사실적으로 재현하고 있어. 이 작품은 한국문학사에서 중요한 위치를 차지하고, 박완서의 독특한 글쓰기는 그 누구도 흉내 낼 수 없는 힘을 가지고 있다는 걸 증명한 작품이야.

여성의 고통을 담은 박완서, 전쟁의 상처를 문학으로 치유하다

박완서의 작품은 진짜 독특하고 깊이 있는 시각을 가지고 있어. 그녀는 전쟁의 아픔, 중산층의 위선, 그리고 여성 문제를 다루면서 인간의 복잡한 감정을 날카롭게 드러냈지. 특히 『엄마의 말뚝』은 그녀의 전쟁 체험을 바탕으로 한 자전적 소설로, 가족을 잃은 아픔을 통해 6·25전쟁의 상처를 진솔하게 보여줘. 박완서는 자신의 경험을 바탕으로 글을 쓰고, 독자와의 소통을 중요시했어. 그녀는 "기억력에만 의지해서" 글을 썼다고 고백했는데, 그만큼 자신의 삶이 작품에 녹아들어 있지. 그녀의 글은 단순한 이야기 이상의 의미를 가지고 있어. 인간의 민낯을 드러내면서도 따뜻한 시선을 잃지 않는 그녀의 문체는 많은 독자들에게 위로가 되었을 거야.

『엄마의 말뚝』은 박완서 문학의 중심에 있는 작품으로, 전쟁의 비극을 통해 중산층의 삶과 그 속에 숨겨진 위선을 파헤치고 있어. 그녀는 남성 중심의 시각에서 벗어나 여성의 목소리를 강하게 내세웠고, 그 과정에서 기존의 도덕과 관습을 타파하는 파격적인 행보를 보였지. 이런 점에서 박완서의 작품은 단순한 문학을 넘어 사회에 대한 깊은 성찰을 담고 있다고 생각해.

『엄마의 말뚝 1』 '말뚝의 의미'를 알아볼까요

박완서의 작품에서 '서울에서 말뚝을 박는 것'은 단순한 물리적 행위가 아니라, 가족과 공동체의 상징적 의미를 내포하고 있다. 1960년대 한국 사회에서 엄마는 가족을 위해 자신의 꿈과 욕망을 희생하며, 자녀들에게 더 나은 미래를 제공하기 위해 헌신한다. 서울은 경제 발전의 중심지로서, 엄마가 자녀에게 바라는 안정된 삶의 터전이자, 공동체의 상징으로 작용한다. 이 과정에서 주인공은 어린 시절의 정신적 구속을 느끼며, '신여성'으로서의 역할을 강요받는다. 즉, 엄마의 희생은 단순한 생물학적 관계를 넘어, 사회적 현실 속에서 여성들이 겪는 고난과 희생을 드러내는 상징적 행위로 해석될 수 있다. 서울에 뿌리를 내리는 것 즉, 가족의 미래와 공동체의 일원으로서의 정체성을 확립하는 것이다.

줄거리를 꼭 알아야 해요

주인공 '나'는 엄마와 할머니의 손을 잡고 송도로 향한다. 아버지의 죽음 후, 엄마는 오빠와 함께 서울로 떠나고, 이후 '나'를 데리러 다시 박적골로 돌아온다. 송도에 도착한 '나'는 서울의 질서와 규모에 놀라지만, 엄마는 서울에서 자신감을 잃고 허둥대는 모습을 보인다. 현저동에서의 생활은 빈곤과 고립으로 가득 차 있으며, 엄마는 기생들의 옷을 만드는 직업으로 생계를 유지한다. '나'는 친구를 사귀지 못하고 외로움을 느끼며, 엄마는 박적골의 품성을 강요한다. 시간이 지나 '나'는 사대문 안의 학교에 가게 되지만, 기대와는 달리 실망한다. 오빠는 학교를 졸업하고 취직하지만, 가족은 여전히 사대문 안의 삶을 꿈꾼다. 해방 후 오빠가 성공하여 사대문 안에 집을 마련하지만, 엄마는 과거의 사람들을 다시 칭찬하며 쓸쓸함을 느낀다. 몇 달 후, '나'는 현저동의 변화된 모습을 보고 놀라며 과거를 회상한다. 이 이야기는 가족의 고난과 사회적 변화 속에서 개인의 정체성을 탐구한다.

'생기부 세특' 깊이 파악하기

여성의 억압과 저항의 상징에 대해 알아야 해요

박완서의 소설 『엄마의 말뚝 1』에서 등장하는 여러 상징은 작품의 주제를 더욱 깊이 있게 전달한다. '말뚝'은 여성들이 사회에서 겪는 억압과 제약을 상징하며, 그들이 견뎌야 하는 심리적, 사회적 구조를 나타낸다. 이 말뚝은 여성들이 전통 적인 가치관에 의해 억압받고, 그 속에서도 자신의 정체성을 찾기 위해 애쓰는 모습을 반영한다. 또한, '꽃'은 여성성과 아름다움을 상징하면서도, 제한된 환경 속에서도 피어나는 저항력과 생명력을 의미한다. 꽃은 여성들이 어려운 상황에 서도 자신의 꿈과 열정을 잃지 않으려는 의지를 나타낸다. 마지막으로, 작품에 등장하는 '노래'는 여성들의 내면 세계를 드러내는 중요한 요소로, 억압된 상황 에서도 그들의 정체성과 힘을 표현하는 수단으로 작용한다. 이러한 상징들은 독 자에게 여성의 고난과 저항을 생생하게 전달하며, 사회적 문제에 대한 깊은 성찰 을 유도한다.

세대 간의 갈등과 개인의 정체성에 대해 이해해 보세요

『엄마의 말뚝 1』은 가부장적 가치관과 개인의 욕망 사이의 갈등을 중심으로 전개 된다. 주인공인 엄마는 전통적인 역할에 따라 남편과 아들을 위해 헌신하지만, 그녀의 내면에는 억압된 욕망과 꿈이 존재한다. 이러한 갈등은 그녀가 가족을 위 해 희생하면서도 자신의 정체성을 잃어가는 과정을 통해 드러난다. 또한, 세대 간의 충돌도 중요한 갈등 요소로 작용한다. 엄마와 딸, 혹은 할머니와 손녀 간의 문화적 차이는 서로 다른 가치관과 기대를 낳으며, 이로 인해 갈등이 발생한다. 이러한 갈등은 단순한 개인적 문제를 넘어, 사회 전반의 구조적 문제를 반영한 다. 작품은 이러한 다양한 갈등을 통해 여성들이 겪는 고통과 그로 인한 내적 갈 등을 생생하게 묘사하며, 독자에게 깊은 공감을 이끌어낸다.

세대 간의 갈등과 개인의 정체성이란?

『엄마의 말뚝 1』은 가부장적 가치관과 개인의 욕망 사이의 갈등을 중심으로 전개 된다. 주인공인 엄마는 전통적인 역할에 따라 남편과 아들을 위해 헌신하지만,

그녀의 내면에는 억압된 욕망과 꿈이 존재한다. 이러한 갈등은 그녀가 가족을 위해 희생하면서도 자신의 정체성을 잃어가는 과정을 통해 드러난다. 또한, 세대 간의 충돌도 중요한 갈등 요소로 작용한다. 엄마와 딸, 혹은 할머니와 손녀 간의 문화적 차이는 서로 다른 가치관과 기대를 낳으며, 이로 인해 갈등이 발생한다. 이러한 갈등은 단순한 개인적 문제를 넘어, 사회 전반의 구조적 문제를 반영한다. 작품은 이러한 다양한 갈등을 통해 여성들이 겪는 고통과 그로 인한 내적 갈등을 생생하게 묘사하며, 독자에게 깊은 공감을 이끌어낸다.

시대의 그늘 속 여성의 현실에 대해 알아볼까요

『엄마의 말뚝 1』은 1960년대 한국 사회를 배경으로 하여 당시 여성들이 직면한 현실을 생생하게 보여준다. 이 시기는 경제 발전과 함께 남성 중심의 경제구조가 확립되었고, 전통적인 가문주의가 여전히 강하게 작용하던 시기이다. 이러한 사회적 배경 속에서 여성들은 가부장적 가치관에 억압받으며, 자신의 꿈과 욕망을 실현하기 어려운 환경에 놓여 있다. 결혼 관습과 재혼 문화는 여성들에게 더욱 큰 제약을 가하며, 성차별적인 요소가 만연한 사회에서 그들은 약자로서의 위치를 벗어나기 힘들다. 박완서는 이러한 시대적 차별 요소를 통해 여성들이 겪는 고난과 그로 인한 심리적 갈등을 드러내며, 독자에게 사회문제에 대한 인식을 일깨우고 변화의 필요성을 강조한다. 작품은 단순한 개인의 이야기를 넘어, 한국 사회의 구조적 문제를 조명하는 중요한 역할을 한다.

박완서의 작품에서 나타나는 가족과 사회의 갈등이 무엇일까요

박완서의 작품은 가족과 개인의 고난을 통해 인간의 본질을 탐구하는 데 중점을 둔다. 특히, 어머니의 말뚝 경험은 일제시대의 고난을 배경으로 하여 주인공의 성장과 갈등에 깊은 영향을 미친다. 어머니는 남편을 잃고 아들을 서울로 데려가 성공시키려는 꿈을 품고 있으며, 이러한 헌신적인 사랑과 희생은 작품 속에서 가족의 중요성을 강조하는 요소로 작용한다. 주인공은 어머니의 기대와 사회적 압박 속에서 내적 갈등을 겪으며, 이는 외적 환경의 변화와 맞물려 더욱 부각된다. 또한, 엄마의 말뚝 경험은 희망과 절망의 상징으로 작용하여 인물들이 겪는 고난과 그에 대한 반응을 통해 독자에게 깊은 감동을 준다. 박완서의 작품은 단순한 개인의 이야기를 넘어 사회적 메시지를 전달하며, 어머니의 경험은 당시 사회의 구조와 개인의 삶이 어떻게 얽혀 있는지를 보여준다. 이러한 요소들은 독자에게 가족과 사회에 대한 깊은 성찰을 이끌어내며, 박완서의 작품이 지닌 자전적 요소와 감정의 깊이를 더욱 부각시킨다.

인물에 대해 살펴볼까요

나: 평화롭던 박적골 시절을 뒤로하고 서울로 이주한 인물. 어머니의 강한 요구로 인해 '신여성'에 대한 기억을 간직하고 있지만, 어머니의 행동이 허영심의 결과임을 깨닫게 됨.

엄마: 자녀들을 위해 박적골을 떠나 서울에서 살고자 하는 인물. 자식들을 위해 헌신적인 사랑을 쏟지만, 동시에 사대문 안의 공간에 대한 갈망을 끊임없이 품고 있음.

오빠: 어머니의 희망이자, 사대문 안으로 들어갈 수 있는 유일한 가능성을 지닌 인물. 효자이며, 어머니의 꿈을 실현하는 역할을 맡고 있음.

할머니: 주인공 '나'를 깊이 사랑하는 인물. 구세대의 가치관을 대표하는 인물.

구성 정리

① 『엄마의 말뚝 1』은 식민지 시기를 배경으로, 가족의 생존을 위해 애쓰는 주인공과 모자 간의 깊은 유대를 그린다. 역사적 고통과 저항이 주요 테마로 다뤄진다. ② 『엄마의 말뚝 2』는 한국전쟁을 배경으로, 전쟁 속에서 갈등과 상실을 겪는 가족의 이야기를 통해 생존과 사랑의 힘을 강조한다. 희망을 잃지 않으려는 인물들의 모습이 감동적으로 그려진다. ③ 『엄마의 말뚝 3』은 투병 중인 엄마와의 이별을 다루며, 가족의 사랑과 변화, 모자 간의 애틋한 관계를 그린다. 삶과 죽음, 기억의 소중함을 되새기는 감동적인 이야기로 마무리된다.

제재 정리

갈래	연작소설, 단편소설
주제	일상에 매몰된 삶에서 역사적 자아로 깨달음
배경	서울, 6·25전쟁과 이후
시점	1인칭 주인공 시점
출전	『이상 문학상』 수상작

EBS 수능특강, 2017년 서울 과기대 수시 논술 출제

생각하며 읽어요

『엄마의 말뚝 2』는 한국 전쟁을 배경으로 한 연작 소설이야. 작가의 자전적 경험을 바탕으로 깊이 있는 이야기를 전해. 전업주부인 '나'는 다리를 다친 어머니를 간호하면서, 어머니가 전쟁 당시 북한 인민군에게 총살당한 아들에 대한 기억으로 고통받고 있다는 사실을 깨닫게 돼. 이 과정에서 전쟁의 상처가 여전히 현재에도 남아 있다는 점이 드러나. 작품은 전쟁의 참혹함을 개인의 경험으로 한정짓지 않고, 민족적인 보편성으로 확장하는 데 성공해. 특히 여류 작가인 박완서가 전쟁을 다룬다는 점에서 남성 작가들과는 다른 시각을 제공하고, 일상 속에서 느껴지는 아픔을 잔잔하게 그려내. 중심 이야기는 어머니와 오빠의 관계에 집중돼. 오빠는 선생의 참상을 생생하게 전달하고, 이념의 내립 속에서 비극적인 결말을 맞이해. 어머니는 아들을 잃은 날을 잊지 못하고, 그 날의 아픔이 그녀의 삶을 지배하게 돼. 화자는 어머니와는 달리 일상에 매몰되어 자신의 비극을 잊고 있었지만, 어머니의 낙상을 계기로 다시 그 아픔을 마주하게 돼. 결국 이 소설은 역사적 물음과 사회의식으로의 전환을 촉구하며, 가정에 안주하는 것에 대한 비판을 담고 있어.『엄마의 말뚝 3』는 어머니의 수술 후 7년간의 삶을 다뤄. 수술 후 어머니는 다리가 절룩거리며 불편한 신체 상태를 겪고, 가족들은 그녀의 안도감을 이해하게 돼. 어머니는 조카들과 번갈

아 가며 지내지만, 외출은 하지 않고 기력을 잃어가. 결국 대소변을 가리지 못하게 되면서 한 달간 서서히 죽어가. 혼수상태에 빠진 어머니는 유언을 남기지만, 조카는 사회적 체면을 이유로 화장을 반대해. 어머니는 결국 운명하고, 장례식에서 나는 잇집의 통곡에 함께 울게 돼. 삼우날, 어머니의 성함이 말뚝처럼 꽂힌 걸 보면서, 유언을 지키지 못한 자책감이 어루만져지는 듯한 느낌을 받아. 이 작품은 가족과 전쟁의 상처, 그리고 어머니에 대한 사랑과 그리움을 깊이 있게 탐구해.

어머니의 삶은 박완서의 깊은 성찰을 나타내요

박완서의 『엄마의 말뚝 2』와 『엄마의 말뚝 3』은 1인칭 주인공 시점을 통해 서술되며, 독자와의 거리를 좁히고 깊은 공감대를 형성한다. '나'는 어머니의 치명적인 다리 골절상과 그로 인해 드러나는 어머니의 아픔을 관찰하며, 전쟁의 상처가 개인의 삶에 미친 영향을 생생하게 전달한다. 어머니는 전쟁 중 아들을 잃고, 고향마저 빼앗겨 평생 고통 속에 살아왔음을 '나'는 깨닫게 된다. 이러한 내면의 심리는 독자에게 강한 감정적 여운을 남기며, 전쟁의 참혹함이 단순한 역사적 사건이 아니라 개인의 삶에 깊이 뿌리내린 아픔임을 일깨운다.

특히, 어머니의 장례 준비 과정에서 '나'는 어머니의 마지막 소망과 가족 간의 갈등을 통해 복잡한 감정을 드러낸다. 어머니가 화장을 원했지만, 조카들의 사회적 체면을 이유로 묘지에 묻히게 되는 상황은 전통과 현대, 개인의 욕망과 사회적 기대 간의 갈등을 상징적으로 보여준다. 이러한 서술은 독자가 '나'의 시선을 통해 어머니의 삶을 더욱 깊이 이해하게 하며, 전쟁의 후유증이 개인의 정체성과 삶의 의미에 어떤 영향을 미치는지를 탐구하게 만든다.

결국, 박완서는 이 두 편의 연작소설을 통해 전쟁의 폭력적인 역사와 그로 인해 형성된 개인의 정서를 잔잔하게 드러내며, 독자에게 깊은 감동과 성찰을 안긴다. '나'의 내면 심리와 어머니를 바라보는 시선은 독자에게 전쟁의 상처가 여전히 현재에도 영향을 미친다는 사실을 강하게 인식시킨다.

줄거리를 꼭 알아야 해요

이 글은 '나'라는 5남매의 어머니가 집안에서 일어나는 사고들이 자신이 집을 비운 사이에 발생한다고 믿으며 느끼는 불안감에서 시작된다. 그러나 가족이 아파트로 이사한 후, 그런 불안감에서 벗어나게 된다. 어느 날, 친정 어머니가 폭설로 중상을 입고 병원에 입원하게 되며, 수술을 거부하다가 정신 착란 증세를 보인다. 이 과정에서 어머니는 과거 오빠의 비극적인 생애를 회상하게 된다. 오빠는 6·25 전후로 좌익 운동에 가담했으나, 이웃의 고발로 인민군에게 붙잡히고 결국 비극적인 죽음을 맞이한다. 어머니는 오빠의 시신을 화장하여 고향 바다에 뿌리기로 결심하지만, '나'는 조카의 반대로 서울 근교의 공원 묘지에 매장하게 된다. 이 이야기는 가족의 비극과 그로 인한 상처를 통해 한국 현대사의 아픔을 드러내며, 개인의 고통이 어떻게 집단의 역사와 연결되는지를 보여준다. 또한, 가족 간의 갈등과 화해, 그리고 잃어버린 과거를 되새기는 과정을 통해 독자에게 깊은 감동을 준다. 이러한 요소들은 이야기를 더욱 풍부하게 만들어 주며, 독자가 각 인물의 감정에 공감할 수 있도록 한다.

'생기부 세특' 깊이 파악하기

전후 사회의 복잡한 감정과 전쟁의 상처에 대해 파악해야 해요

『엄마의 말뚝 2』에서 전쟁의 여파는 사회와 가족의 여러 측면에서 깊이 있게 드러난다. 전쟁은 개인의 삶에 직접적인 영향을 미치며, 가족 간의 유대와 갈등을 동시에 부각시킨다. 주인공들은 전쟁으로 인해 상실감과 고통을 겪으며, 이는 가족 구성원 간의 관계에 긴장감을 불러일으킨다. 특히, 전쟁으로 인해 가족이 분리되거나 사망하는 경우가 많아, 남겨진 이들은 상실의 아픔을 안고 살아가야 한다. 이러한 경험은 그들의 정체성과 가치관에 큰 변화를 가져오며, 전후 사회에서의 적응 문제를 야기한다. 또한, 전쟁의 여파는 사회 구조에도 영향을 미쳐, 경제적 어려움과 사회적 불안정을 초래한다. 이는 가족의 생계와 안정성에 직접적인 위협이 되며, 가족 구성원들이 서로를 지탱해야 하는 상황을 만들어낸다. '엄마의 말뚝 2'는 전쟁이 개인의 삶과 가족의 관계를 어떻게 변화시키는지를 통해, 전후 사회의 복잡한 감정을 전달하며, 전쟁의 상처가 세대를 넘어 지속되는 모습을 보여준다. 이러한 요소들은 작품의 주제를 더욱 깊이 있게 만들어 주며, 독자에게 전쟁의 참혹함과 그로 인한 사회적 영향을 성찰하게 한다.

말뚝이 전하는 어머니의 의지와 사랑 - 말뚝의 의미

『엄마의 말뚝』에서 말뚝은 단순한 물체가 아니라 어머니의 강한 의지와 사랑을 상징하는 중요한 요소로 작용한다. 1편에서 말뚝은 어머니가 자식들을 서울로 데리고 들어오며 그들의 미래를 위해 헌신하는 모습을 통해, 자식들을 잘 키우려는 어머니의 집념을 나타낸다. 이는 어머니가 자식들에게 뿌리를 내리게 하려는 강한 의지를 의미한다. 2편에서는 전쟁으로 아들을 잃은 어머니의 슬픔과 상처가 말뚝에 비유되며, 이는 어머니의 가슴에 박힌 아픔과 그로 인해 생긴 결코 지워지지 않는 상처를 상징한다. 3편에서는 어머니가 사고로 세상을 떠난 후에도, 그녀의 의지가 분단이라는 상황에 맞서 싸우려는 모습으로 표현된다. 말뚝은 어머니의 존재와 그가 남긴 유산을 상징하며, 가족과의 연결, 희생, 그리고 끊임없는 사랑을 나타낸다. 결국, 말뚝은 어머니의 삶과 그가 남긴 영향력을 통해, 가족의 뿌리와 정체성을 지키려는 의지를 상징하는 중요한 요소로 자리 잡는다.

인물에 대해 살펴볼까요

나: 평화롭던 박적골 시절을 뒤로하고 서울로 이주한 인물. 어머니의 강한 요구로 인해 '신여성'에 대한 기억을 간직하고 있지만, 어머니의 행동이 허영심의 결과임을 깨닫게 됨.

엄마: 자녀들을 위해 박적골을 떠나 서울에서 살고자 하는 인물. 자식들을 위해 헌신적인 사랑을 쏟지만, 동시에 사대문 안의 공간에 대한 갈망을 끊임없이 품고 있음.

오빠: 어머니의 희망이자, 사대문 안으로 들어갈 수 있는 유일한 가능성을 지닌 인물. 효자이며, 어머니의 꿈을 실현하는 역할을 맡고 있음.

할머니: 주인공 '나'를 깊이 사랑하는 인물. 구세대의 가치관을 대표하는 인물.

구성 정리

① 『엄마의 말뚝 1』은 식민지 시기를 배경으로, 가족의 생존을 위해 애쓰는 주인공과 모자 간의 깊은 유대를 그린다. 역사적 고통과 저항이 주요 테마로 다뤄진다.

② 『엄마의 말뚝 2』는 한국전쟁을 배경으로, 전쟁 속에서 갈등과 상실을 겪는 가족의 이야기를 통해 생존과 사랑의 힘을 강조한다. 희망을 잃지 않으려는 인물들의 모습이 감동적으로 그려진다.

③ 『엄마의 말뚝 3』은 투병 중인 엄마와의 이별을 다루며, 가족의 사랑과 변화, 모자 간의 애틋한 관계를 그린다. 삶과 죽음, 기억의 소중함을 되새기는 감동적인 이야기로 마무리된다.

제재 정리

갈래	연작소설, 단편소설
주제	일상에 매몰된 삶에서 역사적 자아로 깨달음
배경	서울, 6·25전쟁과 이후
시점	1인칭 주인공 시점

'생기부 세특' 보고서, 글쓰기 주제 가이드

EBS 수능특강, 2017년 서울 과기대 수시 논술에 출제되었어요

2017년 서울과기대 수시 논술에서 『엄마의 말뚝』은 가족과 공동체의 뿌리를 상징하는 중요한 출제 포인트로 다루어졌다. 이 주제는 1960년대 한국 사회에서 엄마의 희생과 자녀에 대한 기대를 통해 가족의 미래를 형성하는 과정을 탐구한다. 또한, 주인공이 '신여성'으로서 느끼는 정신적 구속과 사회적 역할 강요를 통해 여성의 고난과 희생을 조명한다. 서울에 뿌리를 내리는 행위는 정체성 확립의 중요한 요소로, 가족과 공동체의 일원으로서의 소속감을 강조하며, 이러한 다양한 측면의 사고를 확인하는 유형임을 이해하는 것이 중요하다.

※ 진로학과에 따라 '세특' 주제 접근 방향이 달라요

🌐	관련학과: 사회학/역사학/심리	출제 빈도: ●●●●●
①	1960년대 한국 사회의 전후 상황을 탐구하고, 『엄마의 말뚝』과의 연관성을 연구해 보자.	
②	전쟁이 가족 구조에 미친 영향을 살펴보고, 현대 사회에서 가족의 형태와 역할이 어떻게 변화했는지를 비교 분석해 보자.	
③	『엄마의 말뚝』이 반영하는 역사적 맥락을 분석하고, 이를 통해 현재 사회에서 여전히 존재하는 불평등과 갈등을 조명해 보자.	
④	1960년대 전후 사회에서 여성의 역할 변화를 살펴보고, 현대 사회에서 여성의 지위와 역할이 어떻게 진화했는지를 연구해 보자.	
⑤	『엄마의 말뚝』이 드러내는 사회적 불평등을 역사적 관점에서 탐구해보자.	
⑥	『엄마의 말뚝』에서 나타나는 정신적 구속의 의미를 탐구하고, 현대 사회에서 개인이 겪는 심리적 압박과의 연관성을 분석해 보자.	
⑦	주인공의 심리적 변화 과정을 연구하고, 이를 통해 현대 사회에서 개인의 정체성이 어떻게 형성되는지를 탐구해 보자.	
⑧	작가의 의도를 분석하고, 이를 통해 개인이 겪는 심리적 고난이 현대 사회에서 어떻게 나타나는지를 연구해 보자.	
⑨	주가족 내에서의 역할 갈등을 통해 심리적 압박을 연구해 보자.	

⑩	21세기 한국 사회에서 가족 구조는 여러 가지 요인으로 인해 지속적으로 변화하고 있다. 이러한 변화를 사회적, 경제적, 문화적 요인에 의해 설명해 보자.
⑪	『엄마의 말뚝』에서 드러나는 여성의 고난을 분석하고, 이를 현대 사회에서 여전히 존재하는 여성 문제와 비교하여 그 연속성을 탐구해 보자.
⑫	1960년대 한국 사회의 가족 구조를 분석하고, 이를 바탕으로 미래 사회에서 가족의 형태와 역할이 어떻게 변화할지를 예측해 보자.
⑬	『엄마의 말뚝』에서 나타나는 공동체의 중요성을 탐구하고, 이를 바탕으로 미래 사회에서 공동체의 역할과 중요성이 어떻게 변화할지를 논의해 보자.

🌐 관련학과: **국문/문창과**	출제 빈도: ●●●●●

①	한국전쟁을 배경으로 한 가족의 갈등과 상실을 통해 생존의 의미와 사랑의 힘을 탐구하며, 『엄마의 말뚝 2』에서 모자 간의 애틋한 관계가 형성되는 과정을 분석하고 전쟁 속에서도 가족의 사랑이 지속되는 방식을 살펴보자.
②	두 작품에서 나타나는 역사적 고통과 개인적 경험의 상관관계를 비교하여 한국 현대사의 의미를 탐구하고, 『엄마의 말뚝 2』와 『엄마의 말뚝 3』에서 개인적 고통이 역사적 맥락과 연결되는 방식을 분석하여 역사와 개인의 관계를 심층적으로 살펴보자.
③	작가의 배경과 시대적 맥락이 박완서의 전쟁에 대한 시각에 어떤 영향을 미쳤는지 탐구해 보자.
④	박완서의 작품 속 인물들이 전쟁의 상처를 극복하고 가족의 정체성을 회복하는 과정을 분석하여, 가족의 유대가 전쟁의 여파 속에서 어떻게 재구성되는지를 탐구해 보자.
⑤	박완서의 작품에서 어머니의 역할이 어떻게 그려지는지를 분석하고, 어머니의 희생이 가족 구성원들에게 어떤 의미를 가지는지를 탐구해 보자.
⑥	전쟁이 여성에게 미친 영향과 여성의 목소리가 어떻게 전쟁의 경험을 형성하는지를 분석하여, 전쟁의 성별적 차별성을 탐구해 보자.
⑦	말뚝이 가족의 안전과 정체성을 상징하는 방식과, 어머니가 이를 통해 가족을 지키려는 의지를 어떻게 표현하는지를 분석해 보자.
⑧	전후 사회에서의 계층 변화, 성 역할의 변화 등을 분석하고, 박완서의 작품 속에서 이러한 사회적 변화가 어떻게 반영되는지를 살펴보자.
⑨	주인공의 심리적 변화 과정을 연구하고, 이를 통해 현대 사회에서 개인의 정체성이 어떻게 형성되는지를 탐구해 보자.

	관련학과: **의학/약학/ 심리**	출제 빈도: ●●●●●

①	트라우마가 외상후스트레스장애를 입은 엄마에게서 발생하는 환청에 미치는 영향은 어떤 것이 있는지 탐구해 보자.
②	전쟁으로 아들을 잃은 엄마처럼 가족이나 사랑하는 사람의 상실이 환청을 유발할 수 있는 이유에 대해 설명해 보자.
③	외상 경험이 개인의 정신 건강에 미치는 영향을 논의해 보자.
④	분단과 가족의 상실을 통한 시대적 배경으로 유추할 때 장기적인 스트레스가 환청을 유발하는 메커니즘에 대해 설명해 보자.
⑤	주인공 '나'처럼 어린 시절의 트라우마가 성인기에 환청을 경험하는 데 어떤 영향을 미칠 수 있는지 탐구해 보자.
⑥	전후 가족 구성원 간의 갈등과 유대감이 『엄마의 말뚝』을 매개로 어떻게 변화하는지를 분석하고 이를 통해 가족 간의 심리적 상호작용과 지지를 탐구해 보자.
⑦	어머니가 『엄마의 말뚝』을 통해 가족의 심리적 지지자로서 어떤 역할을 하는지를 분석하고. 어머니의 희생과 사랑이 가족 구성원들에게 주는 심리적 의미를 탐구해 보자.
⑧	전쟁 속에서 여성들이 『엄마의 말뚝』을 통해 심리적 강인함과 모성애가 표현된 부분을 바탕으로 모성애에 대한 심리를 분석해 보자.
⑨	전쟁으로 잃은 가족에 대한 심리를 바탕으로 주인공의 애도 과정에 겪는 심리적 회복력에 대해 연구해 보자.
⑩	전쟁이나 재난 상황에서 사회적 지지가 개인의 정신 건강에 미치는 긍정적 영향을 분석하고, 이러한 지지가 외상 경험 후 회복에 어떻게 기여하는지를 살펴보자.
⑪	어린 시절의 트라우마가 성인기의 정신 건강에 미치는 장기적인 영향을 연구하고, 이러한 경험이 환청이나 기타 정신적 증상으로 이어질 수 있는 경로를 탐구해 보자.

❖ 같이 읽으면 좋은 책

박노해 『평화 나누기』, 정호승 『부드러운 칼』

03 │ 1980년대 소설 비 오는 날이면 가리봉동에 가야 한다.

양귀자

EBS 수능특강, 2023 중앙대 경영경제 상경 논술 출제

생각하며 읽어요

「비 오는 날이면 가리봉동에 가야 한다」는 1986년 양귀자가 발표한 『원미동 사람들』 연작 중 여섯 번째 작품이야. 이 소설은 부천시 원미동이라는 실제 지역을 배경으로 한 이야기야.

이 작품은 도시 변두리에 사는 서민들의 삶을 통해 1980년대의 사회상을 사실적으로 묘사하고 있어. 주요 인물로는 임 씨와 그의 아내, 그리고 '그'라는 인물이 등장해. 임 씨는 연탄 배달과 집 수리로 생계를 이어가는 도시 빈민층의 인물로, 진실하고 성실한 성격을 지니고 있어. 그런데 '그'와 그의 아내는 임 씨의 외모와 직업만 보고 그를 평가하고 의심히는 태도를 보여. 처음에는 임 씨를 믿지 못하고 경계하지만, 이야기가 진행되면서 임 씨의 성실히 일하는 모습을 보고 자신들의 잘못을 깨닫게 돼. 임 씨는 비 오는 날이면 떼인 돈을 받기 위해 가리봉동에 가는 일용직 노동자로, 자본주의 사회에 익숙해진 '그'는 임 씨의 정직한 삶을 보며 자신의 삶을 성찰하게 되고, 공존과 공감에 대해 다시금 생각하게 돼. 이 소설은 1980년대 도시 변두리에 사는 하층민의 정직한 노동을 소재로 하고 있어. 작품은 전지적 작가 시점으로 서술되지만, 대체로 주인공인 '그'의 시점에서 관찰되고 서술되는 구성을 통해 독자가 인물들

의 내면과 갈등을 깊이 이해할 수 있도록 도와줘. 이를 통해 작가는 타자에 대한 이해와 존중의 중요성을 전하고, 세속적이고 탐욕스러운 현대인들에게 반성을 촉구함과 동시에 소외된 계층의 인물에 대해 따뜻한 연민의 시선을 보내고 있어.

현실의 미로 속에서 피어나는 문학의 숨은 꽃을 피우는 양귀자

양귀자(梁貴子, 1955~)는 현실과 맞서 싸우며 문학 속에서 진지하게 현실의 길을 모색해온 작가야. 그의 작품은 인간의 내면과 심리적 갈등, 사회적 현실을 깊이 탐구하고 있어. 1992년에 발표한 『숨은 꽃』을 통해 비평가들의 주목을 받았고, 1980년대를 지나온 자신의 신체와 의식 속에서 느끼는 '피로'와 '미로'에 대한 무력감과 절망을 토로했어. 양귀자의 '피로'는 심리적 좌절감에서 비롯된 신체적 반응으로 해석되며, 이는 그의 문학적 주제와 깊은 연관이 있어. 그는 전북 전주에서 태어나 문예 장학생으로 원광대학교 국문과를 졸업한 후, 교사로 일하며 창작활동을 시작했어. 그의 대표작으로는 창작집 『귀머거리 새』(1985), 『원미동 사람들』(1987), 장편 소설 『희망』(1992) 등이 있으며, 여러 문학상을 수상하며 작품 세계를 인정받았지. 양귀자는 현실의 치열한 반영과 그 속에서의 인간의 삶에 대한 깊은 성찰을 담아내고, 환상적인 요소를 통해 독자에게 새로운 경험과 감정을 제공하고자 했어. 이러한 접근은 문학의 경계를 확장하고, 독자에게 다양한 해석의 여지를 남기는 데 기여하고 있다는 평을 받아.

「비 오는 날이면 가리봉동에 가야 한다」 제목의 의미란

양귀자의 작품은 현실의 복잡한 갈등과 심리적 고뇌를 깊이 있게 탐구하는 특징이 있다. 특히, 「비 오는 날이면 가리봉동에 가야 한다」라는 제목은 1980

년대 한국 사회의 소시민적 사고와 그 시대의 사회적 맥락을 잘 반영하고 있다. 1980년대는 한국이 정치적 혼란과 경제적 변화 속에서 고군분투하던 시기이다. 이 시기의 소시민들은 일상적인 삶 속에서 느끼는 불안과 고뇌를 통해 자신들의 정체성을 찾으려 했다. 양귀자는 이러한 소시민들의 내면을 세밀하게 묘사하며, 그들이 겪는 갈등과 심리적 압박을 통해 독자에게 공감과 이해를 이끌어내는 데 중점을 둔다. '비 오는 날이면 가리봉동에 가야 한다'라는 제목은 비 오는 날의 우울한 정서와 함께, 가리봉동이라는 특정 장소가 지닌 상징성을 드러낸다. 가리봉동은 당시 소시민들이 모여 살던 지역으로, 그들의 일상과 고난을 상징하는 장소이다. 비 오는 날은 종종 사람들에게 우울함과 고독을 느끼게 하지만, 동시에 새로운 시작과 희망의 가능성을 암시하기도 한다.

양귀자는 이러한 이중성을 통해 독자에게 현실의 복잡함을 전달하며, 소시민들이 겪는 심리적 고뇌를 통해 그들의 삶에서 발견할 수 있는 작은 의미와 감정을 탐구한다.

줄거리를 꼭 알아야 해요

이 이야기는 임 씨라는 연탄 배달부의 진정성과 고난을 담고 있다. '그'는 임 씨의 본업이 연탄 배달이라는 사실을 알고 욕실 공사를 맡긴 것에 대해 후회하게 된다. 공사가 의외로 간단해지자, 임 씨의 아내는 견적서대로 돈을 주는 것이 아깝다는 마음이 들지만, 임 씨는 성실하게 옥상 공사까지 정성껏 해준다. 그는 일이 끝나면 일한 만큼만 계산하여 견적서를 수정하고, 옥상 공사는 '서비스'라고 말해 아내와 '그'의 마음을 뭉클하게 만든다. 하루 종일 임 씨에게 줄 돈을 아까워했던 아내와 '그'는 임 씨의 진실성을 직면하면서 부끄러움을 느낀다. 이야기는 임 씨가 비 오는 날이면 가리봉동에 떼인 연탄값을 받으러 간다는 것을 들으면서, '그'가 가난한 도시 빈민인 임 씨의 처지를 깊이 이해하게 되는 과정을 그린다. 이를 통해 인간의 진정성과 연민의 감정을 일깨워 주는 따뜻한 이야기로 마무리된다. 이 과정에서 '그'는 임 씨의 삶의 무게와 그가 겪는 어려움을 공감하게 되며, 결국 서로의 처지를 이해하고 존중하는 것이 얼마나 중요한지를 깨닫게 된다. 이 이야기는 단순한 일상 속에서 진정한 인간애를 발견하는 과정을 보여준다.

 '생기부 세특' 깊이 파악하기

소시민의 무기력과 연민, '그'를 알아볼까요

소설의 서술자인 '그'는 1980년대 산업화 과정에서 소외된 계층에 대한 연민과 안타까움을 느끼는 인물이다. 부천 원미동의 소심한 월급쟁이 집주인으로, 아내는 금전적인 문제에 민감한 현실적인 주부이다. 임 씨는 도시 빈민 노동자로 연탄장수와 막일꾼으로 일하며 정직하고 책임감 있는 인물이다. '그'는 임 씨와의 관계에서 정직한 노동을 의심하며 몇 푼의 돈을 깎으려 하지만, 결국 임 씨의 가치를 인정하고 미안함을 느낀다. 그러나 그는 임 씨의 세상에 대한 원망과 무력감을 듣는 것에 한계를 느끼고 자괴감에 빠진다. 이처럼 '그'는 사회 변화에 대한 적극성을 띠지 못하고 임 씨와 같은 노동자가 겪는 고난을 지켜보는 상태로, 당시 사회의 불공정함을 상징적으로 나타낸다. 이러한 그의 내면은 당시 사회의 구조적 문제와 연민, 무력감을 고스란히 드러낸다.

비가 오면 가리봉동에 가야하는 이유 '임씨'

임 씨가 가리봉동에 가는 이유는 비가 오는 날에 일자리를 구하기 어려워지기 때문이다. 임 씨는 하루 벌어 하루 먹고 사는 노동자로, 그의 아내도 벽돌 공장에서 일한다. 이들은 하루라도 일을 쉬면 생계에 큰 타격을 받는다. 비가 오면 많은 작업장이 문을 닫아 임 씨는 일할 기회를 잃고, 억울하게 떼인 돈을 받기 위해 가리봉동으로 향해야 한다. 임 씨는 성실하고 정직한 사람으로, 자신의 노동에 대한 정당한 대가를 원하지만, 스웨터 공장 사장은 자신의 이익을 우선시하며 다른 사람에게 피해를 주는 태도를 보인다. 임 씨는 이러한 상황을 이해할 수 없고, 정직하게 일해야 한다는 신념을 가지고 있다. 그러나 사장은 임 씨에게 미안한 마음조차 보이지 않으며, 돈을 갚을 의사가 없다는 인상을 준다. 결국, 임 씨가 가리봉동에 가는 이유는 억울하게 떼인 돈을 받기 위해서이며, 이는 그가 처한 사회적 불평등과 노동자의 고통을 상징적으로 보여준다. 비 오는 날은 임 씨에게 생계와 직결된 중요한 의미를 지닌 날이다.

소시민적 관점에서의 자아 성찰 - '그'의 타자 이해 과정을 파악해 봐요

'그'는 임 씨를 처음 만났을 때, 그의 초라한 모습에서 돈이 필요한 사람이라는 편견을 가졌다. 공사비를 부풀릴 것이라는 의심도 품었고, 임 씨가 연탄 배달부라는 사실을 알고는 그를 소개한 사람까지 원망했다. 하지만 임 씨가 일하는 모습을 지켜보며, 그는 그의 성실함과 헌신에 감명받았다. 비용 청구 시 임 씨의 정직함을 깨달으면서 '그'는 스스로의 편견을 부끄러워했다. 결국, 임 씨의 건강한 모습은 '그'에게 긍정적인 영향을 주었고, 그는 임 씨와의 유대감을 느끼며 자신의 태도를 반성하게 되었다. 이 만남은 그에게 새로운 시각을 제공했다.

인물에 대해 살펴볼까요

'그'(은혜 아버지): 부천 원미동의 연립 주택 집주인으로, 소심한 성격이지만 부끄러움을 아는 이성적인 인물이다. 그는 가족의 생계를 책임지며, 사회적 불평등에 대한 고민을 안고 살아간다. 자신의 감정을 잘 드러내지 않지만, 내면에서는 소외된 이들에 대한 연민과 안타까움을 느끼고 있다.

엄마: 인색할 정도로 알뜰한 주부로, 가정의 재정을 철저히 관리한다. 그녀는 꼼꼼하게 잘 따지고 금전적 문제에 민감한 현실적인 인물이다. 남편의 소심한 성격을 이해하면서도, 가정의 안정과 생계를 위해 때로는 강한 태도를 보인다. 가족의 미래를 위해 끊임없이 고민하는 모습이 돋보인다.

임 씨: 전형적인 도시 빈민 노동자로, 겨울에는 연탄장수로, 여름에는 막일꾼으

로 일하며 생계를 이어간다. 일처리가 꼼꼼하고 책임감이 강하며 정직한 인물로, 자신의 노동에 자부심을 느낀다. 그러나 사회적 불평등과 고난 속에서 원망과 무력감을 느끼며, 자신의 처지를 개선하고자 하는 갈망이 있다.

구성 정리

발단	'그'와 아내는 생애 첫 집을 장만하여 이사하지만 집에 잦은 하자로 수리에 돈이 많이 든다.
전개	어느 날, 목욕탕 욕실 공사로 지물포 주인 주씨에게 임 씨를 소개 받아 공사를 한다.
위기	그'와 아내는 임 씨가 본래 직업이 연탄장수인걸 듣고 불신하며, 공사비를 부풀려 받을 것이라고 의심하지만 임 씨는 옥상 공사까지 흔쾌히 맡아서 한다.
절정	'그'는 생각보다 적은 공사비를 요구하는 임 씨를 보며 그를 의심했던 스스로에게 부끄러움을 느낀다. 임 씨는 형제슈퍼에서 '그'와 술잔을 기울이며 '그'에게 비 오는 날이면 연탄값을 떼어먹은 스웨터 공장 사장을 만나러 가리봉동에 간다는 사연을 말한다.
결말	'그'는 도시빈민인 임 씨의 처지에 공감하고 연민을 느끼며 임씨를 안타까워 한다.

제재 정리

갈래	단편소설, 연작소설
성격	사실적, 비판적
배경	1980년대, 부천시 원미동
시점	전지적 작가 시점
주제	소시민들 사이에 벌어지는 일상의 모습과 갈등, 그리고 화해
특징	• 실제 공간을 배경으로 소시민들의 삶을 사실적으로 표현 • 등장인물의 대화와 행동을 중심으로 사건을 전개함
출전	『원미동 사람들』(1986)

EBS 수능특강, 2023 중앙대 경영경제 상경 논술에 출제되었어요

「비 오는 날이면 가리봉동에 가야 한다」는 작품의 주제와 인물 간의 관계, 비의 상징적 의미를 분석하는 것이 필요하다. 또한, 작가의 의도와 문체, 감정 표현을 통해 독자의 공감을 이끌어내는 방법을 살펴보는 것이 중요하다.

※ 진로학과에 따라 '세특' 주제 접근 방향이 달라요

🌐	관련학과: 국문학계열	출제 빈도: ●●●●

①	주인공의 자아 성찰 과정을 통해 1980년대 소시민의 정체성을 분석해 보자.
②	임씨와의 관계를 통해 드러나는 타자 이해의 과정을 서술해 보자.
③	비 오는 날의 상징성을 통해 주인공의 감정 변화를 분석해 보자.
④	양귀자의 문체가 주인공의 내면을 어떻게 드러내는지를 서술해 보자.
⑤	소설 속 인물 간의 갈등을 통해 1980년대 사회의 단면을 분석해 보자.

🌐	관련학과: 사회계열/역사계열/심리계열	출제 빈도: ●●●●●

①	1980년대 한국 사회에서 소시민의 삶을 통해 나타나는 사회적 갈등을 분석해 보자.
②	주인공이 임씨를 이해하는 과정에서 나타나는 사회적 맥락을 서술해 보자.
③	소설 속 소시민의 경제적 어려움이 자아 성찰에 미치는 영향을 분석해 보자.
④	비 오는 날의 사회적 의미를 통해 소시민의 정체성을 탐구해 보자.
⑤	주인공의 경험을 통해 1980년대 한국의 사회적 변화를 분석해 보자.
⑥	주인공의 자아 성찰이 심리적 변화에 미치는 영향을 연구해 보자.
⑦	임씨와의 관계에서 나타나는 감정적 갈등을 분석해 보자.

⑧	주인공의 내면 갈등이 자아 정체성 형성에 미치는 영향을 서술해 보자.
⑨	비 오는 날의 기후가 주인공의 심리에 미치는 영향을 탐구해 보자.

🌐	관련학과: **문화인류학과/커뮤니케이션학과/미디어학과**	출제 빈도: ●●●●

①	1980년대 한국의 소시민 문화가 주인공의 자아 성찰에 미친 영향을 연구해 보자.
②	소설 속 일상생활을 통해 1980년대 한국 사회의 문화적 특성을 분석해 보자.
③	주인공의 자아 성찰 과정에서 나타나는 문화적 요소를 분석해 보자.
④	1980년대의 사회적 맥락에서 소시민의 자아 성찰이 커뮤니케이션에 미치는 영향을 서술해 보자
⑤	1980년대 한국 사회에서의 커뮤니케이션 방식의 변화를 분석하고, 이러한 변화가 주인공의 일상생활에 미친 영향을 탐구해 보자.
⑥	주인공의 자아 성찰 과정에서 대중문화가 어떻게 작용하는지를 분석하고, 그 문화적 요소가 개인의 정체성 형성에 미친 영향을 논의해 보자.
⑦	1980년대 한국 사회의 정치적, 경제적 맥락이 주인공의 자아 성찰에 미친 영향을 연구해 보자.
⑧	「비 오는 날이면 가리봉동에 가야 한다」에서 사용된 상징적 요소들이 커뮤니케이션에 미치는 영향을 분석해 보자.
⑨	1980년대 소시민 문화가 집단 정체성 형성에 미친 영향을 탐구하고, 주인공의 자아 성찰에 어떻게 반영되는지를 논의해 보자.

❖ 같이 읽으면 좋은 책

양귀자 『원미동 사람들』 김승옥 『무진기행』 이문열 『그 많던 싱아는 누가 다 먹었을까』

04 | 만세전
염상섭

EBS 수능특강, 2017 경희대 인문 계열 논술 출제

생각하며 읽어요

염상섭의 중편소설 『만세전』은 1924년 4월 6일부터 6월 1일까지 시대일보에 연재된 작품으로, 일제 강점기 지식인들이 겪는 고뇌를 다루고 있어. 원래 제목은 '묘지'였으나, 연재 중 잡지가 폐간되면서 『만세전』으로 변경되었지. 여기서 '만세'는 3·1 운동을 의미하고, '전'은 '앞 전(前)' 자로 3·1 운동 이전의 상황을 배경으로 하고 있어. 이 작품은 염상섭의 문학적 입지를 확립해준 중요한 작품으로, 식민지 조선의 현실을 사실적으로 잘 그려내고 있다는 평가를 받고 있어. 『만세전』은 동경에서 출발하여 다시 동경으로 돌아가는 원점 회기의 여로형 소설로, 이 구조는 주인공 '나'의 현실 의식의 성장과 밀접한 연관이 있어. '나'는 일본에서 조선으로 돌아오면서 당시의 사회적 상황과 개인적 고뇌를 목격하고, 이를 통해 식민사회의 문제를 드러내지만, 저항의 방법은 제시하지 않아. 이 소설은 식민지 시대의 복잡한 현실을 깊이 있게 탐구하며, 독자에게 많은 생각을 하게 만드는 작품이야. 특히, 식민지 지식인의 시각으로 바라본 조선의 비극적인 현실이 잘 드러나 있어. 독자는 이 작품을 통해 식민지하의 조선인의 삶과 의식에 주목하며, 그 시대의 아픔과 고뇌를 느낄 수 있을 거야. 『만세전』은 단순한 이야기 이상의 깊이를 지닌 작품으로, 독자에게 역사적 맥락을 이해하고 성찰할 기회를 제공하는 작품이라고 생각하고 읽어보자.

횡보하는 문학 『만세전』 속 식민지의 그림자의 의미란

염상섭과 그의 작품 『만세전』에 대해 이야기해볼게. 염상섭은 대한민국의 소설가이자 독립운동가로, 본관은 파주고 호는 횡보야. 그의 호는 술에 취해 횡으로 걸어다녔다는 이야기와 괴이한 행동들 때문에 붙여졌다는 설이 있어. 그는 한국 근대문학을 현대문학으로 승화시킨 최초의 자연주의 소설가이자 최고의 리얼리즘 소설가로 평가받고 있어. 『만세전』에서는 식민지 현실의 참담함과 부정적인 측면을 차근차근 드러내고 있어. 주인공 이인화가 동경에서 서울로 이동하면서 겪는 사건들은 식민지 사회의 다양한 부정적 풍경을 생생하게 전달해. 이인화는 조선인이라는 이유로 비하당하고, 헌병 앞에서 비굴하게 행동하는 동포들을 보며 심한 괴로움을 느껴. 하지만 염상섭은 이런 민족적 모멸감을 일본에 대한 분노로 연결하지 않고, 오히려 우리 민족이 그런 대우를 거부할 수 있는 존재인지 반성하게 만들어. 그의 작품은 민족적 감정이 억제된 객관적 소설로, 주인공의 인내심은 대전 근처에서의 참혹한 현실을 마주하며 폭발해. 특히, 아이를 업고 포승줄에 묶인 젊은 여편네의 모습은 그의 내면에 깊은 충격을 주고, 결국 비명을 지르게 만들어. 염상섭은 『만세전』을 통해 식민지 조선인의 고통과 저항의식을 깊이 있게 탐구하며, 독자에게 역사적 성찰을 요구하는 작품을 남겼어. 염상섭의 민족적 의식은 『만세전』을 통해 잘 드러나. 그는 단순히 고통을 묘사하는 데 그치지 않고, 우리 민족이 어떻게 그런 현실을 받아들이고 저항할 수 있는지를 고민하게 만들어. 이 작품은 단순한 소설이 아니라, 우리에게 중요한 질문을 던지는 역사적 성찰의 기회를 제공한다는 평가를 받아.

조선의 현실을 '무덤'이라고 표현은 무슨 뜻일까요

'묘지'라는 원제는 조선의 참담한 현실을 상징적으로 드러내며, 주인공의 내면적 갈등과 사회적 고뇌를 깊이 있게 표현한다. 주인공은 조선인의 삶을 목격하면서 이 땅이 마치 무덤과 같다는 절망적인 인식을 하게 된다. 이는 일제 강점기 조선 사회의 비참함과 암담함을 사실적으로 반영하며, 상류층 조선인인 그는 귀국길에서 마주한 식민지 현실에 큰 충격을 받는다. 그가 목격한 조선인들의 고통과 억압은 단순한 개인의 슬픔을 넘어, 전체 사회의 비극을 드러낸다. 주인공은 그들의 처절한 삶에 연민을 느끼고 일본 제국에 대한 분노를 품게 되며, 이는 그가 느끼는 정체성의 혼란과 상실감을 더욱 부각시킨다.

'묘지'는 단순히 죽음을 의미하는 것이 아니라, 일제 강점기 조선의 생기를 잃은 상태를 나타낸다. 조선인들은 마치 무덤 속의 존재처럼 자신의 정체성과 삶의 의지를 상실한 채 살아간다. 주인공은 이러한 현실에 저항하지 못하는 자신의 모습과 그로 인해 더욱 처참해진 의식 세계를 반영하여 '묘지'의 의미를 깊이 있게 표현한다. 결국, '묘지'는 일제 강점기 조선인의 고통과 절망을 상징하며, 저항의 부재를 통해 더욱 깊은 비극을 드러낸다. 이는 조선인들이 겪는 고난과 그로 인한 무기력함을 함축적으로 보여주며, 그들의 삶이 마치 무덤 속에서 갇혀 있는 듯한 느낌을 준다. 이러한 맥락에서 '묘지'는 단순한 공간적 의미를 넘어, 조선인의 정체성과 역사적 고난을 상징하는 중요한 요소로 작용한다.

줄거리를 꼭 알아야 해요

일본에 유학 중인 이인화는 서울에 있는 아내가 위독하다는 전보를 받고 귀국을 결심한다. 관부 연락선에 탑승한 그는 조선인이라는 이유로 일본인 형사의 감시를 받으며 여러차례 수색을 당한다. 이 과정에서 조선인을 경시하는 일본인들의 발언을 듣고 분개하게 된다. 하관에서 배를 타고 가는 동안, 관부 연락선의 목욕탕에서 일본의 계략에 빠져 일본 공장과 광산에 저렴한 가격에 팔려가는 조선 노동자들의 현실을 알게 되고, 그런 조선인을 비하하는 일본인들의 이야기를 듣고 울분을 느낀다. 부산에 도착하자 일본식 거리로 변해가는 부산의 모습에 분노하며, 김천에 도착한 이인화는 마중 나온 형을 만난다. 형은 총독부 법에 의해 개인 묘를 쓸 수 없고 공동묘지를 사용해야 한다며 걱정한다. 이인화는 조선 전체가 묘지 같은데 그런 걱정을 하는 형을 한심하게 여긴다. 결국 형과의 논쟁에서 전근대적 인식에 젖은 조선인들의 모습에 더 분노하고, 비참하게 사는 조선인의 현실을 직접 느끼게 된다. 서울에 도착한 이인화는 아내가 간단한 수술로 나을 수 있는 병임에도 불구하고 부친의 고집으로 아내가 죽어가는 집에 도착하게 된다. 그는 전통에 얽매인 가족들의 모습에서 합리성을 중시하는 자신과의 괴리감을 느낀다. 그 사이 일본에 있는 정자로부터 대학 진학을 결심한 편지를 받고, 그녀의 새 출발을 축하하기 위해 돈 백 원을 부친다. 결국 아내의 장례를 치른 후, 이인화는 식민 현실의 문제들에서 도망치듯 무덤 같은 조선을 떠나 동경으로 향하기로 결심한다.

계층의 그림자: '만세전' 속 조선 사회의 양극화

'만세전'에서 상류층 조선인의 삶은 화려하고 풍요로운 반면, 하류층 조선인의 삶은 가난하고 힘든 현실을 반영한다. 상류층은 서양식 교육을 받으며 외국과의 교류가 활발하고, 경제적 여유로 다양한 문화적 활동을 즐길 수 있다. 이들은 고급 음식과 의복을 누리며, 사회적 지위와 권력을 유지하기 위해 노력한다. 반면, 하류층은 생계를 유지하기 위해 힘든 노동에 시달리며, 교육의 기회조차 제한적이다. 이들은 기본적인 생활조차 어려워 가족의 생계를 책임지기 위해 고된 일을 해야 한다. 이러한 대조는 당시 사회의 구조적 불평등을 드러내며, 상류층의 안락한 삶과 하류층의 고통스러운 현실이 극명하게 대비된다. '만세전'은 이러한 계층 간의 차이를 통해 조선 사회의 복잡한 양상을 보여준다.

『만세전』에서 일본의 억압적 통치에 대한 비판을 알아볼까요

『만세전』은 일본의 억압적 통치에 대한 비판을 여러 구체적인 요소를 통해 드러낸다. 주인공은 일본 경찰의 검문을 받으며 지속적으로 감시의 시선을 의식하게 되고, 이는 일제의 강압적인 통치 방식과 조선인들이 느끼는 두려움을 상징적으로 나타낸다. 주인공의 불안한 심리는 당시 조선인들이 겪었던 억압적인 현실을 생생하게 전달하며, 독자에게 깊은 공감을 불러일으킨다. 작품 속 조선 백성들은 억압적인 분위기 속에서 숨죽이며 살아가는 모습으로 묘사된다. 이는 일제의 통치가 조선 사회에 미친 부정적인 영향을 강조하며, 사람들의 일상적인 삶이 어떻게 억압받고 있는지를 보여준다. 이러한 사회적 분위기는 독자에게 당시의 고통스러운 현실을 더욱 실감나게 전달한다.

또한, 김천 형님과 같은 상징적 인물들은 조선인들의 저항과 대응을 나타낸다. 이들은 단순히 억압에 굴복하는 것이 아니라, 현실을 인식하고 저항하려는 의지를 보여준다. 이러한 인물들은 일제의 억압에 대한 비판적 시각을 더욱 부각시켜, 독자에게 저항의 중요성을 일깨운다.

주인공의 서울로 향하는 여정은 그가 현실을 자각하게 되는 과정을 담고 있다. 초기에는 일제의 억압과 수탈에 대한 인식이 부족했으나, 여정을 통해 점차 현실을 깨닫고 비판적인 시각을 가지게 된다. 이는 독자에게도 일제의 통치에 대한 비판적 사고를 유도한다. 마지막으로, 검문소나 경찰의 출현과 같은 상징적 장소와 사건들은 일본의 억압적 통치를 더욱 강조하며, 작품 전반에 걸쳐 강력한 메시지를 전달한다.

'나 다시 돌아갈래' 이인화의 선택과 그 의미에 담긴 작가의 의도란?

일제의 혹독한 탄압과 차별 속에서 조선인의 비굴한 태도를 묘사한 『만세전』은 독자에게 조선의 실상에 대한 비판적 성찰을 유도한다. 주인공 이인화는 억압적인 현실을 목격하며 괴로워하고 자기를 반성하는 인물로 그려진다. 그의 내면적 갈등은 당시 지식인들이 겪었던 고뇌를 상징적으로 나타낸다. 그러나 이인화는 현실을 인식하고 괴로워하면서도 적극적으로 행동하지 못하는 허무주의적 의식을 드러낸다. 지식인으로서의 책임을 다하지 못하고 단순히 고뇌에 빠져 있는 모습은 당시 조선 사회의 비극적인 현실을 외면하는 태도로 이해할 수 있다.

이인화가 동경으로 돌아가는 선택은 그가 현실을 회피하고자 하는 의지를 반영하며, 이는 일제의 억압에 대한 저항이 아닌 오히려 그 억압 속에서 안주하려는 태도로 해석될 수 있다. 이러한 비판적 시각은 독자에게 지식인으로서의 역할과 책임에 대한 질문을 던지며, 단순한 고뇌를 넘어 행동으로 이어지는 저항의 필요성을 강조한다. 이러한 비판적 시각은 독자에게 지식인으로서의 역할과 책임에 대한 질문을 던지며, 단순한 고뇌를 넘어 행동으로 이어지는 저항의 필요성을 강조한다.

여정의 반복, 진정한 각성의 시작이고 원점 회귀적 구성을 취해요

『만세전』에서 주인공의 여정이 '동경-서울-동경'으로 이어지는 원점 회귀형 여로 구조는 그의 내면적 변화와 자아 각성의 과정을 상징적으로 나타낸다. 원점 회귀적 구성은 주인공이 처음 출발했던 장소로 돌아오지만, 그 과정에서 경험한 사건과 갈등을 통해 새로운 인식을 얻게 되는 구조를 의미한다. 이 여정은 단순한 물리적 이동이 아니라, 주인공이 현실을 직시하고 자신의 정체성을 탐구하는 심리적 여정을 반영한다. 동경에서의 경험은 그에게 조선 사회의 억압과 비극을 깨닫게 하며, 서울에서의 갈등은 그의 내면적 고뇌를 심화시킨다. 결국 다시 동경으로 돌아가는 선택은 그가 과거의 자신과 결별하고 새로운 자아를 형성하는 과정을 의미한다. 이러한 원점 회귀적 구성은 독자에게 주인공의 성장과 변화를 통해 현실을 인식하고 저항하는 지식인의 역할을 성찰하게 만든다. 주인공의 여정은 단순한 회귀가 아닌, 자아의 각성과 사회에 대한 비판적 인식을 동반한 진정한 의미의 회귀로 해석될 수 있다.

인물에 대해 살펴볼까요

이인화(나): 이 글의 서술자, 동경 유학 중, 아내가 위독하다는 소식에 귀국하게 됨.

아내: 전통적인 조선 여성상, 주인공이 조선으로 향하게 하는 인물로 결국 죽게 됨.

김천 형님: 주인공의 형, 주인공과 성격이 반대로 보수적인 인물.

시즈코(정자): 주인공의 애인으로 일본인이며, 진취적인 사고의 신여성.

구성 정리

발단	동경 유학 중인 '나'는 아내가 위독하다는 전보를 받고 귀국을 준비한다.
전개	답답한 심정에 '나'는 고베에 들러 아는 여성을 만나다가 연락선을 탄다.
위기	'나'는 관부 연락선 안에서 일본인이 조선인을 멸시하는 것을 보고 분개, 식민 지배의 폭력적인 실상에 분노한다.
절정	부산에서 서울로 가는 길에 식민지 조선이 처한 현실을 관찰하고 체험하면서 분노가 치솟지만 '나'는 답답한 마음에 사로잡힌다.
결말	'나'는 아내가 죽자 눈물조차 흘리지 않고 동경으로 떠나려 한다.

제재 정리

갈래	현대소설, 중편 소설
성격	사실적, 비판적, 자기 반성적
배경	3·1운동 전 해의 겨울 (1918년)
시점	1인칭 주인공 시점
주제	일본 식민 지배의 폭력성에 대한 비판과 식민지 조선 지식인의 자기 성찰
특징	• 주인공이 겪은 일, 보고 들은 것을 사실적으로 그림 • 여러 가지 에피소드를 통해 식민 지배의 폭력성을 비판함

'생기부 세특' 보고서, 글쓰기 주제 가이드

EBS 수능특강, 2017 경희대 인문 계열 논술에 출제되었어요

염상섭의 『만세전』을 공부할 때 유념해야 할 부분은 주제, 인물의 심리, 그리고 사회적 배경이다. 이 작품은 인간의 고독과 사랑, 고난을 통해 인간 존재의 본질을 탐구한다. 인물 간의 관계와 갈등을 잘 분석하고, 김유정의 독특한 문체와 상징성도 이해하는 것이 중요하다. 시대적 맥락을 고려하여 작품이 어떻게 반영되었는지도 살펴보면 더 깊이 이해할 수 있다.

※ 진로학과에 따라 '세특' 주제 접근 방향이 달라요

	관련학과: **인문/사회 계열**	출제 빈도: ●●●●●
①	조선시대의 사회적, 정치적 문제를 분석하고, 이를 통해 현대 사회에서 여전히 존재하는 유사한 문제들을 어떻게 해결할 수 있을지 탐구해 보자.	
②	『만세전』의 여로형 구조가 독자에게 전달하는 메시지를 분석하고, 이를 통해 현대 사회에서 개인의 여정과 성장에 대한 교훈을 어떻게 적용할 수 있을지 연구해 보자.	
③	『만세전』에서 사용된 다양한 문학적 기법을 분석하고, 이러한 기법들이 현대 문학에 어떤 영향을 미쳤는지, 그리고 미래 문학에서 어떻게 발전할 수 있을지 탐구해 보자.	
④	일제시대의 사회적 갈등을 분석하고, 현대 사회에서 발생하는 유사한 갈등의 원인과 해결 방안을 모색해 보자.	
⑤	『만세전』의 주요 주제를 분석하고, 이를 통해 현대 사회에서 여전히 해결되지 않은 인권 문제를 어떻게 개선할 수 있을지 탐구해 보자.	
⑥	조선시대의 역사적 사건과 사회 구조가 현대 사회에 어떤 영향을 미쳤는지 분석하고, 이를 통해 미래 사회의 발전 방향을 모색해 보자.	
⑦	『만세전』의 주인공이 지닌 정체성을 분석하고, 이를 통해 현대인이 겪는 정체성의 혼란과 그 해결 방안을 어떻게 모색할 수 있을지 탐구해 보자.	
⑧	일제시대의 사회 구조를 분석하고, 현대 사회에서 나타나는 유사한 구조적 문제를 어떻게 해결할 수 있을지 연구해 보자.	

⑨	일제시대의 지식인이 사회에 미친 영향을 분석하고, 현대 사회에서 지식인이 수행해야 할 역할과 그 중요성을 어떻게 모색할 수 있을지 탐구해 보자.
⑩	『만세전』의 인물 간의 관계를 분석하고, 이를 통해 현대 사회에서 인간관계의 복잡성과 그 개선 방안을 어떻게 모색할 수 있을지 연구해 보자.

🌐	관련학과: **정치계열/경제/역사 계열**	출제 빈도: ●●●●●

①	『만세전』에서 나타나는 민주적 가치와 저항의 중요성을 분석하고, 현대 사회에서 민주주의의 필요성과 그 실현 방안에 대해 논의해 보자.
②	조선시대의 정치적 부패와 권력 남용 사례를 현대 정치의 부패 문제와 비교하여, 역사적 맥락에서 현대 정치의 문제를 탐구하고 해결 방안을 모색해 보자.
③	『만세전』에서 드러나는 정치적 메시지(예: 민족의식, 저항정신 등)를 현대 사회의 정치적 이슈(예: 인권, 민주주의, 사회적 불평등)에 적용하여 그 의미를 분석해 보자.
④	『만세전』의 인물 분석을 통해 본 현대 정치의 리더십을 탐구해 보자.
⑤	일제시대의 산업화 과정과 현대 한국의 경제 성장 모델을 비교하여, 두 시기의 경제적 구조와 정책의 유사성을 분석하고, 이러한 유사성이 현대 경제에 미치는 영향을 탐구해 보자.
⑥	조선시대의 농업 중심 경제와 현대의 산업 중심 경제를 비교하여, 당시의 경제적 문제들이 현대 경제에 어떻게 영향을 미쳤을지 작성해 보자.
⑦	일제시대의 자원 착취와 현대의 글로벌 경제에서의 자원 경쟁을 비교하여, 두 시대의 경제적 갈등의 본질과 그로 인한 사회적 결과를 탐구해 보자.
⑧	『만세전』에서 드러나는 민족 정체성을 현대의 글로벌 정체성과 어떻게 조화시킬 수 있는지 논의하고, 이를 통해 미래 사회의 통합 방안을 제시해 보자.
⑨	『만세전』의 인물 분석을 통해 현대 정치에서 리더십의 다양성과 포용성이 왜 중요한지 논의하고, 미래 리더십의 방향성을 제시해 보자.
⑩	현대의 자원 경쟁 문제를 해결하기 위해 국제 사회가 어떤 협력 방안을 모색해야 하는지, 일제시대의 자원 착취 사례를 통해 분석하시오.

🌐	관련학과: **환경/기후/과학**	출제 빈도: ●●●●

④	일제시대 철도 인프라가 현대 대중교통과 물류 시스템에 미친 영향을 분석하시오.

②	일제시대의 환경적 상황과 현대 환경의 유사성: 일제시대의 환경 파괴(예: 자원 착취, 산업화)와 현대 한국의 환경 문제(예: 대기오염, 기후 변화)의 유사성을 비교하고, 이러한 유사성이 미래 환경 정책에 미치는 영향을 탐구해 보자.
③	조선시대의 전통 농업 관행(예: 윤작, 자연 비료 사용)과 현대의 지속 가능한 농업 기술(예: 유기농, 스마트 농업)을 비교하여, 역사적 관점에서 현대 농업의 발전 방향을 찾아보자.
④	『만세전』의 여로형 구조를 통해 등장인물의 환경 인식 변화를 분석하고, 이러한 구조가 현대 사회에서 환경 인식 개선에 어떻게 기여할 수 있는지를 논의해보자.
⑤	일제시대 전기 인프라가 현대 스마트 그리드 및 재생 가능 에너지에 미친 영향을 연구해 보자.

🌐	관련학과: **심리학**	출제 빈도: ●●●●

①	주인공이 민족적 현실과 개인적 슬픔 사이에서 겪는 정체성 갈등을 심리학적으로 분석하고, 이러한 갈등이 그의 행동과 결정에 미치는 영향을 탐구해보자.
②	주인공이 사회적 압박 속에서 개인적인 감정을 억압하는 과정과 그로 인해 발생하는 심리적 문제(우울, 불안 등)를 분석해 보자.
③	주인공의 사회적 불안이 개인적 슬픔에 어떻게 영향을 미치는지를 연구하고, 이 두 감정이 상호작용하는 방식을 탐구해 보자.
④	민족적 정체성이 주인공의 개인적 감정에 미치는 영향을 분석하고, 이를 통해 개인의 정체성이 어떻게 형성되는지를 탐구해 보자.
⑤	주인공이 민족을 위한 싸움 속에서 자신의 감정을 직시하고 회복하는 과정을 심리학적으로 분석하며, 이를 통해 자아 발견의 중요성에 대해 논해 보자.

❖ 같이 읽으면 좋은 책

염상섭 『표본실의 청개구리』, 김승옥 『무진기행』, 황석영 『삼포 가는 길』

05 | 달밤
이태준

EBS 수능특강, 2024 가천대 인문 계열 논술 출제

생각하며 읽어요

「달밤」은 작가 1933년 이태준이 『중앙(中央)』에 발표한 단편소설이야. 이태준의 서정적 감수성과 소외된 인물에 대한 연민의 정과 인간애가 잘 드러나 있어. 근대화의 물결 속에서 소외된 세대의 좌절과 비애를 그린 「달밤」은 작가의 연민이 나타나는 작품으로 아이러니의 기법을 사용하여 시대의 모순을 드러낸 작품이야. 소설 속의 바보스러운 주인공은 부조리한 사회 현실과 인간의 허위의식에 대해 바보의 천진성과 단순성으로 대항하고 있어. 현실에 대한 작가의 비판의식을 전면에 내세우기보다는 인물의 개성적 성격 묘사를 통해 그들이 처한 암울한 삶의 실상을 객관적 시각으로 보여줌으로써 그 배경이 되는 일세 식민정책의 모순을 드러낸다는 데 의미가 있어.

월북작가 이태준, 그의 문학과 생애에 대해 알아보아요

우리 문학사에서 서정소설의 특징을 가진 작품들이 본격적으로 창작되기 시작한 때는 1930년부터라고 볼 수 있어. 이 무렵 이태준, 이효석, 황순원 등의 단편작가들이 서사구조의 감동보다는 에피소드의 감상적 분위기를 위주로 하는 단편을 발표해. 이런 유형의 대표 작가가 이태준이야. 이태준의 대표작, 예를 들어 『까마귀』, 『밤길』, 『복덕방』 등은 일상적인 사소한 것들에 패배당하는 인간상을 보여주고 있거든. 이러한 패배주의자들에 대하여 독자가 연민을 느끼는 것은 서술자, 또는 작중에 뛰어든 관찰자 '나'의 동정적인 태도 때문이야. 말미에서 황수건이 읊조리는 애상적인 노래는 세상에 대한 원망이자 회한을 상징해. 이를 통해 작가는 순박한 인물마저 포용하지 못하는 현실을 풍자하고, 식민 치하 우리 민족의 우울한 모습을 떠올리게 하고..이태준은 단편문학의 대가로 평가받으며, 그의 작품은 세련된 문학적 기법과 역사적 현실이 잘 어우러져 완성도 높은 예술작품으로 인정받는 작가야. 초기 소설들은 궁핍한 시대의 단면을 서정적 분위기 속에서 예민하게 드러내고, 1930년대 후반의 작품에서는 미적 기교가 완숙기에 접어들었다는 평가를 받는 작가야.

「달밤」 제목은 관찰적 시점에 따른 효과를 엿볼 수 있어요

이태준의 단편소설 「달밤」은 관찰 시점에 따라 독자에게 다양한 감정과 해석을 불러일으키는 작품이다. 이 소설은 주인공의 내면적 시각을 통해 사건을 전개하며, 독자는 그 시점에서 느끼는 감정과 생각을 함께 경험하게 된다. 이태준은 주인공의 심리적 상태를 세밀하게 묘사하여, 독자가 그와 함께 달밤의 정서를 공유하도록 유도한다.

특히, 이 작품에서 달밤은 단순한 배경이 아니라 주인공의 감정과 연결된 상징적 요소로 작용한다. 달빛의 은은함은 고독과 그리움을 상징하며, 주인공의 내면적 갈등을 더욱 부각시킨다. 이태준은 관찰 시점을 통해 독자가 주인공의 감정에 깊이 몰입하게 하여, 그가 겪는 고뇌와 희망을 생생하게 전달한다. 결국, 「달밤」은 관찰 시점의 효과를 통해 독자에게 강렬한 감정적 경험을 제공하며, 이태준의 문학적 기교가 돋보이는 작품으로 평가받는다. 이러한 기법은 독자가 단순히 이야기를 읽는 것을 넘어, 주인공의 세계에 깊이 들어가게 만드는 힘을 지닌다.

줄거리를 꼭 알아야 해요

서술자인 '나'는 성북동으로 이사와 황수건이라는 사람을 만난다. 그는 신문 보조배달원으로 일하며 정식 배달원의 꿈을 가지고 있다. 황수건은 동네에서 '노랑수건'이라는 별명을 가진 우둔하지만 순박한 사람으로 말이 많고, 이야기하기를 좋아하는 천진한 사람이다. 서술자 '나'는 바쁜 일이 없으면 황수건과 대화를 즐긴다. 황수건은 삼산학교 급사로 일하다가 시학관이 왔을 때 일본어를 반복하며 시학관을 난처하게 만들고, 색시가 도망갔다는 장난에 수업 종을 빨리 쳐 단축 시키면서 학교일을 그만 둔다. 학교를 그만 둔 뒤에는 신문 보조 배달원으로 일하며 원배달부의 꿈을 갖지만 결국 보조 배달원의 자리에서도 해고되고 만다. '나'는 그런 황수건에게 도움이 되고 싶어 돈 3원을 주고, 참외 장사를 제안한다. 황수건은 감사의 의미로 '나'에게 참외 3개를 보답하지만 장사는 이내 망한다. 그 이후 황수건의 아내는 황수건의 형수의 시집살이로 인해 가출을 하게 된다, 한참 뒤 '나'는 포도송이를 든 황수건을 만난다. 그러나 이내 값을 치르지 않아 포도 주인이 찾아오게 되고, '나'가 대신 포도값을 물어주게 된다.그렇게 황수건은 다시 사라진다. 서술자 '나'는 포도를 먹으며 황수건의 마음을 느낀다. 어느 날 서툰 일본어 노래를 부르며 걷는 황수건을 발견한다. '나'는 황수건을 배려해 어두운 곳으로 몸을 숨기며 황수건을 바라본다.

'생기부 세특' 깊이 파악하기

「달밤」에 드리운 비극적 서정미에 대해 알아볼까요

이 이야기에서 비극적 서정미는 주인공 '나'와 황수건의 관계를 통해 드러난다. 황수건은 순박하지만 꿈을 이루지 못하고 현실에 고립되는 인물이다. '나'는 그를 돕고자 하지만, 참외 장사와 같은 시도는 실패로 돌아가고, 황수건의 아내는 가출한다. 이러한 사건들은 그의 소외와 고독을 강조한다. '나'는 황수건을 바라보며 연민을 느끼고, 그의 서툰 일본어 노래는 순수함과 고독을 드러낸다. 결국, 황수건은 사라지고, '나'는 그를 기억하며 포도를 먹는 장면에서 인간 존재의 덧없음과 연민을 느끼게 된다. 이 이야기는 꿈과 현실의 간극, 인간 존재의 고독과 상실을 탐구한다.

「달밤」의 배경을 바탕으로 작품을 더 이해해 봐요

식민 지배의 야만성과 허위성 그리고 부당성의 지적을 위해 패배적인 인물을 창조했다. 일제가 내세운 침략 논리의 허위성을 밝히고, 최소한의 기본적인 생존마저 허락지 않는 일제 강점의 부성을 드러낸다. 이러한 의도는 강렬한 저항의 모습은 아니라서 당시대의 저항의지를 드러낸 지식인들과 상반되게 무기력한 느낌을 준다. 그럼에도 불구하고, 이 작품이 일제 강점기의 문학으로 인정받는 이유는 조금의 현실 비판도 허용되지 않았던 시대 사황에서 소극적으로 나마 비판의 목소리를 낸다는 점, 성격 창조와 문체, 짜임새 등에서 성숙한 소설 기법을 구사했다는 점에 문학사적 의의를 가진다.

인물에 대해 살펴볼까요

나: 1인칭 서술자, 황수건과 관련된 일화를 전달하는 사람. 성북동에 이사와서 황수건과 만난 뒤 황수건에게 호감을 가짐. 황수건이 하는 이야기에 흥미를 가지고, 들어주며 진심으로 황수건을 응원하고, 돕고 싶어함. 황수건에 대한 연민이 있음.

황수건: 단순하고 순수한 사람, 남의 일에 참견하며 얘기하는 것을 좋아함. 신문 원배달원이 되는 것이 소원인 보조 배달부, 신문 보조 배달 하다가 쫓겨나고, '나'

가 준 돈으로 참외 장사도 해 보지만 망함. 아내를 몹시 사랑하며 색시가 도망간다는 말을 제일 무서워 함. 아내가 도망친 후에는 실의에 빠짐.

구성 정리

발단	사대문 안에 살던 '나'는 성북동으로 이사온 후 첫 만남에서부터 황수건이 못난이라는 사실을 알고 그런 그가 마음 놓고 나와 다니는 것을 보고 이곳이 시골임을 새삼 느낀다.
전개	외모로도 우둔하고 모자라 보이는 황수건은 삼산학교의 급사로 있다가 쫓겨났고, 결혼하여 형님네 집에 얹혀살고 있다. 그는 현재 신문 보고 배달원이며, 정식 배월원이 되는 게 소원이다.
위기	황수건은 보조배달원 일마저 쫓겨나고 '나'의 도움으로 참외 장사를 시작한다.
절정	황수건은 참외 장사에 실패하고 아내마저 가출한다.
결말	달밤에 달을 쳐다보며 우수에 잠겨 누래를 부르며 지나가는 항수건을 '나'가 숨어서 본다.

제재 정리

갈래	단편소설
주제	각박한 현실에 부딪혀 아픔을 겪는 못난이 황수건에 대한 연민
세새	세상사에 적응 못하는 황수건
성격	애상적, 서정적
배경	시간 – 1930년대 일제 강점기, 공간 – 서울 성북동
시점	1인칭 관찰자 시점
출전	『중앙』(1933)

'생기부 세특' 보고서, 글쓰기 주제 가이드

EBS 수능특강, 2024 가천대 인문 계열 논술에 출제되었어요
「달밤」은 문학 작품의 내용과 형식의 유기적 연관성을 이해하고 작품 자체를 하나의 언어예술로 감상할 수 있는지에 대한 평가를 목적으로 지문으로 이해하는 것이 중요하다.

※ 진로학과에 따라 '세특' 주제 접근 방향이 달라요

🏆	관련학과: **국어,어문계열/교육계열**	출제 빈도: ●●●●○

①	「달밤」 작품 내의 상징과 비유 분석이나 에피소드(일화)적 구성에 대한 탐구를 해보자.
②	'문학의 현대적 재해석'를 통해 「달밤」에서 창의적 해석과 논리적 사고를 드러내는 부분을 찾고, 이를 바탕으로 새로운 구성을 할 때 어떤 점을 더욱 돋보이게 할 수 있는지 자신의 생각을 담아 보고서를 써보자.
③	「달밤」의 주제를 바탕으로 현대 사회와의 연관성을 찾아보고, 그 의미를 탐구해 보자.
④	소외된 이물들에 대한 사회적 무시와 차별속에서 교육은 어떤 방향으로 이루어져야 하는가에 대한 생각을 작성해 보자.
⑤	「달밤」의 소외된 인물을 통해 소외 경험의 언어 교육적 가치를 탐구하고, 이를 교육에 어떻게 반영할 수 있는지에 대해 탐구해 보자.
⑥	「달밤」의 주제를 통해 학생들이 배울 수 있는 도덕적 가치와 그 적용 방안을 탐구해 보자.
⑦	「달밤」의 주제를 활용한 감정 교육의 필요성 탐구해 보자.
⑧	「달밤」의 주제를 활용한 인성 교육 프로그램의 구체적인 구성 요소를 분석해 보자.
⑨	「달밤」의 주제를 현대적 관점에서 재해석하고, 그 과정에서 발견한 새로운 의미를 탐구해 보자.
⑩	「달밤」의 주제를 활용하여 학생들이 공동체 의식을 함양할 수 있는 방안을 탐구해 보자.

⊕	관련학과: **사회/역사/심리/윤리**	출제 빈도: ●●●●●

①	'식민지가 현대 경제에 미친 영향'이나 '특정 작품안의 시대의 외교 정책과 현재 국제 관계 비교'를 통해 나의 생각을 서술해 보자.
②	현대 사회에서 황수건과 같은 소외된 인물에 대해 존재감을 바탕으로 무한 생존 경쟁이 치열한 자본주의 사회에서 돈과 능력이 최고로 인정되고 있다. 앞으로 미래사회에 필요한 진정한 경쟁력은 무엇일까에 대한 보고서를 작성해 보자.
③	현대 사회의 부조리와 일제 시대 때 보여지는 부조리의 공통점과 인간의 고독에 대한 다양한 사례, 문제들을 바탕으로 이를 해결할 수 있는 대안에 대한 글을 써보자.
④	인간의 본질과 가치에 대해 생각해 보고, 소외된 인물들에게 연민과 따뜻함을 보여줄 방법과 필요성에 대한 글을 써보자.
⑤	「달밤」에서 황수건과 '나'의 관계성을 바탕으로, 미래 사회에서의 인간 관계의 변화와 그에 따른 윤리적 문제를 논의해 보자.

⊕	관련학과: **수리/이공계열**	출제 빈도: ●●●●●

①	'수열과 통계의 실생활 활용 사례' 또는 '미적분을 활용한 최적화 문제 탐구'와 같이 실질적인 문제 해결을 중심으로 한 주제를 「달밤」에서 '나'가 황수건에게 제시한 다양한 도움과 나라면 어떤 방법을 제시했을지 구체적으로 생각해 보자.
②	미적분을 활용한 황수건의 최적 선택 탐구를 통해 「달밤」에서의 결정 과정을 수학적으로 모델링해 보자.
③	확률 이론을 통한 「달밤」의 불확실성 분석을 하고, 황수건의 선택이 가져올 결과의 확률을 계산해 보자.
④	기하학적 접근을 통한 「달밤」의 공간적 관계를 고려해 인물 간의 거리와 관계를 수학적으로 모델링해 보자.

❖ 같이 읽으면 좋은 책

곽재구 『사평역에서』, 양귀자 『비 오는 날이면 가리봉동에 가야 한다』

EBS 수능특강, 2025 수원대 논술 출제

생각하며 읽어요

황순원의『곡예사』는 6·25 전쟁 중 피란민의 고통을 1인칭 시점으로 생생하게 담아낸 작품이야. 대구와 부산에서의 피란 체험을 바탕으로, 변호사 집 헛간에서 겪는 수모와 멸시를 통해 전쟁의 참상을 드러내지. 이 이야기는 절박한 상황 속에서도 아이들의 천진성에서 미래의 희망을 발견하는 결말로 이어져. 황순원은 이 작품을 통해 피란민들이 겪는 비극을 강렬하게 표현했어. 특히, 원주민들이 피란민에게 보이는 비정하고 천박한 태도에 대한 분노와 증오가 뚜렷하게 드러나.『곡예사』는 자전적인 성격이 강해, 전쟁의 참화를 객관적으로 관찰하기보다는 개인의 감정을 깊이 있게 탐구하는 작품이거든. 황순원의 문학적 성취는 이러한 작품들에서 더욱 빛나고, 그의 경험이 녹아든 글쓰기는 독자에게 강한 여운을 남겨. 전쟁이 전선에서만 이루어지는 것이 아니라, 피란 생활 또한 전쟁과 다를 바 없다는 점을 잘 보여주고, 심지어 부산에서 더 이상 밀려날 곳이 없다는 땅끝 의식조차 없음을 보여주지. 성인의 경험과 아이들의 경험이 다르지 않을 때, 아이들은 어른으로 성장할 수밖에 없는거잖아? 하지만 그렇다고『곡예사』에서 아이들이 영악하기만 한 존재가 아니야. 작가는 아이다운 천진성을 신뢰하며 미래의 희망을 기대하거든. 그래서『곡예사』는 성인의 자기모멸이나 쓰디쓴 환멸 체험에 매몰되지 않고, 희망의 메시지를 전달한다는 평을 받는 작품으로 알려져 있어.

한국 현대 문학의 거장, 서정적 세계에 대해 알아보아요

황순원(1915~2000)은 평남 대동군에서 태어나 숭실중학교와 와세다 제2고등학원을 거쳐 1939년 와세다대학 영문과를 졸업했어. 1931년에 시「나의 꿈」을『동광』에 발표하며 시 창작을 시작했고, 이후『방가』(1934),『골동품』(1936) 등의 시집을 출간했지. 1937년부터 소설 창작에 들어가 1940년에『황순원 단편집』을 발표했어. 이후『목넘이 마을의 개』(1948),『기러기』(1951),『곡예사』(1952) 등 다양한 작품을 남겼어. 그의 작품은 간결하고 세련된 문체로 유명하고, 소박하면서도 치열한 '휴머니즘'을 담고 있어. 그래서 한국인의 전통적인 삶에 대한 애정이 깊고, 서정적인 아름다움이 돋보이며, 황순원의 문학은 한국 현대소설의 높은 봉우리에 위치한다고 평가받아. 또 그의 소설은 역사적 차원에 대한 관심을 결여하지 않으면서도 서정적인 아름다움을 잘 유지하고 있거든. 그는 1957년 예술원 회원으로 선출되었고, 아세아자유문학상, 예술원상, 3·1문화상 등을 수상했어. 문예 사조의 관점에서 그의 문학은 주로 낭만주의로 분류되며, 작품 발표 후에도 끊임없이 손질하는 장인적 집요함으로도 알려져 있어. 1980년부터 문학과지성사에서『황순원전집』이 간행되었고, 그의 문학 세계는 여전히 많은 독자들에게 사랑받고 있지.

줄거리를 꼭 알아야 해요

전쟁이 발발하자 '나'는 가족을 먼저 대구로 피난 보낸 후 뒤따라 도착한다. 대구에서 가족은 지인의 도움으로 변호사 댁 헛간에서 피난살이를 시작하지만, 주인집 노파의 엄격한 규율에 고통을 겪는다. 결국 가족은 대구에서 쫓겨나 부산으로 이동하게 된다. 부산에서도 아는 사람의 도움으로 변호사 댁에 방한 칸을 얻어 피난살이를 이어가지만, 어린아이들까지 껌이나 담배를 팔며 생계를 이어가야 하는 어려운 상황에 처한다. 얼마 지나지 않아 방을 비워 달라는 주인의 요구를 받게 되고, '나'와 아내는 백방으로 방을 구하려 애쓰지만 쉽지 않다.

어느 날, '나'는 가족들과 귀가하는 길에 자신과 어린 자녀들이 곡예단의 곡예사라는 생각을 하게 된다. 피란민으로서의 고통을 해학적으로 받아들이며, 자식들이 어른이 되어 자신처럼 슬픈 곡예를 하지 않기를 바라는 마음을 품는다. 가족들은 처제네와 부모 집, 외가 등으로 흩어져 숙박하고, 아내는 국제 시장에서 옷을 팔며 생계를 이어간다. 어린 자식들은 서면 등지에서 미군을 상대로 몇 센트의 군표를 얻기 위해 장사를 하며, '나'는 자신과 가족들이 삶의 중심을 잃지 않으려는 피에로와 같다고 느끼며, 미래의 희망을 찾으려 한다.

절제의 미학, 피란생활의 고통을 담다

황순원의 소설 『곡예사』에서 피란생활에 대한 작가의 표현은 절제된 방식으로 이루어진다. 작가는 전쟁의 참혹함과 피란민의 고통을 직접적으로 묘사하기보다는, 그들의 일상적인 삶과 감정을 통해 독자가 자연스럽게 상황을 이해하도록 유도한다. 이러한 절제는 독자에게 강한 감정적 여운을 남기며, 피란민들이 겪는 고난과 슬픔을 더욱 깊이 있게 전달한다.

특히, 주인공의 내면적 갈등과 주변 인물들과의 관계를 통해 피란민의 삶이 단순한 생존을 넘어서는 복잡한 감정을 담고 있음을 보여준다. 작가는 구체적인 사건보다는 인물의 심리와 그들이 처한 환경을 세밀하게 묘사하여, 전쟁의 비극이 개인의 삶에 미치는 영향을 간접적으로 드러낸다. 이러한 절제된 표현 방식은 독자가 피란생활의 고통을 더욱 깊이 공감하게 만들며, 전쟁의 잔혹함을 여실히 느끼게 한다.

'생기부 세특' 깊이 파악하기

개인의 서사로 본 전쟁의 잔혹함을 표출하는 『곡예사』의 특징

『곡예사』는 다른 분단 소설과 차별화되는 점이 개인성에 뿌리를 두고 있다. 이 작품은 6·25전쟁이라는 역사적 배경을 암시하면서도, 전쟁의 잔혹함이나 폭력성을 직접적으로 묘사하지 않는다. 대신, 전쟁이 개인의 윤리와 정을 어떻게 피폐하게 만드는지를 사실적으로 드러내며, 피난 생활을 하는 한 가족의 일상이 얼마나 처참해질 수 있는지를 보여준다. 이러한 접근은 인간의 존엄성이 어디까지 추락할 수 있는지를 탐구하며, 독자에게 깊은 감동을 준다.

특히, 작품 속 아이들이 보여주는 『곡예사』 같은 몸짓은 희망의 상징으로 작용한다. 전쟁의 여파에 찌든 어른들과는 달리, 아이들은 본질적인 천진성을 잃지 않고 있다. 이는 비참한 현실 속에서도 희망을 잃지 않으려는 작가의 의지를 반영한다. 이러한 요소는 독자에게 전쟁의 참혹함 속에서도 인간의 본성과 희망을 잃지 말라는 메시지를 전달한다. 또한, 대구와 부산이라는 피난지의 공간적 배경은 작가 황순원의 개인적 경험을 바탕으로 하고 있다. 그는 자신의 피난 생활을 사실 그대로 구성하여, 전쟁으로 인해 집과 재산을 잃고 남의 집 헛간에서 살아야 했던 치욕적인 상황을 드러낸다. 이러한 개인적이고 구체적인 경험은 작품에 깊이를 더하며, 독자에게 더욱 강렬한 감정을 불러일으킨다. 결과적으로 『곡예사』는 전쟁의 비극을 개인의 시각에서 성찰하며, 희망을 잃지 않는 인간의 모습을 그려내어 다른 분단 소설과 뚜렷한 차별성을 지닌다.

『곡예사』 전쟁 속의 휴머니즘을 탐구하다

『곡예사』에서 나타나는 휴머니즘은 전쟁과 사회적 혼란 속에서도 인간의 존엄성과 가치를 지키려는 노력으로 드러난다. 황순원은 작품을 통해 궁핍한 현실 속에서 개인들이 감당해야 하는 삶의 무게를 직시하며, 인간성의 왜곡과 상처를 치유하고자 하는 주제의식을 표현한다. 전쟁은 전통적 가치와 사회적 질서를 붕괴시키고, 인간의 존재 방식에 대한 근본적인 질문을 던지게 만든다. 작품 속에서 피난민들은 생존을 위해 고군분투하지만, 그들의 고통을 외면하는 가진 자들의 이기주의가 극명하게 대비된다. "당신네들도 인간인기요?"라는 질문은 인간의 기본적인 존엄성을 상기시키며, 전쟁의 폭압성과 그로 인해 굴욕을 당하는 이들의 현실을 고발한다. 이러한 반문은 단순한 질문이 아니라, 인간에 대한 가치를 상실한 사회에 대한 경고이자 비판으로 작용한다. 주인공은 자신의 비참한 상황을 "어둠 속을 날아가는 나비"와 "깡충깡충 재주를 부리는 토끼"에 비유하며, 절망 속에서도 희망을 잃지 않으려는 의지를 보여준다. 이는 인간성이 소멸된 현실 속에서도 인간다운 삶을 추구하려는 강한 의지를 나타내며, 휴머니즘의 본질을 드러낸다. 이렇듯 『곡예사』는 인간의 존엄성을 지키기 위한 끊임없는 노력과 그 과정에서의 고통을 통해 진정한 휴머니즘이 무엇인지를 탐구하고 있다.

『곡예사』에 나타나는 어린이의 천진성을 느낄 수 있어요

황순원의 『곡예사』에서 어린이의 천진성은 여러 중요한 의미를 지닌다. 천진성은 전쟁의 참혹함 속에서도 순수함과 희망을 상징하며, 어린이들은 전쟁의 영향을 받으면서도 그 본질적인 순수함을 잃지 않는다. 이는 작가가 전하고자 하는 희망의 메시지를 강화하며, 전쟁의 비극적인 상황에서도 아이들이 보여주는 천진한 모습은 독자에게 인간의 본성과 희망을 잃지 말라는 강한 의지를 전달한다. 또한, 어린이의 천진성은 성인들의 절망과 대조를 이루어 전쟁이 가져온 비극적인 현실을 더욱 부각시키며, 성인들은 전쟁으로 인해 고통받고 인간성을 상실하는 경우가 많지만, 아이들은 그러한 상황 속에서도 순수한 꿈과 희망을 품고 있다. 이런 대조는 작가가 전하고자 하는 인간의 존엄성과 회복의 가능성을 암시한다. 마지막으로, 어린이의 천진성은 미래에 대한 기대를 나타내며, 작가는 아이들이 어른이 되어 슬픈 곡예를 하지 않기를 바라는 마음을 통해 전쟁의 악순환을 끊고 더 나은 미래를 꿈꾸는 희망을 표현한다.

인물에 대해 살펴볼까요

나(황순원): 가장으로 피난살이에 궁핍, 비인간적인 대우를 받는 인물, 무기력한 가정에서 희망을 가지고 살아가는 인물

아내: 가족을 살리고자 적극적으로 애쓰고 행동하는 인물로 남편에 대한 믿음과 자식에 대한 사랑이 강함. 전쟁에서 희망을 가지고 사는 우리민족을 상징함.

처제: 피난의 힘든 삶 속에서 좌절하고 힘들어하는 우리민족을 상징함.

변호사댁: 이기적이고 비인간적인 인물, 전쟁이라는 극한 상황에서 공동체 의식

을 상실한 인물.

구성 정리

발단	나는 먼저 대구로 가족들을 피난 보냄. 나의 가족은 지인의 도움으로 대구의 변호사 댁 헛간에서 피난살이를 시작한다.
전개	주인집 노파의 엄격한 생활 규율에 힘들어 하다가 나와 가족은 쫓겨난다.
위기	다시 지인의 도움을 받아 변호사 댁에 방을 얻어 피난살이를 이어감. 어린 아이들 마저도 껌이나 경제적 행위에 내몰리는 등의 고단한 피난살이를 한다.
절정	방을 빼라는 요구를 듣고 나와 아내는 방을 구하러 다니지만 구하지 못한다.
결말	자신은 물론 자식들까지 곡예단의 곡예사가 된 기분에 슬퍼하지만 피난살이의 어려움을 긍정적 태도로 극복해 보고자 하는 의지를 보인다.

제재 정리

갈래	현대소설
성격	비판적, 사실적, 낙관적, 고발적
재제	대구와 부산에서의 피난살이
주제	긍정적 삶의 자세로 피난살이의 어려움을 극복하려는 의지
특징	• 전쟁으로 인한 피난살이의 모습을 사실적으로 보여줌 • 피란민과 집주인을 대비하여 피란민의 고통을 강조함 • 열린 결말로 독자의 상상력을 자극함 • 주인공 이름을 '황순원'으로 하여 자전적 소설임을 드러냄

'생기부 세특' 보고서, 글쓰기 주제 가이드

EBS 수능특강, 2025학년 수원대 논술에 출제되었어요

실제 경험이 작품 속 가족의 모습에 반영되어 있음을 이해하고, 상징적 표현을 통해 이를 간결하게 서술할 수 있어야 한다. 『곡예사』는 단순히 비극적인 상황을 묘사한 것이 아니라, 유머와 상징을 통해 슬픔을 극복하려는 태도를 보여준다는 것을 기억함이 중요하다.

※ 진로학과에 따라 '세특' 주제 접근 방향이 달라요

🌐	관련학과: **국문/문창/디지털 미디어**	출제 빈도: ●●●●●
①	황순원의 『곡예사』에서 전쟁의 개인적 경험을 탐구해 보자.	
②	황순원의 문제와 서정성을 현대 문학과 비교하여 탐구해 보자.	
③	디지털 시대의 문학 소비 방식이 『곡예사』의 수용에 미치는 영향을 탐구해 보자.	
④	『곡예사』의 주제를 디지털 매체를 통해 현대 사회에 전달하는 방법을 연구해 보자.	
⑤	전쟁의 경험을 디지털 콘텐츠로 재구성하는 방안을 탐구해 보자.	
⑥	『곡예사』의 메시지를 현대 디지털 플랫폼에서 어떻게 전달할 수 있을지 탐구해 보자.	

🌐	관련학과: **사회학/역사학**	출제 빈도: ●●●●●
①	전쟁이 개인의 윤리와 정에 미치는 영향을 사회학적으로 연구해 보자.	
②	피란민과 원주민 간의 갈등을 통해 현대 사회의 이기주의를 탐구해 보자.	
③	『곡예사』에서 나타나는 가족의 역할을 현대 사회와 연결하여 연구해 보자.	
④	전쟁과 사회적 혼란 속에서 인간의 존엄성을 지키려는 노력에 대해 탐구해 보자.	

⑤	『곡예사』의 주제를 통해 현대 사회의 피난민 문제를 연구해 보자.
⑥	6·25 전쟁의 역사적 배경을 『곡예사』와 연결하여 탐구해 보자.
⑦	황순원의 개인적 경험이 한국 현대사에 미친 영향을 연구해 보자.
⑧	전쟁이 한국 사회의 가치관에 미친 변화를 『곡예사』를 통해 탐구해 보자.
⑨	『곡예사』에서 묘사된 피난 생활을 통해 전후 한국 사회의 변화를 연구해 보자.
⑩	전쟁과 분단이 개인의 삶에 미친 영향을 역사적으로 탐구해 보자.

🏛	관련학과: **윤리/심리**	출제 빈도: ●●●●

①	『곡예사』에서의 인물들의 선택이 현대 사회에서 우리가 직면하는 윤리적 고민과 어떻게 연결될 수 있는지 서술해 보자.
②	인물들이 가진 가치관과 윤리적 고민이 현대 사회에서 우리가 겪는 도덕적 갈등과 어떻게 연결될 수 있는지 연구해 보자.
③	인물들의 가치관에 따라 도덕적 갈등의 해결 방식이 어떻게 달라질 수 있을지 탐구해 보자.
④	이해관계에 따라 다른 가치관을 가진 인물들이 함께 갈등을 해결할 수 있는 방법을 연구해 보자.
⑤	주인공의 갈등이 현대의 SNS와 비교하며 자아 인식에 미치는 영향에 대해 탐구해 보자.
⑥	『곡예사』의 주요 인물들이 직면하는 심리적 갈등을 분석하고, 이들이 내리는 선택이 윤리적 관점에서 어떤 의미를 가지는지를 탐구해 보자.
⑦	『곡예사』의 인물들이 사회적 압력 속에서 자신의 정체성을 어떻게 형성하고 유지하는지를 탐구하고, 이 과정에서 발생하는 심리적 갈등을 분석해 보자.
⑧	전쟁이라는 극한 상황에서 인물들이 경험하는 심리적 고통과 그로 인해 발생하는 윤리적 선택의 문제를 연구해 보자.
⑨	『곡예사』에서 나타나는 인간의 존엄성에 대한 탐구를 통해, 현대 사회에서 개인이 자신의 존엄성을 지키기 위해 어떤 윤리적 책임을 져야 하는지를 분석해보자.

❖ 같이 읽으면 좋은 책

이청준 『당신들의 천국』, 김훈 『칼의 노래』

07 | 꺼삐딴 리
전광용

EBS 수능특강, 2024 경기대 수시 논술 전형 출제

생각하며 읽어요

「꺼삐딴 리」는 전광용 작가의 작품으로, 해방 직후의 격변기를 배경으로 한 이야기야. 주인공 이인국은 일제 강점기 동안 친일파로 성공한 외과 의사인데, 해방 후 소련군에 의해 감옥에 갇히게 돼. 이인국은 상황에 맞춰 생존을 위해 지혜롭게 대처하는 인물로, 그의 독특한 처세술이 돋보여. 제목인 '꺼삐딴'은 러시아어로 캡틴을 의미하는데, 해방 직후 소련군이 북한에 진주하면서 이 단어가 많이 사용됐어. 이인국은 감옥에서도 자신의 생명을 지키기 위해 침묵하고, 필요한 지식을 빠르게 습득해. 결국 그는 감방에서 전염병이 돌자 의사로서의 역할을 하게 되고, 사령관의 수술을 성공적으로 마치면서 석방돼. 이 작품은 단순한 역사적 사실을 넘어서, 격변기 속에서 인간이 어떻게 생존하고 적응하는지를 보여줘. 이인국의 '금시계'는 그의 처세술과 상징적으로 연결되며, 어떤 상황에서도 변하지 않는 그의 태도를 나타내. 전광용은 이인국을 통해 복잡한 시대 속에서 인간의 본성과 생존 본능을 탐구하고 있어. 「꺼삐딴 리」는 그런 의미에서 한국 현대사의 한 단면을 잘 담아낸 작품이야.

소외된 인물들의 복잡한 심리 탐구를 즐긴 '전광용'

전광용은 다양한 계층과 인물을 소설에 담아내는 작가야. 그의 작품에는 현

실에서 소외된 인물들이 주로 등장해. 「꺼삐딴 리」는 이런 경향을 잘 보여주는 대표작인데, 주인공 이인국은 일제 강점기와 해방 후의 격변 속에서 능동적으로 대처하는 인물이야. 이인국은 친일파로 성공한 외과 의사인데, 해방 후 소련군에 의해 감옥에 갇히지만, 위기 속에서도 생존을 위한 지혜를 발휘해. 작품은 이인국의 내면 세계와 그의 행위가 시대적 속성을 반영하는 방식으로 전개돼. 전광용은 인물의 성격을 강조하기 위해 사건의 시간적 순서를 무시하고, 기억의 단편을 통해 과거와 현재를 교차시켜. 이런 서술 구조는 플롯의 일관성을 희생하면서도 인물의 복잡한 심리를 드러내는 데 집중해. 「꺼삐딴 리」는 전광용의 초기 작품 세계를 집약하고, 그가 긍정적인 인간상을 그리려는 의지를 보여줘.

줄거리를 꼭 알아야 해요

이인국 박사는 개인 병원을 운영하며 종합 병원에 버금가는 명성과 수익을 올리고 있다. 그의 병원은 청결과 비싼 병원비로 부유층과 권력층을 주 고객으로 삼고, 양면 진단을 통해 경제적 능력을 우선시한다. 수술 후 불안한 마음으로 미국 대사관의 브라운 씨를 만나러 가는 길, 그는 유학 중인 딸 나미의 편지를 떠올린다. 나미는 외국인 교수와 결혼하겠다는 고집을 부리고, 이인국은 이를 불만스럽게 여긴다.

이인국은 과거 친일파로서 일본어 사용을 강요하고 독립투사의 치료를 거부했던 시절을 회상한다. 해방 후 소련군에 의해 감옥에 갇히고, 그곳에서 소련 장교 스텐코프의 혹을 성공적으로 수술하여 석방된다. 이후 아들을 모스크바로 유학 보내지만 한국전쟁으로 연락이 끊긴다. 그는 월남 후 영어를 배우고 병원의 고객을 부유층으로 제한하며 성공을 거둔다.

브라운과의 만남에서 그는 미국행 준비가 완료되었다는 소식을 듣고 뿌듯함을 느낀다. 이인국은 자신의 과거를 돌아보며 미국에서도 성공할 것이라는 확신을 갖게 된다. 과거의 역경을 딛고 새로운 삶을 향해 나아가려는 그의 의지가 드러난다.

 '생기부 세특' 깊이 파악하기

부귀영화의 그림자, 이인국을 통한 시대의 풍자를 나타내요

작가는 이인국이라는 인물을 통해 시대에 따라 변신하며 기회만을 추구하는 인물의 부정적 모습을 풍자하고자 했다. 이인국은 일제시대와 해방 이후 북한, 남하 후에도 외국인들에게 의존하며 부귀영화를 누리지만, 이는 그의 이기주의와 기회주의를 드러낸다. 작가는 이러한 인물을 통해 민족의 고난과 역사적 요구에 무관심한 태도를 비판하며, 진정한 삶의 가치는 사회와 역사의 흐름을 이해하고, 이를 개인의 영달이 아닌 올바른 길을 걷기 위해 활용하는 것임을 강조한다. 즉, 권력과 부를 잃더라도 올바름을 추구하고, 시대의 변화에 휘둘리지 않으며 자신의 신념을 지키는 자세가 중요하다는 메시지를 전달하고자 한다. 이인국의 과도한 적응력은 조선의 선비들이 중시했던 절개와 대조를 이루며, 작가는 이를 통해 독자에게 진정한 가치와 삶의 방향성을 다시금 생각하게 만든다. 결국, 작가는 이인국을 통해 개인의 이익을 넘어서는 삶의 의미와 사회적 책임을 강조하고, 그러한 가치가 시대를 초월해 중요하다는 점을 부각시키고자 했다.

「꺼삐딴 리」를 통한 일제 강점기와 해방 후 한국 사회 변화를 탐구해요

소설 「꺼삐딴 리」는 일제 강점기와 해방 후 한국 사회의 변화를 여러 방식으로 반영하고 있다. 첫째, 역사적 배경을 사실적으로 묘사하며, 일본의 제국주의적 통치 아래에서 한국 민족이 겪었던 고통과 저항의 역사를 주인공의 삶에 담고 있다. 둘째, 주인공 이인국 박사는 생존을 위해 기회주의적인 태도를 보이며, 이는 혼란 속에서 많은 사람들이 선택할 수밖에 없었던 현실을 반영한다. 이러한 선택은 개인의 도덕성과 사회적 책임감에 대한 질문을 던진다. 셋째, 해방 이후 남과 북의 분단과 정치 이념의 대립은 인물 간의 갈등으로 나타나며, 이인국 박사는 사회의 변화에 휘둘리게 된다. 넷째, 주인공의 갈등은 한국 민족 전체의 아픔과 고난을 상징하며, 개인의 생존과 도덕적 선택이 민족의 역사와 연결되는지를 탐구한다. 마지막으로, 소설은 전통적인 가치관과 새로운 이념 간의 갈등을 통해 인물들의 가치관 변화도 보여준다. 이러한 요소들은 「꺼삐딴 리」가 한국 사회의 역사적 맥락과 인간 존재에 대한 깊은 성찰을 제공하는 작품으로 자리매김하게 한다.

「꺼삐딴 리」의 회중시계 의미를 알아야 해요

회중시계는 이인국 박사의 삶을 상징하는 중요한 매개체로, 그의 과거와 현재를 연결하는 역할을 한다. 제국대학에서 받은 졸업기념품으로, 일본에 대한 충성을 나타내며 그의 첫 번째 행적을 드러낸다. 이 시계는 이후 소련군에 의해 빼앗겼지만, 스텐코프 소령의 수술을 통해 다시 되찾게 된다. 이는 이인국이 소련군의 신임을 얻고 그들의 비위를 맞추기 위해 아들에게 러시아 유학을 강요하는 등, 자신의 이익을 위해 타국 세력에 아부하는 모습을 보여준다. 현재 이인국은 회중시계를 들여다보며 미대사관의 브라운씨를 기다리며, 국보급 청자를 선물로 준비한다. 이처럼 회중시계는 그의 이기적이고 반민족적인 성격을 드러내는 동시에, 과거와 현재의 복잡한 관계를 상징하는 중요한 요소로 작용한다. 결국, 회중시계는 이인국의 정체성과 그의 선택이 가져온 결과를 상기시키는 상징적인 물체로 기능하며, 그가 어떤 길을 걸어왔는지를 상징적으로 드러낸다. 이러한 맥락에서 회중시계는 단순한 시계가 아닌, 그의 삶과 선택의 무게를 담고 있는 중요한 상징으로 자리 잡는다. 또한, 이 시계는 이인국이 과거의 선택으로부터 벗어나지 못하고 끊임없이 타국의 힘에 의존하는 모습을 반영하며, 그로 인해 발생하는 내적 갈등과 고뇌를 드러내는 매개체로도 기능한다.

인물에 대해 살펴볼까요

이인국: 이기적이고 반민족적인 인물로, 일본인, 소련인, 미국인에게 아부하며 자신의 안녕과 영달만 추구.
혜숙: 간호원 경력을 가진 이인국의 후처로, 그의 이기적인 성격과 갈등을 겪는

인물.

나미: 이인국의 딸로, 미국 유학 후 동양학 전공 교수와 결혼하려는 독립적인 성향을 지닌 인물.

스텐코프: 이인국의 왼쪽 뺨 혹을 제거해 준 소련인 장교로, 이후 이인국을 돕는 역할.

브라운: 미 대사관 직원으로, 이인국을 지원하며 그의 미국 이주를 돕는 인물.

구성 정리

발단	이인국은 미대사관의 브라운 씨를 만나러 가는 길에 회중시계를 보며 약속 시간을 확인하고, 그 순간 과거의 기억에 잠기게 된다.
전개	일제 강점기 동안 이인국은 일본인에게 아부하며 부유한 삶을 살고, 친일파로서 득세하게 된다.
위기	해방 후 친일 행적이 드러난 이인국은 감옥에 갇혔으나, 소련군 스텐코프의 수술로 도움을 받아 위기를 모면했다.
절정	이인국은 1·4 후퇴 중 맨몸으로 월남한 후, 미국인의 도움으로 특유의 생명력으로 고난을 극복하고 사회 지도층 인사가 된다.
결말	이인국은 브라운 씨의 집에 도착해 고려청자를 선물하고, 미국 국무성 초청으로 비자를 받아 미국으로 건너갈 꿈에 부풀게 된다.

제재 정리

갈래	풍자 소설, 단편 소설
성격	냉소적, 비판적, 풍자적
배경	시간 - 일제 말기에서 1950년대, 공간 - 남한과 북한(일제시대에서 6 · 25 전쟁 후까지 격동의 현대 한국)
시점	3인칭 전지적 작가 시점
주제	시대와 상황에 따라 변하는 기회주의자에 대한 풍자
출전	『사상계』(1962)

'생기부 세특' 보고서, 글쓰기 주제 가이드

EBS 수능특강, 경기대 2024수시 논술 전형에 출제되었어요

식민지 조선의 암담한 현실 속에서 서로 다른 삶의 태도를 보여주는 인물들의 모습을 살펴보면, '우호적이지 않은 외부의 조건'에도 올바른 신념을 지켜가는 일이 얼마나 큰 가치를 지니는지 성찰해 볼 수 있다. 이러한 성찰 외에도 인물의 성격, 작품 구성 방식, 제목의 의미를 바탕으로 작품에 대한 기본적인 이해가 중요하다.

※ 진로학과에 따라 '세특' 주제 접근 방향이 달라요

🌐	관련학과: 문학/문예창작/미디어/심리	출제 빈도: ●●●●
①	이인국의 심리를 현대 사회에서 느끼는 소외감과 연결지어 어떻게 표현했는지 분석해보자. 또, 이를 바탕으로 디지털 시대의 고립감이나 사회적 연결의 결여가 개인의 심리에 미치는 영향을 탐구해 보자.	
②	전광용의 작품 속 소외된 인물들을 현대 사회의 사회적 약자, 예를 들어 이민자, 저소득층, 장애인 등과 연결하여 그들의 심리와 사회적 위치 어떻게 표현했는지 연구해 보자.	
③	서술 구조의 특징을 바탕으로 현대의 다양한 미디어 형식, 예를 들어 소셜 미디어나 웹툰과 비교하여, 어떻게 이야기가 전달되고 수용되는지를 탐구해 보자.	
④	이인국의 기회주의적 태도를 현대 사회의 윤리적 딜레마, 예를 들어 기업의 사회적 책임이나 개인의 이익과 공동체의 이익 간의 갈등과 연결하여 분석해 보자.	
⑤	디지털 시대의 이야기 전달 방식이 「꺼삐딴 리」의 서술 구조에 어떤 새로운 접근을 가능하게 할지 연구해 보자.	
⑥	전광용의 초기 작품 세계를 현대 문학의 흐름과 비교하여, 사회적 문제를 다루는 방식의 변화를 탐구해 보자.	
⑦	작품 속 상징적 요소, 표현방법을 찾아보고 현대 사회의 상징, 예를 들어 환경 문제나 사회적 불평등과 연결하여 그 의미를 탐구해 보자.	
⑧	이인국과 혜숙의 관계를 현대의 성 역할과 젠더 갈등을 어떻게 표현했는지를 분석하여, 개인의 관계가 사회적 구조와 어떻게 연결되는지를 탐구해 보자.	

⑨	「꺼삐딴 리」의 시대적 맥락을 현재의 사회적 갈등에 대한 구절들을 예로 들어 세대 간 갈등이나 지역 간 갈등과 연결하여 분석해 보자.
⑩	전광용의 문체를 현대의 커뮤니케이션 방식, 특히 짧고 간결한 메시지 전달 방식과 비교하여, 문학적 표현의 변화를 탐구해 보자.

🌐	관련학과: 역사/사회	출제 빈도: ●●●●

①	이인국의 행동은 현대 사회의 책임 의식과 어떻게 연결되는지를 연구해 보자
②	일제 강점기와 해방 후 한국 사회의 변화는 현대 사회의 갈등을 이해하는 데 도움을 주는지를 연구해 보자.
③	해방 직후 한국 사회의 갈등은 현대 사회의 분열과 유사성을 보여주는지를 연구해 보자.
④	「꺼삐딴 리」의 시대적 배경과 인물 간의 관계는 현대 사회의 복잡성을 반영하는지를 탐구해 보자.
⑤	이인국의 기회주의는 현대 사회의 윤리적 딜레마를 이해하는 데 중요한 맥락을 제공하는지를 연구해 보자.
⑥	「꺼삐딴 리」의 역사적 인물과 사건은 현대적 시각에서 사회적 교훈을 이끌어내는지를 탐구해 보자.
⑦	해방 후 한국 사회의 가치관 변화는 현대 사회의 윤리적 기준과 비교할 수 있는지를 탐구해 보자.
⑧	「꺼삐딴 리」의 시대적 변화는 개인의 삶에 미친 영향을 현대 사회와 연결해 탐구해 보자.
⑨	전광용의 작품을 통해 본 사회적 소외는 현대 사회의 고립 문제와 연결되는지를 연구해 보자.
⑩	「꺼삐딴 리」의 인물들이 겪는 고난은 현대 사회의 고통과 유사성을 드러내는지를 탐구해 보자.

❖ 같이 읽으면 좋은 책

김승옥 『무진기행』, 이문열 『살아있는 날의 기적』

08 | 결혼
이강백

EBS 수능특강 출제

생각하며 읽어요

「결혼」은 1막짜리 단막극으로 실험적인 기법을 활용한 독특한 연극이야. 이 작품은 1974년 한국 극작 워크숍의 단막극 선집에 처음 발표됐고, 같은 해 '카페 떼아뜨르'에서 최치림 연출로 초연됐어. 이 작품은 작가에게 금전적인 도움을 준 작품으로도 알려져 있어. 「결혼」은 주인공이 결혼을 통해 겪는 갈등과 내면의 변화를 중심으로 전개돼. 주인공은 결혼 준비 과정에서 가족과 주변 사람들의 압박을 느끼고, 자신의 진정한 감정과 욕망을 고민하게 되지. 결혼 생활이 시작되면 상대방과의 관계에서 생기는 오해와 갈등을 경험하고, 사랑의 본질과 결혼의 의미에 대해 깊이 생각하게 돼. 특히 이 작품은 남자가 제4의 벽을 뚫고 관객에게 말을 거는 기법이나, 관객에게 물건을 빌려서 연극 소품으로 사용하는 등의 실험적인 요소가 두드러져. 예를 들어, 남자가 관객에게 담배와 넥타이를 구하는 장면이 있어. 이런 기법은 관객과 무대의 경계를 허물고, 소유의 본질과 진정한 사랑에 대한 질문을 던지게 해. 무대 장치도 간단하고, 전통적인 연극 형식을 벗어나 독창적인 방식으로 이야기를 전달해. 작가는 결혼이라는 소재를 통해 모든 것이 누군가에게 빌린 것이라는 주제를 전달하고, 현대인의 고독과 갈등을 진지하게 탐구하고 있어. 이 작품은 관객에게 깊은 여운을 남기고, 결혼과 사랑에 대한 새로운 시각을 제시해.

사랑과 시간의 교차점을 표출하고 있어요

이강백(李康白, 1947년 12월 1일 ~)은 대한민국의 저명한 극작가로, 1947년 전라북도 전주에서 태어나 1971년 동아일보 신춘문예 희곡 부문에서 『다섯』이 당선되며 극작가로서의 경력을 시작했어. 1982년부터 1990년까지 크리스찬 아카데미 문화부장을 역임하고, 이후 한양대학교, 중앙대학교 대학원, 한국예술종합학교에서 강사와 객원 교수로 재직했지. 2003년부터 서울예술대학 극작과 교수로 임용되어 2013년 정년 퇴직할 때까지 후학 양성에 힘썼어. 이강백은 다양한 주제를 다룬 작품을 통해 현대인의 고독과 갈등을 조명하고, 실험적인 연극 기법을 활용한 작품들로도 잘 알려져 있어. 그의 대표작 「결혼」은 결혼을 소재로 사랑, 물질, 인간 관계에 대한 깊은 성찰을 담고 있어. 1막짜리 단막극으로, 시간의 흐름을 중심 주제로 삼아 45분 동안 진행되며, 사라지는 시간과 흐르지 않는 시간으로 나누어 표현해. 주인공 남자는 부유하게 보이려 하지만, 빌린 물건들이 사라지면서 사기꾼의 정체가 드러나. 그럼에도 여자는 그의 청혼을 받아줘. 이 과정을 통해 작가는 결혼과 사랑의 복잡한 본질을 탐구하고, 물리적 시간이 남자에게 억압으로 작용하는 모습도 잘 드러나. 「결혼」은 젊음, 생명, 자연현상 등을 누군가에게 빌린 것처럼 여긴다는 메시지를 담고 있어. 이 작품은 참된 사랑이 무엇인지 고민하게 만드는 희극적인 요소도 있으며, 인간의 삶을 아름답게 형상화하면서 깊이 있는 성찰을 이끌어내. 관객에게 사랑과 시간, 소유의 본질에 대해 다시 한번 고민하게 만드는 매력이 있어.

줄거리를 꼭 알아야 해요

「결혼」은 가난한 남자가 한정된 시간인 45분간 동안 부자의 집과 물건을 빌려 사용하며 벌어지는 이야기다. 남자는 자신이 부자인 척하며 결혼을 결심하고, 잡지의 사교란을 통해 결혼할 여자를 찾는다. 초조한 기다림 끝에 드디어 여자를 만나게 되지만, 빌린 물건들이 거의 모두 빼앗기면서 상황이 급변한다. 여자는 남자가 실제로는 가난한 사람임을 알게 되고, 그를 떠나려 한다. 하지만 남자는 여자를 진심으로 사랑하게 되었고, 소유의 본질과 헌신적인 사랑에 대해 이야기하며 그녀를 설득하려 한다. 여자는 처음에는 물질적 조건을 중시하는 인물이지만, 남자의 진정한 마음을 이해하게 되면서 갈등을 겪는다. 하인은 남자가 빌린 물건을 회수하려 하는 존재로, 남자와 희극적인 갈등을 일으키며 이야기에 긴장감을 더한다. 결국, 하인이 남자를 저택에서 내쫓으려 하자, 남자는 진정한 사랑의 의미를 강조하며 청혼을 하게 된다. 여자는 남자의 진심에 감동받아 청혼을 받아들이고, 부자의 저택을 떠나게 된다. 이 작품은 결혼을 둘러싼 물질적 조건과 진정한 사랑의 본질을 탐구하며, 현대 사회의 갈등을 유머러스하게 그려낸다.

소유와 빌림: 이강백의 「결혼」이 던지는 질문

이강백의 작품 「결혼」은 결혼이라는 주제를 통해 소유와 빌림의 복잡한 개념을 탐구한다. 결혼은 단순한 법적 계약이 아니라, 두 사람의 삶이 얽히고히는 관계의 시작이다. 이 과정에서 소유의 개념은 개인의 정체성과 소속감을 형성하는 중요한 요소로 작용한다. 그러나 이강백은 소유가 반드시 긍정적인 의미만을 지니지 않음을 보여준다. 소유는 때로 상대방에 대한 지배와 소외를 초래할 수 있으며, 이는 인간 관계의 본질을 왜곡할 위험이 있다. 반면, 빌림의 개념은 상대방과의 관계에서의 유연성과 상호 의존성을 강조한다. '결혼'은 이러한 두 개념을 통해 진정한 관계의 의미를 질문하며, 소유와 빌림이 어떻게 서로를 보완하고 대립하는지를 탐구한다. 결국, 이 작품은 결혼이라는 사회적 제도가 개인의 삶에 미치는 영향을 깊이 성찰하게 만든다.

결혼의 시계, 시간의 압박 속에서의 사랑과 갈등을 의미해요

이강백의 「결혼」은 시간이라는 주제를 통해 사랑과 갈등의 복잡한 양상을 드러내는 작품이다. 극의 시간 설정은 실제 상연 시간과 일치하며, 남자 주인공이 빌린 45분은 결혼이라는 제도의 한계를 상징적으로 보여준다. 이 짧은 시간 안에서 주인공은 사랑과 갈등, 그리고 억압을 경험하게 된다. 작품에서 '시간'이라는 단어가 23번 언급되는 것은 남자에게 시간의 압박이 얼마나 큰지를 강조한다. 그는 결혼이라는 제도 속에서 느끼는 초조함과 강박관념에 사로잡혀 있으며, 이는 하인으로부터 도망치려는 시도로 표현된다. 이러한 시간의 압박은 그가 사랑을 느끼는 순간에도 영향을 미치며, 결국 그의 감정은 갈등으로 이어진다. 소품들은 무대에서 시간의 흐름을 시각적으로 표현하며, 사라지는 물건들은 시간이 지나감에 따라 쌓이는 긴장을 상징한다. 이처럼 시간은 단순한 배경이 아니라 인물의 내면과 관계의 변화를 이끌어내는 핵심 요소로 작용한다.

이강백의 「결혼」에서의 실험적 기법

이강백의 「결혼」은 여러 실험적인 기법을 활용하여 관객과의 경계를 허물고 극의 주제를 깊이 있게 전달하는 작품이다. 주요 기법 중 하나는 제4의 벽 파괴로, 주인공 남자가 관객에게 직접 말을 걸어 그들이 극의 일부로 참여하게 만든다. 이를 통해 관객은 단순한 방관자가 아니라 극적 상황에 연관되는 경험을 한다. 또한 소품의 활용이 두드러지는데, 남자가 관객에게 담배나 넥타이 같은 물건을 빌려 사용함으로써 소품이 주제의식을 형상화하는 중요한 요소로 작용한다. 이러한 소품들은 결혼의 물질적 측면과 사랑의 진정성을 상징적으로 나타낸다. 극은 시간의 분할을 통해 흐르는 시간과 흐르지 않는 시간을 대조적으로 보여주어 관객이 시간의 흐름을 다각도로 인식하게 한다. 간소한 무대 장치는 극의 내용에 집중할 수 있게 하며, 관객 참여를 통해 극의 진행에 영향을 미치게 하여 몰입도를 높인다. 이러한 참여는 관객에게 새로운 시각을 제공하고 주제를 더욱 실감나게 느끼도록 만든다. 이러한 실험적 기법들은 「결혼」이 사랑과 물질, 시간, 인간관계에 대한 복잡한 성찰을 이끌어내는 데 중요한 역할을 한다. 관객은 작품을 통해 깊은 감동과 사유를 경험하게 된다.

사랑과 사회의 압박, 이강백의 「결혼」이 전하는 메시지를 알아야 해요

이강백의 「결혼」은 현대사회에서 결혼의 진정한 의미를 재조명하는 강력한 메시지를 전달한다. 작품을 통해 주인공은 결혼에 대한 인식이 변화하는 과정을 거치며, 물질적 안정과 사회적 지위가 결혼의 주요 조건으로 여겨지는 현실을 비판한다. 이는 많은 사람들이 결혼을 경제적 안정을 추구하는 수단으로 삼고, 진정한 사랑과 감정을 간과하게 되는 문제를 드러낸다.

결혼식 준비 과정에서 주인공은 가족과 주변 사람들의 기대에 의해 자신이 원하는 결혼의 모습이 아닌, 타인의 요구에 부응하기 위해 고군분투하게 된다. 이러한 상황은 현대사회에서 결혼이 개인의 선택이 아닌 외부의 압력에 의해 좌우되는 경향을 보여준다. 결혼을 둘러싼 다양한 풍습과 관습이 개인의 욕구와 감정을 억압하며, 비현실적인 기대를 형성하는 점은 결혼 생활의 본질을 왜곡하고 부부 간의 소통을 방해한다. 결국, 「결혼」은 현대 사회에서 결혼이 단순한 사회적 계약이 아니라, 서로의 이해와 사랑을 기반으로 해야 한다는 메시지를 전달한다. 주인공의 내적 변화는 관객에게 결혼의 진정한 의미를 다시 한번 고민하게 만들며, 사랑과 감정이 결혼의 핵심 요소임을 강조한다.

인물에 대해 살펴볼까요

남자: 이 작품의 주인공.
가난한 사기꾼으로, 결혼을 위해 여러 물건을 빌려 부자 행세를 한다. 외부의 기대에 굴복해 자신의 정체성을 숨기고 물질적 조건으로 사랑을 얻으려 하지만, 내적 갈등을 겪으며 진정한 사랑의 의미를 깨닫고 성장하게 된다.
여자: 남자의 맞선 상대자.
여자는 물질적 가치와 사회적 지위를 중시하지만, 남자의 설득과 진정한 감정에 영향을 받아 변화를 겪는다. 남자의 진실한 마음을 이해하고, 결국 진정한 사랑의 가치를 깨닫고 청혼을 받아들인다. 이러한 변화는 작품의 주제를 부각시키고 사랑의 본질에 대한 재고를 유도한다.
하인: 남자가 빌린 물건을 회수하는 인물.

하인은 남자의 사기극이 드러나는 계기를 제공하며, 물질적 소유의 무상함을 상징한다. 빌린 물건을 회수함으로써 결혼이 물질적 조건에만 의존하지 않음을 강조하는 역할을 한다.

구성 정리

발단	'그'와 아내는 생애 첫 집을 장만하여 이사하지만 집에 잦은 하자로 수리에 돈이 많이 든다.
전개	어느 날, 목욕탕 욕실 공사로 지물포 주인 주씨에게 임 씨를 소개 받아 공사를 한다.
위기	그'와 아내는 임 씨가 본래 직업이 연탄장수인걸 듣고 불신하며, 공사비를 부풀려 받을 것이라고 의심하지만 임 씨는 옥상 공사까지 흔쾌히 맡아서 한다.
절정	'그'는 생각보다 적은 공사비를 요구하는 임 씨를 보며 그를 의심했던 스스로에게 부끄러움을 느낀다. 임 씨는 형제슈퍼에서 '그'와 술잔을 기울이며 '그'에게 비 오는 날이면 연탄값을 떼어먹은 스웨터 공장 사장을 만나러 가리봉동에 간다는 사연을 말한다.
결말	'그'는 도시빈민인 임 씨의 처지에 공감하고 연민을 느끼며 임씨를 안타까워 한다.

제재 정리

갈래	단막극, 실험극
성격	풍자적, 희극적, 교훈적
배경	• 현대: 현재의 사회적 이슈와 결혼에 대한 인식이 반영된 시점 • 공간: 어느 저택 - 특정한 장소가 아닌 일반적인 저택을 배경, 다양한 사회적 계층과 상황을 포괄할 수 있는 공간임
제재	어떤 남자의 결혼담
주제	결혼이 물질적 소유와 사회적 지위의 상징이 아닌, 상호 이해와 진정한 사랑의 기반이 되어야 함을 강조함
특징	• 특별한 무대 장치가 없다. • 관객을 극 중으로 끌어들인다.

'생기부 세특' 보고서, 글쓰기 주제 가이드

EBS 수능특강에 빈번히 출제되고 있어요

이강백의 「결혼」은 시간의 흐름이 인물 간의 관계와 갈등에 미치는 영향을 중점
적으로 다룬다. 주인공이 빌린 45분은 긴장감을 고조시키고, 소품들은 시간의
흐름을 가시화하며 주제 의식을 형성한다. 결혼은 사회적 압박과 갈등을 동반하
는 복잡한 제도로 비판적으로 그려진다. 인물들의 감정 변화와 갈등을 통해 결혼
의 의미와 개인의 자유를 탐구하는 것이 중요하다.

※ 진로학과에 따라 '세특' 주제 접근 방향이 달라요

⊛	관련학과: 국문/문예창작	출제 빈도: ●●●●

①	이 작품은 결혼에 대한 인식을 변화시키며, 물질적 안정이 아닌 진정한 사랑의 중요성을 강조한다. 이를 통해 현대인의 결혼관에 미치는 영향을 분석해 보자.
②	주인공이 관객과 직접 소통하는 기법은 관객을 극의 일부로 만든다. 이러한 참여가 극의 메시지에 어떻게 기여하는지 탐구해 보자.
③	주인공은 결혼 준비 과정에서 물질적 압박과 진정한 사랑 간의 갈등을 겪는다. 이 내적 성장을 통해 사랑의 진정한 의미를 어떻게 깨닫는지 분석해 보자.
④	이강백의 다양한 작품 중 「결혼」이 차지하는 위치와 그 특징을 분석하며, 작가의 의도가 어떻게 담겨 있는지 살펴보자.
⑤	단막극이라는 형식이 어떻게 결혼의 주제를 효과적으로 전달하는지, 극의 구조적 요소를 통해 분석해 보자.

⊛	관련학과: 사회/정치	출제 빈도: ●●●●

①	결혼 제도의 변화가 사회적 갈등에 미치는 영향을 현재의 성 평등 이슈와 연결해 분석해 보자.
②	이강백의 「결혼」이 현대 결혼관에 미친 영향을 디지털 시대의 새로운 결혼 패턴과 연관 지어 서술해 보자.

③	결혼을 둘러싼 사회적 규범과 개인의 갈등을 현재의 젠더 문제와 연결해 서술해 보자.
④	「결혼」의 주제가 현대 사회 문제를 어떻게 반영하는지, 특히 현재의 가족 구조 변화에 대해 탐구해 보자.
⑤	현대 결혼의 변화가 사회적 관계에 미친 영향을 현재의 공동체 의식 감소와 연관 지어 서술해 보자.
⑥	「결혼」의 인물들이 겪는 갈등을 현재의 사회적 이슈, 예를 들어 비혼주의와 연결하여 탐구해 보자.

🌐	관련학과: 의학/심리학	출제 빈도: ●●●●

①	결혼의 생물학적 기초는 인간 본성에서 비롯된다. 생존과 번식을 위한 사회적 결합이 뇌의 호르몬 분비와 어떻게 연결되는지 분석해 보자.
②	사랑의 감정은 호르몬에 의해 조절된다. 「결혼」에서 이러한 감정이 신체 호르몬 변화에서 어떻게 표현되는지 분석해 보자.
③	결혼과 물질적 소유는 상호 연관성이 있다. 이러한 관계가 개인의 심리적 안정감에 미치는 영향을 분석해 보자.
④	「결혼」 속 갈등은 생리학적 원인과 밀접하게 연결된다. 스트레스 반응과 감정의 변화를 분석해 보자.
⑤	결혼과 고독은 생리학적 측면에서 상호 연결되어 있다. 이 관계를 통해 현대인의 심리적 상태를 탐구해 보자.

❖ 같이 읽으면 좋은 책

이청준 『당신의 나무』, 박완서 『나의 아름다운 이웃』

09 북어대가리
이강백

EBS 수능특강, 2022 고려대 세종 수시 논술 모의고사 출제

생각하며 읽어요

희곡 『북어 대가리』는 현대 사회의 분업화와 획일화된 삶을 깊이 있게 탐구하고 있어. 자앙과 기임이 창고라는 폐쇄된 공간에서 반복적으로 상자를 내리고 정리하는 모습은 현대인이 얼마나 기계적으로 살아가는지를 상징적으로 보여줘. 그들은 자신들이 하는 일이 무엇인지, 그 상자가 어디로 가는지도 모른 채 그저 일에 매몰되어 있어. 이런 모습은 주체성을 잃고 살아가는 현대인의 현실을 잘 드러내고 있어. 기임은 자신의 일에 대한 불만과 회의를 느끼고 결국 창고를 떠나지만, 홀로 남은 자앙은 창고 밖의 세상에 대해 의구심을 가지게 돼. 그는 그동안 성실하게 살아온 자신의 삶의 가치에 대해 고민하게 되고, 결국 자신의 삶에 충실하기로 결심해. 이 과정은 현대인이 겪는 정체성과 존재의 의미에 대한 갈등을 잘 나타내고 있지. 또 작품의 제목인 『북어 대가리』는 판단력과 주체성이 결여된 현대인의 모습을 상징해. 이는 방향성을 잃고 살아가는 우리 사회의 단면을 보여준다고 볼 수 있지. 이 희곡은 단순한 노동 속에서 인간 존재의 의미를 되새기게 하고, 각자가 자신의 삶을 어떻게 바라보고 선택할 것인지에 대한 깊은 질문을 독자들에게 던지는 작품이야.

현대인의 불안과 정체성을 탐구하는 목소리를 낸 '이강백'

이강백의 『북어 대가리』는 현대 산업 사회의 문제를 정말 잘 드러내고 있어. 자앙과 기임이라는 두 캐릭터를 통해 서로 다른 가치관을 보여주고, 그 속에서 우리가 얼마나 획일화된 삶을 살고 있는지를 비판하고 있지. 자앙은 창고에서 성실하게 일하지만, 그 안에서 느끼는 불안은 우리 모두가 공감할 수 있는 부분이야. 그가 느끼는 불안은 단순히 개인의 문제가 아니라, 현대 사회가 만들어낸 구조적인 문제를 반영하고 있어. 창고 밖의 세상이 부정적이라면, 그 안에서의 성실함이 과연 의미가 있을까? 이런 질문을 던지는 거지. 그리고 『북어 대가리』라는 이미지는 정말 상징적이야. 생각이 너무 많은 자앙의 모습이기도 하고, 방향성을 잃은 현대인의 모습을 잘 나타내고 있어.

결국, 이 작품은 우리가 살아가는 사회의 가치관이 혼란스럽고, 그 속에서 정체성을 잃어가는 현대인의 모습을 보여주고 싶었던 것 같아. 그래서 『북어 대가리』는 쓸쓸하고 허무한 현대인의 상징으로 자리 잡게 된 거지. 이강백은 우리에게 이런 문제를 다시 생각해보라고 말하고 있는 것 같아.

줄거리를 꼭 알아야 해요

창고지기 자앙은 매일 새벽 트럭에서 상자를 성실하게 내리고 분류하는 일을 한다. 그의 동료 기임은 창고 생활에 염증을 느끼고 상자를 아무렇게나 처리하며 놀기에 바쁘다. 어느 날, 기임은 트럭 운전수의 딸 미스 다링을 만나 술에 취해 그녀의 부축을 받으며 돌아온다. 다링은 자앙을 유혹하지만, 자앙은 이를 거부한다. 이후 자앙은 기임에게 잔소리를 하면서도 북어로 해장국을 끓여 준다. 그러나 기임은 고의로 상자 하나를 바꿔 트럭에 실어 보내고, 이를 자앙에게 이야기한다. 자앙은 상자 주인에게 편지를 써서 잘못을 바로잡으려 하지만, 기임은 창고를 떠날 생각만 한다. 트럭 운전수는 딸 다링이 아버지가 누구인지 모르는 아이를 임신한 사실을 알고 기임과 다링의 결혼을 서두르며 기임에게 함께 떠날 것을 권한다. 자앙은 편지를 전달해 달라고 부탁하지만, 운전수는 소용없는 일이라며 편지를 찢어버린다. 결국 기임은 운전수와 다링과 함께 떠나고, 혼자 남은 자앙은 북어 대가리를 바라보며 성실한 삶을 지속할 것을 다짐한다.

 '생기부 세특' 깊이 파악하기

성실과 방탕의 대조: 자앙과 기임의 갈등

자앙이 성실하게 창고 일을 하면서 느끼는 고난과 그가 직면해야 하는 동료 기임의 방탕한 삶은 뚜렷하게 대비된다. 자앙은 매일 반복되는 일과 속에서 자신의 책임을 다하고자 노력한다. 그는 성실함을 통해 안정된 삶을 추구하며, 일의 중요성을 깊이 인식한다. 그러나 이러한 성실함은 때때로 고난으로 이어진다. 자앙은 동료들의 방탕한 행동을 목격하며 실망과 불안을 느끼고, 자신의 선택이 옳은지 고민하게 된다.

반면, 기임은 쾌락과 자유를 추구하며 방탕한 삶을 선택한다. 그는 일에 대한 책임감이 부족하고, 순간의 즐거움에 몰두한다. 이러한 선택은 그에게 일시적인 즐거움을 주지만, 결국 불안정한 삶을 초래한다. 기임은 자앙의 성실함을 비웃거나 무시하지만, 그의 방탕한 삶은 결국 고립과 후회로 이어진다.

이 두 인물의 대비는 개인의 선택이 가져오는 결과를 잘 보여준다. 자앙은 성실함을 통해 신뢰를 쌓고, 동료들과의 관계를 유지하려고 노력한다. 그러나 기임은 방탕함으로 인해 관계가 소원해지고 고립된다. 자앙의 고난은 그가 성실함을 지키려는 과정에서 발생하는 갈등이지만, 이는 그가 성장하고 더 나은 삶을 추구하는 데 중요한 요소로 작용한다. 자앙과 기임의 대비는 성실함과 방탕함이 개인의 삶에 미치는 영향을 깊이 있게 탐구하게 한다.

자앙과 기임의 관계 변화가 삶에 미치는 영향

자앙과 기임의 관계 변화는 그들의 삶에 여러 가지 방식으로 영향을 미친다. 처음에는 서로의 존재가 큰 힘이 되어 주지만, 시간이 지나면서 갈등이나 오해가 생길 수 있다. 이러한 변화는 개인의 정서적 안정성에 영향을 미치고, 서로에 대한 신뢰와 의존도가 달라질 수 있다.

관계가 긍정적으로 발전할 경우, 자앙과 기임은 서로의 목표를 지원하고, 공동의 경험을 통해 더욱 깊은 유대감을 형성하게 된다. 이는 그들의 사회적 네트워크를 확장하고, 새로운 기회를 창출하는 데 기여할 수 있다. 반면, 관계가 악화되면 스트레스와 불안이 증가하고, 이는 개인의 정신적, 신체적 건강에 부정적인 영향을 미칠 수 있다.

또한, 관계의 변화는 그들의 삶의 방향에도 영향을 미친다. 예를 들어, 자앙이 기임과의 관계에서 긍정적인 변화를 경험하면, 새로운 도전과 기회를 받아들이는 데 더 개방적이 될 수 있다. 반면, 갈등이 심화되면 회피적이거나 소극적인 태도를 보일 수 있다. 결국, 자앙과 기임의 관계 변화는 그들의 삶의 질과 행복에 중요한 역할을 하며, 서로의 성장과 발전에 큰 영향을 미친다.

『북어대가리』에 나타난 창고의 상징성과 의미

『북어대가리』에서 창고는 등장인물의 내면과 사회적 맥락을 드러내는 중요한 요소로 작용한다. 이 닫힌 공간은 산업사회의 단절된 소통과 개인주의의 확산을 상징하며, 등장인물들이 외부와의 연결을 차단당한 현실을 반영한다. 자앙과 기임의 생활습관을 통해 각자의 성격과 가치관이 드러나고, 이들은 자신들이 보관하는 부속품의 의미를 알지 못한 채 파편화된 존재로 전락한다. 창고는 농경사회에서 산업사회로의 변화가 개인의 삶에 미친 영향을 암시하며, 자앙의 세계관은 인간 존재의 고립과 소통의 부재를 성찰하게 한다. 어두운 공간과 가끔 비춰지는 햇빛은 희망을 상징하며, 창고지기들이 보관하는 물건들은 사회의 변화와 개인의 정체성을 반영한다. 자앙과 기임은 각각의 공간에서 정체성을 드러내지만, 전체를 조망하지 못한 채 파편화된 존재로 남는다. 이러한 창고의 의미는 현대 사회의 복잡성과 인간 관계의 단절을 상징하며, 관객에게 현실의 본질을 탐구하게 하는 중요한 매개체로 작용한다.

'생기부 세특' 보고서, 글쓰기 주제 가이드

EBS 수능특강, 2022 고려대 세종 수시 논술 모의고사에 출제되었어요

희곡에서 공간적 배경은 작품의 주제와 인물의 감정에 상징적 의미를 부여한다. 따라서, 공간적 배경의 분석을 요구하는 문제가 출제될 수 있다. 또한, 주어진 외부시와 관련된 내용을 통해 '북어대가리'의 작품 이해를 돕는 문제도 출제될 것이다. 작품의 외적 요소, 즉 작가의 의도나 시대적 배경을 고려하여 작품을 이해하는 문제도 중요하다.

※ 진로학과에 따라 '세특' 주제 접근 방향이 달라요

	관련학과: 문학과/문창과	출제 빈도: ●●●
①	『북어 대가리』의 시대적 배경을 바탕으로 이 배경이 작품에 미치는 영향은 무엇인지 연구해 보자.	
②	자앙과 기임의 갈등을 통해 드러나는 현대 사회의 문제를 탐구해 보자.	
③	작품에서 사용된 상징적 요소(예: 북어 대가리, 창고 등)의 의미를 연구해 보자. 이 요소들이 어떻게 해석될 수 있는지 탐구해 보자.	
④	이강백의 문체와 표현 방식이 작품의 주제를 어떻게 강화하는지를 연구해 보자.	
⑤	작품에서 표현된 자앙의 성실함과 기임의 방탕함이 각각 현대 사회에서 어떤 사회적 메시지를 전달히는지를 탐구해 보자.	
⑥	작품 속 인물들의 대화가 그들의 내면을 어떻게 드러내도록 작가는 의도했는지를 연구해 보자.	
⑦	『북어 대가리』에서 나타나는 정체성의 갈등에 대한 상징적 표현을 찾아보고, 현대인에게 어떤 교훈을 주는지를 탐구해 보자.	
⑧	작품의 결말이 주는 의미는 무엇인지, 그리고 독자에게 어떤 질문을 던지는지를 연구해 보자.	

🌐	관련학과: **사회학과/정치학과/경제**	출제 빈도: ●●●●

①	이강백이 『북어 대가리』를 통해 전달하고자 하는 사회적 메시지와 미래 사회에서 경제적 불평등과 사회적 불안정성이 개인의 삶에 미치는 영향을 연구해 보자.
②	자앙과 기임의 갈등이 현대 사회의 구조적 문제를 어떻게 드러내는지와 이러한 갈등이 미래 사회에서 자원 분배와 기회 불평등의 심화와 어떤 관련이 있는지를 탐구해 보자.
③	작품 속 인물들이 겪는 고난이 현대인의 삶에 어떤 공감을 불러일으키는지와 미래 사회에서 경제적 불안정과 정신적 고통이 증가할 경우, 사람들 간의 공감이 어떻게 변화할 수 있는지를 연구해 보자.
④	『북어 대가리』가 현대 사회의 가치관 혼란을 어떻게 표현하고 있는지와 미래 사회에서 기술 발전과 사회 변화가 개인의 선택에 미치는 혼란에 대해 탐구해 보자.
⑤	작품에서 성실함과 방탕함의 대조가 사회적 맥락에서 어떤 의미를 가지는지와 미래 사회에서 성실함이 경제적 성공으로 이어지지 않을 가능성과 방탕함의 일시적 쾌락 제공에 대해 연구해 보자.

🌐	관련학과: **심리학과/뇌과학/의학**	출제 빈도: ●●●●●

①	인간의 뇌가 심리적 갈등을 처리하는 방식에 대해 탐구해보고 자앙과 기임의 갈등이 뇌의 어떤 영역에서 어떻게 나타나는지를 연구해 보자.
②	작품 속 인물들이 느끼는 불안과 고난이 현대인의 심리적 상태를 어떻게 반영하는지를 탐구하며, 특히 현대 사회에서의 스트레스와 불안이 뇌의 기능에 미치는 영향을 고려하여 분석해 보자.
③	작품에서 나타나는 인간 존재의 고립이 개인의 정신 건강에 미치는 영향은 무엇인지 탐구하고, 고립이 뇌의 감정 처리와 사회적 상호작용에 미치는 영향을 연구해 보자.
④	『북어 대가리』에서 나타나는 주체성 상실이 현대인의 심리적 갈등을 어떻게 드러내는지를 탐구하고, 주체성 상실이 자아 인식과 어떤 관련이 있는지를 분석해 보자.

❖ 같이 읽으면 좋은 책

이문열 『젊은 날의 초상』, 윤흥길 『장마』, 신경숙 『엄마를 부탁해』

10 | 만무방
김유정

EBS 수능특강 출제

생각하며 읽어요

김유정의 『만무방』은 1930년대 한국 농촌의 현실을 생생하게 담아낸 작품이야. 이 소설은 당시 농민들의 고단한 삶과 그들이 겪는 고난을 통해, 그들의 순박한 모습과 해학을 보여줘. 김유정은 일제 강점기라는 어려운 시기에 농촌의 피폐한 상황을 사실적으로 그렸고, 등장인물들은 도둑질과 노름으로 세월을 보내는 이들이야. 『만무방』이라는 제목은 '염치없이 막되어 먹은 인간'이라는 뜻으로, 등장인물들 모두가 『만무방』에 해당된다는 해석이 가능해. 이들은 각자의 방식으로 삶을 대처하지만, 결국 그들의 삶은 왜곡된 현실을 반영하고 있어. 김유정은 지역 방언과 비속어를 사용해 그들의 언행을 생동감 있게 표현했어.

작품 속에서 웃음이 나오는 장면도 있지만, 그 뒤에는 사람들에 대한 깊은 연민이 숨어 있어. 김유정은 자신의 경험을 바탕으로, 고향 춘천의 이야기를 통해 독자들에게 농촌의 현실을 알리고자 했던 것 같아. 『만무방』은 단순한 웃음을 넘어서, 그 시대 사람들의 아픔과 고난을 함께 느끼게 해주는 작품이야.

고통 속의 해학과 따뜻한 시선을 나타내요

김유정은 1908년 강원도 춘천에서 태어난 소설가야. 아호는 '멱서리'인데,

이건 곡식을 담는 그릇을 의미해. 재산을 많이 모으라는 뜻으로 지어진 이름 이래. 어릴 때부터 몸이 약하고 소심해서 말더듬이었고, 휘문고보 다닐 때 교정소에 다니며 고쳤다고 해. 10살이 되기 전에 부모님을 잃고 누나들도 결혼해서 혼자 남게 되면서 애정결핍증이 생겼다고 해. 휘문고보 졸업 후, 연희전문학교에 들어갔지만 결석이 잦아서 제적되기도 했어. 그 후 유명한 명창 박녹주를 만나서 2년 동안 집착했는데, 사랑이 이루어지지 않자 폐인처럼 지냈대. 결국 고향으로 돌아와서 안정 찾으면서 '산골 나그네' 같은 작품을 썼지. 김유정의 문학은 일제 강점기 농촌의 가난한 삶을 다루고 있어. 특히 『만무방』은 1930년대 한국 농촌의 왜곡된 삶을 그린 작품이야. 『만무방』은 염치없이 막되어 먹은 인간이라는 뜻으로, 등장인물들 중에 『만무방』 아닌 자가 없다는 해석이 있어. 도둑과 노름으로 세월을 보내는 인물들을 통해 당시 농촌의 비참한 현실을 보여주고, 그 속에서 사람들의 순박한 모습과 해학을 드러내고 있어. 김유정은 농민들의 아픔을 웃음으로 표현하면서도 그들의 고통을 잊지 않고 따뜻한 시선을 잃지 않았던 작가야. 그의 작품은 단순한 웃음 뒤에 깊은 연민을 담고 있어서, 읽는 이로 하여금 많은 생각을 하게 만들어.

줄거리를 꼭 알아야 해요

응칠은 성실하게 농사짓던 시절을 뒤로 하고 부랑자로 전락해 마을을 떠난 후, 그리운 동생 응오를 찾아간다. 그러나 응오는 자신의 논에서 벼를 베지 않고 있는데도 불구하고 도둑 맞는 불행을 겪는다. 응칠은 전과자의 신분으로 의심받을까 두려워 직접 도둑을 잡기로 결심한다. 그는 주변 사람들을 조사하고 응오의 논에 잠복하다가 벼를 다시 훔치러 온 도둑을 붙잡는다. 하지만 알고 보니 그 도둑은 응오였다. 응칠은 동생이 자신이 훔칠 수밖에 없는 처지에 비통함을 느낀다.

한편, 웅칠은 숲속에서 송이를 캐어 먹으며 시장기를 달래고, 남의 닭을 훔쳐 먹기도 한다. 그는 성팔이와 만나 논의 도둑 이야기를 듣고 그를 의심하게 된다. 과거 성실한 농꾼이었던 웅칠은 빚 때문에 도망친 후 동생이 그리워 웅오를 찾은 것이었다. 웅오는 병든 아내를 위해 약을 구하려고 하지만 웅칠은 그를 말린다. 웅칠은 도둑을 잡고 이곳을 떠날 결심을 한다.

　웅칠은 도둑을 잡기 위해 산길을 오르고, 노름판에 끼어든 후 서낭당 앞에서 잠복한다. 밤이 깊어지자 복면을 쓴 도적이 나타나고, 웅칠은 그를 붙잡으려다 동생 웅오라는 사실을 깨닫고 망연자실한다. 웅칠은 동생에게 황소를 훔치자고 제안하지만 웅오는 이를 거부하고 도망친다. 웅칠은 몽둥이로 동생을 때리고 그를 등에 업고 고개를 내려오며 복잡한 감정을 안고 있다. 이 이야기는 혈육의 비극과 도덕적 갈등을 담고 있다.

『만무방』의 의미 대해서 알아야 해요

『만무방』이라는 제목은 '막되어 먹은 사람'이라는 뜻으로, 주로 응칠을 가리키지만 사실상 등장인물 모두에게 해당되는 의미를 지닌다. 1930년대 한국 농촌의 민초들은 경제적 어려움과 사회적 불안 속에서 생존을 위해 고군분투하며, 이로 인해 『만무방』과 같은 처지에 놓이게 된다. 작품 속 인물들은 도둑질과 도박에 빠져 세월을 보내며, 그들의 삶은 왜곡된 현실을 반영하고 있다. 응칠은 그가 처한 가난에서 벗어나기 위해 비뚤어진 방법을 선택하며, 응오 또한 자신의 벼가 도둑맞는 상황에서 갈등을 겪는다. 이처럼 각 인물은 사회적 환경과 개인적 선택에 의해 『만무방』으로 전락하게 되며, 이는 단순한 개인의 실패가 아니라 당시 농촌 사회의 구조적 문제를 드러낸다. 작품은 이러한 『만무방』의 삶을 통해 농촌 사회의 비극을 묘사하며, 인물들은 각자의 방식으로 현실을 극복하려 하지만 결국 그들은 모든 것이 왜곡된 세상에서 벗어나지 못한다. 『만무방』은 단순히 한 사람의 이야기가 아니라, 1930년대 한국 농촌의 민초들이 처한 비극적 현실을 상징하며, 그들의 고통과 갈등을 통해 사회의 부조리를 비판하는 메시지를 전달한다. 이러한 맥락에서 『만무방』은 단순한 개인의 낙오가 아니라, 시대와 사회가 만들어낸 구조적 불행을 나타내는 중요한 의미를 지닌다.

슬픈 아이러니: 『만무방』의 비극적 서사

작품 『만무방』에서 응칠과 응오는 각각 아이러니한 상황을 통해 당대 농촌의 비극을 드러낸다. 응칠은 도둑질과 노름으로 생계를 이어가는 반사회적인 인물로, 이러한 행동에도 불구하고 그의 대범함과 적극성은 오히려 소작인들의 부러움의 대상이 된다. 이는 1930년대의 모순된 사회에서, 정상적인 삶을 살기 어려운 사람들에게 반사회적 행동이 생존의 방법으로 여겨지는 씁쓸한 현실을 반영한다. 응칠의 모습은 사회의 비극을 외면한 채 그 속에서 부유하는 듯한 아이러니를 보여준다. 한편, 응오는 자신의 벼를 도둑질해야 하는 처지에 놓이게 된다. 이는 식민지 농민의 슬픈 비애를 상징하며, 노동의 대가로 얻은 것이 모두 빼앗기고 남은 것이 없다는 현실을 드러낸다. 응오는 정상적인 삶의 방식에서 벗어난 행동을 통해 자신의 생존을 도모하지만, 결국 그가 훔쳐야 하는 것은 자신의 것이니, 이는 더 큰 아이러니를 생성한다. 자신이 가꾼 벼를 도둑질해야 하는 상황은 그가 처한 사회적 구조의 모순을 여실히 드러낸다.

이처럼 응칠과 응오의 아이러니는 당시 농촌 사회의 왜곡된 현실을 상징하며, 두 인물은 각기 다른 방식으로 절망적인 상황을 극복하려 하지만, 결국 그들의 선택은 비극적 결과를 낳는다. 응칠은 반사회적 행동을 통해 일시적인 존경을 얻지만, 그 이면에는 사회의 비극이 숨겨져 있다. 응오는 자신의 고통을 통해 농민의 슬픔을 상징하며, 이 두 인물은 결국 『만무방』의 슬픈 아이러니를 통해 사회적 배신의 상징이 된다.

1930년대 농촌의 비극: 물질과 정신의 궁핍

작품 『만무방』은 1930년대 한국 농촌의 실상을 여실히 드러낸다. 뼈 빠지게 농사를 지어도 남는 것은 빚과 절망뿐이며, 이로 인해 사람들은 노름과 같은 일탈 행위를 서슴지 않게 된다. 특히, 자신의 논의 벼를 훔쳐야 하는 상황은 농민들의 현실이 얼마나 열악한지를 상징적으로 보여준다. 응칠이를 통해 나타나는 가정의 파산과 유랑 생활은 당시 농촌의 고통을 구체화하고 있으며, 병든 아내를 두고도 제대로 된 약조차 구하지 못하는 무력감이 절망의 깊이를 더한다. '기호'라는 인물은 아내를 팔아 노름의 밑천으로 삼는 등 도덕성마저 황폐해진 모습을 보여주며, 이는 물질적 결핍이 정신적 파탄으로 이어지는 과정을 드러낸다. 이러한 풍속은 1930년대 농촌이 단순히 경제적으로 궁핍할 뿐만 아니라, 사회적 가치와 도덕마저 무너져가는 치절한 상황임을 말해준다. 작품은 이러한 현실을 통해 당대 농촌의 비극적 상황을 깊이 있게 조명하며, 물질적 결핍과 정신적 고통이 상호작용하는 복합적 고통을 드러내고 있다.

인물에 대해 살펴볼까요

응칠: 가난에서 벗어나기 위해 도박과 절도로 일확천금의 꿈을 꾸는 인물로, 반사회적 행위를 저지르며 『만무방』으로 변모한다. 그는 사회의 왜곡에 냉소적이며, 과거 건실한 농군이었던 자신의 처지를 한탄한다.

응오: 진실하고 모범적인 소작농으로, 자신이 가꾼 벼를 도적질당하는 상황에서 깊은 고민에 빠진다. 그는 가족을 위해 성실히 일하지만, 동생의 범죄로 인해 갈

등을 겪는다.

성팔, 기호, 용구, 머슴, 상투쟁이: 도박으로 일확천금의 꿈을 꾸며 농촌을 떠나려는 인물들이다. 그들은 경제적 어려움 속에서 허망한 꿈을 좇으며, 사회의 부조리를 반영하는 인물들이다.

구성 정리

발단	응칠이는 한가롭게 송이를 캐어 요기를 하며, 시장기를 달래기 위해 남의 닭을 잡아먹는다. 그는 방황하는 삶 속에서 허망한 즐거움을 찾는다.
전개	응칠이는 응오의 벼가 도적을 맞았다는 소식을 듣고 응오네 집을 방문한다. 그곳에서 그는 살벌해진 현실을 개탄하며, 동생의 어려움을 깊이 걱정한다.
위기	그믐 칠야, 응칠은 산꼭대기 바위굴에서 도박판에 끼어들고 도둑을 잡기 위해 잠복한다. 그는 긴장된 마음으로 도둑의 출현을 기다린다.
절정	드디어 도둑이 나타나자 응칠은 그를 붙잡지만, 도둑의 정체가 동생 응오임을 알고 어이가 없어 우두망찰하게 된다. 형제 간의 갈등이 극에 달한다.
결말	응칠은 동생에게 황소를 훔치자고 제안하지만, 응오는 거절한다. 이에 분노한 응칠은 동생을 몽둥이로 때리고, 그를 등에 업고 내려오며 복잡한 감정을 안고 간다.

제재 정리

갈래	단편 소설, 농촌 소설
성격	반어적, 토속적, 비판적
시점	전지적 작가 시점
배경	일제 강점기, 강원도 어느 시골 마을
주제	일제 강점기 가혹한 수탈로 인한 농촌의 피폐한 현실
의의	식민지 경제 체제의 실상과 농촌의 구조적 모순을 폭로함
특징	• 간결하고 사실적인 문체, 토속적인 어휘를 사용했다. • 일제 강점기 궁핍한 농민의 상황을 반어적인 기법으로 표현했다. • 당대 사회의 현실적 모순을 해학적으로 그린다. • 현재형 어미 활용을 통해 응칠이 도둑을 잡으려 하고, 도둑의 정체가 밝혀지는 상황에 대한 현장감 있게 보여준다.

'생기부 세특' 보고서, 글쓰기 주제 가이드

EBS 수능특강에 빈번히 출제되고 있어요

김유정의 단편소설 『만무방』에서 주목할 출제 포인트는 주제와 메시지, 인물 분석, 상징과 이미지, 문체와 스타일, 사회적 배경이다. 이 작품은 인간의 고독과 사랑, 삶의 고난을 다루며, 주인공의 심리와 상황을 통해 전달되는 메시지를 분석하는 것이 중요하다. 또한, 인물들의 성격과 관계, 『만무방』의 상징성, 김유정의 문체를 이해하는 것이 중요하다.

※ 진로학과에 따라 '세특' 주제 접근 방향이 달라요

🌐	관련학과: AI/과학	출제 빈도: ●●●●
①	인공지능이 농업 생산성에 미치는 긍정적 영향을 분석하고, 기술 발전의 미래를 서술해 보자.	
②	기술 발전이 식량 문제 해결에 어떤 기여를 할 수 있는지를 분석하고, 미래의 해결 방안을 제시해 보자.	
③	스마트 농업이 농촌 경제와 사회에 미치는 영향을 분석하고, 미래의 농업 발전 방향을 서술해 보자.	
④	인공지능 기술이 농민의 일자리에 미치는 영향과 그에 따른 사회적 변화를 연구해 보자.	
⑤	디지털 기술이 농업에 미치는 영향을 분석하고, 미래 농업의 디지털화가 농민들에게 미치는 긍정적/부정적 영향을 탐구해 보자.	

🌐	관련학과: 사회/정치/윤리	출제 빈도: ●●●●
①	『만무방』 속 농민들의 정체성과 그들이 겪는 정체성의 위기를 분석하여, 현대 농민의 정체성과 어떻게 연결되는지 서술해 보자.	
②	『만무방』에서 등장인물들이 보이는 일탈 행동의 원인을 분석하고, 현대 사회의 일탈 행동과의 연관성을 탐구해 보자.	
③	작품 속에서 드러나는 농촌의 문화와 전통을 분석하고, 현대 사회에서 농촌 문화가 어떻게 계승되고 있는지 연구해 보자.	

④	현대 농촌 문화가 미래에는 어떻게 변화할 것인지에 대해 연구하고, 그 과정에서의 도전과 기회를 탐구해 보자.
⑤	『만무방』을 통해 드러나는 정치적 권력과 농민의 관계를 분석하고 그로 인한 사회적 영향을 탐구해 보자.
⑥	응칠과 응오의 도덕적 갈등을 통해, 개인의 도덕성이 사회적 환경에 따라 어떻게 변화하는지를 연구해 보자.
⑦	현대 농촌 문화가 미래에는 어떻게 변화할 것인지에 대해 연구하고, 그 과정에서의 도전과 기회를 탐구해 보자.
⑧	1930년대의 빈곤 문제를 현대와 미래의 빈곤 문제와 비교하여, 해결 방안을 탐구해 보자.
⑨	농촌 사회의 정신 건강 문제를 바탕으로, 미래 사회에서의 정신 건강 지원 체계를 서술해 보자.
⑩	미래 AI가 반영된 농업 기술의 발전에 따른 윤리적 문제를 분석하고, 미래 사회에서의 해결 방안을 제시해 보자.

🌐	관련학과: 국문/문예창작	출제 빈도: ●●●●●

①	『만무방』에서 김유정이 사용하는 간결하고 사실적인 문체와 토속적인 어휘가 작품의 감동을 어떻게 배가시키는지를 분석해 보자.
②	『만무방』을 통해 드러나는 1930년대 한국 농촌의 현실을 문학적으로 분석하고, 그 사회적 맥락을 서술해 보자.
③	『만무방』을 포함한 농촌 소설의 주요 특징과 그 사회적 역할을 분석하고, 현대 농촌 소설과의 연관성을 연구해 보자.
④	『만무방』 속에서 드러나는 해학적 요소와 그로 인해 독자에게 전달되는 메시지를 서술해 보자.
⑤	『만무방』에서 사용된 지역 방언이 등장인물의 성격과 상황을 어떻게 드러내는지를 연구해 보자.
⑥	김유정의 생애가 그의 작품에 미친 영향을 분석하고, 『만무방』을 통해 그의 작품 세계를 탐구해 보자.

❖ 같이 읽으면 좋은 책

조세희 『난장이가 쏘아올린 작은 공』, 이범선 『흙』, 신경숙 『모래톱 이야기』

참새

윤오영

EBS 수능특강, 2025학년도 서경대 약술형 논술 출제

생각하며 읽어요

이 작품은 한국 전통의 정서를 회고하는 수필이야. 글쓴이는 과거 농촌 마을에서 흔히 볼 수 있었던 참새에 대한 생각을 담고 있어. 예전에는 참새가 많았지만, 지금은 점점 사라지고 있어서 보호가 필요하다는 이야기를 해. 글쓴이는 참새 같은 작은 자연물에도 따뜻한 애정을 느끼고 그걸 잘 표현하고 있어. 작품 속에서는 참새를 대하는 우리 민족의 후덕한 정서와 풍요로운 마음이 자연스럽게 드러나. 글쓴이는 우리의 것에 대한 관심과 사라져 가는 옛것에 대한 그리움을 이야기하며, 현대 사회의 삭막함에 대한 비판도 담담하게 전하고 있지. 전통적인 것들에 대한 애정이 잘 느껴지고, 과거를 회상하는 과정에서 현대 사회의 문제점도 드러나.

문체는 담담하고 소박해서 읽기 편해. 과거의 기억을 통해 참새라는 중심 소재를 부각시키고, 비교와 대조를 통해 참새의 다양한 특성을 언급해. 직유법이나 의인법 같은 표현 기법을 사용해 자연물의 구체적인 이미지를 잘 그려내. 작가가 전하고 싶은 주제는 과거에 우리 민족이 참새에게 너그럽고 부드러운 태도로 함께 살아왔다는 거야. 하지만 지금은 사람들이 자연을 소유하려 하면서 참새가 사라져 가고 있다는 점을 강조해. 자연과 함께했던 과거와는 달리, 오늘날의 삭막한 사회를 비판하고자 하는 메시지가 강하게 느껴지는 작품이야.

참새의 노래, 윤오영이 전하는 자연과 전통의 메시지

윤오영은 1907년에 서울에서 태어난 수필가야. 어린 시절은 경기도 양평에서 보냈고, 어렸을 때부터 문학에 관심이 많았던 것 같아. 학생문예에서 시도 발표하면서 재능을 키워왔지. 20년 동안 학생들을 가르치다가 50세가 넘어서야 수필을 발표하기 시작했어. 그의 수필 특징은 옛 조상의 전통이 현대 사회의 문제에 대한 해답이 될 수 있다는 가치관이 잘 반영되어 있다는 평가를 받아. 예전 우리 민족은 참새가 나락 먹는 걸 금했지만, 쥐잡듯이 잡아 없애지는 않았어. 그래서 '새를 쫓는다'는 표현 대신 '새를 본다'고 표현했지. 이런 태도에서 우리 민족이 자연과 더불어 살아온 풍요롭고 너그러운 마음이 드러나. 하지만 요즘은 참새를 보기 힘들 정도로 씨가 말라가는 상황이야. 자연의 생태를 거스르고 소유하려 드는 삭막한 세상이 되었고, 그런 현재 세태에 대해 화자는 부정적이고 비판적인 시각을 보여줘. 이런 모습을 통해 윤오영 작가는 참새를 통해 우리가 잃어버린 과거의 풍요로움과 현재의 문제들을 조명하고 싶었던 것 같아. 결국, 그의 수필은 전통과 자연에 대한 애정과 함께 현대 사회를 바라보는 날카로운 시선을 담고 있는 거지. 그가 전하는 메시지는 우리가 자연과의 조화를 잃지 않도록 다시 한 번 생각해보게 해.

줄거리를 꼭 알아야 해요

이 글은 작가가 참새의 소리로 잠에서 깨어나며 시작된다. 아침의 맑고 고운 기운 속에서 참새의 조잘대는 소리를 반가워하지만, 이내 그 소리가 사라진 것을 아쉽게 여긴다. 참새는 화려하지 않고 특별한 인기가 없는 새지만, 그 조그만 몸매와 솔직한 소리는 작가에게 친근함을 느끼게 한다. 작가는 참새와 진달래꽃을 '참'이라는 공통된 이름으로 연결 지으며, 이들이 우리의 삶과 밀접하게 관련되어 있음을 강조한다. 작가는 참새가 우리와 한 집안 식구처럼 살아온 존재임을 회상하며, 그 소리가 아침의 반가운 소리임을 말한다. 그러나 현대 사회에서는 참새가 잊혀가고, 환경 변화로 인해 그 수가 줄어드는 현실을 안타까워한다. 그는 참새가 곡식을 축내는 존재일지라도, 여름에는 벌레를 잡아주는 이로운 존재임을 상기하며, 참새에 대한 너그러운 태도를 드러낸다. 작가는 과거의 추억, 특히 새를 보던 친구 '목단'과의 기억을 떠올리며, 참새가 사라져가는 세상에 대한 그리움과 비판을 표현한다. 참새의 소리가 과거의 행복한 기억을 불러일으키며, 작가는 그 소리를 통해 잃어버린 것들에 대한 아쉬움을 느낀다. 결국, 참새는 단순한 새가 아니라, 삶의 소중한 일부분으로서 그리움의 대상이 된다.

 '생기부 세특' 깊이 파악하기

참새의 노래, 잊혀진 소중함을 되찾다

이 글에서 참새를 대하는 태도는 과거에 대한 애정과 현재에 대한 경각심으로 요약될 수 있다. 과거에는 참새를 귀엽고 소중한 존재로 여겼으며, 그 소리와 모습이 삶의 일부분으로 자연스럽게 스며들어 있었다. 이는 참새에 대한 애정 어린 시각을 반영하며, 사람들과의 친밀한 관계를 보여준다.

그러나 현재에 들어서는 참새가 점차 잊혀가는 현실을 안타깝게 여기며, 환경 변화와 도시화로 인해 참새의 서식지가 줄어드는 것을 직시한다. 이는 자연과 생태계에 대한 깊은 이해와 관심을 갖고 있음을 나타낸다. 참새의 화려하지 않은 외양과 기교 없는 울음소리 속에 담긴 소중한 가치에 주목하며, 이를 통해 과거의 순수함과 자연의 가치를 되새기고자 한다.

결국, 이 글에서 참새를 단순한 새로 보지 않고, 우리의 삶과 밀접한 연관이 있는 존재로 여기며, 그 존재를 소중히 여기는 마음가짐을 강조한다. 그는 과거의 따뜻함에서 현재의 경각심으로 변화한 시각을 통해, 참새가 주는 깊은 의미를 되새기고자 하는 노력을 기울이고 있다. 이러한 태도는 자연과 생명에 대한 존중과 사랑을 바탕으로 하고 있다.

작가 윤오영의 수필세계를 알아볼까요

윤오영은 수필을 '깍두기'에 비유하며, 평범한 소재를 통해 새로운 맛을 창출하는 과정을 강조한다. 그의 수필관은 일상적인 경험과 자연을 소재로 하여, 독자에게 친밀감을 주는 동시에 깊은 교훈을 전달하는 데 초점을 맞춘다. 윤오영은 간결하고 부드러운 문체를 사용하여 담백한 삶의 지혜를 제시하며, 독자가 쉽게 공감할 수 있도록 한다. 그의 수필은 기교를 배제하고 소박한 일상 속에서 느끼는 감회와 소망을 차분히 표현하여, 독자로 하여금 자연과의 연결을 느끼게 한다. 또한, 그는 수필 평론가로서 현대 수필 작법의 원칙을 설득력 있게 제시하며, 피천득의 주장과는 다른 방향으로 수필의 본질을 탐구한다. 이를 통해 윤오영은 수필이 단순한 글쓰기 이상의 예술적 가치와 깊이를 지닌 장르임을 강조하며, 독자에게 새로운 시각을 제공하고자 했다. 그의 작품은 독자에게 일상 속에서 잊고 지냈던 작은 행복과 소중한 순간들을 다시 떠올리게 하며, 자연의 아름다움과 삶의 의미를 되새기도록 이끈다. 그는 수필을 통해 독자와의 소통을 중요시하며, 각자의 삶 속에서 느끼는 감정을 진솔하게 표현하고자 노력한다. 그렇게 윤오영은 수필을 매개로 하여 독자와 깊은 공감대를 형성하고, 그 과정에서 삶의 진정한 가치를 발견하게 만든다.

참새의 노래는 구운몽의 메아리-잊힌 가치를 되찾는 여정이에요

윤오영의 『참새』에서 『구운몽』의 주제는 깊은 의미를 지닌다. 『구운몽』에서 성진은 꿈을 통해 부귀영화와 인생의 덧없음을 경험하며, 결국 도승의 부름을 통해 참된 삶으로 돌아가는 과정을 겪는다. 이는 인간 존재의 본질과 삶의 진정한 의미를 탐구하는 이야기로, 윤오영은 이와 유사한 맥락에서 독자에게 중요한 메시지를 전달하고자 했다. 『참새』에서도 작가는 참새를 통해 일상 속에서 잊혀진 소중한 것들과 그리움을 회상하게 하며, 독자에게 우리가 되찾아야 할 참된 삶이 있다는 것을 강조한다. 참새의 소리는 과거의 순수함과 자연의 소중함을 상징하며, 현대 사회에서 잃어버린 것들에 대한 반성을 유도한다. 윤오영은 독자가 참새의 소리를 통해 과거의 기억을 떠올리고, 그 속에서 진정한 삶의 의미를 찾기를 바랐다. 두 작품은 모두 꿈과 현실, 그리고 삶의 진정한 가치에 대한 성찰을 담고 있다. 윤오영은 『구운몽』의 주제를 통해, 독자가 자신의 삶을 돌아보고, 소중한 것들을 되찾는 과정이 필요하다는 것을 느끼게 하고자 작품에 반영한 것이다. 결국, 『참새』는 잃어버린 자연과 일상의 아름다움을 되새기고, 진정한 삶의 가치를 찾는 여정을 독자와 함께하는 작품으로 표현했다.

구성 정리

처음	새벽에 들린 참새 소리에 잠에서 깸
중간	참새에 대한 상념을 떠올리며 참새가 사라져 가는 세상에 대해 비판함
끝	어린 시절을 떠올리게 해 준 참새 소리를 생각하며 상념에 잠김

제재 정리

갈래	경수필
성격	회고적, 성찰적, 비판적
제재	참새
주제	우리 민족의 후덕함과, 잃어버린 어린 시절을 떠올리게 하는 참새에 대한 상념
특징	• 전통적인 것들에 대한 애정을 드러냄 • 과거를 회상하며 삭막해져 버린 현대 사회에 대해 비판적으로 바라봄 • 담담한 회고적 필치와 소박한 문체를 사용함

'생기부 세특' 보고서, 글쓰기 주제 가이드

EBS 수능특강, 2025학년도 서경대 약술형 논술에 출제되었어요

『참새』는 잊혀진 자연의 소중함을 회상하며, 참새를 통해 한국 전통 정서를 탐구한다. 현대 사회의 환경 변화에 대한 비판과 함께, 과거의 따뜻한 관계를 되새기고 자연과의 조화의 필요성을 이해하자는 작가의 의도를 파악하는 것이 중요하다.

※ 진로학과에 따라 '세특' 주제 접근 방향이 달라요

🌐	관련학과: **문예창작**	출제 빈도: ●●●●●
①	'참새'와 같은 작은 자연물이 현대 문학에서 가지는 의미를 재조명하여, 한국인의 정서를 어떻게 표현할 수 있을지 연구해 보자.	
③	디지털 시대에서 전통 문학, 특히 자연과의 조화를 다룬 작품의 가치를 어떻게 전달할 수 있을지 연구해 보자.	
④	현대인의 삶에서 자연과의 조화가 가지는 의미를 '참새'를 매개로 탐구해 보자.	
⑤	전통과 현대가 공존하는 문학작품을 분석하여, '참새'를 주제로 한 미래의 문학 방향을 탐구해 보자.	
⑥	전통적인 소재인 '참새'를 활용한 현대 문학 작품의 의의를 탐구해 보자.	

🌐	관련학과: **사회학**	출제 빈도: ●●●●●
①	디지털 시대에서 전통적 가족 구조가 변화하는 양상과 그로 인해 잃어버린 자연과의 관계를 연구해 보자.	
②	'참새'와 같은 생물의 보호가 정치적 이슈가 되는 이유와 그 배경을 연구해 보자.	
③	현대 사회에서 시민의 자연 보호 의식이 정치적 결정에 미치는 영향을 탐구해 보자.	
④	환경 문제 해결을 위한 국제적 협력에서 '참새'와 같은 생물 보호의 필요성을 연구해 보자.	

⑤	AI 기술이 정치적 의사결정에서 '참새'와 같은 생물 보호에 미치는 영향을 탐구해 보자.
⑥	디지털 정보화가 공공 정책에서 '참새' 보호와 같은 생물 다양성 보전의 중요성을 어떻게 강조하는지 연구해 보자.
⑦	지역 사회가 참새 보호에 기여하는 방식을 분석하고, 주민 참여 및 지역 사회의 협력이 생물 다양성 보전에 어떻게 기여하는지를 연구해 보자.
⑧	작품 속에서 참새가 어떻게 인간의 감정과 연결되는지를 탐구하고, 생물에 대한 감정적 유대가 자연 보호 의식에 미치는 영향을 연구해 보자.

🌐	관련학과: **심리학**		출제 빈도: ●●●●
①	자연과의 관계가 현대인의 정신 건강에 미치는 영향을 '참새'와 같은 생물의 존재를 통해 탐구해 보자.
②	잃어버린 어린 시절의 기억이 '참새'와 같은 자연물에 대한 애정 형성에 미치는 영향을 연구해 보자.
③	'참새'와 같은 자연물에 대한 애정이 개인의 심리적 안정감에 미치는 영향을 탐구해 보자.
④	현대 사회의 스트레스 요인이 자연과의 단절과 '참새'와 같은 생물의 상실에 있는지 연구해 보자.
⑤	과거 기억이 현재의 자아에 미치는 심리적 영향을 '참새'의 존재를 통해 탐구해 보자.
⑥	디지털 시대에서 자연을 경험하는 방법이 심리에 미치는 영향을 '참새'를 매개로 탐구해 보자.
⑦	AI 시대에서 인간의 감정 표현 방식이 '참새'와 같은 자연물과의 관계에서 어떻게 변화하는지를 연구해 보자.
⑧	자연과의 연결이 현대인의 불안감을 해소하는데 어떻게 기여하는지, 윤오영의 '참새' 같은 생물의 중요성을 통해 심리적 웰빙을 탐구해보자.
⑨	'참새'를 통해 드러나는 소중함의 개념은 현대 사회에서의 인간 관계의 단절과 연결될 수 있는지 탐구해 보자.
⑩	윤오영의 『참새』에서 나타나는 소중함의 개념은 인간의 정서적 유대와 관계의 중요성을 어떻게 반영하는지 연구해 보자.

❀	관련학과: **과학**	출제 빈도: ●●●●

①	'참새'와 같은 생물들이 생태계에서 가지는 중요성을 과학적으로 연구해 보자.
③	현대 사회에서 환경 오염 문제를 해결하기 위한 과학적 방법을 '참새'의 생태적 역할과 연계하여 탐구해 보자.
④	자연과 인간의 상호작용이 생태계에 미치는 영향을 '참새'를 중심으로 연구해 보자.
⑤	기후 변화가 '참새'와 같은 생물의 생태적 다양성에 미치는 영향을 탐구해 보자.
⑥	작품 속 '참새'의 생태적 역할을 분석하고, 참새가 생물 다양성 유지에 기여하는 방식과 그 중요성을 찾아보고, 참새의 서식지가 파괴되는 현상이 생태계에 미치는 영향을 탐구해 보자.
⑦	윤오영의 '참새'에서 소중함의 개념을 과학적으로 분석하여, 인간의 정서적 반응이 생리학적으로 어떻게 나타나는지 탐구해 보자.
⑧	참새'의 주인공이 경험하는 상실감과 그에 따른 심리적 변화의 패턴을 AI 알고리즘으로 분석해 보자.
⑨	윤오영의 '참새'에서 소중함의 개념이 인간의 감정적 회복력에 미치는 영향을 생물학적 관점에서 탐구해 보자.
⑩	윤오영의 '참새'에서 소중한 존재의 상실이 인간의 뇌에 미치는 영향을 신경과학적 관점에서 연구해 보자.

❖ 같이 읽으면 좋은 책

이성복 『여름의 끝』, 김소월 『시집』

EBS 수능특강, 2021 전국연합학력평가 출제

생각하며 읽어요

이 소설은 민족 분단과 이념 갈등이라는 무거운 주제를 다루고 있어. 주인공 '나'가 여름휴가를 맞아 지인의 과수원에서 시간을 보내게 되는데, 거기서 어린 시절 아재비와의 추억을 떠올려. 아재비는 자신을 아껴주던 사람인데, '나'는 부모가 아재비를 가족처럼 보살핀 선택이 얼마나 소중한 것인지 깨닫게 돼. 이렇게 두 가지 속삭임이 있어. 하나는 '나'가 딸에게 하는 속삭임이고, 다른 하나는 아버지와 아재비가 나눈 속삭임이야. 이 속삭임들이 대립과 갈등을 넘어 화해와 공존의 가능성을 보여주는 거지. 이 소설은 삶이 무섭고 슬플 수 있다는 사실을 인정하면서도, 그 속에서 희망의 가능성을 은밀히 엿보는 걸 목표로 해. 문체가 특히 중요한 이유는 과거를 되살리는 과정과 깊은 연관이 있어. 문체 자체가 부끄러움, 두려움, 그리움이 엉켜 있는 느낌을 주고, 과거를 향한 통로처럼 읽혀. 이 소설은 단순한 이야기 이상의 깊이를 지니고 있어. 과거와 현재를 연결하며 우리가 잃어버린 것들에 대한 그리움과 화해의 가능성을 이야기해. 최윤의 문체와 이야기는 깊은 여운을 남기고, 독자에게 많은 생각을 하게 만들어. 이 작품을 통해 우리는 과거를 돌아보고, 현재의 소중함을 다시 한번 깨닫게 돼.

언어의 탐구자, 현대 문학의 실험가 - 최윤 작가의 세계

최윤은 1953년 서울에서 태어난 작가야. 서강대학교 국문학과와 대학원을 졸업하고, 프로방스 대학교에서 불문학 박사학위를 받았어. 1978년에 발표한 평론 '소설의 의미 구조 분석'으로 문단에 등단했지. 1988년에는 중편소설 『저기 소리없이 한 점 꽃잎이 지고』로 소설가로서의 첫 발을 내딛었고, 이후 『회색 눈사람』으로 동인문학상, 『하나코는 없다』로 이상문학상을 수상했어. 그는 이문열의 『금시조』, 이청준의 『이어도』 등을 프랑스어로 번역해 프랑스에 소개하기도 했고, 문학계간지 「파라21」의 편집주간을 지내며 현재 서강대 프랑스문화과 교수로 재직 중이야. 지은 책으로는 장편소설 『너는 더 이상 너가 아니다』, 『겨울 아틀란티스』, 작품집 『속삭임, 속삭임』, 『첫 만남』 등이 있어. 최윤의 소설은 사회와 역사, 이데올로기 같은 이성적이고 관념적인 주제를 다뤄. 그의 작품들은 다소 절제된 남성적인 무게감이 느껴지고, 언어에 대한 탐구와 현실에 대한 질문을 담고 있어. 독자에게 여러 겹의 책읽기를 권유하며, 사건의 선후관계를 따르기보다는 이야기의 작은 부분들을 음미하는 방식을 제안해. 전통적 기법을 벗어나 다양한 소설 문법을 시도하는 그는, 여전히 전통과 실험의 긴장 관계를 유지하며 독창적인 작품을 선보이는 작가야.

줄거리를 꼭 알아야 해요

'나'는 여름휴가를 맞아 남편과 어린 딸과 함께 지인의 과수원에서 시간을 보내게 된다. 이곳은 어린 시절 아재비와 함께했던 기억이 깃든 장소로, '나'는 아재비에 대한 그리움을 떠올린다. 아재비는 '나'의 부모를 대신해 그녀를 돌보고 사랑을 베풀어 준 인물로, 장마로 생긴 웅덩이를 막아 호수를 만들어 주었다. 이 호수는 힘들 때마다 '나'에게 위안이 되어주었다.

그러나 아버지가 돌아가신 후 얼마 지나지 않아 아재비도 세상을 떠나게 된다. 어머니를 통해 아재비가 남로당 간부였다는 사실을 알게 된 '나'는, 아재비가 검거 중 도망쳐 자신의 집에 숨어들어왔고, 부모가 그를 받아주었다는 이야기를 듣는다. 아버지는 반공 강연을 하던 인물이었지만 아재비와는 사상적 대립에도 불구하고 깊은 우정을 나누며 서로를 이해하고 지냈다.

'나'가 성인이 되어 아재비를 떠올리며 그가 자신을 아껴주던 마음의 소중함과, 부모의 정의로운 선택을 깨닫게 된다. 그리고 자신의 어린 딸을 바라보며, 언젠가 이 모든 이야기를 전할 수 있기를 소망한다. 이 작품은 사랑과 이해, 그리고 사상과 이념을 초월한 관계의 중요성을 강조하며, 과거의 상처를 치유하고 새로운 희망을 발견하는 과정을 그린다.

 '생기부 세특' 깊이 파악하기

아재비의 사랑은 잊지 못할 기억의 교훈을 나타내요

'나'에게 아재비의 존재란 단순한 기억 이상의 의미를 지닌다. 어린 시절, 아재비는 '나'의 가족과 함께 과수원에서 생활하며 그녀에게 특별한 사랑과 애정을 쏟았다. 그가 만들어준 호수는 '나'의 어린 시절에 큰 기쁨을 주었고, 그 순간들은 잊지 못할 소중한 기억으로 남아 있다. 아재비와 함께한 시간은 '나'의 성장 과정에서 중요한 정서적 기반이 되었고, 그 사랑은 그녀의 마음속 깊이 각인되었다. 성장한 후 '나'가 아재비를 바라보는 시각은 더욱 성숙해진다. 아재비가 부탁한 편지 심부름이나 서울에서의 채송화 화분 선물은 그들 사이의 유대감을 더욱 깊게 해주었고, 이는 '나'에게 아재비가 단순한 친척이 아닌, 진정한 가족 같은 존재로 자리 잡게 했다. 하지만 갑작스러운 아재비의 죽음은 '나'에게 큰 슬픔을 안겼고, 그의 내력을 알게 되면서 아재비의 삶과 사상에 대한 깊은 이해를 하게 된다. 아재비의 공책을 통해 그는 자신의 신념을 포기하지 않고 묵묵히 살아왔음을 알게 된 '나'는 그의 존재가 단순한 과거의 사랑이 아니라, 현재의 자신에게도 큰 영향을 미쳤다는 것을 깨닫게 된다. 아재비는 '나'에게 사랑, 희생, 그리고 삶의 의미를 다시 생각하게 만드는 존재로 여전히 살아있다. 그래서 아재비의 존재는 '나'의 삶에서 영원히 잊지 못할 소중한 가르침과 사랑으로 남아 있다.

속삭임의 의미는 화해와 이해의 언어에요

'속삭임'은 대립을 초월하는 화해와 공존의 중요한 방식으로 작용한다. '나'가 딸에게 하는 속삭임은 가족 간의 사랑과 유대감을 표현하며, 세대 간의 연결을 강화한다. 이러한 속삭임은 따뜻한 감정을 전달하고, 딸에게 과거의 기억과 경험을 공유함으로써 관계의 깊이를 더한다.

반면, 아버지와 아재비가 나눈 속삭임은 복잡한 역사와 갈등을 내포하고 있다. 이들은 서로의 마음속 깊은 이야기를 나누며, 대립하는 상황에서도 이해와 연민을 바탕으로 화해의 길을 모색한다. 이러한 속삭임은 단순한 대화가 아니라, 서로의 아픔과 사연을 나누며 공감하는 과정이다. 즉, 속삭임은 사람들 간의 경계를 허물고, 상처를 치유하는 힘을 지닌다. 이를 통해 과거의 갈등과 아픔을 넘어, 새로운 관계의 가능성을 열어준다. 이러한 맥락에서 속삭임은 사랑과 이해의 상징이자, 인간 관계의 본질을 드러내는 중요한 요소로 작용한다.

추억의 공간은 화해와 사랑의 상징들을 의미해요

과수원은 주인공 '나'의 어린 시절과 아재비와의 소중한 추억이 깃든 공간이다. 이곳은 갈등을 초월한 화해의 상징으로, 사랑과 이해가 넘치는 공동체의 의미를 지닌다. 호수는 아재비가 '나'를 위해 만든 곳으로, 아재비의 사랑이 고스란히 담겨 있는 존재다. 힘든 순간 위로가 되는 이 호수는 과거의 상처를 치유하는 중요한 장소로 기능한다. 채송화 화분은 아재비의 따뜻한 마음과 사랑을 나타내며, 그로부터 전해진 존재감을 느끼게 해준다. 마지막으로, 자전거는 아재비와의 즐거운 기억을 불러일으키는 매개체로 자유와 모험을 상징한다. 모든 소재는 '나'의 성장과정과 서로의 관계를 강화하며, 화해와 이해의 메시지를 전달한다.

구성 정리

발단	'나'는 가족과 함께 휴가를 떠난 과수원에서 아재비와의 특별한 추억을 회상한다.
전개	아재비는 '나'의 부모님이 운영하던 과수원에서 실신해 가족과 함께 살게 되었고, 부모님 대신 '나'를 사랑으로 돌보며 깊은 추억을 남겼다.
위기	가족들과 떨어진 아재비는 '나'와 함께 서울로 가며 그의 가족과의 연결을 위해 새로운 상황에 직면한다.
절정	'나'는 아재비의 부탁으로 그의 가족 집에 몰래 편지를 놓고 오며, 아재비는 사형이 선고된 도망자로 가족들에게 안부를 전해달라고 요청한다.
결말	아재비는 남로당 고위급 간부로 사형 선고를 받은 도망자라는 정체가 드러나고, '나'의 과수원에서 머물며 '나'의 아버지에게 따뜻하게 받아주었다.

제재 정리

갈래	현대 소설, 단편 소설
성격	고백적, 독백적, 서정적, 회상적
시점	1인칭 주인공 시점
주제	대화를 통한 분단의 상처 회복 가능성
특징	• 주인공이 어린 시절을 중간 중간 회상하면서 이야기가 전개됨 • 주인공이 자신의 딸을 보며 떠오르는 상념을 편지글 형식으로 삽입히여 서술자의 내면을 드러냄 • 비유적, 감각적 표현을 통해 서정성과 감수성을 드러냄

'생기부 세특' 보고서, 글쓰기 주제 가이드

EBS 수능특강, 2021 전국연합학력평가에 출제되었어요

최윤의 『속삭임, 속삭임』에서 출제포인트는 '나'가 딸에게 하는 속삭임과 아버지, 아재비의 속삭임을 통해 화해와 공존을 형상화하는 방식이다. 이 작품은 과거의 기억을 고백적으로 서술하며, 대립과 갈등을 초월하는 메시지를 전달한다. 또한, 언어와 문체 탐구를 통해 독자에게 깊은 통찰을 제공한다는 점이 중요하다.

※ 진로학과에 따라 '세특' 주제 접근 방향이 달라요

🌐	관련학과: **국문**	출제 빈도: ●●●●

①	최윤의 『속삭임, 속삭임』에서 과거와 현재의 연결을 통해 아재비와 부모 간의 화해 가능성을 탐구해 보자.
②	'나'의 회상 방식이 아재비에 대한 그리움과 가족 간의 관계에 미치는 감정적 영향을 분석해 보자.
③	최윤의 문체에서 호수와 채송화 화분이 감정 전달에 미치는 비유적 효과를 연구해 보자.
④	작품 속 인물들의 감정 이입이 독자에게 아재비와의 관계를 어떻게 느끼게 하는지를 탐구해 보자.
⑤	아버지와 아재비 간의 속삭임이 갈등을 넘어 화해의 언어로 작용하는 방식을 분석해 보자.

🌐	관련학과: **사회/정치**	출제 빈도: ●●●●

①	디지털 시대에서 소셜 미디어의 영향을 통해 현대 한국 사회에서 민족 분단의 상처가 '나'의 정체성 형성에 미치는 영향을 탐구해 보자.
②	아재비와 부모 간의 이해가 가족 간의 화해를 통해 사회적 갈등을 해결하는 방안을 현대 사회의 다문화적 시각에서 탐구해 보자.
③	'나'가 아재비와의 관계를 통해 개인의 정체성이 어떻게 형성되는지를 디지털 시대의 정체성 형성과 연결하여 연구해 보자.

④	아재비와 아버지의 관계를 통해 현대 사회에서 사회적 연대의 중요성을 AI 와 소셜 네트워크의 관점에서 분석해 보자.
⑤	'나'가 아재비와의 기억을 통해 사회적 치유에 어떻게 기여하는지를 현재 사회의 정신 건강 문제와 연결하여 탐구해 보자.
⑥	'나'가 딸에게 아재비의 이야기를 전하는 방식이 세대 간의 이해를 어떻게 증진시키는지를 디지털 매체를 통해 분석해 보자.

🌐	관련학과: **심리**	출제 빈도: ●●●●

①	아재비와 '나'의 관계가 '나'의 심리적 성장에 미치는 영향을 현대 사회의 소통 방식 변화와 연결하여 연구해 보자.
②	'나'의 회상이 아재비와의 관계에서 개인의 치유 과정에 어떻게 기여하는지를 디지털 치료법의 관점에서 분석해 보자.
③	아재비와 부모 간의 유대감이 '나'의 심리에 미치는 영향을 현대의 심리 치료 접근법과 연결하여 탐구해 보자.
④	아재비와의 우정이 '나'의 심리적 안정에 주는 의미를 디지털 시대의 친구 관계 변화와 함께 연구해 보자.
⑤	아재비의 이야기가 세대 간의 경험 공유에 미치는 영향을 디지털 매체의 역할과 함께 탐구해 보자.
⑥	속삭임을 통한 감정 표현이 '나'의 심리에 미치는 영향을 디지털 소통 방식과 연결하여 탐구해 보자.
⑦	속삭임의 심리적 효과가 아재비와 '나'의 관계에 미치는 영향을 현대 심리학 이론과 연결히여 탐구해 보자.
⑧	아재비와 부모 간의 화해 행동이 개인의 심리에 미치는 영향을 현대 사회의 갈등 해소 방식과 함께 연구해 보자.
⑨	아재비와의 기억이 '나'의 현재 행동에 미치는 과학적 원리를 디지털 기억 저장 방식과 함께 분석해 보자.
⑩	아재비와의 관계가 '나'의 정신 건강에 미치는 영향을 현대 심리 치료 방법과 연결하여 분석해 보자.

❖ 같이 읽으면 좋은 책

김영하 『오직 두 사람』, 최인훈 「광장」

EBS 수능특강, 2023 중앙대 경영경제 상경 논술 출제

생각하며 읽어요

『성난 기계』는 냉정하고 인간미 없는 의사 회기가 비정한 인간에게 분노하면서 인간성을 회복하는 과정을 그린 희곡이야. 이 작품은 크게 전반부와 후반부로 나눌 수 있어. 전반부에서는 환자 인옥과 회기의 대립이 중심이 되고, 회기는 가난한 폐환자의 수술을 냉담하게 거부해. 성공이 불확실한 수술에 대한 책임을 회피하려고 하니까, 기계적이고 비인간적인 태도를 보이지. 후반부에 가면 극적 반전이 일어나. 인옥의 남편 상현이 금전적인 이유로 수술을 하지 말아 달라고 요구하면서 회기의 비인간적 태도가 더 두드러져. 상현의 비윤리적이고 비인간적인 행동을 보게 된 회기는 그에 대한 분노를 느끼고,「성난 기계」로 변하면서 참된 인간성을 찾게 돼. 이 작품은 전후(戰後) 사회의 비정함을 비판하면서 회기의 성격 변화로 인간성 회복의 가능성을 보여줘. 물질문명으로 인한 인간성 상실을 휴머니즘으로 극복하려는 의도가 담겨 있고, 회기가 기계처럼 냉정하게 살아가는 모습에서 탈피하는 과정을 통해 독자에게 깊은 여운을 남기지. 결국 『성난 기계』는 인간의 본질과 도덕적 가치에 대한 질문을 던지는 작품이야.

문학 세계와 사실주의 극의 정수: 한국 연극의 거장 차범석

차범석은 전후 문학의 1세대로서 한국적 개성이 뚜렷한 사실주의 극을 확

립한 작가야. 그는 리얼리즘을 고집하면서 변천하는 현실을 작품에 꾸준히 담았지. 그의 작품은 가난한 서민과 전쟁으로 고통받는 사람들의 삶, 문명의 발달로 인한 인간성 상실과 소외, 애욕의 갈등, 구세대와 신세대 간의 갈등 등을 다루고 있어. 특히『성난 기계』에서는 문명 비판적인 초기 작품 세계를 볼 수 있어. 1948년 연희대학교 영문과를 졸업한 후, 목포 북교국민학교, 목포중학교, 덕성여자고등학교에서 교사로 일했어. 1955년에는 조선일보 신춘문예에 희곡「밀주」가 가작으로 입선하면서 등단했고, 1956년에는 같은 신춘문예에 희곡「귀향」이 당선됐지. 이후 한국연극협회 이사장과 한국예술문화총연합회 부회장 등을 역임했고, 청주대학교 연극영화과 전임교수로도 활동했어. 그는 한국 극작가 중 가장 많은 작품을 썼고, 연출가로서도 큰 역할을 했어.

줄거리를 꼭 알아야 해요

양회기는 미국 유학을 마친 폐 전문의로, 어느 날 담배 공장에서 일하는 인옥이 그의 진료실을 찾아온다. 인옥은 폐 질환으로 고통받고 있으며, 간절히 수술을 요청하지만, 회기는 그녀의 엑스레이 검사 결과를 확인한 후 그녀가 너무 가난하고 수술 결과에 대한 확신이 없다는 이유로 냉정하게 거부한다. 잠시 후, 인옥의 남편 상현이 회기를 찾아와 금전적인 문제와 아내의 부정을 이유로 수술을 하지 말아 달라고 요청한다. 그는 아내가 수술을 받더라도 비정상적인 행동을 할 것이므로 돈을 쓰고 싶지 않다고 주장하며, 그런 여자는 죽어도 괜찮다는 태도를 보인다. 회기는 상현의 이기적이고 비정한 태도에 분노하게 되고, 그의 말에 심한 충격을 받는다. 결국, 회기는 간호사에게 인옥의 수술을 해 주겠다는 내용의 속달 우편을 보내라고 지시하며, 자신의 결단을 내린다. 이로써 회기는 인옥에게 새로운 희망을 주기로 결심하고, 인간성 회복의 가능성을 보여준다.

인옥의 희생: 현대 문명 속 인간성의 상실과 연대의 중요성

『성난 기계』에서 인옥의 희생은 현대 문명과 기술 발전이 인간의 삶에 미치는 부정적인 영향을 상징적으로 드러낸다. 인옥은 산업화와 기계화로 인해 소외되고 고통받는 인물로, 그녀의 희생은 개인의 삶이 사회적 구조와 갈등 속에서 어떻게 왜곡될 수 있는지를 보여준다. 그녀는 가족과 사랑하는 사람들을 위해 자신의 꿈과 행복을 포기하며, 이러한 희생은 결국 인간성 상실과 사회적 고립을 초래한다. 인옥의 희생은 단순한 개인의 비극을 넘어, 전후 한국 사회의 현실을 반영하며, 인간 존재의 의미와 가치에 대한 깊은 질문을 던진다. 차범석은 문명 비판의 메시지를 전달하며, 관객에게 인간성과 연대의 중요성을 일깨우고자 한다. 인옥의 이야기는 현대 사회에서 개인이 겪는 고통과 희생의 보편성을 드러내며, 관객에게 깊은 감동과 성찰을 제공한다.

 '생기부 세특' 깊이 파악하기

성난 기계의 의미 - 차가운 기계에서 따뜻한 의사로

『성난 기계』는 인간성 상실과 회복을 주제로 한 작품으로, 주인공 회기의 변화를 통해 깊은 의미를 전달한다. 회기는 처음에 기계처럼 냉정하고 비인간적인 의사로 그려지며, 가난한 폐환자 인옥의 수술 요청을 거부한다. 그는 성공이 불확실한 수술에 대한 책임을 회피하려 하고, 환자의 절박한 호소에도 불구하고 차가운 태도를 유지한다. 이러한 회기의 모습은 전후(戰後) 사회의 비정함을 상징적으로 나타낸다. 작품의 전개 과정에서 회기는 인옥의 남편 상현의 방문을 통해 더욱 극단적인 갈등을 경험하게 된다. 상현은 금전적인 이유와 아내의 부정 문제를 언급하며 수술을 반대하고, 결국 그런 여자는 죽어도 괜찮다는 이기적이고 비인간적인 태도를 보인다. 이 장면은 회기로 하여금 인간성에 대한 질문을 던지게 만들고, 그의 내면에서 분노가 솟구치게 한다. 결국, 회기는 상현의 비정한 행동을 목격한 후 '성난 기계'로 변화하여 인옥에게 수술을 해 주겠다는 결정을 내린다. 이는 회기가 자신의 냉정함을 뚫고 진정한 의사로서의 역할을 되찾는 과정으로, 인간성 회복의 가능성을 보여준다. 작품은 물질문명으로 인한 인간성 상실을 비판하며, 개인의 윤리적 선택과 인간 관계의 중요성을 강조한다. 따라서 『성난 기계』는 차가운 사회 속에서도 인간이 지켜야 할 도덕적 가치를 되새기게 하는 작품으로, 독자에게 깊은 여운을 남긴다.

갈등과 변화를 통한 인간성 회복 - '성난 기계'의 구조

『성난 기계』는 주로 전반부와 후반부로 나뉘며, 각 부분에서 주요 인물 간의 갈등이 뚜렷하게 드러난다. 전반부에서는 의사 회기와 환자 인옥 간의 대립이 중심이다. 인옥은 자신의 생명을 위해 수술을 간절히 요청하지만, 회기는 가난한 그녀의 상황과 수술의 성공 가능성을 고려하여 냉정하게 거부한다. 이 과정에서 회기의 기계적이고 비인간적인 태도가 부각되며, 이는 전후 사회의 비정함을 상징적으로 나타낸다. 후반부에 이르러 갈등은 더욱 심화된다. 인옥의 남편 상현이 등장하면서 새로운 긴장이 형성된다. 상현은 금전적인 문제와 아내의 부정적인 행동을 이유로 수술을 반대하며, '그런 여자는 죽어도 괜찮다'는 이기적이고 비윤리적인 태도를 드러낸다. 이 장면은 회기로 하여금 인간성과 윤리에 대한 심각한 질문을 던지게 한다.

결국, 회기는 상현의 비정한 행동을 목격한 후 분노하게 되며, '성난 기계'로 변화하여 인옥에게 수술을 해 주겠다는 결정을 내린다. 이러한 결정은 회기가 자신의 차가운 태도를 벗어나 진정한 의사로서의 역할을 되찾는 과정으로, 인간성 회복의 기능성을 보여준다.

인간성의 상실과 회복: 회기와 상현의 대조

회기는 처음에 기계적이고 냉정한 의사로 등장한다. 그는 가난한 환자 인옥의 수술 요청을 거부하며, 성공 가능성을 고려해 이기적인 태도를 보인다. 이런 모습은 전후 사회의 비정함을 상징하며, 물질적 가치에 치우쳐 인간성을 상실한 상태를 나타낸다. 그러나 상현의 비정한 행동을 목격한 후 회기는 자신의 태도를 반성하고, 결국 인옥에게 수술을 결심함으로써 인간성을 회복하는 과정을 겪는다. 반면 상현은 처음부터 끝까지 이기적이고 냉혹한 태도를 유지한다. 그는 금전적 문제와 아내의 부정적 행동을 이유로 수술을 반대하며, '그런 여자는 죽어도 괜찮다'는 비극적인 발언을 한다. 이는 그가 문명 속에서 도덕적 책임을 외면하고, 인간으로서의 감정을 상실한 상태를 보여준다.

인물에 대해 살펴볼까요

나: 종합 병원 과장으로 폐전문 외과 의사이다. 기계처럼 냉정하나 상현을 보고 잠재된 인간성을 회복한다.

최상현: 김인옥 남편, 경제적으로 무능, 돈 때문에 아내의 수술을 반대하는 비인간적인 인물이다.

김인옥: 최상현의 아내. 담배공장의 포장공이고, 가족을 위해 희생하고 감수하는 인물이다.

정금숙: 양회기 병원의 간호사로 양회기를 사모하는 인물이다.

구성 정리

발단	폐결핵에 걸린 인옥이 외과 의사 회기에게 수술을 해 달라고 간청한다.
전개	회기는 수술결과에 자신이 없다며 수술을 거절하고 돌려보낸다.
위기	상현이 찾아와서 부인의 수술을 반대하며 인옥의 수술을 하지 말아달라 요청한다.
절정	상현의 이기심과 비인간적인 태도에 분노한 회기가 수술을 결심한다.
결말	회기는 인옥에게 속달 우편을 보내며 수술을 받으러 오라고 전한다.

제재 정리

시대	1950년대
갈래	단막극, 사실극
배경	현대의 어느 늦가을, 폐 외과 과장실
주제	현대인의 인간성 상실 비판과 그 회복
특징	• 비정한 현대인의 모습을 냉소적으로 묘사함 • 작품의 전반부와 후반부가 대립적인 양상을 보임 • 물질 문명을 비판하고 휴머니즘을 지향함

'생기부 세특' 보고서, 글쓰기 주제 가이드

EBS 수능특강, 2023 중앙대 경영경제 상경 논술에 출제되었어요
차범석의 『성난 기계』는 인간과 기계의 갈등을 통해 비인간화와 정체성 상실을
탐구합니다. 주인공의 심리 변화와 갈등, 기계의 상징적 의미, 현대 사회 비판이
주요 포인트이며, 대화체를 통해 극복 과정을 드러낸다는 점이 출제 포인트다.

※ 진로학과에 따라 '세특' 주제 접근 방향이 달라요

🌐	관련학과: 국문학계열	출제 빈도: ●●●●●
①	작품속 인물들이 직면하는 윤리적 딜레마를 분석하고, 이러한 선택이 개인의 삶과 사회에 미치는 영향을 연구해 보자.	
②	성난 기계를 통해 물질문명 속에서 인간성이 상실되는 현상을 구체적으로 분석하고, 이러한 상실이 윤리적 문제로 어떻게 연결되는지를 탐구해 보자.	
③	디지털 시대에 개인의 윤리가 어떻게 변화하고 있는지를 분석하며, 문명 비판의 중요성을 고찰해 보자.	
④	AI와 자동화가 지배하는 현대 사회에서 인간성이 어떻게 회복될 수 있는지를 차범석의 작품을 통해 탐구해 보자.	
⑤	디지털 시대의 리얼리즘 극이 사회적 문제를 어떻게 반영하고 있는지를 연구해 보자.	
⑥	물질문녕 속에서 인간성이 상실되는 현상을 연구해 보자.	
⑦	AI 시대의 인간관계에서 발생하는 갈등을 차범석의 인물들로 비유하여 분석해 보자.	
⑧	현재 사회의 문학적 표현이 차범석의 전후 문학과 어떤 연관성을 가지는지를 연구해 보자.	
⑨	디지털 시대에 차범석의 휴머니즘이 어떻게 인간성을 지키는 데 기여할 수 있는지를 탐구해 보자.	
⑩	현대 사회의 복잡한 인간관계를 반영하는 구조적 요소를 차범석의 작품을 통해 분석해 보자.	

🌐	관련학과: 의학/심리/과학	출제 빈도: ●●●●●

①	AI와 디지털 헬스케어 시대에서 의사와 환자의 관계가 어떻게 변화하고 있는지를 연구해 보자.
②	『성난 기계』의 회기처럼 의사로서의 윤리적 책임이 AI의 도입으로 어떻게 변화할 수 있는지를 분석해 보자.
③	회기의 기계적 태도를 통해 현대 의사들이 직면한 윤리적 딜레마를 분석해 보자.
④	AI와 기술 혁신이 환자의 치료와 회복에 어떻게 기여할 수 있는지를 연구해 보자.
⑤	현대 사회에서 인간성을 회복하기 위한 심리적 방법론을 차범석의 관점에서 연구해 보자.
⑥	차범석의 작품을 통해 현대의 생명 윤리 문제를 분석하고, 과학적 관점에서 접근해 보자.
⑦	현대 과학 기술이 환자 치료에 어떻게 기여할 수 있는지를 탐구해 보자.
⑧	AI와 로봇 기술의 발전이 현대인의 인간관계에 미치는 영향을 탐구해 보자.
⑨	차범석의 비판적 시각을 통해 물질문명이 현대인의 정신 건강에 미치는 영향을 탐구해 보자.
⑩	차범석의 인물들을 통해 현대 의사가 환자의 심리적 상태를 어떻게 이해하고 대처해야 하는지를 탐구해 보자.

🌐	관련학과: 사회/정치	출제 빈도: ●●●●●

①	차범석의 『성난 기계』를 통해 현대 사회의 비인간적 현상에 대한 원인을 탐구해 보자.
②	『성난 기계』의 회기가 보여주는 비인간적인 태도가 개인의 자아 형성에 미치는 영향을 분석하고, 현대 사회에서 비인간화가 개인 정체성 상실로 이어지는 과정을 탐구하자.
③	작품 속 상현의 이기적인 행동을 통해 물질적 가치가 인간성에 미치는 영향을 분석하고, 현대 사회에서 물질문명이 개인의 도덕적 가치관을 어떻게 왜곡하는지 연구하자.

④	『성난 기계』에서 인물 간의 갈등을 통해 표현된 사회적 비판을 분석하고, 이를 통해 차범석이 전후 사회의 비정함을 어떻게 드러내는지 살펴보자.
⑤	기술 발전이 인간관계에 미치는 영향을 분석하고, 『성난 기계』의 기계적 사고가 현대 디지털 사회에서 개인의 관계 맺기에 어떻게 영향을 미치는지 탐구하자.
⑥	『성난 기계』의 회기가 자신의 인간성을 회복하는 과정을 분석하고, 현대 사회에서 인간성을 회복하기 위한 실천적 방법을 연구하자.
⑦	기계적 사고가 공공 정책의 효율성에 미치는 영향을 분석하고, 『성난 기계』에서의 회기의 태도가 정책 결정 과정에 어떤 함의를 가지는지 살펴보자.
⑧	『성난 기계』의 인물 간 갈등을 통해 드러나는 정치적 비판을 분석하고, 차범석이 전후 사회에서 정치적 이슈를 어떻게 다루었는지 살펴보자.
⑨	회기의 갈등을 통해 현대 정치에서 윤리적 책임이 어떻게 무시되는지를 분석하고, 윤리적 결정을 통한 정치적 안정의 중요성을 연구하자.

❖ 같이 읽으면 좋은 책

윤고은 『고래』, 김환기 『날개』

14 | 게
김용준

EBS 수능특강 출제

생각하며 읽어요

작품 『게』는 정말 흥미로운 주제를 다루고 있어. 제목에서 알 수 있듯이, 우리가 맛있게 먹는 그 게를 이야기하는 건데, 작가가 왜 게를 많이 그렸는지 궁금하잖아? 서술자인 김용준은 예술이란 사물의 형상과 자연을 통해 작가의 마음을 담는 것이라고 생각해. 그래서 그는 자신이 진정한 예술가인지, 아니면 단순한 환쟁이인지 고민하게 돼. 그런데 게를 그리는 이유는 여러 가지가 있어. 게는 그리기 쉽고, 귀여운 모습 덕분에 사람들에게 동정심을 불러일으키기도 해. 하지만 동시에 게는 탐욕에 눈이 멀어 서로 싸우기도 하고, 결국 사람들에게 잡혀가는 안타까운 존재야. 이 모습을 보면서 서술자는 자신이나 우리 민족을 떠올리게 돼. 게가 우둔해 보이는 모습은 서술자 자신을 반영하는 것 같고, 서로 싸우는 모습은 이념 대립을 상징하는 것 같아. 결국 이 작품은 서술자의 예술관과 게를 그리는 이유, 그리고 그것을 통해 드러나는 민족의 삶을 담고 있어. 작가는 한시를 활용해 독특한 관점을 제시하고, 상황을 풍자적으로 비판해. 그리고 어려운 말을 많이 써서 자신의 학식을 드러내는 모습도 눈에 띄지. 이렇게 '게'를 통해 다양한 메시지를 전달하는 작가의 의도가 정말 깊이 있게 느껴지지?

게의 눈으로 본 사회: 김용준의 예술적 성찰

김용준 작가는 화가이자 미술 평론가, 미술사학자로 활동하는 다재다능한 예술가야. 해방 전후에 특정 이념 중심의 문화 예술계와 비판적인 거리를 두고 자신의 길을 걸어왔지. 이 작품에서는 주로 '게'를 그림의 소재로 선택하는데, 그 이유는 게의 생태적 속성을 통해 인간 사회의 복잡한 현실을 비추기 위해서야. 그는 해방 이후 혼란스러운 정국 속에서 주요 세력들과 거리를 두고 살았고, 이를 동족상쟁하는 게의 모습에 빗대어 표현해. 이렇게 자신의 현실을 자조적으로 드러내는 방식이 독특해. 김용준은 EBS 연계 교재에 수필이 가끔 실리기도 하고, 일상적인 소재를 그림으로 표현하며 감정을 담아내려고 해. '게'를 그리면서 자신과 민족에 대한 비판적인 시각을 드러내는 모습이 인상적이지. 그의 글과 그림은 서로 연결되어 있어서, 독자들이 작품을 통해 작가의 생각과 감정을 깊이 이해할 수 있도록 돕고 있어. 김용준 작가는 현대 사회의 복잡한 문제들을 탐구하며 예술의 본질에 대해 고민하는 모습을 보여주고, 이를 통해 다양한 메시지를 전달하고 싶어해.

김용준 작가와 '게'의 상징성을 알아야 해요

김용준 작가는 게를 그림의 소재로 많이 사용하는데, 그 이유는 다양하나. 첫째, 게는 그리기 쉽고 귀여운 모습 덕분에 사람들에게 친근하게 다가온다. 하지만 그 외모 뒤에는 고유의 생태적 속성이 담겨 있어, 탐욕과 갈등을 상징하기도 한다. 게가 서로 싸우고 끝내 인간에게 잡혀가는 모습은 서술자에게 안타까움과 연민을 불러일으킨다.

그는 게를 보면서 자신과 우리 민족을 떠올리기도 한다. 게가 우둔해 보이는 모습은 서술자 자신을 반영하는 것 같고, 서로 치고 박고 싸우는 모습은 우리 민족의 이념 대립을 상징한다. 이처럼 게는 서술자에게 애증의 관계인 존재로,

짜증이 나지만 미워할 수 없는 복잡한 감정을 불러일으킨다.

　작품에서는 이러한 게를 통해 서술자의 예술관과 민족적 현실을 비판적으로 바라보는 시각이 드러난다. 김용준은 한시를 활용해 독특한 관점을 제시하고, 풍자적인 기법으로 상황을 우회적으로 비판한다. 또한, 어려운 어휘 사용을 통해 자신의 학식을 드러내며, 전체적으로 게를 통해 인간 사회의 복잡한 면모를 함축적으로 표현하고 있다.

 '생기부 세특' 깊이 파악하기

왕세정의 '게'를 통해 본 사회적 성찰

왕세정의 대문 속 '게'는 주변 상황에 대한 무관심이 가져오는 위험을 상징적으로 보여준다. 게는 제멋대로 행동하며 결국 사람의 입속으로 떨어지는 모습에서, 사회의 어수선함과 그로 인한 개인의 어리석음을 풍자한다. 이러한 광경은 우리가 일상에서 무관심하게 지나치는 것들이 얼마나 큰 위험으로 이어질 수 있는지를 일깨워 준다. 이 비유는 개인의 행동이 주변에 미치는 영향을 다시 생각하게 하며, 무관심이 얼마나 쉽게 자신을 위험에 빠뜨릴 수 있는지를 경고한다. 즉, 우리는 소중히 여겨야 할 가치 즉, 타인에 대한 배려와 사회적 책임을 되새기고, 경계해야 할 행동 즉, 자기 중심적인 태도와 무감각함에 대해 깊이 성찰해야 함을 말한다.

결국, '게'의 이야기는 우리의 행동과 선택이 단순히 개인적인 문제가 아니라, 더 넓은 사회와 연결되어 있음을 상기시킨다. 이를 통해 우리는 더욱 책임감 있는 태도로 사회에 기여하고, 서로를 존중하는 관계를 형성해야 함을 깨닫게 된다.

현대 사회의 어리석음과 무관심에 대한 풍자

이 작품에서 '게'는 제멋대로 행동하며 결국 사람의 입속으로 떨어지는 모습을 통해, 주변 상황에 대한 무관심이 개인에게 미치는 위험성을 상징적으로 보여준다.

이는 현대 사회에서 많은 사람들이 자신의 이익만을 추구하며, 타인의 감정이나 사회적 책임을 외면하는 모습을 반영한다. 특히, '게'가 옆으로 기어가는 모습은 불확실한 상황에서도 자신만의 길을 고집하는 사람들을 풍자한다. 이러한 행동은 결국 자신을 위험에 처하게 만들며, 이는 자기 중심적인 태도가 가져오는 결과를 경고한다. 사회의 어수선함과 개인의 어리석음이 얽혀 있는 이 모습은, 우리 사회가 얼마나 많은 사람들이 서로를 배려하지 않고 살아가는지를 드러낸다.

또한, '게'는 욕심과 탐욕에 대한 비판을 담고 있다. 욕심 때문에 서로 싸우는 모습은 인간의 본성이 얼마나 쉽게 타락할 수 있는지를 보여준다. 이러한 상황에서 사람들은 눈앞의 이익만을 추구하며, 결과적으로 자신과 타인에게 큰 해를 끼치게 된다. 결국, '게'는 현대 사회의 복잡한 인간관계와 그 속에서 발생하는 어리석음을 통찰하게 만든다. 사회적 책임과 타인에 대한 배려의 중요성을 강조하며, 개인의 행동이 사회 전체에 미치는 영향을 다시 한번 상기시킨다.

무관심의 경고: 김용준의 '게'와 윤우당의 '무장공자'를 통한 사회 비판

김용준의 '게'와 윤우당의 '무장공자'는 현대 사회의 무관심과 자기 중심적인 태도를 비판적으로 드러내는 작품이다. '게'는 주변 상황에 대한 무관심이 개인에게 미치는 위험성을 상징적으로 보여준다. '게'는 자기 이익만을 추구하며 제멋대로 행동하다가 결국 사람의 입속으로 떨어지는 모습을 통해, 현대 사회에서 타인의 감정이나 사회적 책임을 외면하는 사람들의 모습을 반영한다. 이러한 행동은 자신뿐만 아니라 타인에게도 해를 끼치는 결과를 초래하며, 개인의 무관심이 사회 전체에 미치는 부정적인 영향을 일깨운다.

윤우당의 '무장공자'는 창자가 없는 주인공을 통해 세상에 대한 무감각함을 비판한다. 그는 자신의 고통을 느끼지 못하며, 이는 현대인이 사회의 아픔과 고통을 인식하지 못하는 모습을 상징한다. 무장공자는 자신의 처지를 고민하지 않고 살아가며, 이는 결국 개인의 무관심이 사회 전체에 미치는 영향을 심각하게 드러낸다. 이 작품은 독자에게 타인에 대한 배려와 사회적 책임의 중요성을 강조하며, 무관심이 가져오는 위험성을 경고한다.

결국 두 작품은 인간의 본성과 사회적 관계를 깊이 탐구하며, 독자에게 더 나은 인간관계를 형성하고 사회에 기여하기 위한 성찰의 기회를 제공한다. 우리가 서로의 아픔을 이해하고 공감하는 것이 얼마나 중요한지를 일깨우며, 무관심이 아닌 배려와 책임을 바탕으로 한 사회를 만들어 나가야 한다는 메시지를 전달한다. 이러한 성찰은 현대 사회의 지속 가능한 발전을 위해 필수적이다.

구성 정리

처음	작가의 청고한 심경이 담긴 예술의 가치
중간	'게'를 화제로 즐겨 선택하는 이유
끝	'게'의 생태적 특성과 그에 대한 복합적 감회

제재 정리

성격	개성적, 비판적, 풍자적, 현학적
주제	그림을 그릴 때 게를 화제로 삼는 이유
특징	• 정소남의 일화를 통해 작가의 심경이 담겨야 진정한 예술이라는 서술자의 예술관을 드러냄 • 한시를 인용하여 대상에 대한 독특한 시각과 서술상 변화를 줌 • 게의 생태적 속성을 빌려 인간의 삶의 모습을 드러냄 • 설의적 표현을 통해서 글쓴이의 부정적인 현실 인식을 드러냄

EBS 수능특강에 빈번히 출제되고 있어요

김용준의 『게』에서는 화자의 심리가 긴장감 있게 전달되며, 서사적 전개 과정이
독자의 해석에 큰 영향을 미친다. 화자는 게를 통해 자신의 정체성과 민족적 현
실을 성찰하며, 복잡한 감정을 드러낸다. 이러한 심리적 갈등과 서사의 흐름은
독자가 작품을 깊이 이해하는 데 중요한 요소이다.

※ 진로학과에 따라 '세특' 주제 접근 방향이 달라요

	관련학과: 국문학/ 예술	출제 빈도: ●●●●●
①	왕세정의 『게』를 통해 현대 사회의 무관심이 개인에게 미치는 영향을 탐구해 보자.	
②	『게』의 풍자적 요소가 현대 사회의 인간관계에서 어떤 교훈을 주는지 탐구해 보자.	
③	『게』에서 나타나는 탐욕의 상징성을 분석하고 AI 기술 발전이 현대인의 삶에 미치는 영향을 연구해 보자.	
④	김용준의 예술관과 『게』 속 게의 의미를 비교하여, 현재 사회의 소비문화와 어떤 관련이 있는지 서술해 보자.	
⑤	『게』의 풍자저 요소기 디지틸 시대의 인간관계에서 어떤 교훈을 주는지 탐구해 보자.	
⑥	김용준의 『게』와 왕세정의 『게』를 비교하여, 현대 사회에서의 무관심 문제를 어떻게 비판하고 있는지 연구해 보자.	
⑦	현대 미술에서 개인의 정체성과 사회적 소외를 다룬 작품을 분석하여, 무관심이 개인의 심리에 미치는 영향을 탐구해 보자.	
⑧	작품의 결말이 주는 의미는 무엇인지, 그리고 독자에게 어떤 질문을 던지는지를 연구해 보자.	
⑨	현대 음악과 미술에서 무관심 문제를 다룬 작품을 비교 분석하여, 두 작가의 비판적 시각을 조명해 보자.	
⑩	디지털 아터를 통해 인간관계의 풍자적 표현을 분석하고, 그로부터 얻는 교훈을 탐구해 보자.	

🌐	관련학과: **사회학과/정치학과**	출제 빈도: ●●●●●
①	김용준의 『게』와 현재 사회의 무관심 문제를 연결하여, 디지털 시대의 소통 방식이 어떻게 영향을 미치는지 연구해 보자.	
②	『게』에서 드러나는 사회적 갈등이 현대 사회에서 나타나는 이념 대립과 어떻게 연결되는지 탐구해 보자.	
③	김용준의 『게』가 사회적 책임을 어떻게 강조하는지, 특히 현재의 환경 문제와 연결하여 연구해 보자.	
④	『게』의 탐욕적 요소가 현대 사회의 경제적 불평등 문제와 어떻게 연결되는지 탐구해 보자.	
⑤	『게』의 상징성이 현대 사회의 이념 대립을 어떻게 반영하는지 분석하고, 미래 사회의 해결책을 제시해 보자.	
⑥	『게』를 통해 현대 사회의 인간관계의 복잡성을 탐구하고, AI가 이 관계를 어떻게 변화시킬 수 있는지 분석해 보자.	
⑦	왕세정의 『게』와 현재 사회의 무관심 문제를 연결하여, 디지털 시대의 소통 방식이 어떻게 영향을 미치는지 연구해 보자.	
⑧	『게』에서 드러나는 인간의 본성이 현대 정치에서의 갈등을 어떻게 반영하는지 분석해 보자.	

🌐	관련학과: **과학**	출제 빈도: ●●●●
①	생태계의 다양한 상호작용이 개인의 행동 및 사회 구조에 어떻게 반영되는지를 분석하고, 이를 통해 인간 사회의 복잡성을 이해해 보자.	
②	게의 생태적 행동을 통해 현대 도시에서의 생태계 파괴 현상을 비교 분석하고, 환경 보호의 필요성을 강조하는 방안을 모색해 보자.	
③	『게』의 상징성을 통해 현대 사회에서의 생태적 위기를 인식하는 방법과 그에 따른 행동 변화의 가능성을 연구해 보자.	
④	『게』의 생태적 행동이 인간 건강에 미치는 영향을 분석하며, 생태계 파괴가 정신적 및 신체적 건강에 미치는 부정적 영향을 탐구해 보자.	

❖ 같이 읽으면 좋은 책

김초엽 『우리가 빛의 속도로 갈 수 없다면』, 김영하 『고백』

15 | 다락
강은교

EBS 수능특강 출제

생각하며 읽어요

강은교의 『다락』은 시인답게 감각적으로 표현된 수필이야. 이 작품에서는 주인공이 어린 시절의 다락을 회상하며 그 시절의 향수를 잘 그려내고 있어. 요즘 사람들은 다락을 잘 모르겠지만, 다락은 집의 맨 꼭대기에 있는 창고 같은 공간이었어. 어린 시절 나도 다락이 있었고, 그곳에는 신기한 물건들이 가득했지. 퀴퀴한 냄새와 거미줄 속에서 보물을 발견하는 기분은 정말 특별했어. 시간이 지나면서 다락은 점점 사라지고, 지금 내가 사는 집에도 다락이 없어. 다락은 비밀스러운 공간이자 혼자 있을 수 있는 안식처였지. 강은교는 다락을 '집의 혼과 구석에 달린 심장'이라고 표현하며 그 소중함을 강조해. 후각적 심상을 통해 다락의 냄새까지도 그리워하는 모습은 정말 인상적이야. 작품의 주제는 다락이 사라져 가는 현실에 대한 안타까움이야. 우리는 때로 혼자 있을 공간이 필요하고, 추억을 떠올릴 수 있는 장소가 필요해. 공간의 효율도 중요하지만, 가끔은 숨을 수 있는 비밀스러운 공간이 있는 것이 좋다고 느껴. 다락은 그런 소중한 기억과 공간의 필요성을 다시 생각하게 해주는 작품이야.

허무를 넘어 생명의 소중함을 노래한 시인 강은교

강은교 시인은 1945년에 태어나 1960년대 후반부터 1970년대까지 한국의 군사정치와 독재 시대에 활동했던 시인인데, 그의 작품은 그 시대의 고통과 갈등을 잘 반영하고 있어. 첫 시집 〈허무집〉에서는 인간 존재의 고독과 허무를 주제로 다루고, 시인이 허무에 깊이 잠기면서 존재의 근원을 찾으려 했던 과정을 보여줘. 초기 작품에서 느껴지는 비관적인 세계관은 그가 겪었던 시대적 아픔을 반영하고 있어서, 독자에게 깊은 공감을 불러일으켜.

시간이 흐르면서 강은교는 허무에서 벗어나 생명의 근원과 공동체 삶에 대한 시를 쓰기 시작했어. 그의 후반기 작품에서는 생명과 공동체의 중요성이 강조되며, 허무한 현실 속에서도 생명의 의미를 찾으려는 노력이 돋보여. 이런 변화는 그가 개인의 고독을 넘어, 타인과의 관계 속에서 발견하는 생명의 소중함을 일깨워줘. 강은교의 시는 고독과 불안을 담고 있지만, 동시에 희망을 찾으려는 모습이 드러나서 독자에게 깊은 감동을 주지.

그의 작품을 읽다 보면 인간 존재의 복잡함과 그 속에서의 생명에 대한 깊은 사유를 느낄 수 있어. 강은교의 시는 단순히 허무를 이야기하는 게 아니라, 그 허무 속에서도 희망을 찾으려는 모습이 드러나. 그의 시를 통해 우리는 허무를 넘어 생명과 공동체의 소중함을 다시금 생각해볼 수 있고, 이는 현대 사회에서도 여전히 유효한 메시지로 다가와. 강은교의 시는 독자에게 삶의 본질에 대한 질문을 던지며, 그 질문은 우리 각자의 삶 속에서 깊이 있는 성찰을 이끌어내.

'생기부 세특' 깊이 파악하기

'다락' 비유를 통해 드러나는 공간의 소중함과 기억

강은교의 『다락』은 여러 비유적 표현을 통해 다락의 고유한 의미와 가치를 드러낸다. 첫 번째로, 다락은 사람들에게 '보호소'와 같은 공간으로 비유된다. 이곳에서 사람들은 자신이 안전하게 보호받고 있다는 느낌을 받아, 일상에서 벗어나 홀로 있을 수 있는 안식처로 기능한다. 다락은 외부의 소음과 혼잡에서 벗어나 개인의 내면을 들여다볼 수 있는 공간이기 때문이다.

또한, 다락은 '자궁'이라고 비유된다. 생명이 품어지는 자궁처럼 다락은 따뜻하고 안온한 느낌을 주며, 과거의 추억과 정서를 간직한 공간으로서의 역할을 한다. 이곳은 단순한 저장공간이 아니라, 개인의 감정과 기억이 살아 숨 쉬는 장소로서 기능한다. '품던 공간'이라는 표현은 다락이 무수한 물건들을 품고 있다는 사실을 강조한다. 오래된 장난감, 가족의 사진 등 다양한 물건들이 그곳에 쌓여 있어, 다락은 각자의 이야기를 담고 있는 소중한 기억의 창고로 여겨진다. 더불어, 다락은 '구석'이라는 표현으로 개인의 삶을 숨기고 홀로 충만한 존재감을 느낄 수 있는 특수한 장소로 묘사된다. 이는 다락이 단순히 물리적인 공간을 넘어, 개인의 정체성과 감정을 탐구할 수 있는 중요한 장소임을 의미한다. 마지막으로, '집의 혼'이나 '집의 구석에 달린 심장'이라는 비유는 다락이 집의 많은 비밀을 품고 있으며, 그만큼 중요하다는 것을 강조한다. 다락은 단순한 공간이 아니라, 가족의 역사와 기억이 얽힌 신성한 장소로서의 가치를 지닌다. 이러한 다양한 비유적 표현을 통해, 강은교는 다락의 소중함과 그 잃어버린 현실에 대한 안타까움을 잘 전달하고 있다.

냄새로 드러나는 공간의 의미와 감정

강은교의 『다락』에서 '냄새'는 단순한 후각적 자극을 넘어, 다락이 지닌 특별한 의미를 전달하는 중요한 요소로 작용한다. 글쓴이는 '향기', '향내', '내음'이라는 용어를 사용하여 다락의 냄새를 긍정적으로 표현한다. 이러한 표현은 다락이 단순한 공간이 아닌, 과거의 추억과 감정을 품고 있는 따뜻한 장소라는 인식을 담고 있다. 다락에서 느껴지는 곰삭은 물건들의 향내는 오히려 그곳의 소중함을 강조한다. 이는 다락이 오랜 시간 동안 가족의 기억과 이야기를 간직해온 장소라는 것을 암시하며, 독자에게 다락에 대한 긍정적인 감정을 유도한다. 이러한 냄새는 다락의 정체성을 형성하는 중요한 요소로, 과거와 현재를 연결하는 다리 역할을 한다. 작가는 다락의 냄새를 통해 그 공간이 지닌 따뜻함과 소중함을 전하며, 독자는 이를 통해 다락이 단순한 저장공간이 아닌, 개인의 삶과 감정이 얽힌 특별한 장소임을 느끼게 된다.

향내와 악취로 드러나는 공간의 이중성

강은교의 『다락』에서 '향내'와 '악취'라는 대비되는 표현은 다락에 대한 상반된 인식을 효과적으로 부각시킨다. '향내'는 다락이 지닌 긍정적인 측면을 강조하며, 과거의 소중한 기억과 감정이 담긴 공간으로서 다락의 따뜻함과 안전함을 상징한다. 작가는 다락에서 느껴지는 곰삭은 물건들의 향내를 통해, 그곳이 개인의 추억과 정체성을 품고 있는 특별한 장소라는 것을 드러낸다. 이는 다락이 단순한 저장공간이 아닌, 삶의 중요한 일부로 여겨질 수 있음을 상기시킨다.

반면, '악취'는 다락이 가진 부정적인 측면을 나타내며, 외부에서 바라보는 시각을 반영한다. 다락이 어둡고 음침한 공간으로 여겨질 때, 사람들은 그곳을 불쾌한 기억이나 고립된 장소로 인식하게 된다. 이러한 부정적인 이미지는 현대 주거 공간의 효율성 추구에 따라 사라져가는 다락의 현실을 드러내며, 다락이 잃어버린 소중한 가치에 대한 아쉬움을 느끼게 한다.

결국, 이 대비는 다락이 지닌 두 가지 상반된 정서를 통해, 독자에게 깊은 생각을 유도한다. 다락은 과거의 추억과 감정을 간직한 따뜻한 공간이지만, 현대 사회에서는 그 가치가 점차 사라지고 있다는 점을 강조한다. 작가는 다락을 통해 현대인에게 잃어버린 공간의 소중함을 일깨우고, 개인의 정체성과 기억을 소중히 여기는 삶의 필요성을 강조한다. 이러한 상반된 시각은 다락이 단순한 공간이 아닌, 인간 존재의 복잡한 감정을 담고 있는 장소임을 드러내며, 독자에게 깊은 공감을 불러일으킨다.

또한, 다락은 개인의 삶에서 중요한 역할을 하는 기억의 저장소로 기능하며, 그 안에 담긴 다양한 감정들은 독자에게 각자의 경험을 떠올리게 한다. 향내와 악취의 대비는 단순히 공간의 물리적 특성을 넘어, 인간의 내면을 탐구하는 기회를 제공한다. 강은교는 이러한 대비를 통해 독자에게 다락이 지닌 복합적인 의미를 성찰하게 하며, 잊혀져가는 공간의 가치를 재조명한다. 결국, 다락은 우리에게 과거와 현재를 연결하는 중요한 매개체로서, 개인의 정체성과 기억을 되새기는 소중한 장소임을 일깨운다. 이러한 깊은 사유는 독자에게 감정적으로 다가오며, 다락이 단순한 공간이 아닌, 삶의 복잡한 감정을 담고 있는 장소임을 더욱 부각시킨다.

구성 정리

처음	우리의 삶을 품어 주는 공간인 다락이다. 다락은 과거의 추억과 감정을 간직한 특별한 장소로, 안전함과 안온함을 제공한다.
중간	다락에 얽혀 있는 유년 시절의 추억이 떠오른다. 어릴 적 다락에서 발견한 장난감과 가족의 사진들은 소중한 기억으로 남아 있다. 다락은 호기심과 발견의 공간으로, 나에게 특별한 의미를 지닌다.
끝	다락을 잃고 살아가는 현대인의 삶에 대한 안타까움이 느껴진다. 현대의 주거 공간에서는 개인의 정체성과 기억을 담을 수 있는 장소가 사라지고, 그로 인해 삶의 깊이가 줄어드는 것 같은 기분이 든다.

제재 정리

성격	비유적, 감각적, 회상적, 성찰적, 사색적, 비판적
주제	사라져 가는 다락에 대한 추억과 안타까움
특징	• 비유적 표현을 직접히 활용하여 글쓴이가 생각하는 '다락'의 의미를 효과적으로 드러냄 • '향내(긍정적)'와 '악취(부정적)'라는 대비되는 말을 통해 다락에 대한 상반된 사람들의 생각을 부각함 • 유년 시절의 추억(회상)을 구체적으로 열거하여, '다락'이 글쓴이에게 지닌 의미를 드러냄

'생기부 세특' 보고서, 글쓰기 주제 가이드

EBS 수능특강에 빈번히 출제되고 있어요

강은교의 『다락』이 수능에 출제된다면 다음과 같은 포인트가 강조될 것이다. 첫째, 다락이 상징하는 가치와 현대 사회에서 잃어버린 공간의 소중함에 대한 주제와 메시지 분석. 둘째, '자궁', '보호소' 등 비유적 표현을 통한 감정과 의도 파악. 셋째, '향내'와 '악취'의 대비를 통한 상반된 인식 분석. 넷째, 작가의 유년 경험이 다락의 의미에 미친 영향 평가. 마지막으로, 현대적 공간과 전통적 다락의 차이와 그로 인한 정서적 반응 분석이 중요하다.

※ 진로학과에 따라 '세특' 주제 접근 방향이 달라요

	관련학과: **인문/사회 계열**	출제 빈도: ●●●●●

①	강은교의 『다락』을 통해 다락이 현대 사회에서 상징하는 의미와 그 가치의 변화를 탐구하고, 디지털 시대에서 물리적 공간의 소중함이 어떻게 변화하고 있는지를 분석해 보자.
②	『다락』에서 드러나는 향수와 잃어버린 기억이 개인의 정체성에 미치는 영향을 연구하고, 현대 사회에서 개인의 기억이 어떻게 형성되고 지속되는지를 탐구해 보자.
③	비유적 표현이 『다락』의 정체성을 어떻게 형성하는지를 독창적으로 연구하며, 특히 다락을 통해 나타나는 감정의 복잡함을 분석해 보자.
④	현대 주거 공간에서 '다락'의 소멸 이유와 그 사회적 함의를 탐구하고, 효율성과 공간 활용이 개인의 정서적 필요와 어떻게 충돌하는지를 분석해 보자.
⑤	『다락』의 상징이 현대 사회의 공간 효율성 추구와 어떻게 갈등하는지를 분석하고, 주거 공간의 변화가 개인의 정서적 안정성에 미치는 영향을 탐구해 보자.
⑥	『다락』을 통해 개인의 정체성과 감정의 상호작용을 심층적으로 연구하고, 현대인의 삶에서 '다락'이 가지는 심리적 의미를 탐구해 보자.
⑦	향내와 악취가 『다락』의 이중성을 어떻게 형상화하는지를 분석하며, 개인의 감정과 기억의 상관관계를 심도 있게 탐구해 보자.

⑧	강은교의 『다락』이 현대인의 삶에 던지는 교훈을 새로운 시각으로 탐구하고, 개인의 공간이 사회적 맥락에서 어떻게 재구성되는지를 분석해 보자.
⑨	유년 시절의 기억이 '다락'에 대한 인식 형성에 미치는 영향을 연구하고, 기억이 개인의 정체성에 어떻게 영향을 미치는지를 탐구해 보자.
⑩	『다락』에서 나타나는 비판적 시각이 현대 사회에 주는 메시지를 독창적으로 탐구하며, 사회적 변화가 개인의 공간 인식에 미치는 영향을 분석해 보자.
⑪	『다락』의 사회적 역할이 개인의 정체성 형성에 미치는 영향을 심층적으로 연구하고, 공동체 의식과 개인의 정체성이 어떻게 연결되는지를 탐구해 보자.

🌐	관련학과: **정치계열/경제/역사 계열**	출제 빈도: ●●●●●

①	『다락』을 통해 현대 사회에서 잃어버린 공동체 의식을 재조명하고, 공간의 상실이 공동체와 개인의 관계에 미치는 영향을 분석해 보자.
②	『다락』에서 드러나는 개인의 정체성과 사회적 관계의 상관관계를 창의적으로 탐구하며, 현대 사회에서 개인의 정체성이 어떻게 형성되는지를 분석해 보자.
③	과거와 현대 주거 공간의 변화를 통해 개인의 삶에 미치는 영향을 연구하고, 주거 형태의 변화가 개인의 심리에 미치는 영향을 탐구해 보자.
④	『다락』이 현대인의 고독을 어떻게 반영하는지를 심층적으로 탐구하고, 현대 사회의 고독감이 개인의 정체성에 미치는 영향을 분석해 보자.
⑤	강은교의 『다락』을 통해 개인의 기억이 사회적 맥락에서 어떻게 형성되는지를 분석하고, 기억의 사회적 의미를 탐구해 보자.
⑥	『나락』의 상징적 가치가 현대 사회에서 어떻게 재조명되는지를 탐구하며, 사회적 변화가 개인의 공간 인식에 미치는 영향을 분석해 보자.
⑦	'다락'의 소중함을 잃어가는 현대 사회의 문제점을 심층적으로 분석하고, 공간의 상실이 개인의 삶에 미치는 부정적 영향을 탐구해 보자.
⑧	『다락』을 통해 현대 사회에서 개인 공간이 정치적 의미를 어떻게 지니는지를 탐구하고, 개인 공간의 중요성을 정치적 맥락에서 분석해 보자.
⑨	강은교의 『다락』이 현대 정치적 환경에서 개인의 권리에 미치는 영향을 혁신적으로 연구하고, 개인의 권리와 공간의 관계를 탐구해 보자.
⑩	『다락』에서 나타나는 향수와 기억이 심리적 안정에 미치는 영향을 연구하고, 기억과 감정의 상관관계를 탐구해 보자.

⑪	『다락』이 개인의 정체성과 감정에 미치는 심리적 영향을 독창적으로 분석하고, 개인의 정체성 형성에 있어 공간의 역할을 탐구해 보자.
⑫	공간의 변화가 개인 심리에 미치는 영향을 새로운 관점에서 연구하고, 심리적 안정성과 공간의 관계를 탐구해 보자.
⑬	『다락』의 상징적 가치가 개인의 정신 건강에 미치는 영향을 심층적으로 연구하고, 정신 건강과 환경의 상관관계를 탐구해 보자.

🌐	관련학과: **건축**	출제 빈도: ●●●●●

①	『다락』이 현대 사회에서 상징하는 의미와 그 가치의 변화를 탐구하고, 디지털 시대에서 물리적 공간의 소중함이 어떻게 변화하고 있는지를 연구해 보자.
②	『다락』에서 드러나는 향수와 잃어버린 기억이 개인의 정체성에 미치는 영향을 연구하고, 현대 사회에서 개인의 기억이 어떻게 형성되고 지속되는지를 탐구해 보자.
③	현대 주거 공간에서 다락의 소멸 이유와 그 사회적 함의를 탐구하고, 효율성과 공간 활용이 개인의 정서적 필요와 어떻게 충돌하는지를 분석해 보자.

❖ 같이 읽으면 좋은 책

박완서 『그 여자네 집』, 정유정 『종의 기원』

16 | 살아있는 이중생 각하
오영진

EBS 수능특강 출제

생각하며 읽어요

『살아있는 이중생 각하』는 오영진의 대표작으로, 1949년에 발표된 3막 4장의 희곡이야. 이 작품은 해방 직후의 혼란스러운 시대를 배경으로 하고, 일제 강점기 때 친일을 통해 부를 축적한 이중생의 탐욕스러운 삶을 다루고 있어. 이중생은 자신의 재산을 지키기 위해 자살로 위장하고 장례를 치르는데, 그는 실제로 살아있어. 이 표현은 이중생과 같은 인물이 여전히 존재하는 현실을 풍자하는 거지. 작품은 역사적 사실이 단순히 과거에 그치지 않고 현재에도 영향을 미친다는 메시지를 전달해. 이중생은 해방 이후에도 기득권을 유지하려고 수단과 방법을 가리지 않는데, 그의 행동은 친일 세력이 친미 세력으로 변모하면서 사회적 책임을 회피하는 모습을 보여줘. 결국, 그는 자신의 꾀에 넘어가 몰락하고, 주변 인물인 사위 송달지와 아들 하식은 양심을 지키며 그와 동조하지 않아. 작가는 이러한 극적 전개를 통해 당대의 사회 문제를 고발하고, 일제 잔재의 청산과 새로운 시대에 대한 염원을 드러내. 이 작품은 해학과 풍자를 통해 친일 반민족주의의 청산에 대한 갈망을 담고 있어. 낡고 부패한 기성 질서로부터 정의롭고 건강한 질서로의 전환을 희망하는 메시지를 전하는, 시사성이 짙은 사회 풍자극이야.

오영진의 문학과 정치: 혼란의 시대를 반영한 사회극의 여정

오영진(1916~1974)은 평양에서 태어나 조선문학을 전공한 작가야. 그는 일본에서 영화 연구에 참여하며 문학과 연극의 세계에 발을 들였고, 1945년 광복 이후에는 조선민주당 창당에 참여하면서 정치적 활동을 시작했어. 문학과 예술 분야에서도 활발히 활동하며 1952년 문총 중앙심의위원회 부위원장을 역임했지. 다양한 문화 단체에서 중추적인 역할을 맡아 한국 문학의 발전에 기여했어. 이 작품은 광복 직후의 혼란한 시대를 반영하며 친일 잔재 세력의 이중성을 비판하는 사회극이야. 『살아있는 이중생 각하』는 이런 혼란기의 사회 속에서 친일 잔재 세력의 반민족적 생태와 전후 처리의 중대한 문제가 제기되며, 사할린 무국적 한국인의 문제나 공산주의의 등장을 경고하고 있어. 오영진이 평양에서 겪은 절실한 체험은 그의 사상적 재경이나 창작 의도와 방향을 엿보게 해. 그는 문학과 연극을 통해 한국 사회의 현실을 반영하고, 예술의 중요성을 강조한 작가로 기억되고 있어.

줄거리를 꼭 알아야 해요

이중생은 외아들 하식을 징용에 보내면서까지 자신의 이익을 추구한 인물로, 해방 이후 미군정에 빌붙어 권력을 유지하려 한다. 그러나 그의 비리 혐의가 드러나 체포될 위기에 처하고, 재산 몰수의 위험이 다가온다. 특별 보석으로 풀려난 이중생은 최 변호사와 공모하여 자신의 죽음을 위장하고, 거짓 유서를 통해 재산 관리인으로 세운 사위 송달지로 행세할 계획을 세운다. 하지만 그의 초상이 치러지는 동안 특별 조사 위원인 김 의원이 찾아와, 상속받은 재산으로 무료 병원을 설립할 것을 권유한다. 송달지는 이를 수락하게 되고, 이로 인해 이중생의 계획은 수포로 돌아가게 된다. 계획이 무산된 이중생은 최 변호사와 송달지를 원망하게 되고, 징용에서 돌아온 하식에게마저 비판을 받는다. 결국 자포자기한 이중생은 스스로 삶을 마감하게 된다. 이 작품은 친일 세력의 이중성과 그로 인해 발생하는 갈등을 통해 사회의 모순을 비판적으로 드러내며, 인물 간의 갈등을 통해 시대의 부조리를 조명한다.

'생기부 세특' 깊이 파악하기

풍자희극: 기성세대와 신세대의 갈등을 통한 사회 비판

풍자희극은 사회적, 정치적 현실에 대한 비판을 담고 있는 희극 장르로, 주로 기성세대와 신세대 간의 갈등을 중심으로 전개된다. 아리스토텔레스에 따르면, 희극은 보통보다 못난 사람들의 모방이지만, 단순히 악을 다루지 않으며, 우스꽝스럽고 결함 있는 상황을 통해 웃음을 유발한다. 풍자희극에서는 이러한 요소가 더욱 강조되어, 훼방꾼인 기성세대와 이를 극복하려는 신세대 간의 대립이 주요 테마로 자리잡는다. 이 장르에서 주인공은 종종 알라존(Alazon)과 에이런(Eiron)이라는 두 가지 인물 유형으로 나뉘는데, 알라존은 기만적이고 우쭐대는 인물이며, 에이런은 자신의 지식이나 능력을 숨기고 낮추는 겸손한 인물이다. 이러한 대립은 기성세대의 고집과 신세대의 갈망을 상징적으로 나타내며, 서로 화해하지 못하고 평행선을 그리게 된다. 오영진의 『살아있는 이중생 각하』에서도 이러한 풍자희극의 요소가 잘 드러난다. 작품 속 부정적 인물군은 기성세대를 대표하고, 긍정적 인물군은 신세대를 상징하여 갈등을 형성한다. 이로 인해 관객은 사회의 모순과 문제를 비판적으로 바라보게 되며, 희극적인 상황 속에서도 깊은 사유를 하게 된다. 결국 풍자희극은 단순한 웃음을 넘어, 사회적 변화를 촉구하는 메시지를 전달하는 중요한 장르로 자리잡고 있다.

이중생의 이중성- 이중생의 아이러니와 사회 비판 1

『살아있는 이중생 각하』에서 이중생은 외면상 죽은 체하면서도 실제로는 살아있는 인물로 묘사된다. 이는 그의 이중적인 삶을 상징적으로 나타내며, '각하'라는 표현은 그를 높이면서도 동시에 조롱하는 반어적 의미를 담고 있다. 이중생은 친일 세력의 전형으로, 자신의 이익을 위해 모든 것을 희생하고도 여전히 권력을 유지하려는 인물이다. 그의 존재는 철저하게 친일 잔재에 대한 풍자와 야유의 대상이 된다. 제목에서 드러나는 '살아 있는'이라는 표현은 그가 현실에서 여전히 존재하지만, 실질적으로는 자신의 정체성과 인간성을 상실한 상태를 의미한다. 그는 자식에게까지 외면당하고, 자신의 계략에 갇혀 생존의 의미를 잃어버린 채 '살아 있는' 것처럼 여겨진다. 이는 진정한 삶의 의미를 상실한 자기모순에 직면하게 되는 상황을 나타낸다. 이중생의 이중적인 행태는 사회의 부조리와 모순을 고발하는 강력한 메시지를 전달하며, 작품의 시사성을 더욱 돋보이게 한다. 그가 겪는 갈등과 고독은 단순한 개인의 문제가 아니라, 광범위한 사회적 문제를 반영하고 있다.

격동의 시대: 『살아있는 이중생 각하』의 사회 비판 2

『살아있는 이중생 각하』는 광복 후 1949년에 쓰인 현실비판의 사회극으로, 일제 강점기와 해방 직후의 한국 사회를 배경으로 한다. 이 시기는 일본 제국주의의 압박 아래에서 많은 한국인들이 경제적, 정치적 억압을 경험하던 시기로, 일부는 기회주의적으로 일본에 협력하여 자신의 이익을 추구했다. 광복 이후에는 새로운 사회 질서와 정치적 혼란이 뒤따르며, 민족 분열과 친일 잔재 세력의 배신적 이중성이 드러났다. 이중생과 같은 인물들은 여전히 권력을 유지하려고 하며, 사회의 혼란 속에서 자기 이익을 추구한다. 작품은 이러한 배경 속에서 친일 세력의 반민족적 생태와 전후 처리의 중대한 문제를 제기하며, 사할린 무국적 한국인의 문제와 공산주의의 등장을 경고한다. 작가는 개인적인 체험을 바탕으로 광복 직후의 격동기를 리얼하게 비판하고자 하였으며, 반일, 반공, 반 허욕의 주제를 통해 사회의 모순과 부조리를 드러낸다. 이 작품은 인물 간의 갈등과 대립을 통해 시대의 혼란을 조명하며, 한국 사회가 겪는 변화와 그로 인한 고통을 생생하게 전달하고 있다.

인물에 대해 살펴볼까요

이중생: 기회주의적이며 이기적인 성격으로, 자신의 이익을 위해 주변 사람들을 이용하는 인물이다.

최변호사: 이중생을 부추겨 위장 자살극을 벌이게 하며, 자신의 이익을 중시하는

냉정한 변호사이다.

송달지: 하주의 남편으로 생활력이 부족하지만 의사로서의 양심을 지키려는 우유부단한 인물이다.

하주: 아버지를 대단한 존재로 여기며 자존심과 욕심이 강한 성격의 이중생의 첫째 딸이다.

하식: 아버지의 기회주의적 행위를 비판하고 정의감을 지닌 나라의 미래를 걱정하는 외아들이다.

구성 정리

1막	이중생은 일제 강점기에 아들 하식을 징용 보내면서까지 친일 행위를 하며 재산을 축적하려 한다.
2막	이중생은 체포되어 가석방되지만, 재산 몰수 위기에 처해 최 변호사와 공모해 죽음을 위장하려 한다.
3막	국회 조사 위원 김 의원이 송달지에게 재산으로 무료 병원을 건립할 것을 제안하고, 하식의 비판에 이중생은 자살을 선택한다.

제재 정리

갈래	사회 풍자극, 장막극
성격	비판적. 풍자적, 해학적
배경	해방 직후
특징	• 1949년 당시의 친일파 경제 사범을 소재로 함 • 인물을 희화화하여 풍자함으로써 전통적 해학극의 표현 방식을 차용함 • 해방 직후 혼란한 상황 속에서 이기주의적 탐욕을 드러내는 인물을 풍자하고 비판함 • 상반된 가치관을 지닌 인물들을 대비해 바람직한 삶의 태도에 대해 성찰하게 함
주제	해방 직후 기회주의적인 인물에 대한 풍자와 비판

'생기부 세특' 보고서, 글쓰기 주제 가이드

EBS 수능특강에 빈번히 출제되고 있어요

『살아있는 이중생각』의 주요 출제 포인트는 이중생각의 개념과 정의, 정치적 권력과 언어의 관계, 개인의 자아와 집단사고의 갈등, 사회 비판의 방식, 그리고 현대 사회와의 연관성이다. 이러한 요소를 중심으로 내용을 정리하면 작품의 핵심 주제를 깊이 이해하는 것이 중요하다.

※ 진로학과에 따라 '세특' 주제 접근 방향이 달라요

	관련학과: **국문학**	출제 빈도: ●●●●●
①	해방 직후 기회주의적 인물의 심리가 현대의 디지털 사회에서 어떻게 변모할 수 있는지를 탐구해 보자.	
②	『살아있는 이중생 각하』의 풍자가 오늘날의 사회적 불평등 문제에 어떤 시사점을 주는지 분석해 보자.	
③	오영진의 문체가 오늘날의 사회적 이슈를 어떻게 효과적으로 드러내는지를 분석해 보자.	
④	희극적 요소가 현대 사회의 갈등 해결에 기여할 수 있는 방법을 탐구해 보자.	
⑤	작품 속 해학적 요소가 디지털 시대의 소통 방식에 미치는 영향을 분석해 보자.	

	관련학과: **정치학**	출제 빈도: ●●●●●
①	해방 직후 기회주의적 경향이 현대의 자영업 및 플랫폼 경제에 미치는 영향을 분석해 보자.	
②	『살아있는 이중생 각하』의 인물들이 오늘날의 사회적 갈등을 어떻게 반영하는지를 연구해 보자.	
③	이중생의 행동을 통해 본 현대 사회의 개인주의가 초래하는 갈등을 연구해 보자.	
④	작품 속 친일 세력이 현대 사회의 정치적 양극화에 주는 교훈을 탐구해 보자.	

⑤	『살아있는 이중생 각하』에서 드러나는 권력 구조가 현대 민주주의에 주는 교훈을 분석해 보자.
⑥	작품을 통해 본 정치적 기회주의가 현대 정치에서 어떻게 재현되는지를 연구해 보자.
⑦	이중생의 비리와 현대 정치의 부패 문제를 연결지어 탐구해 보자.
⑧	해방 후 정치적 양극화의 원인이 오늘날의 사회 갈등에 미치는 영향을 분석해 보자.

🌐	관련학과: **심리학**	출제 빈도: ●●●

①	이중생의 심리를 통해 기회주의적 행동의 동기를 현대 사회에서 어떻게 분석할 수 있는지를 탐구해 보자.
②	이중생의 이중성이 현대 사회에서의 심리적 갈등을 어떻게 드러내는지를 탐구해 보자.
③	자살을 선택한 이중생의 심리적 배경이 현대 사회의 정신 건강 문제와 어떻게 연결되는지를 분석해 보자.
④	작품 속 인물들의 심리적 변화 과정을 디지털 시대의 심리적 변화와 연결해 보자.
⑤	사회적 책임 회피가 현대 사회의 개인 심리에 미치는 영향을 탐구해 보자.

🌐	관련학과: **과학**	출제 빈도: ●●●

①	『살아있는 이중생 각하』의 사회적 맥락을 과학적 분석으로 현대 사회 문제와 연결해 연구해 보자.
②	작품 속 갈등 해결 방안을 과학적 관점에서 현대 사회의 문제 해결에 적용해 보자.
③	사회적 변화의 과학적 원인을 작품과 연관지어 현대의 사회적 변화에 대해 연구해 보자.

❖ 같이 읽으면 좋은 책

박태원 『소설가 구보 씨의 일일』, 김유정 『무궁화 꽃이 피었습니다』

EBS 수능특강 출제

생각하며 읽어요

정여울의 『그때 알았더라면 좋았을 것들』은 삶의 여러 순간에서 느끼는 후회와 깨달음을 담은 에세이야. 이 책에서는 인생의 소중한 교훈, 사랑, 상실, 그리고 성장에 대한 깊은 성찰을 통해 독자에게 위로와 공감을 줘. 정여울은 일상 속 작은 순간들을 통해 삶의 의미를 찾고, 우리가 놓치기 쉬운 가치들을 다시 생각하게 만들어.

특히, 자신의 경험을 바탕으로 한 따뜻한 메시지는 독자에게 큰 감동을 주고, 삶의 복잡함 속에서도 희망을 잃지 않도록 돕는 데 초점을 맞춰. 정여울은 꿈을 포기하는 습관을 지녔던 자신의 아픈 경험을 솔직하게 진술하고, 이를 통해 얻게 된 깨달음을 전해. 그는 꿈을 찾는 젊은이들에게 자신의 실수를 반복하지 않기를 당부해.

그는 어린 시절 피아니스트가 되려 했지만, 여러 이유로 꿈을 쉽게 포기하게 되었지. 하지만 소중한 친구와의 대화를 통해 자신의 치명적인 허점을 확인하고, 다시 꿈을 찾는 과정에 대해 이야기해. 이 책은 꿈을 잃어버린 사람들에게 다시 한 번 용기를 주고, 삶의 의미를 되새기게 하는 중요한 메시지를 담고 있어. 정여울의 진솔한 이야기를 통해 우리는 자신의 꿈을 소중히 여기는 법을 배우게 돼.

정여울: 삶의 소소한 순간을 통해 전하는 희망과 공감의 메시지

정여울은 한국의 대표적인 에세이스트이자 소설가로, 1976년에 태어나 지금까지 다양한 문학 작업을 이어오고 있어. 서울대학교에서 국어국문학을 전공하면서 문학에 대한 깊은 이해를 쌓았고, 여러 매체에서 활발히 글을 기고하며 독자들과 소통하고 있어. 그녀의 작품은 주로 삶의 소소한 순간과 인간의 감성을 다루면서, 독자들에게 위로와 공감을 주는 내용을 담고 있어. 그녀의 대표작 중 하나인『그때 알았더라면 좋았을 것들』은 자신의 경험을 바탕으로 한 후회와 깨달음을 솔직하게 풀어낸 에세이야. 이 책에서는 꿈을 포기하는 습관을 가진 자신의 아픈 경험을 이야기하면서, 꿈을 찾고자 하는 젊은이들에게 희망의 메시지를 전해.

정여울은 문학을 통해 삶의 의미를 탐구하고, 일상 속에서 느끼는 감정들을 섬세하게 묘사하는 데 능숙해. 그녀의 글은 독자들에게 감정적 울림을 주고, 삶의 복잡함 속에서도 희망을 잃지 않도록 돕고 있어. 정여울은 자신의 경험을 바탕으로 독자와의 진정한 소통을 중요시하며, 인간 존재의 본질에 대해 깊이 성찰하는 작가로 자리 잡았어. 그녀의 작품은 단순한 이야기 이상의 깊이를 지니고 있으며, 독자들이 각자의 삶에서 느끼는 감정과 연결될 수 있도록 이끌어줘. 정여울은 다양한 수제를 다루며, 특히 사랑, 상실, 그리고 회복의 과정을 통해 녹자들에게 공감과 위로를 선사해. 그녀의 글은 독자들이 자신의 감정을 이해하고 받아들이는 데 도움을 주며, 삶의 여정에서 마주하는 여러 가지 감정의 복잡함을 진솔하게 드러내. 이러한 점에서 정여울은 현대 문학에서 중요한 목소리로 자리매김하고 있어.

줄거리를 꼭 알아야 해요

어린 시절, '나'는 "너 커서 뭐가 될래?"라는 질문을 숱하게 받으며 초등학교 시절 피아니스트가 되고자 하는 꿈을 품었다. 그러나 하루는 이모와의 대화 속에서 피아니스트라는 꿈이 부모님에게 부담이 된다는 사실을 알고 충격을 받았다. 그 이후로 '나'는 피아노 연습을 게을리하게 되었고, 여러 가지 이유로 그 꿈을 포기하게 된다. 이러한 경험은 단순한 포기가 아니라, 내 삶에 깊은 영향을 미친 사건으로 자리 잡았다. 결국 꿈을 쉽게 포기하는 습관은 '포기하는 버릇'으로 이어졌고, 이는 '나'의 가능성을 제한하는 치명적인 허점이 되었다. 그러던 중, 소중한 벗과의 대화를 통해 '나'는 내 꿈에 대한 허점을 깨닫게 된다. 친구의 진솔한 조언은 '나'에게 깊은 성찰을 불러일으키고, 다시 한 번 내 꿈을 찾기 위한 노력을 시작하게 만든다. 이 과정에서 '나'는 꿈을 이루기 위해서는 끈기와 열정이 필요하다는 사실을 깨닫는다.

　'나'는 꿈을 찾는 젊은이들에게 자신의 열정을 잃지 말라는 당부의 메시지를 전하고 싶다는 마음을 가지게 된다. 이러한 작가의 이야기는 실패와 방황이 성장의 과정임을 강조하며, 꿈을 향한 여정에서 가장 중요한 것은 포기하지 않는 마음가짐이라는 점을 독자에게 깊이 전달하고 있다. 또한, 꿈을 이루기 위한 여정은 결코 쉽지 않지만, 그 과정에서 얻는 경험과 교훈이 결국 더 큰 성장을 이끌어낸다는 사실을 깨닫게 된다. '나'는 이제 더 이상 두려움에 사로잡히지 않고, 자신의 꿈을 향해 한 걸음씩 나아가기로 결심한다. 이처럼, 꿈을 향한 여정은 각자의 방식으로 계속되어야 하며, 그 과정에서의 끈기와 열정이 결국 꿈을 이루는 열쇠가 될 것임을 믿게 된다.

'생기부 세특' 깊이 파악하기

20대의 핵심 키워드: 성장과 탐구의 여정

20대의 핵심 키워드는 개인의 성장과 탐구를 중심으로 구성되어 있다. 우정은 친구들과의 소통을 통해 정서적 지지를 얻고, 서로의 경험을 나누며 성장하는 중요한 요소이다. 사랑은 다양한 감정을 경험하게 하며, 이를 통해 자신의 감정적 성숙을 이끌어낸다. 재능은 스스로 발견하고 개발해야 할 부분으로, 자기 자신에 대한 믿음이 필수적이다. 멘토와의 관계는 방향성을 제시하고, 인생의 여러 문제를 해결하는 데 도움을 준다. 행복은 각자가 추구하는 목표로, 다양한 경험을 통해 재정립된다. 탐닉은 일상에서 작은 즐거움을 찾고, 이를 통해 스트레스를 해소하는 방법을 배운다. 방황은 미래에 대한 불안과 방향성 상실을 의미하지만, 자신을 돌아보는 기회가 된다. 소통은 건강한 관계를 형성하는 데 중요한 역할을 하며, 배움은 지속적인 성장의 핵심이다. 정치/사회에 대한 관심은 사회적 책임감을 느끼게 하며, 가족은 정서적 지지망으로서의 역할을 한다. 젠더에 대한 이해는 성별에 대한 고정관념을 깨는 데 기여하고, 죽음에 대한 성찰은 삶의 의미를 깊게 고민하게 만든다. 마지막으로, 예술은 감정을 표현하고 치유하는 매개체로 작용한다.

꿈을 포기하지 않는 법

작가는 꿈을 포기하는 습관을 가진 자신이 경험을 바탕으로, 젊은이들에게 중요한 당부의 메시지를 전하고 있다. 그녀는 어린 시절 피아니스트가 되고자 했지만, 여러 이유로 그 꿈을 포기한 후 쉽게 꿈을 포기하는 습관이 형성되었다고 솔직하게 고백한다. 이러한 경험은 단순한 실패가 아니라, 자신의 가능성을 제한하는 치명적인 허점으로 이어졌다. 작가는 소중한 벗과의 대화를 통해 이러한 허점을 깨닫고, 자신의 꿈을 찾기 위한 노력을 다시 시작하게 된다. 그녀의 이야기는 젊은이들에게 큰 교훈을 준다. 꿈을 찾고 이루기 위해서는 끈기와 열정이 필요하며, 결코 쉽게 포기해서는 안 된다는 것이다. 작가는 젊은이들이 자신의 열정을 잃지 말고, 진정으로 원하는 것을 추구할 것을 강조한다. 실패와 방황이 있더라도, 그것이 성장의 과정이라는 것을 이해하고, 자신을 믿고 나아가길 당부한다.

작가의 메시지는 꿈을 향한 여정에서 중요한 것은 포기하지 않는 마음가짐이라는 점이다.

구성 정리

처음	어린 시절, 정여울은 피아니스트가 되고 싶었지만, 여러 가지 이유로 그 꿈을 포기하게 된다.
중간	꿈을 쉽게 포기하는 습관은 어린 시절의 여러 경험을 통해 자연스럽게 형성되었고, 소중한 벗과의 대화를 통해 그녀는 자신의 꿈에 대한 치명적인 허점을 깨닫게 된다.
끝	꿈을 찾는 젊은이들에게 자신의 열정을 잃지 말라는 당부의 메시지를 전하고 싶다.

제재 정리

갈래	현대 수필
문체	• 친근하고 쉽게 접근할 수 있는 문체로, 독자와의 거리감을 줄인다. • 감정과 상황을 효과적으로 전달하기 위해 비유와 은유를 자주 사용한다. • 개인적인 이야기와 감정을 중심으로 서술하여 독자의 공감을 유도한다.
성격	고백적, 교훈적, 사색적, 긍정적, 비유적
주제	꿈을 향해 도전하는 자세의 중요성 • 20대의 성장과정을 다루며, 진정한 어른으로 나아가는 길을 탐구한다. • 자신을 찾고, 재능과 가능성을 발견하는 과정에 중점을 둔다. • 우정, 사랑, 가족, 멘토십 등 다양한 인간관계의 중요성을 강조한다.
특징	• 작가의 개인적 경험을 바탕으로 한 깊이 있는 성찰이 돋보인다. • 사랑, 우정, 재능, 방황 등 20대가 겪는 다양한 주제를 포괄한다. • 진솔한 감정 표현과 개인적 경험이 독자에게 강한 공감을 불러일으킨다. • 유사한 구절의 반복과 열거를 통해서 의미를 강조한다. • 다양한 표현방법을 활용해서 주제를 효과적으로 드러낸다.

'생기부 세특' 보고서, 글쓰기 주제 가이드

EBS 수능특강에 빈번히 출제되고 있어요

정여울의 『그때 알았더라면 좋았을 것들』은 꿈과 성장, 실패의 중요성을 탐구하는 수필로, 젊은이들에게 포기하지 않는 마음가짐과 진정한 열정의 가치를 강조한다. 삶의 경험을 통해 얻은 깨달음을 바탕으로, 독자에게 위로와 영감을 주는 점을 기억해야 한다.

※ 진로학과에 따라 '세특' 주제 접근 방향이 달라요

🌐	관련학과: 국문학/어문	출제 빈도: ●●●●

①	정여울의 경험을 바탕으로, 디지털 시대에 꿈을 포기하지 않는 자세의 중요성을 탐구해 보자.
②	정여울의 작품에서 묘사된 일상적인 순간들이 독자에게 어떻게 감정적으로 다가오는지를 분석하고, SNS가 이러한 순간들을 어떻게 기록하고 공유하는 역할을 하는지 살펴보자.
③	정여울의 글쓰기 방식이 독자의 감정 이입을 유도하는 데 미치는 영향을 분석해 보자.
④	감정 표현의 다양성이 디지털 소통 시대에서 독자와의 공감에 미치는 영향을 연구해 보자.
⑤	20대의 성장 과정에서 우정의 역할이 현대 사회의 정서적 지지에 미치는 영향을 탐구해 보자.
⑥	정여울의 수필에서 나타난 자기 성찰의 중요성이 현대 사회에서 어떻게 발현되는지 연구해 보자.
⑦	개인적 경험이 문학 작품에 미치는 영향을 AI 시대의 창작 방식 변화와 연관지어 분석해 보자.
⑧	정여울의 개인적 경험이 그녀의 작품에 어떻게 반영되는지 살펴보고, AI 시대의 창작 방식의 변화가 개인적 경험의 표현에 미치는 영향을 비교해 보자.
⑨	정여울의 글에서 나타난 끈기의 중요성을 바탕으로, 디지털 환경에서 젊은이들이 끈기를 유지하기 위해 필요한 전략과 방법을 구체적으로 제시해 보자.

⑩	정여울의 개인적 경험이 어떻게 디지털 환경에서 젊은이들에게 꿈을 포기하지 말라는 메시지를 전달하는지 분석해 보자. 특히, SNS와 온라인 커뮤니티가 이 과정에 미치는 영향을 살펴보자.

🏵	관련학과: 사회/정치/심리	출제 빈도: ●●●●

①	현대 사회에서 젊은이들이 꿈을 포기하는 이유를 디지털 문화의 영향과 함께 탐구해 보자.
②	정여울의 메시지가 사회적 지지망의 중요성을 어떻게 반영하는지 디지털 시대에 탐구해 보자.
③	꿈을 찾기 위한 노력과 사회적 환경의 관계를 현재 사회의 변화와 함께 연구해 보자.
④	젊은 세대의 정서적 지지 시스템이 디지털 커뮤니케이션에서 어떻게 형성되는지 탐구해 보자.
⑤	디지털 시대의 청소년들이 겪는 방황의 원인을 기술 의존성과 관련하여 탐구해 보자.
⑥	사회적 기대가 개인의 꿈에 미치는 영향을 현대 사회의 경쟁적 환경과 함께 분석해 보자.
⑦	정여울의 경험이 젊은이들에게 주는 사회적 메시지를 디지털 플랫폼에서의 소통 방식과 연관지어 연구해 보자.
⑧	젊은 세대의 정치적 관심이 개인의 꿈에 미치는 영향을 소셜 미디어의 역할을 고려해 연구해 보자.
⑨	현대 정치가 청년의 꿈을 어떻게 지원하는지 디지털 시대의 정책 변화와 함께 탐구해 보자.
⑩	청년 실업 문제와 꿈의 상실 간의 관계를 현대 경제 문제와 연관지어 연구해 보자.
⑪	정여울의 경험이 청년 정책에 시사하는 바를 디지털 시대의 사회적 요구와 함께 탐구해 보자.
⑫	꿈을 찾기 위한 자기 성찰의 심리적 중요성을 현대 사회의 경쟁적 환경에서 연구해 보자.
⑬	우정이 개인의 정신적 건강에 미치는 영향을 디지털 커뮤니케이션의 영향을 고려해 탐구해 보자.

⑭	꿈을 이루기 위한 심리적 방어 기제를 디지털 시대의 정보 과부하와 연결지어 탐구해 보자.
⑮	꿈과 자아 정체성 간의 심리적 관계를 디지털 시대의 자기 표현 방식과 연결지어 탐구해 보자.

🌐 관련학과: 과학/뇌과학/의학	출제 빈도: ●●●●●

①	꿈을 이루기 위한 뇌의 작용을 AI 기술이 어떻게 변화시키는지 탐구해 보자.
②	동기부여와 뇌의 신경화학적 변화 간의 관계를 디지털 환경에서 어떻게 변화하는지 연구해 보자.
③	정여울의 경험이 과학적 관점에서 개인의 성장에 미치는 영향을 디지털 시대의 변화와 연결지어 탐구해 보자.
④	꿈의 실현과 생리적 반응 간의 관계를 현재 사회의 스트레스 요인과 연결지어 연구해 보자.
⑤	자기 효능감이 개인의 뇌 기능에 미치는 영향을 디지털 시대의 자기 인식 변화와 함께 탐구해 보자.
⑥	디지털 시대에서의 정보 과부하가 꿈 실현에 미치는 과학적 요인을 현대 사회의 정보 환경과 연관지어 연구해 보자.
⑦	AI 기술이 개인의 목표 설정과 이를 위한 계획 수립 과정에 어떻게 기여하는지를 탐구하고, 이러한 변화가 뇌의 인지적 작용에 미치는 영향을 연구해 보자.
⑧	현대 사회의 다양한 스트레스 요인이 개인의 뇌 기능에 미치는 영향을 분석하고, 이러한 스트레스가 꿈의 실현 과정에 어떻게 작용하는지를 바탕으로 뇌의 가소성이 스트레스와 꿈의 관계에 미치는 영향을 연구해 보자.

❖ 같이 읽으면 좋은 책

김수현 『나는 나로 살기로 했다』, 이기호 『나의 첫 번째 인생』

18 | 서울 1964년 겨울

김승옥

EBS 수능특강 출제

생각하며 읽어요

김승옥의 『서울 1964년 겨울』은 1965년에 발표된 소설로, 정말 흥미로운 주제를 다루고 있어. 이 작품은 인간관계, 특히 개체와 개체 간의 관계를 중심으로 이야기가 전개되거든.

소설의 주인공은 구청직원인 '나'와 25세의 대학원생 '안', 그리고 가난한 삼십대 남자인 '사내'야. 이 세 사람은 포장마차에서 우연히 만나서 술을 마시고, 그렇게 밤거리를 돌아다니다가 하룻밤을 같이 보내게 돼. 하지만 다음 날, 그 '사내'는 자살체로 발견되고, '나'와 '안'은 각자의 길을 가게 돼.

이 소설은 세 인물이 서로 무심하게 만나고 헤어지는 단순한 사건을 통해 각자의 고독과 개별성을 확인하는 과정을 보여줘. 하지만 이들은 서로에게 사회적 연대감을 느끼지 못해. 김승옥은 이 작품을 통해 한국소설이 개인주의로 변모하는 경향을 잘 드러내고, 새로운 인간형을 제시하고 있어. 이 소설은 현대 사회에서의 고독과 소외를 깊이 있게 다루고 있어서, 읽어보면 많은 생각을 하게 될 거야.

고독의 도시: 김승옥의 문학적 성찰

김승옥은 일본 오사카에서 태어나 전남 순천에서 자란 작가야. 서울대학교

불어불문학과를 졸업한 후, 1962년에 데뷔작인 『생명연습』을 발표했지. 이후 도시 소시민의 삶을 깊이 있게 그려내며 많은 문학상을 수상했어. 1964년에는 동인문학상을 받았고, 1968년에는 대종상 각본상에서도 수상했어. 가장 최근에는 2012년에 대한민국예술원상 문학 부문에서 수상하는 영예를 안았지. 그의 대표작 『서울 1964년 겨울』은 구청직원, 대학원생, 가난한 남자가 포장마차에서 우연히 만나 술을 마시고 서로의 고독을 잠시 공유하는 이야기를 담고 있어. 이 소설은 일상적인 사건을 통해 현대인의 소외와 고립을 잘 보여주고, 각 인물의 내면을 깊이 있게 탐구해. 특히, 서로 무관심하게 만나고 헤어지는 모습은 현대 사회의 고독을 상징적으로 나타내지.

김승옥은 이 작품을 통해 인간 존재의 고립감과 소외된 삶을 이야기하고 싶었던 것 같아. 사람들 사이의 연결이 부족한 현실을 드러내며, 결국 각자가 각자의 고독을 안고 살아가는 모습을 보여줘. 그의 독창적인 문체와 주제의식은 많은 독자들에게 사랑받고, 도시의 삶과 인간 존재에 대한 깊은 성찰을 안겨주지. 이런 점에서 김승옥의 작품은 가치를 인정받아.

줄거리를 꼭 알아야 해요

구청 병사계에서 일하는 말단 공무원인 '나'는 선술집에서 대학원생 '안'과 만나 구운 참새를 먹으며 이야기를 나눈다. '나'와 '안'은 네온 사인이나 파리에 대한 질문과 같은 무의미한 이야기를 나눈다. 대답은 그들에게 중요하지 않다. 그러던 중, 한 무기력한 사내가 그들과 함께 어울리기를 부탁한다. 그 사내는 자신이 월부 서적 외판원이하고 말하며 합류하여 이야기를 하고 싶어한다. 그는 오늘 아내가 죽었고, 그는 아내의 시체를 병원에 팔았고, 그 돈을 오늘 밤 동안 모두 써버릴 것이라며 함께 있어줄 수 있냐고 묻는다. '나'와 '안'은 그의 제안에 동의하고, 사내는 그들을 중국집으로 데려간다. 함께 그 돈으로 음식을 사먹고, 길거리에서 귤을 사 먹으며 시간을 보낸다. 사이렌 소리가 들리자, 이들은 불이 난 곳으로 향한다. 불길 속에서 아내의 환영을 본 사내는 가진 돈을 불길에 던진다. 돈이 떨어진 사내는 '나'와 '안'의 눈치를 보지만, 안은 그와 함께 여관을 잡는다. 사내는 혼자 있기를 두려워하나, '나'와 '안'은 결국 각자 방에 들어가게 된다. '나'는 깊은 잠에 빠지지만, 안이 황급히 들어와 사내가 자살했다는 소식을 전한다. 두 사람은 황급히 그 자리를 떠나며, 25세밖에 안 된 자신들이 너무 늙었다고 느낀다. '나'는 '안'과 헤어져 버스에 오른다.

서울의 고독: 1964년 겨울, 소시민의 외로움

『서울 1964년 겨울』은 1960년대 초반의 서울을 배경으로 하고 있다. 이 시기는 한국전쟁 이후 경제적 재건과 사회적 변화가 일어나던 시점으로, 도시화가 급속히 진행되던 때였다. 전통적인 농촌 사회에서 도시로 이주한 사람들이 많아지면서, 서울은 다양한 계층과 배경을 가진 사람들로 가득 차게 되었다.

이러한 배경 속에서 도시 소시민의 삶은 고독과 소외로 가득 차 있었다. 사람들은 서로의 존재를 인식하지 못한 채 바쁘게 살아가며, 일상적인 사건 속에서 고립감을 느끼곤 했다. 김승옥은 이러한 시대적 상황을 반영하여, 구청 직원, 대학원생, 가난한 남자가 우연히 만나 술을 마시는 장면을 통해 현대인의 고독을 상징적으로 표현하였다.

현대 사회의 고독과 소외를 드러내는 김승옥의 인물들

김승옥의 『서울 1964년 겨울』에서 등장인물들은 '안 형', '김 형', '사내'와 같이 익명화되어 있다. 이 점에 주목하면, 그들이 특정한 개인이 아니라 그 시대의 평범한 시민을 대표한다는 것을 알 수 있다. 익명화된 이름은 인물들의 개성을 박탈하고, 그들을 현대 사회에서의 소외된 존재로 만든다. 이렇게 이름이 없는 인물들은, 각자의 고독과 고립을 상징하며, 독자에게 그들의 삶을 통해 현대 사회의 무관심과 단절된 관계를 상기시킨다. 또한, 익명화는 독자가 그들에 대해 객관적으로 바라보게 하여, 각자의 정체성과 존재의 의미를 깊이 고민하게 만든다. 김승옥은 이렇게 등장인물을 통해 개인의 정체성이 사라지고, 사회적 연대감이 약화되는 현실을 드러내며, 독자에게 강한 인상을 남긴다. 결국 익명화된 등장인물들은 현대 사회에서의 소외와 고립을 더욱 부각시키는 중요한 요소로 작용한다.

단절된 의사소통 - 현대인의 고독과 관계의 의미

소설에서 세 인물 간의 대화는 무의미하게 흐르는 경향이 있다. 그들의 대화는 서로의 감정이나 생각을 연결하지 못하고, 각자가 하고 싶은 말만 반복하는 모습을 통해 현대인의 소통 단절을 드러낸다. 이러한 대화 방식은 산업화와 도시화로 인해 사람들 간의 관계가 약해진 현실을 반영하고 있다. 대화는 서로의 이해와 공감을 바탕으로 이루어져야 하지만, 이들은 단지 자신의 생각을 나열할 뿐이다. 이로 인해 인물들 사이에는 깊은 관계 형성이 이루어지지 않으며, 이는 현대 사회의 고립감을 더욱 강조한다. 김승옥은 이처럼 단절된 의사소통을 통해 개인의 고독과 무관심을 드러내며, 독자가 인물들의 외로움을 느끼게 만든다. 이 대화의 단절은 독자에게 인간 존재의 의미와 관계의 중요성을 다시금 생각하게 하는 계기가 된다.

개미의 상징 - 고독과 책임 회피의 메타포

소설에서 '사내'의 죽음 이후 '나'의 발밑에 있는 개미는 강력한 상징적 요소로 작용한다. 개미는 '사내'의 죽음을 대변하거나, '나'의 죄책감을 나타내는 요소로 해석할 수 있다. '나'가 개미를 피하는 행동은 사내의 죽음에 대한 책임 회피를 암시하며, 인간의 이기적인 본성을 드러낸다. 개미는 작고 하찮은 존재로 여겨지기 쉽지만, 이는 사내의 죽음과 관련된 무게감을 상징적으로 나타낸다. '나'가 개미를 피함으로써, 그는 사내의 죽음과 관련되지 않으려는 무의식적인 노력을 보여준다. 이는 현대 사회에서 개인이 타인의 고통에 무관심해지는 경향을 비판하는 요소로 작용한다. 김승옥은 이러한 상징적 요소를 통해 독자가 인간의 이기적인 본성과 사회적 책임에 대해 깊이 고민하게 만든다.

개인주의의 성찰: 현대 사회의 고립과 인간 존재의 의미

김승옥은 해방 이후 한국 사회에 도입된 개인주의를 성찰하며, 이를 화합하지 않은 채로 끝맺는 실험적인 구성을 통해 현대 사회의 고립감을 표현하고 있다. 이 작품은 개인의 고립과 소외를 드러내며, 시대적 변화 속에서도 여전히 유효한 인간 존재의 고독을 느끼게 한다. 현대 사회에서 개인은 자신의 이익과 욕구에 집중하게 되고, 타인과의 관계는 점차 약해진다. 김승옥은 이러한 개인주의의 부작용을 깊이 있게 묘사하며, 독자에게 관계의 중요성을 다시금 상기시킨다. 이 작품을 통해 독자는 개인주의가 가져오는 고립감을 체험하고, 인간 존재의 의미에 대해 성찰할 수 있는 기회를 갖게 된다. 결국, 김승옥은 개인주의가 현대 사회에서 어떻게 작용하는지를 탐구하며, 독자에게 깊은 메시지를 전달하려고 한다. 이러한 메시지는 단순히 개인의 고독을 넘어, 사회 전체의 연대와 소통의 필요성을 강조하며, 독자에게 인간관계의 본질에 대한 깊은 고민을 유도한다. 김승옥의 작품은 개인의 내면을 탐구하는 동시에, 그 내면이 사회와 어떻게 연결되는지를 성찰하게 하여, 독자에게 더 넓은 시각을 제공한다.

인물에 대해 살펴볼까요

나: 25세 김씨, 시골 출신의 고졸. 육군사관학교 지원 후 실패하고 구청 병사계에서 일한다. 사내의 일과 엮이지 않기 위해 숙박계에 거짓 정보를 쓴다.

안: 25세 대학원생이자 부잣집 장남. 술을 마시며 나와 서로의 고독에 대해 이야기한다. 사내의 자살을 미리 예상하고, 다음날 '나'에게 여관에서 빨리 도망치자고 한다.

사내: 30대 중후반 월부 서적 외판원. 아내의 시체를 카데바로 팔고 죄책감을 느

낀다. 카데바 값으로 음식을 사먹고, 남은 돈을 화재 현장에서 던져버린 후 여관
에서 자살한다.

구성 정리

발단	'나'와 대학원생 '안'은 포장마차에서 술을 마시며 무의미한 대화를 나눈다. 그들은 진솔한 이야기를 나누지 않고, 네온 사인이나 파리에 대한 사소한 화제로 시간을 보낸다.
전개	낯선 사내가 포장마차에 다가와 자신의 불행한 사연을 털어놓는다. 아내가 죽었고, 그 시체를 팔아 생긴 돈이 있다고 말하며 동행을 간청한다.
위기	세 사람은 화재가 난 곳으로 향한다. 사내는 아내의 시체를 판 돈을 불길에 던지며 불안에 빠진다. 그는 죄책감과 심리적 고통을 이기지 못하고 아내의 환영을 보게 된다.
절정	여관에 도착한 세 사람은 사내의 부탁에도 불구하고 결국 각자 방에 들어간다. 사내는 혼자 있는 것이 두려워하지만, '나'와 '안'은 그를 외면한다.
결말	다음날 아침, 사내의 자살 소식이 전해진다. '나'와 '안'은 무덤덤한 표정으로 그곳을 떠나며, 사내의 죽음에 아무런 감정도 느끼지 않는다. 그들은 상실감 없이 각자의 삶으로 돌아간다.

제재 정리

갈래	단편 소설
성격	현실 고발적, 사실적
시점	1인칭 주인공 시점
배경	1964년 겨울밤, 서울 거리
주제	• 사회적 연대감과 동질성을 상실한 현대인의 소외 • 주체성 없는 현대인의 삶과 현실의 부적응으로 인한 삶의 허무 • 인간의 거짓 희망과 과장된 절망에 대한 진지한 응시

'생기부 세특' 보고서, 글쓰기 주제 가이드

EBS 수능특강에 빈번히 출제되고 있어요

김승옥의 『서울 1964년 겨울』 출제 포인트는 익명화된 인물의 고독, 무의미한
소통의 단절, 상징적 요소의 죄책감과 이기성, 개인주의 확산의 비판, 포장마차
와 여관의 관계 단절을 분석하는 것이 중요하다.

※ 진로학과에 따라 '세특' 주제 접근 방향이 달라요

🌐	관련학과: 국어/국문계열	출제 빈도: ●●●●●

①	익명화된 인물들이 현대인의 고독을 상징하는 방식이 현재의 어떤 소통 방식과 어떻게 유사한지를 탐구해 보자.
②	사내의 죽음과 개미의 상징이 현대 사회에서 인간 존재의 의미를 어떻게 고찰하게 만드는지를 연구해 보자.
③	포장마차와 여관의 공간적 의미가 인물 간의 관계 및 현대 사회의 단절을 어떻게 반영하는지를 연구해 보자.
④	1964년과 현재의 서울에서 인간관계의 변화가 현대시대에서 소통 방식에 미치는 영향을 비교하여 그 의미를 탐구해 보자.
⑤	김승옥의 문체가 현대 사회의 고립감을 어떻게 드러내며, 이를 통해 독자가 어떤 감정을 느끼게 하는지를 연구해 보자.
⑥	작품 속 무의미한 소통이 현재 사회에서 사람들이 서로의 감정을 연결하지 못하게 하는 이유를 분석해 보자.

🌐	관련학과: 사회/정치계열	출제 빈도: ●●●●●

①	김승옥의 작품을 통해 드러나는 사회적 연대감 약화의 원인을 미래시대의 소통 방식과 연관 지어 탐구해 보자.
②	소설 속 캐릭터들의 고독이 현대 도시인의 삶에서 어떻게 드러나며, 이로 인해 발생하는 사회적 문제를 분석해 보자.

③	포장마차와 같은 사회적 공간이 사람들 간의 관계 형성에 미치는 영향을 디지털 플랫폼과 비교하여 분석해 보자.
④	과거와 현재의 사회적 연대감 변화를 비교하고, 디지털 사회에서의 인간 관계의 미래를 어떻게 전망할 수 있는지를 연구해 보자.
⑤	디지털 시대의 소통 방식이 현대인의 고독을 어떻게 심화시키는지를 김승옥의 작품을 통해 분석해 보자.
⑥	현대 사회에서 개인주의의 확산이 사회적 연대감에 미치는 영향을 디지털 시대의 정치적 소통 방식과 연관 지어 연구해 보자.
⑦	김승옥의 작품을 통해 나타나는 사회적 고립이 정치적 무관심으로 이어지는 과정을 탐구하고, 이를 해결하기 위한 정책적 방안을 제시해 보자.

🌐 관련학과: **심리계열**	출제 빈도: ●●●●●

①	디지털 시대의 소통 방식이 개인의 심리적 갈등을 어떻게 심화시키는지를 김승옥의 작품을 통해 탐구하고, 그 해결 방안을 제시해 보자.
②	김승옥의 작품 속 인물들이 겪는 심리적 갈등이 현대 사회의 불안정한 정체성과 어떻게 연결되는지를 연구해 보자.
③	고립된 현대인이 겪는 심리적 갈등이 사회적 연대감 부족과 어떻게 연결되는지를 분석하고, 이를 극복하기 위한 심리적 접근 방안을 모색해 보자.
④	김승옥의 작품을 통해 소외된 인물들의 심리적 갈등을 탐구하고, 이러한 갈등이 현대 사회에서 어떻게 나타나는지를 연구해 보자.
⑤	시네의 죽음이 '나'와 '안'에게 미친 심리적 영향을 분석하고, 이로 인해 발생하는 심리적 갈등을 연구해 보자.
⑥	김승옥의 작품을 통해 인간 존재의 의미에 대한 심리적 탐구를 해보며, 이를 현대 사회의 고독 문제와 연결해 보자.

❖ 같이 읽으면 좋은 책

공선옥 『아내의 상자』, 박완서 『내 젊은 날의 술』

EBS 수능특강, 2025 신한대학교 수시 모집 모의 논술 출제

생각하며 읽어요

채만식의『명일』은 일제 강점기의 지식인 생활상을 사실적으로 형상화한 중편 소설이야. 이 작품은 주인공 '범수'를 통해 식민지 현실을 살아가는 지식인 인텔리 계층의 무기력감을 잘 보여줘. '범수'는 고등 교육을 받았음에도 불구하고 실업자로 생활고를 겪으며, 일자리를 구할 희망조차 잃어버린 인물이야. 그의 처지는 당시 교육 제도의 기만성을 드러내고, 지식인이 어떤 상황에서도 자신의 가치를 찾지 못하는 현실을 보여줘.

'범수'는 생계를 위해 금은상에서 물건을 훔칠까 고민하지만, 결국 자신의 무기력함을 자조적으로 바라보는 모습을 보이지. 그는 현실에 대한 회의감이 가득하고, 미래에 대한 희망마저 포기한 상태야. 작가는 '범수'의 시선을 통해 당시 사회의 부조리와 지식인의 고뇌를 풍자적으로 드러내고, 주변 사람들과의 관계에서도 고립감을 느끼며 깊은 절망을 보여줘.

채만식은 세밀한 묘사와 사실적인 접근으로 독자가 '범수'의 감정을 생생하게 느끼게 해. 결국『명일』은 단순한 개인의 이야기를 넘어, 일제 강점기 한국 사회의 고통과 그 속에서 살아가는 사람들의 고뇌를 조명하는 중요한 작품이야. 이처럼『명일』은 지식인의 역할과 사회적 책임에 대한 깊은 성찰을 요구하는 작품이야.

채만식: 범수의 고뇌로 엮은 식민지 시대의 진실을 그리다

채만식은 한국 현대 문학의 중요한 작가 중 한 명으로, 그의 작품은 주로 식민지 시대의 현실과 그 속에서 살아가는 사람들의 고뇌를 다루고 있다. 특히 『명일』에서 그는 지식인 인텔리 계층의 무기력감과 절망을 주인공 범수를 통해 효과적으로 표현했다. 채만식은 이렇게 '범수'의 고뇌를 통해 당시 사회의 불합리함을 풍자적으로 드러내고, 독자로 하여금 깊은 공감을 느끼게 한다. 그는 사실적인 묘사를 통해 독자가 '범수'의 감정을 생생하게 느끼게 해주고, 이를 통해 인간 존재와 삶의 의미에 대한 고민을 던진다.

『명일』은 단순한 이야기 이상의 깊이를 지니고 있어서, 그 시대를 살아가는 사람들의 고통을 잘 보여주는 작품이다. 채만식은 이러한 사회적 비판과 인간 내면의 갈등을 통해 독자들에게 깊은 성찰을 하게 만든다. 그의 작품은 한국 문학에서 중요한 위치를 차지하며, 시대의 아픔을 진솔하게 전달하는 역할을 한다. 채만식은 또한 인물의 심리를 세밀하게 묘사하여 독자가 그들의 고뇌와 갈등을 더욱 깊이 이해할 수 있도록 한다.

그의 문학적 접근은 단순히 개인의 고통을 넘어, 사회 전체의 구조적 문제를 조명하며, 독자에게 더 넓은 시각을 제공한다. 이러한 점에서 채만식은 한국 문학의 정체성을 형성하는 데 큰 기여를 한 작가로 평가받는다. 그의 작품은 오늘날에도 여전히 많은 독자들에게 감동을 주며, 시대를 초월한 인간의 고뇌와 갈등을 다루고 있어, 한국 문학의 중요한 유산으로 남아 있다.

줄거리를 꼭 알아야 해요

대학을 졸업한 '범수'는 아내 영주와 함께 지식인으로서의 자존심을 지키려 하지만, 하루 한 끼조차 해결하기 힘든 상황에 처해 있다. '범수'는 대졸이라는 신분에도 불구하고 잡스러운 일을 하고 싶지 않아 아내의 반대를 받으며, 차

라리 자신의 지식을 활용할 수 있는 일을 찾으려 애쓴다. 그러나 생활의 압박은 그를 도적질이라는 극단적인 선택으로 몰아넣는다. '범수'는 돈을 구하기 위해 금은상에 가겠다고 마음먹지만, 도적질을 시도하는 과정에서 심리적 불안감과 갈등하게 된다. 결국 그는 도적질할 기술조차 발휘하지 못하고 자신의 무기력함을 깨닫는다. 친구들과 술을 마신 후 집으로 돌아가는 길에 아이의 울음소리를 듣고, 낮에 있었던 사건과 겹쳐져 자신의 처지를 되돌아보게 된다. '범수'는 배운 아버지와 배우지 못한 아이들의 도적질에 대한 반응을 비교하며, 자신이 16년간 공부한 결과가 금비녀 하나 조차 훔치지 못하는 처지에 불과하다는 자조적인 생각에 빠진다. 그는 자신의 도적질 시도를 나쁘고 악하다기보다는 더럽고 치사한 행동이라고 정의하며, '뺏기지 않는 놈은 도적질할 권리도 없다'고 스스로를 비판한다. 결국 범수는 자신을 '도적질도 할 수 없는 인종'이라고 저주하며, 지식인으로서의 무기력함과 사회의 부조리를 깊이 체감하게 된다.

 '생기부 세특' 깊이 파악하기

범수의 고뇌: 지식인의 자존심과 현실의 풍자

주인공 '범수'는 지식인으로서의 자존심과 현실의 무기력함 사이에서 갈등하며, 그의 모습은 풍자의 주요 대상이 된다. 고등 교육을 받은 '범수'는 일자리를 구하지 못하고 『명일』에 대한 희망조차 잃어버린 채 살아간다. 그는 자신의 처지를 자조적으로 바라보며, 사회의 부조리와 자신의 무능력을 비웃는 모습이 두드러진다. '범수'는 도둑질을 시도하지만 실패하고, 이 과정에서 자신의 무기력함을 더욱 깊이 자각하게 된다. 도둑질은 단순한 범죄가 아니라 자신의 존재와 가치에 대한 극도의 실망을 드러내는 행동임을 깨닫는다. 그는 자신의 실패를 통해 지식인의 위치가 얼마나 허무한지를 자각하고, 자식들이 자신보다 더 나은 선택을 할 수 있다는 생각에 이른다. '범수'의 자조적인 태도는 그가 처한 현실을 풍자적으로 드러내며, 학문적 성취와 사회적 현실 간의 간극을 비판한다. 그는 지식이 무가치하다는 냉소적인 인식을 보이며, 이러한 자기풍자는 독자로 하여금 당시 지식인이 겪는 고뇌와 사회적 모순을 성찰하게 만든다.

지식의 무가치성과 자유: 범수와 종석의 갈등

'범수'와 '종석'의 갈등은 지식의 보유 유무에 따른 대립으로 나타난다. '범수'는 대학에서 16년간 학습한 지식인으로서의 정체성을 가지고 있지만, 현실에서는 그 지식이 무용하다는 사실을 깨닫고 있다. 그는 금은상에서 금비녀를 훔칠 생각에 골몰하지만, 결국 자신이 학습한 지식이 조그마한 금비녀 하나 숨기는 기술에도 미치지 못함을 자각하게 된다. 이는 그가 지식인의 위치에 있음에도 불구하고, 도적질의 권리조차 느끼지 못하게 만드는 갈등을 생성한다.

반면, '종석'은 지식이 없는 인물로서의 자유로움을 가지고 있다. 그는 두부를 훔쳐 먹으면서, '돈을 주고 사서 먹는 놈보다 더 배가 부르고 맛이 있을 것 같다'고 생각하며, 자신의 행동에 대한 죄책감이 없다. 이로 인해 '범수'는 '종석'의 행동을 부러워하게 되고, 결국 "네가 나보담 낫다"며 '종석'의 승리를 인정하는 상황에 이른다. 이 갈등은 '범수'가 지식의 무가치함을 인식하면서도 여전히 지식인의 위치에 머물러야 하는 아이러니를 드러낸다. '범수'는 지식을 통해 스스로를 합리화하며, '종석'은 지식이 없기에 자유로운 선택을 할 수 있는 대비되는 모습이 나타난다. 이러한 갈등은 결국 '범수'가 지식의 무가치성에 대한 인식을 하게 만들고, 지식인으로서의 정체성과 현실 사이의 괴리를 더욱 부각시킨다.

『명일』 배경: 일제 강점기의 지식인과 사회적 고뇌

채만식의 『명일』은 1930년대 일제 강점기를 배경으로 하며, 이 시기는 조선이 일본 제국주의의 억압 아래 놓였던 암울한 시기였다. 일본은 조선을 강제로 식민지화하고, 경제적 착취와 문화적 억압을 통해 조선인의 삶을 통제하였다. 이로 인해 많은 조선인들은 교육을 통해 사회적 지위를 향상시키고자 했지만, 실제로는 수많은 차별과 불평등을 경험해야 했다.

고등 교육을 받은 지식인들조차도 안정된 일자리를 구하기 어려운 상황에 처해 있었고, 이는 그들의 자존심과 정체성에 심각한 타격을 주었다. 주인공 '범수'는 이러한 시대적 배경 속에서 대학 교육을 받았음에도 불구하고, 실직자로서 생계에 어려움을 겪으며 『명일』에 대한 희망을 상실하게 된다. 그의 고뇌는 당시 지식인들이 느끼는 현실과 이상 간의 괴리를 상징적으로 드러낸다. 또한, 1930년대는 사회의 변혁과 저항이 일어나던 시기로, 민족주의와 사회주의 사상이 확산되던 때였다. 채만식은 이러한 사회적 분위기 속에서 지식인의 고뇌와 무기력함을 표현하며, 일제 강점기의 모순된 현실을 사실적으로 묘사한다. 『명일』은 인간의 삶과 고뇌, 그리고 사회적 현실을 깊이 있게 다루고 있다. 이 작품에서 『명일』은 단순히 '내일'이라는 의미를 넘어, 미래에 대한 희망과 기대를 상징적으로 나타낸다. 소설 속 인물들은 다양한 갈등과 고난을 겪으며, 『명일』이라는 개념은 그들의 삶의 의미와 방향성을 탐구하는 중요한 요소로 작용한다. 이러한 서술은 독자에게 삶의 복잡성과 그 속에서의 희망을 전달한다.

『명일』과 『레디메이드』 - 고뇌의 두 얼굴

두 작품 『명일』과 『레디메이드 인생』은 일제 강점기 지식인의 고뇌와 실업 문제를 중심으로 하며, 지식인들이 겪는 무기력과 사회적 고통을 심도 있게 다룬다. 두 작품 모두 교육의 무의미함을 강조하며, 주인공들은 교육을 통해 기대했던 삶의 개선이 이루어지지 않음을 경험한다. 그러나 두 작품은 접근 방식에서 차이를 보인다.

『레디메이드 인생』은 주인공 'P'의 내면 심리와 행동을 통해 지식인의 고뇌를 탐구하며, 자식을 공장에 취직시키는 선택을 통해 자조적 풍자를 드러낸다. 이 작품은 개인의 심리적 갈등을 중심으로 전개되며, 주인공이 처한 상황에서 느끼는 고통과 무기력감을 세밀하게 묘사한다. 반면, 『명일』은 주인공 '범수'와 그의 아내 '영주' 간의 갈등을 중심으로 하여, 개인의 문제를 가족 단위로 확장하여 실업 상태에 놓인 지식인의 고통을 입체적으로 조명한다.

『명일』은 가족의 갈등을 통해 사회적 맥락을 깊이 있게 탐구하는 반면, 『레디메이드 인생』은 개인의 내면적 갈등에 집중하여 사회적 맥락보다는 심리적 고뇌에 더 많은 비중을 둔다. 이러한 차이는 두 작품이 지식인의 고뇌를 어떻게 다루는지에 대한 서로 다른 시각을 제공하며, 독자에게 다양한 해석의 여지를 남긴다.

결국, 두 작품은 일제 강점기라는 역사적 배경 속에서 지식인들이 겪는 고통을 통해, 그 시대의 사회적 현실과 개인의 심리를 동시에 드러내며, 독자에게 깊은 성찰을 유도한다. 이러한 점에서 두 작품은 한국 현대 문학에서 중요한 위치를 차지하고 있다. 이거 늘려달라고 체크하신건가요? 설명이 없는데 일단 늘려요

인물에 대해 살펴볼까요

범수: 현실에 대한 암울함에 미래에 대한 희망이 없는 무기력한 지식인이다.
영주: 범수의 아내, 자식을 공부시켜 미래의 희망을 꿈꾼다.

구성 정리

발단	끼니를 걱정하는 가난한 범수와 아내 영주는 생활고를 견디며 자식 교육 문제로 다투게 된다.
전개	범수는 금은상에서 물건을 훔치려다 실패하고, 친구 P에게서 돈을 훔치려다 다시 실패하며, 영주는 바느질로 겨우 끼니를 해결한다.
위기 절정	굶주림으로 종석과 종태는 두부를 훔치다 두부 장수에게 붙잡힌다.
결말	영주는 종태를 사립학교에 보내겠다고 나서고, 범수는 종석을 자동차 공장에 견습공으로 취직시키러 나선다.

제재 정리

갈래	풍자 소설
성격	사실적, 풍자적
배경	시간 - 1930년대 일제 강점기 / 공간 - 서울 마포
특징	• 가족 간의 갈등을 통해 사회적 맥락을 심도 있게 탐구 • 교육의 무의미함과 실업 문제를 사실적으로 묘사 • 지식인의 고뇌와 현실 인식에 초점을 맞추면서 사건 전개
주제	식민지 현실을 살아가는 지식인의 무기력한 삶에 대한 풍자

'생기부 세특' 보고서, 글쓰기 주제 가이드

EBS 수능특강, 2025 신한대학교 수시 모집 모의 논술에 출제되었어요
채만식의 소설 『명일』은 일제 강점기 지식인의 고뇌와 현실 인식을 중심으로 전개된다. 주제 분석에서는 식민지 시대의 지식인들이 겪는 고뇌와 풍자적 요소가 강조된다. 서술상의 특징으로는 독특한 문체와 서술 방식이 돋보인다. 또한, 풍자적 요소를 통해 사회 비판의 강도가 드러나며, 이러한 요소들은 작품의 깊은 이해를 돕고 시험에서 중요한 출제 포인트가 된다.

※ 진로학과에 따라 '세특' 주제 접근 방향이 달라요

🌐	관련학과: **국문학/어학/사회학**	출제 빈도: ●●●●●
①	『명일』의 풍자적 요소가 현대 사회의 지식인들이 겪는 불안정한 직업 환경에 어떻게 적용될 수 있는지 연구해 보자.	
②	채만식의 문체가 『명일』의 주제 전달에 기여하는 방식이 현대 문학에서의 사회적 메시지 전달에 어떻게 영향을 미치는지 분석해 보자.	
③	채만식의 『명일』이 현대 사회의 실업 문제, 특히 청년 실업과 자아 정체성에 대한 인식을 어떻게 변화시킬 수 있는지 연구해 보자.	
④	범수와 영주 간의 갈등이 현대 가족 구조의 변화, 특히 맞벌이 가정의 갈등에 미치는 영향을 탐구해 보자.	
⑤	지식인의 무기력함이 현대 사회의 사회적 역할, 특히 사회적 기업과의 관계에 미치는 영향을 연구해 보자.	
⑥	채만식의 『명일』이 현대 사회의 불평등 문제, 특히 성별 및 세대 간 불평등에 대한 인식을 어떻게 제고할 수 있는지 탐구해 보자.	
⑦	『명일』에서 나타나는 사회적 갈등이 현대 사회의 갈등 구조, 특히 인종 및 민족 갈등과 어떻게 유사한지 탐구해 보자.	
⑧	『명일』에서의 교육의 무의미함이 현대 사회의 교육 문제, 특히 교육 격차에 주는 교훈을 연구해 보자.	

①	채만식의 『명일』이 현대 사회에서의 우울증 문제, 특히 청년층의 정신 건강에 대한 인식을 어떻게 변화시킬 수 있는지 연구해 보자.
②	범수의 자아 정체성이 현대 심리학에서 어떻게 해석될 수 있는지, 특히 사회적 비교 이론과 연결하여 탐구해 보자.
③	채만식의 『명일』이 현대 사회의 정신 건강 문제, 특히 정신 질환에 대한 낙인 문제에 대한 인식을 어떻게 제고할 수 있는지 연구해 보자.
④	범수의 무기력함이 현대인의 신체적 건강, 특히 만성 질환과의 관계에 미치는 영향을 탐구해 보자.
⑤	채만식의 『명일』이 현대 의학에서의 예방적 접근, 특히 정신 건강 예방에 주는 교훈을 연구해 보자.
⑥	『명일』에서의 교육의 무의미함이 현대 과학 교육, 특히 STEM 교육의 필요성에 주는 교훈을 연구해 보자.
⑦	범수의 심리적 갈등이 현대 과학의 윤리적 문제, 특히 인공지능 윤리에 미치는 영향을 탐구해 보자.

❖ 같이 읽으면 좋은 책

이청준 「당신들의 천국」, 김훈 「칼의 노래」

20 | 산정무한
정비석

EBS 수능특강 출제

생각하며 읽어요

정비석의 수필『산정무한』은 금강산을 배경으로 한 기행문으로, 작가의 조국에 대한 깊은 애정이 드러나는 작품이야. 이 글에서는 장안사에서 시작해 명경대, 황천계곡, 망군대, 마하연사, 비로봉에 이르는 여행의 감회를 진솔하게 서술하고 있어. 작가는 자연의 아름다움에 감탄하며, 마의 태자의 무덤에서 인생의 무상함을 느껴. 특히, 이 작품은 서경과 서정이 잘 조화되어 있어서 독자가 느낌을 생생하게 느낄 수 있도록 돕지. 화려하고 섬세한 문체로 독자에게 강한 인상을 남기며, 신선한 감각과 낭만적인 감정을 전하지. 그리고, 정비석은 마의 태자와 관련된 이야기들을 통해 자연과 삶의 연관성, 역사적 의미를 심도 있게 탐구해. 읽는 사람으로 하여금 금강산의 절경 속에서 감동과 회상을 느끼게 할 수 있는 힘이 있는 거지. 작품『산정무한』은 그 아름다움과 심오한 메시지로 우리에게 자연과 인간, 그리고 삶에 대한 깊은 사유를 불러일으키는 작품이야.

자연과 존재의 교감, 정비석의『산정무한』을 통해 본 삶의 깊이

정비석은 자연에 대한 깊은 애정과 인간 존재에 대한 성찰을 담고 싶었지. 금강산은 한국의 아름다움을 상징하는 장소로, 그곳에서 느낀 감정과 생각을 통해 독자에게 깊은 감동을 주고자 했어. 하연사, 비로봉에 이르는 여정을 통해 자연의 경이로움과 무궁무진한 아름다움을 생생하게 묘사해. 특히 마의 태자와 관련된 이야기를 소개하면서 인생의 덧없음과 무상함을 느끼게 하지. 이러한 요소들은 독자에게 깊은 감동을 주고, 자연과 역사, 인간의 관계를 다시 생각하게 해. 정비석은 화려하고 섬세한 문체를 사용해 독자가 자연의 아름다움에 빠져들도록 유도해. 그는 서경과 서정을 조화롭게 엮어내어, 독자에게 신선한 감각과 낭만적인 정서를 전달하고자 했어.

『산정무한』은 단순한 여행기 이상의 의미를 지니고 있으며, 독자가 자연과의 소통을 통해 삶의 깊이를 느낄 수 있도록 돕는 작품이야. 정비석은 이 작품을 통해 자연의 아름다움과 인간 존재의 의미를 되새기고, 독자들에게 깊은 사유의 기회를 제공하고 싶었던 거지. 이 작품은 그가 전하고자 했던 메시지를 잘 담아내고 있어, 독자들은 금강산의 경치를 통해 자신의 내면을 돌아보게 되고, 자연과의 연결을 느끼며 삶의 본질에 대해 다시금 생각하게 돼. 정비석의 문학적 여정은 단순한 경치의 나열이 아니라, 독자에게 감정의 여운을 남기고, 자연과 인간의 관계를 성찰하게 만드는 깊이 있는 경험으로 다가와. 이러한 점에서 『산정무한』은 한국 문학에서 중요한 위치를 차지하고 있으며, 독자들에게 지속적인 영감을 주는 작품으로 남아있어.

줄거리를 꼭 알아야 해요

정비석의 『산정무한』은 금강산을 배경으로 한 기행문이다. 작가는 아름다운 풍경을 감상하며 여행을 시작한다. 처음에는 푸른 하늘 아래에서 만이천 봉을 바라보며 금강산에 대한 그리움을 느낀다. 경원선 기차를 타고 가는 동안, 그는 친구 지완과 자연 속에서의 자유로운 감정을 나누며 고된 일상에서 벗어난 기쁨을 만끽한다. 내금강역에 도착한 후, 작가는 황혼이 지는 풍경 속에서 장안사로 향한다. 문선교를 건너며 선경과 속계의 경계를 탐구하고, 명경대에서 태자의 이야기를 떠올리며 인생의 무상함을 느낀다. 다음 날 아침, 안개 속에서 우뚝 솟아 있는 나무들을 보며 감탄하고, 조반 후에는 험난한 길을 오르면서 만산의 단풍을 감상한다. 비로봉 절정에 도착한 그는 찻집에서 폭우를 피하고, 날씨가 개면서 운해를 바라보며 자부심을 느낀다. 그러나 비로봉 동쪽의 자작나무 숲과 마의 태자의 무덤을 보며 슬픔과 처량함에 잠긴다. 태자가 고행을 통해 인생의 덧없음을 느꼈던 순간을 회상한다. 마지막으로, 그는 인생의 무상함에 대한 깊은 성찰을 하며 여행을 마무리한다.

 '생기부 세특' 깊이 파악하기

불의의 신화와 인간 존재의 무상함

정비석의 『산정무한』에서 '불의의 신화'는 마의 태자의 비극적 운명을 통해 인간 존재의 무상함과 고독을 상징한다. 태자는 고귀한 출생에도 불구하고, 결국 잊혀진 존재로 남게 된다. 이와 같은 비극은 자연의 아름다움과 대조를 이루면서 더욱 뚜렷해진다. 특히 단풍은 그 아름다움과 덧없음을 동시에 지니고 있다.

단풍의 화려한 색채는 생명의 절정과 아름다움을 나타내지만, 이는 잠시의 찬란함에 불과하다. 가을이 깊어지면 단풍은 떨어지고, 결국 겨울의 차가운 현실로 돌아가게 된다. 이처럼 단풍은 태자의 운명과 유사한 측면을 지닌다. 태자의 고독한 무덤과 마찬가지로, 단풍은 잊혀진 아름다움과 슬픔을 담고 있다.

작가는 단풍을 통해 인간의 삶 속에서 느끼는 찰나의 행복과 그 뒤에 따르는 고독을 표현한다. 비극적 운명을 지닌 태자와 순간의 아름다움을 지닌 단풍은 모두 인생의 덧없음을 상기시킨다. 이러한 연관성은 독자로 하여금 자연의 아름다움 속에서도 슬픔과 고독을 느끼게 하며, 인간 존재의 복잡함을 깊이 성찰하게 만든다.

결국, 『산정무한』에서 '불의의 신화'와 단풍은 서로의 메시지를 강화하며, 아름다움과 슬픔이 얽힌 인생의 복잡한 진리를 탐구하게 한다. 이는 정비석이 자연을 통해 인간의 고난과 존재의 의미를 깊이 있게 전달하고자 한 의도를 잘 보여준다.

고독한 고귀함: 마의 태자의 무덤

마의 태자의 무덤은 인생의 덧없음과 고독을 상징한다. 철책과 상석이 없는 초라한 상태에서 비문조차 읽을 수 없는 화강암 비석은 태자의 비극적 삶과 잊혀진 존재를 나타낸다. 무덤가에 우거진 잡초는 세월의 흐름 속에서 잊힌 기억과 슬픔을 더한다. 자작나무가 공주와 같다는 비유는 태자의 고귀한 출생을 암시하며, 그의 고독한 운명을 더욱 강조한다. 구름이 머무는 풍경 속에서 자작나무의 슬픈 모습은 인간의 삶이 결국 자연 속에서 사라진다는 무상함을 상기시킨다. 초저녁 달의 눈물은 태자의 슬픔을 대변하며, 작가에게는 인생의 의미와 그 덧없음에 대한 깊은 성찰을 불러일으킨다.

구성 정리

처음	은제와 금제에서 바라본 절경은 짙은 안개 속에 붉은 진달래 단풍이 어우러져 아름답다. 작가는 그 풍경에 감탄하며, 자연의 신비로움을 깊이 느낀다.
중간 1	비로봉 절정의 찻집에서 바라본 풍경은 폭우가 그치고 난 후 맑아진 하늘 아래 펼쳐진다. 작가는 따뜻한 난로 옆에서 등산객들과의 교류 속에 인간의 따스함을 느낀다.
중간 2	비로봉 최고점에서 바라본 운해는 마치 하늘과 땅이 만나는 경계처럼 신비롭다. 작가는 그 장관을 보며 자부심과 함께 자연의 위대함을 깊이 깨닫는다.
끝	비로봉 동쪽의 자작나무 숲과 마의 태자의 무덤은 고독한 정서를 불러일으킨다. 작가는 이곳에서 인생의 덧없음과 슬픔을 성찰하며 깊은 상념에 잠긴다.

제재 정리

갈래	경수필(기행문)
성격	낭만적,회고적,서정적
특징	• 여정에 따른 견문과 감상으로 구성되어 여행의 흐름을 따름 • 감각적이고 섬세한 묘사가 주를 이루어, 독자가 생생하게 느낄 수 있도록 함 • 다양한 비유적 표현을 사용하여 작가의 메시지를 효과적으로 전달함
주제	금강산 기행에서 접한 자연의 풍경과 그에 따른 감회: 자연의 아름다움 속에서 느끼는 인생의 덧없음과 고독, 그리고 그로 인한 깊은 성찰을 다룸

'생기부 세특' 보고서, 글쓰기 주제 가이드

EBS 수능특강에 빈번히 출제되고 있어요

정비석 산정무한 출제와 관련하여 공부해야 할 부분은 정비석의 개념 이해, 산정무한의 기본 원리와 적용 사례 학습, 정비석과 산정무한 관련 문제의 유형과 풀이 방법 익히기 등 여러 가지가 있다. 이는 출제포인트다. 즉, 산정무한 관련 문제의 유형과 풀이 방법을 익히는 것이 필요하다.

※ 진로학과에 따라 '세특' 주제 접근 방향이 달라요

	관련학과: **국문학/문학**	출제 빈도: ●●●●●
①	자연의 변화와 아름다움이 인물의 감정에 미치는 심리적 영향을 분석하며, 현대인의 감정적 고립과 연결하여 그 실질적 의미를 연구해 보자.	
②	태자의 비극적 삶이 현대인의 고독과 사회적 소외 문제에 미치는 영향을 탐구하며, 이를 통해 사회적 배경과 개인의 심리가 어떻게 얽히는지를 분석해 보자.	
③	정비석의 화려하고 섬세한 문체가 독자의 감정적 반응에 미치는 심리적 효과를 분석하고, 이를 통해 문학이 개인의 감정에 미치는 영향을 탐구해 보자.	
④	작품 속 역사적 사건과 인물들이 주제와 감정 표현에 어떻게 기여하는지를 분석하며, 현대 사회의 역사적 기억이 개인의 정체성과 어떻게 연결되는지를 연구해 보자.	
⑤	작품 속 고독의 정서를 현대인의 고독과 비교하여, 기술 발전으로 인한 사회적 소외가 개인의 정서에 미치는 영향을 분석해 보자.	
⑥	자연과 인간의 관계가 문학에서 어떻게 표현되는지를 분석하고, 이를 통해 환경 문제와 인간의 삶의 상관관계를 탐구해 보자.	
⑦	자작나무의 상징적 의미를 분석하고, 이를 통해 현대인의 정체성과 고독, 그리고 자연과의 관계를 탐구해 보자.	
⑧	정비석의 작품이 현대 한국 문학에서 자연과 인간의 관계를 어떻게 재조명했는지를 분석하고, 그가 남긴 문학적 유산을 현대 사회와 연결해 보자.	

🌐	관련학과: **역사학/사회학/정치학/심리학**　　출제 빈도: ●●●●●

①	작품에서 드러나는 역사적 사건들이 현대 사회의 정치적, 사회적 구조에 어떤 영향을 미치는지를 탐구해 보자.
②	역사적 배경이 작품 속 인물의 정체성과 그들의 행동에 어떻게 영향을 미치는지를 연구해 보자.
③	역사적 사건들이 개인의 삶에 미치는 영향을 분석하고, 이를 통해 현대 사회의 역사적 기억의 중요성을 탐구해 보자.
④	자연과 인간의 상호작용이 현대 사회의 환경 문제와 어떻게 연결되는지를 탐구해 보자.
⑤	『산정무한』을 통해 인간 존재의 의미를 사회적 맥락에서 탐구해 보자.
⑥	인간 존재의 의미가 사회적 맥락에서 어떻게 형성되는지를 분석하며, 이를 통해 현대인의 정체성을 탐구해 보자.
⑦	마의 태자의 이야기를 통해 권력과 고독의 상관관계를 탐구해 보자.
⑧	태자의 비극적 운명은 현대 사회의 권력 구조와 고독의 상관관계를 드러낸다는 내용을 바탕으로 권력의 부작용으로서 고독이 개인의 심리에 미치는 영향을 분석하고, 현대 정치에서 고립된 권력자가 겪는 심리적 고통을 탐구해 보자.
⑨	정비석의 작품을 통해 나타나는 한국 사회의 정체성 변화를 탐구하고, 이를 현대 사회의 다양한 이슈와 연결하여 분석해 보자.
⑩	작품에서 나타나는 한국 사회의 정체성이 현대 사회의 다양한 이슈와 어떻게 연결되는지를 분석해 보자.
⑪	자연의 묘사가 사회적 갈등을 어떻게 반영하고 있는지를 분석하며, 이를 통해 현대 사회의 갈등 구조를 연구해 보자.
⑫	태자의 고귀한 출생에도 불구하고 비극적 운명을 맞이하는 과정에서 나타나는 상실감과 무기력감이 개인의 정체성 형성에 미치는 영향을 연구해 보자.
⑬	자연의 경관이 인물의 감정에 미치는 긍정적 영향을 분석하고, 이를 통해 현대인의 정신적 웰빙과 자연의 관계를 연구해 보자.
⑭	태자의 고독이 현대 사회에서 느끼는 고립과 우울증의 원인으로 작용하는지를 연구하고, 이를 통해 개인의 심리적 갈등을 분석해 보자.

		관련학과: **건축/예술**	출제 빈도: ●●●●

①	작품에서 자연의 아름다움이 건축물의 디자인과 구조에 어떤 영향을 미치는지를 탐구하고, 이를 통해 한국 전통 건축의 미학을 분석해 보자.
②	여정에 따른 자연의 묘사가 건축물의 상징적 의미와 어떻게 연결되는지를 연구하여, 자연과 환경의 건축물들이 사회적 정체성을 형성하는 데 미치는 영향을 탐구해 보자.
③	태자의 비극적 운명이 현대 예술에서 고독과 상실을 어떻게 표현하는지를 분석하고, 이를 통해 예술이 사회적 문제를 반영하는 방식을 연구해 보자.
④	자연 환경과 인간의 상호작용이 건축 디자인에 어떻게 반영되는지를 분석하고, 지속 가능한 건축의 필요성을 탐구해 보자.
⑤	한국 전통 건축에서 자연 요소가 어떻게 디자인과 구조에 통합되어 있는지를 분석하고, 이러한 통합이 건축물의 기능성과 미적 가치를 어떻게 향상시키는지를 탐구해 보자.

❖ 같이 읽으면 좋은 책

이청준『당신들의 천국』, 김소진『구름을 잡다』, 황석영『무기의 그늘』

21 | 서울사람들
최일남

EBS 수능특강 출제

생각하며 읽어요

『서울사람들』은 서울에서 살아가는 다양한 인물들의 삶을 깊이 있게 다룬 작품이야. 이 소설은 대도시 서울에서 겪는 고뇌와 희망, 일상적인 모습들을 생생하게 그려내고 있어. 특히, 시골 출신의 '나'와 친구들이 각박한 도시 생활 속에서 느끼는 외로움과 소속감의 갈망이 잘 드러나 있지. 이들은 시골에 대한 막연한 동경을 가지고 있지만, 도시 생활에 익숙해져 버린 자신들을 발견하게 돼. 그래서 시골로 여행을 떠나지만, 그곳의 현실은 상상했던 것과는 다르게 나타나. 결국, 그들은 시골의 아름다움과 여유로움에 대한 환상을 가지고 있지만, 실제로는 그곳의 생활을 견디지 못하고 다시 서울로 돌아오게 돼. 이런 경험은 도시인들이 마음의 고향마저 잃어버린 비극적인 현실을 드러내고, 도시 생활에 젖어 있으면서도 시골을 이상화하는 허위의식을 보여줘. 작가는 복잡한 감정을 섬세하게 표현하며, 독자에게 깊은 공감을 주고 싶었나봐.『서울사람들』은 단순한 도시 이야기 이상의 의미를 지니고 있고, 현대 사회의 다양한 문제를 반영하고 있어. 이 작품을 통해 서울 사람들의 진짜 모습을 느낄 수 있고, 도시와 시골 간의 갈등과 정체성의 혼란을 깊이 있게 탐구할 수 있을거야.

현대 도시인의 감정미로를 여는 작가 최일남

최일남은 한국 현대 문학에서 중요한 작가 중 한 명이야. 그의 작품은 주로 도시 생활의 고뇌와 사람 간의 복잡한 관계를 다루고 있어. 특히 도시인들의 내면을 탐구하는 데 탁월한 재능을 보이며, 그 감정들을 섬세하게 표현하지. 대표작인 『서울사람들』에서는 시골 출신 캐릭터들이 서울이라는 대도시에서 겪는 외로움과 소속감의 갈망을 담아내고 있어. 이 작품은 단순히 도시의 삶을 보여주는 걸 넘어서, 도시와 시골 간의 갈등과 그로 인한 정체성의 혼란을 깊이 있게 탐구해. 최일남은 독자에게 현대 사회에서 느끼는 공허와 허망함을 전하며, 감정적으로 공감할 수 있는 부분을 만들어내. 『서울사람들』은 사람들이 바라보는 도시의 환상과 그 실상 간의 간극을 강조하며, 도시 생활의 복잡성과 서울 사람들의 진짜 모습을 드러내고 있어. 현대 사회의 다양한 문제들을 반영하면서, 최일남은 자신만의 독특한 시각으로 독자들과 소통해. 그의 작품을 읽고 나면, 우리는 우리의 삶과 주변을 다시 한 번 돌아보게 되고, 복잡한 감정을 더욱 깊게 이해하게 돼. 최일남의 글은 그런 점에서 단순한 즐거움을 넘어서, 매력적인 통찰을 제공한다고 할 수 있어. 간결하면서도 깊이 있는 묘사가 작가의 특징이야. 일상적인 언어를 사용하면서도 감정과 갈등을 잘 드러내고, 회상과 현재를 오가며 인물의 내면을 깊이 있게 탐구해. 이런 점들이 독자에게 강한 여운을 남겨줘.

줄거리를 꼭 알아야 해요

나와 친구들, 국영 기업 비서실장 김성달, 고교 교사 윤경수, TV 가게를 운영하는 최진철은 서울의 복잡한 일상에서 벗어나 시골 여행을 떠나기로 결심한다. 그들은 강원도의 한 읍으로 향하는 버스를 타고, 흥이 난 채로 깊은 산골로 들어간다. 도착한 곳은 이장이 운영하는 집으로, 처음에는 김치와 우거짓국으로 간단한 밥상을 즐기며 시골의 정취를 만끽한다.

하지만 곧 친구들은 서울에서의 삶을 그리워하기 시작한다. 커피를 갈망하는 김성달, 맥주를 찾는 최진철, TV 쇼를 보고 싶어 하는 윤경수는 시골의 단조로운 생활에 실망하게 된다. 결국, 그들은 조기에 서울로 돌아가기로 결심한다. 상경하는 차를 놓친 일행은 어쩔 수 없이 산행을 하게 되고, 산 중턱의 초가집에서 술에 취한 작부들과 마주친다. 이 만남은 그들에게 씁쓸한 감정을 안기고, 시골의 답답함을 더욱 느끼게 만든다. 결국, 그들은 서울로 돌아와 커피와 생맥주를 마시며 안도감을 느끼고, 다시금 도시 생활의 편안함을 깨닫게 된다. 이 여행은 그들에게 시골의 매력을 느끼게 했지만, 결국 자신들이 원하는 삶은 서울에 있다는 것을 깨닫는다.

 '생기부 세특' 깊이 파악하기

도시의 야망과 시골의 뿌리 - 성장과 갈등의 이중주

작품 내에서 도시와 시골은 각각 독특한 역할을 수행하며, 인물의 성장과 갈등을 이끌어내는 중요한 배경이 된다. 도시에서는 현대화와 개인주의가 두드러지며, 인물들은 목표와 야망을 추구하는 과정에서 빠른 변화와 치열한 경쟁에 직면하게 된다. 이러한 환경은 인물에게 도전과 갈등을 안겨주며, 복잡한 사회 구조와 다양한 인물들은 개인의 내적 갈등을 부각시키고 현대 사회의 문제를 탐구하는 데 기여한다. 반면, 시골은 자연과의 조화와 공동체의 유대감을 상징하는 공간으로, 인물의 정체성과 소속감을 탐구하는 데 중요한 역할을 한다. 시골은 평화롭고 느린 삶을 제공하며, 이는 인물이 자신의 뿌리와 정체성을 찾는 과정에서 필수적인 배경이 된다. 시골의 공동체는 인물에게 안정감과 소속감을 제공하며, 도시에서의 고립된 삶과 대조를 이루어 인물의 내적 갈등을 더욱 부각시킨다. 이러한 도시와 시골의 대조는 서로 다른 가치관과 삶의 방식을 대표하며, 독자에게 다양한 사회적, 개인적 문제를 성찰할 기회를 제공한다. 결국, 도시와 시골은 인물의 성장과 변화를 이끌어내는 중요한 요소로 작용한다.

소비적 욕망과 이상- 서울 사람들의 모순된 삶

최일남의 작품에서 서울 사람들의 허위의식은 여러 면에서 드러난다. 서울 사람들은 자연을 동경하면서 시골로 여행을 가고 싶어 하지만, 실제로는 도시 생활의 편리함과 익숙함을 그리워한다. 이는 자연에 대한 막연한 애정이 소비적이고 물질적인 욕구와 충돌하는 모습을 보여준다. 시골에서의 소박한 삶을 꿈꾸지만, 결국 물질적이고 향락적인 도시 문명에 깊이 뿌리내리고 있다. 여행 중 시골 생활의 답답함을 느끼고 조기 상경을 결정하는 것은 그들이 진정으로 원하는 삶이 무엇인지 혼란스러워하는 것이다. 자연과 시골에 대한 이상적인 이미지를 가지고 있지만, 실제로는 소비적인 가치에 지배받고 있는 서울 사람들의 모순이 뚜렷하게 나타난다. 이들은 자신들이 원하는 삶과 현실 사이의 간극을 인식하지 못한 채 살아간다. 최일남은 이런 갈등을 통해 서울 사람들의 허위의식과 모순된 삶을 비판적으로 조명하고, 그들이 진정으로 원하는 것이 무엇인지 고민하게 만든다. 결국, 서울 사람들은 자신들의 삶에서 진정한 행복을 찾지 못하고, 허위의식 속에서 방황하는 모습을 보여준다.

서울에서 자연을 찾는 사람들의 심리

서울에서 자연을 찾는 사람들은 바쁜 도시 생활에서 벗어나 휴식과 스트레스를 해소하고자 하는 욕구가 크다. 자연 속에서의 평화로운 환경은 마음의 안정을 제공한다. 신체적 및 정신적 건강을 유지하기 위해 자연에서의 활동을 선호하는 이들도 많다. 운동이나 산책은 건강에 긍정적인 영향을 미치며, 이는 많은 이들에게 중요한 요소로 작용한다. 도시 환경에서 벗어나 자연과의 연결을 느끼고 싶어하는 사람들도 있다. 자연의 아름다움과 생명력을 경험하는 것은 삶의 질을 높이는 데 기여한다. 가족이나 친구와 함께 자연 속에서 소중한 시간을 보내고 추억을 만들고자 하는 욕구도 존재한다. 마지막으로, 환경 보호에 대한 의식을 가진 이들은 자연을 보존하고 지속 가능한 삶을 추구하는 데 관심을 가진다. 이러한 다양한 이유로 서울에서 자연을 찾는 사람들은 각자의 필요를 충족시키고자 한다.

인물에 대해 살펴볼까요

나: 왕십리에서 건축설계사무소를 운영하며, 고등학교 동창들과의 재회를 통해 시골 여행을 계획하게 되었다.

윤경수: 고등학교 교사인 윤경수는 학생들에게 지식을 전달하며, 동창들과의 소중한 인연을 이어가고 있다.

김성달: 국영기업의 비서실장인 김성달은 조직의 효율성을 높이며, 동창들과의 교류를 통해 삶의 활력을 찾고 있다.

최진철: 을지로에서 TV 가게를 운영하는 최진철은 고객과의 소통을 중요시하며, 동창들과의 우정을 소중히 여긴다.

제재 정리

갈래	단편 소설, 현대소설
성격	비판적
배경	1970년대(서울, 강원도의 시골 마을)
시점	1인칭 주인공 시점
특징	• 주인공이 직접 경험한 구체적 사건을 통해 자신의 내면을 드러냄 • '떠남- 돌아옴'의 여로를 통해 공간에 대한 인식의 변화를 드러냄 • 인물이 경험한 일을 통해 주제를 부각함
주제	문명화된 사회의 각박함과 도시인들의 허위 의식

'생기부 세특' 보고서, 글쓰기 주제 가이드

EBS 수능특강에 빈번히 출제되고 있어요

『서울사람들』의 출제 포인트는 등장인물의 다양한 배경과 그들이 겪는 복잡한 사회적 관계를 중심으로, 서울이라는 도시의 매력과 정체성을 탐구하는 방향으로 이루어진다. 예를 들어, 인물들이 도시 생활에서 느끼는 고립감이나 소속감의 결여, 그리고 서울의 문화적 다양성이 그들의 삶에 미치는 영향을 분석하는 문제가 출제될 가능성이 높다.

※ 진로학과에 따라 '세특' 주제 접근 방향이 달라요

	관련학과: **국문학**	출제 빈도: ●●●●●

①	작품의 서사 구조가 독자의 감정 이입에 어떻게 기여하는지를 분석하고, 이를 통해 현대 사회의 복잡한 감정을 어떻게 전달하는지를 연구해 보자.
②	인물 간의 관계가 작품의 주제와 메시지에 어떻게 기여하는지를 분석하고, 현대 사회에서 인간 관계의 중요성을 연구해 보자.
③	작품의 결말이 독자에게 전달하는 메시지를 분석하고, 이를 통해 현대 사회의 문제를 어떻게 반영하는지를 탐구해 보자.
④	도시와 시골 간의 갈등이 인물의 정체성에 미치는 영향을 분석하고, 현대 사회에서 도시화가 개인의 삶에 미치는 영향을 연구해 보자.
⑤	최일남의 『서울사람들』에서 등장하는 인물들은 각기 다른 배경과 경험을 통해 서울이라는 도시에서의 정체성을 형성한다. 이들 인물의 삶을 통해 서울의 사회적, 문화적 다양성을 어떻게 드러내고 있는지 분석해 보자.
⑥	작가의 문체가 인물의 감정을 어떻게 효과적으로 전달하는지를 분석하고, 이를 통해 독자가 작품에 공감하는 방식을 연구해 보자.

	관련학과: **사회/정치/심리**	출제 빈도: ●●●●●

①	시골과 도시의 대조가 개인의 정치적 정체성 형성에 미치는 영향을 분석하고, 현대 사회에서 지역 간의 정치적 차이가 개인의 정체성에 미치는 영향을 탐구해 보자.

③	도시 생활의 변화가 개인의 가치관 형성에 미치는 영향을 분석하고, 현대 사회에서 가치관의 변화가 개인의 삶에 미치는 영향을 연구해 보자.
④	인물의 내적 갈등이 개인의 심리적 안정에 미치는 영향을 분석하고, 현대 사회에서 내적 갈등이 개인의 삶에 미치는 영향을 연구해 보자.
⑤	시골에 대한 이상화가 인물의 심리적 갈등과 선택에 미치는 영향을 분석하고, 현대 사회에서 자연에 대한 동경이 개인의 삶에 미치는 영향을 탐구해 보자.
⑥	자연과의 연결이 개인의 심리적 안정과 행복에 미치는 영향을 분석하고, 현대 사회에서 자연과의 관계가 개인의 삶에 미치는 영향을 연구해 보자.
⑦	도시화가 개인의 정체성 형성에 미치는 영향을 분석하고, 현대 사회에서 도시화가 개인의 삶에 미치는 정치적, 사회적 영향을 연구해 보자.
⑧	인물의 사회적 배경이 갈등의 원인과 결과에 미치는 영향을 분석하고, 현대 사회에서 사회적 배경이 개인의 삶에 미치는 영향을 탐구해 보자.

⊕	관련학과: **의학/과학**	출제 빈도: ●●●●●

①	도시 생활의 스트레스가 개인의 신체적, 정신적 건강에 미치는 영향을 분석하고, 현대 사회에서 스트레스 관리의 중요성을 연구해 보자.
②	도시 환경이 생태계에 미치는 부정적 영향을 분석하고, 현대 사회에서 지속 가능한 도시 개발의 필요성을 연구해 보자.
③	시골과 도시 간의 생태적 차이가 개인의 삶에 미치는 영향을 분석하고, 현대 사회에서 생태적 균형의 중요성을 탐구해 보자.
④	도시 생활의 환경적 문제가 개인의 삶에 미치는 영향을 분석하고, 현대 사회에서 환경 문제 해결을 위한 방안을 연구해 보자.
⑤	『서울사람들』의 인물들이 자연 속에서 활동할 때 신체적 및 정신적 건강에 어떤 긍정적인 변화가 나타났을지 연구해 보자.
⑥	『서울사람들』의 인물들은 환경 의식을 어떻게 형성하고 있으며, 이는 그들의 행동에 어떤 변화를 가져오는지 탐구해 보자.

❖ 같이 읽으면 좋은 책

김승옥 『서울, 1964년 겨울』, 현진건 『운수 좋은 날』

EBS 수능특강 출제

생각하며 읽어요

『흐르는 북』은 최일남 작가가 1980년대 서울 중산층 가족의 삶을 섬세하게 그려낸 작품이야. 이 이야기는 세대 간의 갈등과 화해를 중심으로 전개되는데, 할아버지, 아버지, 손자라는 세 인물의 서로 다른 가치관을 통해 가족의 복잡한 정체성을 탐구하고 있어. 할아버지는 전통을 중시하고, 그에 따라 가족의 역사와 문화를 소중히 여겨. 반면에 아버지는 실리적인 이익을 추구하면서 현대 사회의 변화에 적응하려고 해. 이런 갈등은 아들 세대에서 점점 융합되면서 새로운 가족의 정체성을 형성해 나가.

작품에서 '북'은 전통악기를 상징하고, 세대 간의 갈등을 나타내는 중요한 요소로 작용해. 할아버지와 아버지 간의 긴장감이 드러나고, 아버지는 아들에게 할아버지의 전통을 따르지 말라고 하지만, 아들은 그 전통을 재발견하려고 해. 이 과정에서 아들은 할아버지의 가치관을 이해하고, 그 속에서 자신의 정체성을 찾으려 해. 가족 구성원 간의 대화와 갈등을 통해 각 세대의 가치관이 어떻게 충돌하는지를 보여주고, 이를 통해 독자는 세대 간의 이해와 소통의 필요성을 느낄 수 있어.

『흐르는 북』은 전통과 현대의 충돌을 통해 가족의 정체성을 탐구하며, 독자에게 깊은 감동을 주는 작품이야. 이 작품은 단순한 가족 이야기를 넘어, 한국 사회의 변화와 그에 따른 가치관의 변화를 반영하고 있어. 독자는 이 작품을 통해 세대 간의 갈등이 어떻게 해결될 수 있는지를 고민하게 되고, 결국 가족의 사랑과 이해가 모든 갈등을 극복할 수 있는 힘이 됨을 깨닫게 돼. 이런 점에서 『흐르는 북』은 현대 사회에서 가족의 의미를 다시 한 번 생각하게 만드는 중요한 작품이라고 할 수 있어.

줄거리를 꼭 알아야 해요

가족을 돌보지 못하고 젊은 시절 내내 북에 빠져 산 민 노인은 아들과 며느리에게 무시를 당하면서 아들의 집에 얹혀 살고있다. 아들은 어린 시절, 아버지 때문에 힘든 시절을 보냈다고 생각한다. 민대찬은 자수성가 한 인물이지만 민노인에 대한 원망이 늘 자리한다. 하루는 민대찬의 고향 친구들이 집에 놀러와 민 노인에게 북소리를 청해 듣는다. 이 일로 아들은 노인 때문에 체면이 깎였다면서 노인에게 북을 치지 못하게 한다. 이후 민 노인은 손님이 오면 밖으로 나간다. 어느 날 외출 중 손자 성규를 만나게 되고, 성규는 탈춤 공연에서 민 노인에게 북을 쳐 달라는 부탁을 한다. 민 노인은 기쁜 마음으로 연습을 시작하고, 공연 당일 무대에 서게 된다. 공연에서 북을 치며 감동과 신명을 느끼는 민 노인은 자신의 전통을 다시금 되새기게 된다. 그러나 공연 후, 아들과 며느리는 민 노인을 질책하고, 손자까지 몰아세우자 아들과 성규는 말다툼을 하게 된다. 이로 인해 가족 간의 갈등이 심화된다. 얼마 후, 성규가 데모를 하다 잡혀갔다는 소식을 듣게 된 민 노인은 자신의 역마살과 성규의 데모 행동이 닮았다고 느끼며, 다시 북을 울리기 시작한다.

세대를 잇는 북, 민 노인의 예술혼과 화합의 상징

'북'은 이 작품에서 민 노인의 삶의 궤적을 상징적으로 나타내는 중요한 소재로 작용한다. 할아버지 세대의 예술혼이 담겨 있는 '북'은 단순한 악기를 넘어서, 세대 간의 연결을 상징한다. '흐르다'라는 개념은 세대 간의 갈등을 극복할 수 있는 가능성을 내포하고 있다. 할아버지 세대는 전통과 가치를 지키려는 의지를 가지고 있으며, 아버지 세대는 이러한 전통과 현대성 사이에서 갈등을 겪는다. 그러나 손자 세대는 할아버지의 '북'을 다시 되살리며, 세대 간의 갈등을 해소하는 역할을 한다. 이는 각 세대가 서로의 경험을 받아들이고, 이해하려는 노력을 통해 이루어진다.

북의 소리는 단순한 음악적 표현이 아니라, 세대 간의 대화와 화합을 상징적으로 나타낸다. 세대가 흐르면서 갈등이 해소되고, 과거의 유산이 현재와 미래로 이어지는 과정을 통해, '북'은 서로 다른 세대 간의 이해와 화합의 상징으로 자리잡는다. 결국, '북'은 민 노인의 예술혼을 통해 세대 간의 연대를 강화하고, 전통의 가치를 재조명하는 매개체로 기능한다. 이러한 맥락에서 '북'은 단순한 악기를 넘어, 삶과 문화의 연속성을 나타내는 중요한 역할을 한다.

또한, '북'은 민 노인의 개인적 경험과 감정을 담고 있어, 그가 겪어온 삶의 이야기를 전달하는 매개체로서의 의미도 지닌다. 이처럼 '북'은 단순한 소리의 연주를 넘어, 가족의 역사와 정체성을 연결하는 중요한 요소로 작용한다. 세대 간의 갈등이 해소되면서, '북'의 소리는 서로의 마음을 열고, 이해와 공감을 이끌어내는 힘을 발휘한다. 이러한 과정은 결국 가족의 유대감을 강화하고, 전통을 현대적으로 재해석하는 기회를 제공한다. '북'은 이처럼 다양한 의미를 지니며, 세대 간의 화합을 이루는 중요한 상징으로 자리매김한다.

📖 '생기부 세특' 깊이 파악하기

1980년대 한국 사회와 『흐르는 북』: 세대 간 갈등과 가치관의 충돌

『흐르는 북』은 1980년대 한국 사회의 역사적 사건들이 작품의 주제와 인물 간의 갈등에 깊은 영향을 미친다. 이 시기는 민주화 운동과 경제 성장의 이면에서 나타나는 사회적 갈등이 두드러진 시기로, 정치적 혼란과 사회적 변화가 공존했다. 이러한 배경은 작품의 주제를 형성하는 데 중요한 역할을 한다. 민주화 운동은 개인의 자유와 권리를 강조하며, 전통적인 가치관과 현대적 가치관 간의 갈등을 부각시킨다. 민 노인과 그의 아들 간의 갈등은 이러한 시대적 배경을 반영하며, 아들은 현대 사회의 가치관에 따라 아버지를 이해하지 못하는 모습을 보인다. 이는 세대 간의 단절을 상징적으로 나타내며, 전통과 현대의 충돌을 드러낸다. 또한, 중산층의 이기적 삶과 속물적 가치관은 작품의 중요한 주제로, 민 노인의 예술가로서의 삶과 아들의 현대적 가치관 간의 갈등을 통해 드러난다. 이러한 갈등은 손자 성규를 통해 해결의 실마리를 제공하며, 세대 간의 연결고리를 형성한다. 『흐르는 북』은 1980년대 한국 사회의 역사적 사건들이 인물 간의 갈등과 주제를 형성하는 데 미친 영향을 깊이 탐구하며, 현대 사회의 복잡한 윤리적 문제를 다시 생각해볼 기회를 제공한다.

세대 간의 갈등: 민 노인과 아들, 그리고 손주 간의 상처와 이해

민 노인과 아들 간의 갈등은 아버지의 불성실한 태도에서 비롯된 깊은 상처로 나타난다. 아들은 아버지의 무관심과 부재로 인해 정서적 고통을 겪었고, 이는 그가 아버지에게 느끼는 원망으로 이어진다. 아들은 과거의 상처를 극복하지 못한 채 아버지와의 대화에서 방어적이거나 공격적인 태도를 보이며, 서로의 감정을 이해하지 못하는 상황이 지속된다. 이러한 갈등은 결국 가족 간의 단절을 초래하고, 서로의 마음을 닫게 만든다.

민 노인의 아들과 손주 간의 갈등은 또 다른 양상을 띤다. 아들은 민 노인에 대한 불만을 가지고 있으며, 이는 아버지의 예술혼을 이해하지 못하는 손주와의 갈등으로 이어진다. 손주는 할아버지의 예술적 열정을 존중하고 이해하려 하지만, 아버지는 이를 무시하거나 경시하는 경향이 있다. 이로 인해 손주는 할아버지와의 관계를 통해 예술적 감성을 배우고 싶어 하지만, 아버지의 반대와 불만으로 인해 갈등이 발생한다. 결국, 세대 간의 이해 부족이 갈등을 심화시키고, 가족 간의 유대감을 약화시키는 결과를 초래한다.

인물에 대해 살펴볼까요

민노인: 민노인은 전통 예술의 상징인 북을 통해 자신의 삶과 정체성을 표현하며, 예술혼을 지키려는 열정을 가진 인물이다.

민대찬: 민대찬은 아버지인 민노인과의 갈등 속에서 북을 과거의 상징으로 인식하며, 가족을 돌보지 못하게 만든 물건으로 여긴다.

민성규: 민성규는 할아버지와의 연결을 느끼며 북을 소중히 여기고, 그로부터 영감을 받아 할아버지의 예술을 이어받고자 하는 젊은 인물이다.

구성 정리

발단	손님이 방문하는 날, 민 노인은 집을 비워야 하는 이유를 통해 아들 대찬과의 갈등 내력을 소개한다.
전개	포장마차에서 술잔을 나누며 민 노인과 손자 성규는 대화를 나누고, 성규는 탈춤 공연에 필요한 북 장단을 부탁한다.
위기	민 노인은 대학생들과의 연습과 공연에서 오랜만에 신명을 맛보며 젊은 시절의 열정을 되찾는다.
절정	공연 사실이 알려지자 민 노인은 며느리의 힐문을 받고, 아들은 성규를 꾸짖으며 갈등이 격화된다.
결말	성규가 데모로 잡혀가고 민 노인은 북을 울리며 자신의 역마살과 손자의 데모에 닮은 점이 있다고 생각한다.

제재 정리

갈래	단편 소설. 세태 소설
배경	시간(1980년대). 공간(서울 중산층 가정)
성격	풍속적. 비판적
시점	전지적 작가 시점
주제	중산층의 소시민성에 대한 비판과 전근대적 예술혼과 진솔한 삶의 만남

'생기부 세특' 보고서, 글쓰기 주제 가이드

EBS 수능특강에 빈번히 출제되고 있어요

최일남의 『흐르는 북』에서 출제 포인트는 주제, 인물의 갈등 및 심리 변화, 상징적 요소, 그리고 사회적 배경이다. 작품은 세대 간의 갈등과 화해를 중심으로 전개되며, 할아버지, 아버지, 손자 간의 가치관 충돌이 주요 테마로 나타난다. 특히, 북은 전통과 현대의 갈등을 상징하며, 인물 간의 관계와 그들이 직면하는 도전이 중요한 시험 포인트가 될 것이다.

※ 진로학과에 따라 '세특' 주제 접근 방향이 달라요

🌐	관련학과: 국문학	출제 빈도: ●●●●
①	민 노인의 북은 전통과 가치의 상징으로, 아버지 민대찬과의 갈등 속에서 어떻게 세대 간의 이해 부족을 상징하는지 분석해 보자.	
②	민주화 운동과 경제 성장의 이면에서 나타나는 중산층의 가치관 변화가 작품 속 인물들의 행동에 어떻게 영향을 미치는지 연구해 보자.	
③	대화와 행동을 통해 드러나는 민 대찬의 아버지에 대한 원망과 부정적인 감정이 어떻게 갈등을 심화시키는지 탐구해 보자.	
④	손자 성규가 할아버지의 전통을 재발견하는 과정이 가족의 화합에 기여하는 방식을 분식해 보자.	
⑤	성규가 민 노인을 통해 얻는 예술적 영감이 그의 정체성 형성에 어떻게 기여하는지 연구해 보자.	
⑥	민대찬의 실리주의와 민 노인의 전통적 가치관 간의 갈등을 구체적인 사건을 통해 분석해 보자.	
⑦	가족 구성원 간의 대화가 갈등을 해소하는 데 어떻게 긍정적인 역할을 하는지를 구체적인 예시로 탐구해 보자.	

①	1980년대 한국의 정치적 혼란 속에서 민 대찬이 아버지의 전통을 경시하는 이유를 탐구해 보자.
②	성규의 행동이 가족 내에서 어떤 갈등을 일으키고, 이를 통해 세대 간의 가치관 충돌이 드러나는지를 분석해 보자.
③	민성규의 행동이 사회적 변화에 기여하는 방식과 그로 인해 가족 내 갈등이 심화되는 과정을 탐구해 보자.
④	민대찬이 자신의 실리적 가치관을 통해 아버지와의 갈등을 어떻게 정당화 하는지를 분석해 보자.
⑤	1980년대 중산층의 가치관 변화가 민 대찬과 민 노인 간의 갈등을 어떻게 형성하는지를 연구해 보자.
⑥	성규가 할아버지의 전통을 재발견하면서 가족 화합에 기여하는 방식을 연구해 보자.
⑦	가족 내 갈등이 해결되는 과정이 사회적 연대와 어떻게 연결되는지를 분석해 보자.
⑧	『흐르는 북』을 통해 세대 간 갈등의 현대적 재현을 분석해 보자.
⑨	작품 속에서 선통적 가치와 현대적 가치가 어떻게 충돌하는지를 분석하고, 이러한 충돌이 등장인물의 정체성 형성에 미치는 영향을 탐구해 보자.
⑩	흐르는 북에서 성규와 민대찬의 행동을 통해 드러나는 가족 내 성 역할의 변화가 세대 간 갈등에 미치는 영향을 연구해 보자.
⑪	민대찬의 정체성이 사회적 기대와 어떻게 상충하는지를 탐구하고, 이러한 상충이 개인의 심리적 갈등으로 이어지는 과정을 분석해 보자.

| 🌐 | 관련학과: 예술/음악/의학 | 줄제 빈도: ●●●● |

| ① | 전통 악기인 북의 소리가 인간의 정서와 심리에 미치는 영향을 분석하며, 특히 스트레스 해소 및 감정 조절에 미치는 효과를 연구해 보자. |
| ② | 현대 사회에서 정신 건강 문제가 증가함에 따라 전통 음악의 치유적 역할이 더욱 중요해질 것이며, 이러한 음악 치료법의 발전 가능성을 탐구해 보자. |

③	글로벌 사회에서의 갈등 해결을 위해 예술이 중요한 역할을 할 수 있으며, 특히 다양한 문화가 융합되는 미래 사회에서의 가능성을 논의해 보자.
④	노인 인구 증가에 따라 예술적 활동이 노인의 인지 건강 유지에 기여할 수 있는 방안을 제시하고, 이를 통한 사회적 웰빙을 논의해 보자.
⑤	감정 조절 및 스트레스 관리에서 음악의 역할이 중요해질 것이며, 개인의 정신 건강을 위한 새로운 치료법 개발에 기여할 가능성을 탐구해 보자.
⑥	급변하는 사회에서 세대 간의 소통이 더욱 중요해질 것이며, 이를 위한 새로운 접근법과 기술적 지원 방안을 탐구해 보자.
⑦	창의성의 중요성이 커지는 미래 사회에서 개인의 예술적 열정이 어떻게 창의적 문제 해결에 기여할 수 있는지를 탐구해 보자.
⑧	미래 사회에서 건강 관리의 새로운 접근 방식으로서 예술 치료의 가능성을 탐구하고, 이를 통한 사회적 웰빙 증진 방법을 연구해 보자.
⑨	정신 건강 문제 해결을 위한 혁신적인 방법으로서 음악 치료의 활용 가능성을 탐구하고, 이를 통해 개인 및 사회의 정서적 안정에 기여할 수 있는 방안을 연구해 보자.
⑩	다양한 문화가 융합하는 미래 사회에서 전통 예술의 역할을 재조명하고, 사회적 연결을 증진시키는 방법을 탐구해 보자.
⑪	가족 내 갈등이 생리적 스트레스 반응에 미치는 영향을 분석하고, 스트레스 감소를 위한 음악적 개입 방법을 탐구해 보자.

❖ 같이 읽으면 좋은 책

소남주 『82년생 김지영』, 김영하 『모든 깃을 잃이도』

EBS 수능특강 출제

생각하며 읽어요

장진의 『웰컴 투 동막골』은 한국 전쟁을 배경으로 한 희곡이야. 이 작품은 강원도의 깊은 산골 마을 동막골을 중심으로 펼쳐져. 동막골 주민들은 전쟁과 상관없이 순수하고 평화로운 일상을 살아가고 있는데, 외부에서 벌어지는 6·25전쟁에 대해 전혀 알지 못해. 그러던 중 남한군과 북한군이 우연히 동막골에 들어오게 되고, 이들은 적대적인 대치 상황에 놓이게 돼.

하지만 동막골 사람들의 순수함 덕분에 상황은 달라져. 군인들은 동막골 사람들과의 상호작용을 통해 서로를 이해하게 되고, 대립이 점점 희미해져 가. 형, 동생, 친구가 되는 유대감이 생기면서, 전쟁의 참혹함보다 인간의 따뜻한 정이 더 중요하다는 메시지를 전해. 이렇게 작품은 전쟁의 비극을 다루면서도 평화롭고 공동체적인 유대가 얼마나 소중한지를 보여줘.

결국 『웰컴 투 동막골』은 우리가 살아가는 세상이 동막골처럼 평화롭고 서로 공감할 수 있는 공간이 되기를 바라는 소망을 담고 있어. 전쟁의 아픔을 잊지 않게 하고, 사랑과 이해의 중요성을 일깨우는 작품이라서 꼭 한 번 봐야 해. 이 이야기는 인간애와 평화의 가치에 대해 깊이 생각하게 만들어줘.

전쟁의 아픔을 넘어, 화합의 메시지를 전하는 극작가 장진

장진은 한국의 대표 극작가이자 영화감독으로, 1962년 서울에서 태어나 서울예술대학교 연극학과를 졸업했어. 졸업 후 그는 다양한 무대에서 활동하며 독창적인 작품 세계를 만들어왔지. 장진은 인간의 감정과 사회적 이슈를 깊이 있게 다루는 작품으로 유명하고, 그의 대표작 중 하나인『웰컴 투 동막골』은 2004년 초연되어 큰 화제를 모았어. 이 이야기는 한국 전쟁을 배경으로 하고, 전쟁의 비극 속에서도 인간의 따뜻한 정과 연대의 중요성을 강조해. 작품은 동막골이라는 이상적인 공간을 통해 갈등과 대립을 넘어서 화합의 메시지를 전달하고, 관객들에게 깊은 감동을 줘.

장진은 이 작품을 통해 전쟁의 아픔을 잊지 않게 하고, 평화의 소중함을 일깨우는 데 기여했지. 그는 연극뿐만 아니라 영화와 방송에서도 활발히 활동하며, 여러 작품에서 각본과 연출을 맡고 있어. 장진의 독특한 유머와 뛰어난 이야기 구성력은 많은 사랑을 받은 작가야. 그의 작품은 단순한 오락을 넘어, 관객에게 깊은 사유를 불러일으키고 사회적 메시지를 전달하는 데 중점을 두고 있어. 장진은 또한 후배 극작가와 영화인들에게 큰 영향을 미치며, 한국 문화계에서 중요한 위치를 차지하고 있어. 그의 작품은 국내외에서 인정받으며, 한국의 현대 연극과 영화의 발전에 기여하고 있지. 장진의 예술적 열정과 창의성은 앞으로도 많은 이들에게 영감을 줄 것으로 기대돼 .

줄거리를 꼭 알아야 해요

미군 조종사 스미스가 동막골에 추락하면서 사건이 시작된다. 곧이어 국군과 인민군 일행이 동막골로 들어오고, 이들은 전쟁의 참혹함을 모르고 순수하게 살아가는 동막골 주민들과 마주하게 된다. 군인들은 동막골 사람들의 따뜻한 정을 경험하며 서로 친밀하게 지내게 되고, 전쟁의 대립이 잊히는 듯한 분위기가 형성된다.

하지만 상황이 급변한다. 동막골에 추락한 미군기가 적군에 의해 폭격됐다고 오인한 연합군이 마을을 집중 폭격하기로 결정한다. 이 사실을 알게 된 국군과 인민군은 동막골을 지키기 위해 협력하기로 한다. 그들은 동막골과는 다른 위치에 가짜 적군 기지를 만들어 연합군의 폭격을 유도하고, 자신들은 그곳에서 죽음을 맞이하게 된다. 이 과정에서 전쟁의 비극과 인간의 희생정신이 드러나며, 동막골 주민들과 군인들 사이의 깊은 유대감이 강조된다. 결국, 이 작품은 전쟁 속에서도 인간의 따뜻한 정과 희망을 전하는 감동적인 이야기로 마무리된다.

 '생기부 세특' 깊이 파악하기

동막골: 이상적 공동체의 상징과 화합의 공간

동막골은 1950년 6·25 전쟁 이후 갈등과 긴장 상태에 있는 한반도를 배경으로 현실에 존재하지 않는 이상적 공간을 제시한다. 이곳은 순박한 사람들이 사는 공동체로, 서로를 인간적인 태도로 대하며 평등하게 대화하는 모습을 보여준다. 동막골에서는 누구도 소외되거나 대립하지 않으며, 모든 주민이 함께 어우러져 살아가는 따뜻한 환경을 형성한다. 또한, 이념과 사상이 존재하지 않는 순수한 공간으로, 민족의 대립과 갈등이 사라지는 화해의 장소로 기능한다. 환상적인 영상과 소재들로 표현된 동막골은 현실에 없는 이상적인 모습을 보이지만, 우리가 추구해야 할 가치와 방향성을 상징한다. 이 공간은 화합과 평화를 이루기 위한 길로 나아가자는 메시지를 담고 있으며, 서로 다른 이념과 배경을 가진 사람들 간의 이해와 연대를 강조한다. 따라서 동막골은 전쟁의 상처를 치유하고, 인간애와 공동체의 소중함을 일깨우는 공간이다.

『웰컴 투 동막골』의 소품 분석: 갈등과 화해의 상징들

『웰컴 투 동막골』에서 사용되는 다양한 소품들은 작품의 전개와 인물 간의 관계를 더욱 풍부하게 만든다. 평상은 국군과 인민군 사이의 완충 기능을 하여, 이들이 대립하는 상황 속에서도 잠시나마 대화를 나누고 인간적인 관계를 형성할 수 있는 공간을 제공한다. 이를 통해 관객은 두 군인 그룹 간의 갈등이 단순한 적대감이 아님을 이해하게 된다.

총은 인물들 사이의 갈등 상황을 부각시키는 역할을 한다. 무기의 존재는 전쟁이라는 상황의 긴박함을 상징하며, 인물들 간의 긴장감이 고조되는 순간을 더욱 극적으로 표현한다. 수류탄 또한 긴장감을 높이는 중요한 소품으로, 언제 폭발할지 모르는 상황은 관객에게 불안감을 조성한다. 멧돼지는 외부인의 존재가 마을을 위기로 몰아넣을 수 있음을 암시하는 상징적 요소로 작용한다. 동막골의 평화로운 공간이 외부 세력에 의해 위협받을 수 있음을 보여주며, 전쟁의 불안정성을 드러낸다. 마지막으로, 팝콘 비는 긴장 관계를 변화시키는 소품으로, 군인들이 동막골 사람들과의 유대감을 느끼고 서로를 이해하는 계기를 마련한다.

원작과 희곡의 차이점

『웰컴 투 동막골』의 원작 희곡과 시나리오는 몇 가지 공통점과 차이점을 지닌다. 두 형식 모두 지시문을 통해 마을에 모인 인물들의 행동과 심리를 설명하며, 국군이 인민군보다 먼저 마을에 들어와 있는 상황이 설정되어 있다. 이를 통해 관객은 등장인물 간의 갈등을 이해하고, 이야기를 쉽게 따라갈 수 있다. 하지만 두 형식 간에는 뚜렷한 차이점이 존재한다. 원작 희곡에서는 인민군이 처음부터 수류탄을 들고 국군을 위협하며 긴장감을 부각시키는 반면, 시나리오에서는 인민군이 처음에는 빈총으로 위협하다가 나중에 수류탄을 뽑아 든다. 이러한 차이점들은 각각의 형식이 어떻게 이야기를 전달하는지를 보여주며, 작품의 긴장감과 드라마틱한 요소를 다르게 표현한다.

인물에 대해 살펴볼까요

치성: 인민군 중대장으로서 책임감이 강한 인물이다. 전투 상황에서도 결단력을 발휘하며, 부하들을 잘 이끌어 가는 모습을 보인다.

현철: 국군 소위로, 단호하고 냉정한 성격을 지닌 인물이다. 희생정신이 강하며, 동료애를 중시해 전우들을 위해 헌신하는 모습이 돋보인다.

영희: 인민군 하사로, 넉살이 좋고 솔직한 성격을 가진 인물이다. 그의 유머러스한 말투는 긴장된 상황에서도 웃음을 자아낸다.

택기: 인민군 소년병으로, 처음에는 적대적인 태도를 보이지만, 따뜻하고 묵묵한

성격으로 동료들에게 신뢰를 주는 인물이다.

이연: 지적 능력이 떨어지지만 천진난만한 행동으로 대립하는 국군과 인민군 사이의 갈등을 완화시키는 역할을 한다.

촌장: 차분하고 온화한 성품으로 마을 사람들을 다독이며, 문제 해결을 위해 노력하는 지혜로운 리더이다.

석용: 상황을 이해하지 못하고 눈치가 없는 인물로, 순박하고 배려심이 깊어 주변 사람들에게 따뜻한 감정을 전한다.

구성 정리

발단	강원도 산골 마을 동막골에 미군 조종사가 추락한다. 이 사건은 마을의 평화로운 일상을 깨트리는 계기가 된다.
전개	마을에 국군과 인민군 낙오자가 들어와 서로 대립하게 된다. 이들은 전쟁의 적대감 속에서도 동막골 주민들과 마주하게 된다.
절정	마을의 곡간이 폭발하는 사건이 발생한다. 이를 계기로 마을에 머물던 국군과 인민군은 차츰 주민들에게 동화되고, 서로 친밀감을 느끼기 시작한다.
하강	추락한 비행기가 적군에 의해 폭격됐다고 오인한 연합군이 마을을 집중 폭격하기로 결정한다. 이를 알게 된 국군과 인민군은 동막골을 지키기 위해 협력하여 작전을 짜게 된다.
대단원	동막골이 아닌 다른 위치로 연합군의 폭격을 유도하여 마을을 구하게 된다. 국군과 인민군 일행은 그곳에서 함께 죽음을 맞이하며 희생의 의미를 새긴다.

제재 정리

갈래	시나리오
성격	상징적, 환상적, 희극적, 낭만적, 우의적
배경	6·25 전쟁 중, 강원도 동막골
주제	이념 대립을 넘어선 순수한 인간애와 희생정
특징	• 남북한의 대치 상황을 상징적으로 드러냄 • 이념 대립의 문제를 인간애적 시점에서 다룸 • 동막골의 순수함을 표현하기 위해 환상적이고 동화적인 소재를 사용함 • 동막골 사람들의 순수한 모습을 해학적으로 표현함

'생기부 세특' 보고서, 글쓰기 주제 가이드

EBS 수능특강에 빈번히 출제되고 있어요

『웰컴 투 동막골』은 전쟁과 평화, 인간애의 중요성 및 갈등 해결의 필요성을 주제로 한다. 주요 인물들은 갈등을 통해 성격 변화와 사회적 메시지를 전달하며, 극적 요소는 구성과 전개 방식에서 동화적 요소를 통해 전쟁을 희화화한다. 동막골은 이상적 공동체를 상징하며 현대 사회와의 연관성을 드러내고, 장진의 언어 사용은 전쟁 상황을 극복하는 힘을 상징한다. 이러한 내용들을 바탕으로 작품의 깊이 있는 이해가 중요하다.

※ 진로학과에 따라 '세특' 주제 접근 방향이 달라요

	관련학과: **연극영화학과/미디어학과**	출제 빈도: ●●●●
①	『웰컴 투 동막골』에서 동화적인 요소가 전쟁의 비극을 어떻게 희화화하는지를 탐구하고, 이 희화화가 관객의 감정적 반응에 미치는 영향을 분석해 보자.	
②	이 작품의 인물 간 갈등이 한국 전쟁의 문학적 표현에 어떻게 기여하는지 연구하고, 그로 인해 형성된 사회적 고찰을 탐구해 보자.	
③	작품 속 인물들의 심리적 변화 과정을 탐구하고, 이 변화가 전쟁 후 개인의 회복력에 어떤 영향을 미치는지를 분석해 보자.	
④	장진의 연출 스타일이 현대 연극에 미친 영향을 연구하고, 이 스타일이 어떻게 사회적 메시지를 진달하는 데 기여하는지를 탐구해 보자.	
⑤	『웰컴 투 동막골』이 미디어 콘텐츠에서 전쟁의 비극을 어떻게 표현하는지를 탐구하고, 이 표현이 대중의 인식에 미치는 영향을 분석해 보자.	

	관련학과: **의학**	출제 빈도: ●●●●
①	전쟁이 인간의 정신 건강에 미치는 영향을 탐구하고, 이 영향이 현대 사회의 정신 건강 관리에 어떤 시사점을 주는지를 연구해 보자.	
②	『웰컴 투 동막골』에서 인간애가 치유에 미치는 영향을 연구하고, 이 영향을 현대 사회의 정신 치료 방법에 어떻게 적용할 수 있는지를 탐구해 보자.	

③	전쟁 후 심리적 트라우마 치료 방법을 탐구하고, 이 방법이 현대 사회의 정신 건강 회복에 어떤 기여를 할 수 있는지를 연구해 보자.
④	작품 속 인물들의 심리적 회복 과정을 연구하고, 이 과정이 현대 사회에서의 회복력 형성에 어떻게 연결될 수 있는지를 탐구해 보자..
⑤	전쟁 속에서의 인간 관계가 건강에 미치는 영향을 연구하고, 이 영향이 현대 사회의 관계 회복에 어떤 교훈을 주는지를 탐구해 보자.
⑥	인간애가 심리적 치유에 미치는 영향을 연구하고, 이 치유가 현대 사회에서의 관계 회복에 어떻게 기여할 수 있는지를 탐구해 보자.
⑦	동막골 주민들의 심리적 안정성을 분석하고, 이 안정성이 현대 사회에서의 공동체 형성에 어떤 영향을 미치는지를 연구해 보자.

🌐	관련학과: 정치학	출제 빈도: ●●●●

①	남북한 대치 상황이 극복될 수 있는 방법을 탐구하고, 『웰컴 투 동막골』이 제시하는 연대의 중요성을 현대 정치에 어떻게 반영할 수 있는지를 연구해 보자.
②	작품 속 인물들이 보여주는 정치적 연대의 의미를 연구하고, 이 연대가 현대 사회에서의 정치적 통합에 어떤 기여를 할 수 있는지를 탐구해 보자.
③	전쟁의 비극을 통해 평화의 중요성을 탐구하고, 이 메시지가 현대 정치 담론에서 어떻게 활용될 수 있는지를 연구해 보자.
④	동막골의 공동체가 정치적 이상으로서 어떤 의미를 가지는지 연구하고, 이 이상이 현재 사회에서 어떻게 실현될 수 있는지를 탐구해 보자.
⑤	이념 대립이 개인의 삶에 미치는 영향을 탐구하고, 이로 인해 발생하는 사회적 갈등의 해소 방안을 제시해 보자.
⑥	『웰컴 투 동막골』이 현대 정치 담론에 미치는 영향을 연구하고, 이 작품이 제시하는 교훈이 어떤 정치적 실천으로 이어질 수 있는지를 분석해 보자.
⑦	전쟁 후 사회 통합의 필요성을 탐구하고, 이 통합이 동막골의 공동체 정신에서 어떤 영감을 받을 수 있는지를 연구해 보자.
⑧	작품 속 인물들이 제시하는 정치적 메시지를 분석하고, 이 메시지가 현재의 정치적 갈등 해소에 어떻게 기여할 수 있는지를 탐구해 보자.

❖ 같이 읽으면 좋은 책

이문열 『무기여 잘 있거라』, 정유정 『내 마음의 지도』

EBS 수능특강 출제

생각하며 읽어요

김정한의 『모래톱 이야기』는 일제 시대부터 1960년대까지의 시간을 배경으로 하고, 소외 지대인 '조마이 섬'을 공간적 배경으로 삼아 소외된 인간의 비참한 삶과 부조리한 현실에 대한 저항을 주제로 하고 있어. 이 작품은 몇 가지 특징을 지니고 있어. 첫째, 농민 문학의 한 전형이야. '조마이 섬'을 배경으로 비뚤어진 시대에 항의하고 서민의 고난을 증언하는 작품이지. 내 땅을 부당하게 빼앗고 섬을 집어삼키려는 유력자에게 저항하는 농민의 항의가 그려져 있어. 김정한은 농촌 현실을 깊이 있게 다루며 고발하는 작가 정신을 보여주고 있어. 둘째, 행동 문학의 속성을 지니고 있어. 갈밭새 영감이 유력자의 하수인을 강에 집어 던지는 장면이 절정인데, 이는 자신의 삶을 되찾으려는 행동으로, '자기 희생을 통한 자유'를 선택한 거야. 이처럼 행동성을 잘 보여주는 작품이지. 셋째, 리얼리즘 문학의 전형이야. 작가는 낙동강 유역의 곤궁한 삶을 사실적으로 그리며, 소외인들의 가슴 아픈 사연을 전달해. 하지만 단순히 현상을 그리는 것이 아니라, 비리와 권력에 대항하는 정의로운 인간형을 보여주고 있어. 이 작품은 생존권을 보호하려는 현실적인 휴먼 드라마로 평가받고 있는 작품이야.

또한, 김정한은 작품을 통해 인간의 존엄성과 생명에 대한 깊은 성찰을 담아내고 있어. 그는 소외된 이들의 목소리를 대변하며, 그들의 고통과 희망을 진솔하게 그려내고 있어. 이러한 점에서 『모래톱 이야기』는 단순한 문학 작품을 넘어 사회적 메시지를 전달하는 중요한 역할을 하고 있어. 독자들은 이 작품을 통해 당시 사회의 부조리와 불합리함을 인식하게 되고, 그로 인해 인간의 연대와 저항의 필요성을 느끼게 돼. 김정한의 문학은 시대를 초월한 공감과 이해를 이끌어내며, 오늘날에도 여전히 많은 이들에게 영향을 미치고 있어.

김정한: 역사와 삶을 엮어낸 민중의 목소리를 낸 작가

작가 김정한(호: 요산)은 1908년에 태어나 1928년 동래고등보통학교를 졸업한 후 일본 와세다대학교 부속 제일 고등 학원 문과를 중퇴했어. 1932년에는 농민봉기 사건에 연루되어 투옥되었고, 이후 부산대학교 교수와 부산일보 논설위원으로 활동했지. 1936년에 일제강점기의 궁핍한 농촌 현실과 친일파 승려들의 잔혹함을 그린 '사하촌'으로 등단했어. 부산일보에서 논설위원으로 활동하면서 작품 발표가 적었던 시기를 지나, 1966년에 『모래톱 이야기』로 문단에 복귀했어. 그 후 '축생도', '수라도', '인생 단지' 같은 작품을 통해 낙동강 일대의 민중의 목소리를 생생하게 담아내며 한국 문학의 새로운 물줄기를 형성했지.

김정한의 문학적 특징은 역사를 단순한 과거의 사건으로 보지 않고 현재와 밀접하게 연결해서 이해하는 거야. 그는 토속적인 배경과 요소를 중시하고, 지역의 삶을 바탕으로 한 실질적인 이야기들을 통해 독자에게 깊은 감동을 주고자 했어. 『모래톱 이야기』는 일제강점기와 그 이후의 사회적 현실을 배경으로 하여 농민들이 겪는 고통과 희망을 조명하는 데 중점을 둬. 김정한은 자신의 경험과 지역 사회의 현실을 바탕으로 그 시대 사람들의 목소리를 전달하려했고, 이 작품은 지금도 여전히 유효한 메시지를 담고 있어. 그의 문학은 단순한 서사에 그치지 않고, 독자들에게 깊은 사유를 불러일으키며, 한국 문학의 중요한 기초를 다지는 데 기여했지.

김정한의 작품은 시대를 초월한 공감과 이해를 이끌어내며, 오늘날에도 여전히 많은 이들에게 영향을 미치고 있어. 특히, 그의 글은 사회적 불평등과 인간의 고통을 진지하게 다루며, 독자들에게 현실을 직시하게 만드는 힘이 있어. 그는 문학을 통해 사람들의 삶을 깊이 있게 탐구하고, 그 속에서 인간의 본질과 사회의 모순을 드러내는 데 주력했어. 이러한 점에서 김정한은 한국 문학사에서 중요한 위치를 차지하며, 그의 작품은 후대 작가들에게도 큰 영감을 주고 있어.

줄거리를 꼭 알아야 해요

K중학교 교사인 '나'는 나룻배로 통학하는 건우의 삶에 관심을 가지게 된다. 건우의 글을 통해 그가 사는 조마이 섬이 소유자가 바뀌고 있다는 사실을 알게 된다. 가정 방문을 위해 조마이 섬을 찾은 날, 깔끔한 집안과 예절 바른 건우 어머니의 태도에서 범상치 않은 집안이라는 인상을 받는다. 건우의 일기를 통해 섬의 역사와 현재를 알게 되며, 섬은 일제 강점기에는 동척의 소유였고, 해방 후 니훤지 수용소로 변했다는 것을 깨닫는다. 윤춘삼 영감은 이러한 변화에 반대하다가 '빨갱이'라는 누명을 쓰기도 했다.

후에 한 국회의원이 간척 사업을 통해 섬을 자신의 소유로 만들고, 건우네 가족은 선비 가문의 후손임에도 불구하고 땅이 없다. 아버지는 6·25 전쟁에 전사하고, 삼촌은 삼치잡이 중 사망했다. 할아버지 갈밭새 영감의 몇 푼 벌이로 겨우 생계를 유지하는 상황이다. 돌아오는 길에 '나'는 윤춘삼 씨를 만나 그들의 이야기를 듣고, 홍수로 인해 섬이 위기에 처하게 된다. 주민들은 둑을 허물어 위험을 피하려 하지만, 유력자의 하수인들이 방해한다. 화가 난 갈밭새 영감은 한 명을 탁류에 던지게 되고, 결국 살인죄로 투옥된다. 2학기가 시작되었지만 건우는 학교에 나타나지 않으며, 황폐한 조마이 섬은 군대가 정지한다는 소문이 돌기 시작한다.

조마이섬, 고난과 저항의 상징

조마이섬은 김정한의 소설『모래톱 이야기』에서 단순한 공간적 배경을 넘어, 소외와 고난의 상징으로 작용한다. 이 섬은 수차례에 걸쳐 소유권이 바뀌며, 한국 사회의 부조리한 현실을 압축적으로 보여준다. 일제 강점기와 해방 후의 사회적 변화를 겪는 조마이섬은 주민들의 삶이 어떻게 변화했는지를 드러내는 중요한 장소다. 외부 세력에 의해 소유권이 변화하면서 주민들은 땅을 잃고, 그 과정에서 권력의 부조리와 불합리를 체험하게 된다.

또한, 조마이섬은 농민들의 고난과 저항의 상징으로 작용한다. 주민들은 생존권을 지키기 위해 싸우지만, 그 과정에서 겪는 아픔과 희생이 강조된다. 갈밭새 영감의 행동은 이러한 저항의 상징으로, 섬을 지키기 위한 그의 몸짓은 단순한 개인의 갈등을 넘어 집단의 저항을 의미한다. 이는 농민들이 공동체의 힘을 통해 고난에 맞서 싸우는 모습을 보여준다.

결국, 조마이섬은 김정한이 그린 농민 문학의 핵심 공간으로, 소외된 이들의 고난과 저항을 통해 한국 사회의 복잡한 현실을 반영한다. 이 섬을 통해 독자는 민중의 목소리와 그들의 역사적 아픔을 깊이 이해하게 된다. 조마이섬은 단순한 지리적 공간이 아니라, 사회적 현실을 반영하는 중요한 상징으로 자리 잡고 있다.

리얼리즘과 휴먼 드라마의 만남

『모래톱 이야기』는 리얼리즘 문학의 전형을 보여주는 작품이다. 이 소설은 낙동강 유역의 곤궁한 삶과 주민들이 겪는 비극적인 사연을 사실적으로 그린다. 작가는 단순히 현실을 나열하는 것이 아니라, 소외된 이들의 고통과 그들이 처한 사회적 부조리를 심도 있게 탐구한다.

특히, 현실 세계의 비리와 비도덕적 권력에 대항하는 인물들을 통해 저항의 중요성을 강조한다. 갈밭새 영감과 같은 인물들은 단순한 피해자가 아니라, 정의를 위해 싸우는 주체로 그려진다. 이러한 점에서 이 작품은 생존권을 보호하려는 인간의 의지를 드라마틱하게 표현한다.

『모래톱 이야기』는 고난에 맞서 싸우는 개인과 공동체의 모습을 통해, 인간의 존엄성과 정의를 수호하려는 현실적인 휴먼 드라마로서의 가치가 드러난다. 이처럼, 작품은 리얼리즘 문학으로서의 깊이와 함께, 인간 존재의 본질을 탐구하는 중요한 의미를 지닌다.

조마이섬의 기억: 관찰자와의 감정적 연결(서술상특징)

이 소설에서 '나'라는 인물은 관찰자의 시각과 개인적인 기억을 통해 이야기를 전개한다. 이러한 서술 방식은 독자에게 더욱 몰입할 수 있는 요소로 작용한다. '나'의 관찰자는 조마이섬 사람들의 삶을 생생하게 포착하며, 그들의 고난과 저항을 사실적으로 전달한다. 이 과정에서 독자는 '나'와 함께 사건을 목격하고, 그들의 아픔을 공유하는 듯한 느낌을 받는다.

또한, '나'의 개인적인 기억이 더해지면서 이야기는 더욱 깊이감 있게 전개된다. 과거의 경험을 회상하는 방식은 독자에게 시간의 흐름을 느끼게 하고, 그 속에서 잊혀진 진실을 되살리는 역할을 한다. 이러한 회상은 단순한 서술을 넘어, 감정적인 연결을 강화하며 독자가 인물들의 상황에 더욱 공감하게 만든다. '나'라는 인물의 다층적인 시각은 독자가 조마이섬 사람들의 삶을 이해하고, 그들의 역사적 아픔을 깊이 있게 느낄 수 있도록 돕는다. 이러한 서술 특징은 작품의 몰입도를 높이고, 독자에게 강렬한 감정을 전달하는 중요한 요소로 작용한다.

인물에 대해 살펴볼까요

나: K중학교 교사로서 건우의 담임이자 소설가인 그는 작품의 관찰자로서 조마이섬 사람들의 이야기를 전하며, 그들의 고난을 깊이 이해하고자 한다.

건우: K중학교 학생으로 조마이섬에서 통학하는 그는 자신의 고향과 가족에 대한 애정이 깊으며, 소설 속에서 중요한 역할을 수행한다.

갈밭새 영감: 건우의 할아버지로서 외압에 억눌리지 않는 의지가 굳은 어민이다. 그는 조마이섬 주민들의 상징적인 인물로서 저항의 아이콘으로 자리잡고 있다.

건우 어머니: 건우의 홀어머니로서 정결하면서도 강한 인상을 주는 인물이다. 그녀는 아들을 위한 헌신과 사랑으로 가득 차 있으며, 가족의 지킴이 역할을 한다.

구성 정리

발단	'나'는 건우라는 소년에게 깊은 관심을 가지게 되어 그의 가정을 방문하며 조마이섬 사람들의 이야기를 듣기 시작한다.
전개	조마이섬 사람들은 비참한 삶을 살고 있으며, 윤춘삼 씨와 갈밭새 영감의 이야기를 통해 그들의 고난과 고통을 생생히 알게 된다.
위기 절정	조마이섬에 홍수가 덮치고, 갈밭새 영감은 주민들을 구하기 위해 유력자가 만든 둑을 허물며 살인죄를 저지르게 된다.
결말	폭풍우가 지나간 후, 조마이섬은 고요해지지만 주민들의 상처와 아픔은 여전히 남아 그들의 삶을 깊이 되새기게 한다.

제재 정리

갈래	단편 소설, 농촌 소설, 현실 참여 소설, 사실주의 소설
성격	사실적, 저항적, 현실 고발적
배경	일제 강점기부터 1960년대(낙동강 하류의 모래톱 마을 조마이섬)
시점	1인칭 관찰자 시점
주제	소외된 인간들의 비참한 삶과 부조리한 현실에 대한 저항 개발이란 명목으로 삶의 터전을 잃는 섬사람들의 저항

'생기부 세특' 보고서, 글쓰기 주제 가이드

EBS 수능특강에 빈번히 출제되고 있어요

김정한의 『모래톱 이야기』를 공부할 때는 등장인물 간의 갈등과 상징성을 깊이 이해하는 것이 중요하다. 주제의식과 작가의 의도를 파악하고, 이야기의 배경 및 시대적 맥락을 분석하는 것도 필수적이다. 또한, 문학적 장치와 서술 기법을 눈여겨보아야 하며, 조마이섬의 고난과 저항을 통해 드러나는 사회 비판적 요소를 강조하는 것이 필요하다.

※ 진로학과에 따라 '세특' 주제 접근 방향이 달라요

🌐	관련학과: 국어국문	출제 빈도: ●●●●●

①	김정한의 농민 문학에서 현대 사회의 농촌 문제를 어떻게 반영하는지 연구해 보자.
②	조마이섬의 상징이 현대 도시화와 소외 문제와 어떻게 연결되는지 분석해 보자.
③	갈밭새 영감의 저항이 개인의 정체성 형성에 미치는 심리적 의미를 연구해 보자.
④	김정한의 인간관이 현대 사회의 개인주의와 어떻게 대비되는지 탐구해 보자.
⑤	일제 강점기 문학에서의 저항 주제를 통해 현재의 사회적 저항 운동과 비교해 보자.
⑥	『모래톱 이야기』의 주제 의식이 현대 사회의 환경 문제와 어떻게 연결되는지 분석해 보자.
⑦	김정한의 문체가 전달하는 감정의 현대적 해석을 탐구해 보자.
⑧	이야기 속 인물 간의 갈등이 현대 사회의 세대 간 갈등과 어떻게 연결되는지 연구해 보자.
⑨	농촌 현실을 그린 작품들이 현대 사회의 도시화 과정에서 어떤 역할을 했는지 분석해 보자.
⑩	『모래톱 이야기』의 서술 방식이 독자의 감정 이입에 미치는 구체적인 영향을 탐구해 보자.

①	갈밭새 영감의 저항이 현대 사회에서의 시민 저항 운동에 어떻게 연결되는지 분석해 보자.
②	조마이섬 주민들의 저항을 현재의 정치적 맥락에서 해석하고 그 의미를 연구해 보자.
③	조마이섬 주민들의 삶을 통해 현대 사회의 경제적 불평등을 구체적으로 탐구해 보자.
④	갈밭새 영감의 저항이 공동체의 응집력에 미친 영향을 현대 사회와 연결해 분석해 보자.
⑤	갈밭새 영감의 저항이 개인의 심리적 회복력에 미치는 영향을 탐구해 보자.
⑥	『모래톱 이야기』의 인물들이 겪는 심리적 갈등을 현대 심리학 이론과 연결해 연구해 보자.
⑦	사회적 압박이 개인의 정신 및 정서적 건강에 미치는 영향을 탐구해 보자.
⑧	김정한의 작품에서 인물 간의 관계가 현대의 심리적 친밀감과 어떻게 연결되는지 분석해 보자.
⑨	역사적 사건이 개인의 심리에 미친 영향을 현대 심리학적 관점에서 분석해 보자.
⑩	작품 속 인물들의 심리적 변화 과정을 현대의 심리 치료와 연결해 연구해 보자.
⑪	문학에서 심리적 갈등이 드러나는 방식을 현대 사회의 갈등 사례를 통해 탐구해 보자.
⑫	조마이섬의 주민들이 겪는 건강 문제를 통해 현대 사회의 공공 보건 문제를 연구해 보자.
⑬	문학이 건강 문제를 어떻게 반영하는지 현대 사회의 건강 문제와 연결해 분석해 보자.
⑭	소외된 지역 사회에서의 건강 관리 방안을 현대의 사례를 통해 연구해 보자.
⑮	문학을 통한 사회적 건강 인식 개선 방안을 현대 사회의 의료 정책과 연결해 연구해 보자.

①	AI 기술을 활용한 환경 모니터링 시스템이 조마이섬의 환경 변화를 실시간으로 분석하고 주민들에게 정보를 제공함으로써, 지속 가능한 생활 방식을 제안하는 방안을 탐구해 보자.
②	AI 기반의 예측 모델이 기후 변화에 따른 자연 재해를 예측하고, 이를 통해 사회가 어떻게 대처할 수 있는지 분석함으로써, 미래 사회의 재난 관리 체계를 연구해 보자.
③	『모래톱 이야기』에서 환경 문제와 인간의 관계를 현대 생태학적 관점에서 분석해 보자.
④	생태학적 관점에서 조마이섬의 변화 과정을 현대의 지속 가능성 문제와 연결해 연구해 보자.
⑤	AI와 자동화 기술이 농업에 미치는 영향을 분석하고, 이러한 기술들이 농민의 삶을 어떻게 변화시키고 있는지를 탐구해 보자.
⑥	AI를 활용한 정책 분석 및 환경 정책의 효과성을 평가하는 방법을 통해, 김정한의 작품이 제기하는 문제들이 현대 정책에 어떻게 반영될 수 있는지를 연구해 보자.
⑦	사회적 변화와 환경 변화의 상관관계를 현대의 환경 위기와 연결해 탐구해 보자.
⑧	문학이 과학적 문제를 어떻게 제기하는지 현대 환경 문제의 사례를 통해 연구해 보자.
⑨	조마이섬의 생태계 변화를 과학적 관점에서 분석하고 현대의 생태 보존 방안을 제시해 보자.
⑩	환경 변화기 건강에 미치는 영향을 현대 의학적 연구와 연결해 탐구해 보자.

❖ 같이 읽으면 좋은 책

김정한 『사하촌』, 조정래 『아리랑』, 신경숙 『길 위에서』

EBS 수능특강 출제

생각하며 읽어요

이 작품은 『무량수전 배흘림기둥에 기대서서』라는 수필에 실린 글로, 연경당이라는 전통 건축물에 대한 작가의 경험과 사색을 담고 있어. 연경당은 그 자체로 문화재이며, 작가는 이곳에서 느끼는 청초함과 자연스러움, 조화로움, 수수함이 한국적인 아름다움과 깊은 연관이 있다고 해. 이러한 요소들은 연경당에 대한 작가의 애착을 더욱 강조하게 만들어. 작품은 한국 주택 문화를 성찰하는데, 특히 현대 사회가 남의 것만을 새롭고 아름답게 보는 경향을 비판하고 있어. 작가는 연경당과 같은 한국 주택이 품고 있는 아름다움을 현대에도 수용해야 한다는 점을 강조해. 연경당은 단순한 건축물이 아니라 한국의 전통과 정서를 담고 있는 공간으로, 그 의미가 매우 크지. 이 글은 전통문화의 가치를 재조명하고, 잊혀져가는 한국의 아름다움을 현대에 되살려야 한다는 메시지를 전달해. 연경당은 과거의 유물이 아니라 현재와 미래에도 중요한 의미를 지닌 공간으로 여겨져야 한다는 점을 부각시키지. 이 작품은 독자로 하여금 전통을 소중히 여기고 현대적인 아름다움을 발견하도록 하는 중요한 교훈을 준다고 할 수 있어.

한국 전통의 아름다움을 새롭게 발견한 미술가, 최순우

　최순우(崔淳雨, 1916년 4월 27일 ~ 1984년 12월 16일)는 한국의 미술사학자이자 작가로, 개성에서 태어났어. 본명은 희순(熙淳)이며, 순우는 그의 필명이야. 그는 1946년 국립개성박물관에서 일한 후, 서울국립박물관에서 여러 직책을 거치며 1974년 국립중앙박물관장에 취임했어. 그는 생명을 걸고 6·25 전쟁 중 소장 문화재를 안전하게 부산으로 운반했으며, 여러 차례 박물관의 개관과 이전에 큰 기여를 했지. 작가는 한국 미술의 이해와 보존에 크게 이바지하고, '한국미술2천년 전시'와 같은 많은 특별 전시를 주관했어. 그의 지론은 한국 미술이 자연 그대로일 때 가장 아름답다는 것이고, 이러한 생각은 그의 작품에서도 잘 드러나. 특히,『무량수전 배흘림기둥에 기대서서』라는 수필에서는 연경당이라는 전통 건축물에 대한 깊은 애착과 한국적인 아름다움을 성찰해. 그는 현대 사회가 남의 것만 새롭고 아름답게 보는 경향을 비판하며, 한국 주택의 아름다움을 현대에도 수용해야 한다고 강조해. 최순우는 한국 전통문화의 가치를 재조명하며, 잊혀가는 아름다움을 되살려야 한다는 중요한 메시지를 전달하고 있어. 또한, 그의 연구와 저작 활동은 한국 미술의 정체성을 확립하는 데 큰 영향을 미쳤고, 후배 미술사학자들에게도 귀중한 참고 자료로 여겨지고 있어. 그는 단순히 과거의 미술을 연구하는 데 그치지 않고, 오늘날의 문화적 맥락에서 한국 미술이 갖는 가치를 재조명하고, 이를 통해 미래에 대한 방향성을 제시하려 했어. 최순우의 작업은 한국 미술이 가지는 고유성을 존중하며, 이를 기반으로 새로운 미적 가치를 창출하는 데 중점을 두었어. 그의 미술과 문화에 대한 깊은 통찰은 많은 이들에게 영감을 주었으며, 현대에도 여전히 그 의미가 살아있어. 최순우의 사유는 단순한 미술비평을 넘어 한국의 문화적 자산에 대한 깊은 이해와 애정을 바탕으로 형성되어 있음을 알 수 있어. 이렇듯 그는 한국 미술사의 중요한 인물로 여겨지며, 그의 정신은 오늘날에도 많은 이들에게 울림을 주고 있어.

줄거리를 꼭 알아야 해요

연경당에 처음 발을 들였을 때, '나'는 그곳의 청초함과 자연스러움에 매료되었다. 이곳은 단순한 건축물이 아니라 조선의 전통과 문화를 간직한 공간임을 깊이 느꼈다. 그 평화로움은 한국적인 아름다움과 맞닿아 있다는 생각이 들었다. 연경당은 효명 세자가 아버지 순조에게 존호를 올리기 위해 1828년에 세운 건물로, 사대부의 살림집을 본떠 왕의 사랑채와 왕비의 안채로 구성되어 있다. 단청이 없는 점이 특징이며, 그 조화로운 구조는 한국적인 아름다움을 잘 드러낸다. '나'는 연경당이 단순히 과거의 유물이 아니라 현재에도 중요한 의미를 지닌 공간이라는 사실을 깨달았다. 고종 이후 외국 공사들을 접견하고 정치적 목적으로도 사용된 이 공간은 과거와 현재를 이어주는 다리와 같았다. 그러나 오늘날 우리 사회가 왜래 문화를 비판 없이 받아들이는 경향에 우려를 느끼게 되었다. 연경당과 같은 한국의 전통 주택이 품고 있는 아름다움을 현대에도 수용해야 한다는 생각이 들었다.

결국, 연경당은 한국의 주택 문화와 미의 상징으로서 전통문화의 가치를 재조명하고 현대에서도 그 의미를 되새겨야 한다는 메시지를 전달한다. '나'는 이를 통해 전통을 소중히 여기고, 현대적인 아름다움을 발견하라는 중요한 교훈을 얻었다. 연경당은 '나'에게 한국의 전통이 얼마나 귀중한지를 다시 한 번 일깨워주는 소중한 공간이 되었다.

연경당: 조선의 전통과 아름다움을 품은 공간

연경당은 1828년(순조 28)에 효명 세자가 아버지 순조에게 존호를 올리기 위해 창건한 전통 건축물로, 이름의 '연경(演慶)'은 경사스러운 행사를 연행한다는 뜻을 지닌다. 이 건물은 사대부의 살림집을 본떠 왕의 사랑채와 왕비의 안채로 구성되어 있으며, 궁궐의 다른 건물들과는 달리 단청이 없는 점이 특징이다. 사랑채와 안채는 분리되어 있지만 내부는 연결되어 있어 사대부 집의 전통적인 형태를 잘 반영한다.

연경당은 일반 민가의 99칸에 비해 120여 칸으로 규모가 크며, 서재인 선향재는 청나라풍 벽돌로 만들어졌고, 동판을 씌운 지붕에 도르래식 차양이 설치되어 있다. 후원 높은 곳에는 농수정이 배치되어 있으며, 안채 뒤편에는 음식을 준비하던 반빗간이 있어 실용적인 구조를 갖춘다.

고종 이후 연경당은 외국 공사들을 접견하고 연회를 베푸는 등 정치적 목적으로도 이용되었다. 연경당은 단순한 건축물이 아니라 조선 시대의 전통과 문화를 담고 있는 중요한 공간으로, 역사적 의미가 깊은 유산으로 남아 있다. 이러한 특성들은 연경당이 한국 전통 건축의 아름다움과 기능성을 동시에 지니고 있음을 보여준다.

최순우의 「연경당」에서의 사회적 비판의식

최순우가 '연경당에서'에 제기하는 사회적 비판의식은 현대 사회의 중요한 주제를 포함한다. 그는 현대 사회가 왜래 문화를 무비판적으로 받아들이는 경향을 지적한다. 이러한 상황은 한국 전통문화의 소중함을 잊게 만든다고 우려한다. 이는 결국 한국 고유의 문화 가치가 퇴색하고, 외부 문화에 지나치게 의존하는 결과를 초래할 수 있다.

특히 젊은 세대가 이러한 경향에서 벗어나지 못한다면, 한국 전통이 왜곡되거나 소외되는 문제도 발생할 수 있다. 이러한 이유로 최순우는 우리 사회가 왜래 문화를 수용하는 과정에서 반드시 비판적으로 접근해야 한다고 강조한다. 그는 외부 문화의 매력을 느끼는 동시에 자신의 문화적 뿌리를 돌아보는 것이 얼마나 중요한지를 일깨운다. 최순우의 경고는 우리에게 전통과 현대를 균형 있게 바라보면서 한국 문화를 소중히 여길 것을 촉구한다. 우리는 전통을 잃지 않으면서도 현대적인 아름다움을 발견하는 노력을 해야 한다. 이를 통해 우리의 정체성을 더욱 확고히 할 수 있다.

구성 정리

처음	연경당의 자연스러움과 조화미
중간 1	가을 연경당의 수수한 아름다움과 연경당에 대한 애착
중간 2	한국 주택 문화에 대한 성찰과 연경당의 가치
끝	비원 깊숙한 숲속 연경당의 모습

제재 정리

갈래	수필
성격	예찬적, 묘사적, 비판적
배경	연경당에서 느껴지는 한국적 아름다움과 그 문화적 가치
주제	• 사색적, 비유적 표현, 열거, 설의법을 활용해 연경당을 예찬함 • 색채이미지를 활용해 글쓴이가 경험한 상황을 묘사함 • 계절감을 드러내고 의인화된 표현으로 건축물의 수수한 분위기를 연출함

'생기부 세특' 보고서, 글쓰기 주제 가이드

EBS 수능특강에 빈번히 출제되고 있어요

최순우의 『연경당에서』 출제포인트는 전통문화의 중요성, 현대 사회에서의 비판적 접근, 외부 문화 수용의 위험성, 연경당의 상징성 등이다. 이러한 주제를 바탕으로 전통과 현대의 조화를 논의하고, 한국 정체성의 가치를 재조명하는 것이 핵심이다.

※ 진로학과에 따라 '세특' 주제 접근 방향이 달라요

🌐	관련학과: 건축학과/토목학과	출제 빈도: ●●●●

①	연경당의 디자인과 구조가 현대 한국 건축에 미치는 영향을 분석하고, 이를 통해 한국 전통 건축의 지속 가능성을 제고할 방안을 모색해 보자.
②	전통 건축의 공간 활용과 자연 친화적 요소가 현대 건축 설계에서 어떻게 재해석될 수 있는지, 특히 기후 변화에 대한 대응 방안을 중심으로 탐구해 보자.
③	연경당의 구조적 요소가 현대의 지속 가능한 건축 설계에 어떻게 기여할 수 있는지를 연구하고, 이를 바탕으로 친환경 건축의 미래 방향을 제시해 보자.
④	연경당이 지닌 생태적 요소와 자연 경관이 현대 건축에서 어떻게 활용될 수 있는지를 탐구하고, 생태적 지속 가능성을 증진히는 방안을 모색해 보자.
⑤	도시 재생 프로젝트에서 연경당과 같은 전통 건축물이 어떻게 활용될 수 있는지를 연구하고, 문화유산 보호의 중요성을 강조해 보자.
⑥	연경당의 디자인이 현대 사회의 문화적 정체성에 어떻게 기여하는지를 탐구하고, 이를 통해 지역 사회의 문화적 연대를 강화하는 방안을 제안해 보자.
⑦	연경당의 미적 요소를 현대 건축 교육에 통합하여, 미래 세대의 건축가들에게 전통과 현대의 조화를 가르치는 방안을 모색해 보자.
⑧	연경당이 관광 산업에 미치는 경제적, 문화적 영향을 분석하고, 이를 통해 지속 가능한 관광 모델을 제안해 보자.
⑨	연경당의 복원 사례를 통해 현대 기술이 전통 건축 복원에 어떻게 기여할 수 있는지를 탐구하고, 디지털 기술의 활용 방안을 제시해 보자.

🌐	관련학과: **예술/미술분야**	출제 빈도: ●●●●●

①	AI가 연경당과 같은 전통 문화 요소를 바탕으로 창작한 현대 미술 작품을 분석하고, 그 예술적 가치를 평가해 보자.
②	연경당의 미적 요소가 현대 예술 작품에 어떻게 영감을 주는지를 연구하고, 이를 통해 예술적 창작의 다양성을 제시해 보자.
③	AI 도구가 전통적 미술 기법과 현대적 해석을 어떻게 융합하는지를 탐구하고, 창작의 다양성을 증진시키는 방안을 제시해 보자.
④	연경당과 같은 전통 문화 요소를 AI 교육 프로그램에 통합하여, 학생들이 전통을 이해하고 표현하는 방법을 제시하고, AI가 현대 예술에서 전통 문화 요소를 재해석하는 방식과 그 의미를 탐구해 보자.
⑤	연경당의 문화적 가치를 현대 예술 교육에 통합하여, 학생들이 자신의 정체성을 어떻게 구축할 수 있는지를 연구해 보자.
⑥	한국 전통문화의 요소들이 현대 예술, 문학, 패션 등에 어떻게 융합되며 새로운 형태로 재창조되는지를 분석하고, 이 과정에서 전통의 의미가 어떻게 변하는지를 탐구해 보자.
⑦	전통 공예 기법과 AI 기술이 결합하여 새로운 제작 방식과 디자인을 어떻게 창출하는지를 탐구하고, 그 결과로 나타나는 미적 가치와 사회적 반응을 분석해 보자.

🌐	관련학과: **역사학과**	출제 빈도: ●●●●●

①	한국 전통문화가 현대 사회에서 어떻게 변형되고 재창조되는지를 분석하여, 역사적 맥락에서 전통과 현대가 어떻게 상호작용하고 있는지를 고찰해 보자.
②	외부 문화가 한국 전통문화에 미친 역사적 영향과 그로 인해 발생한 갈등 및 융합 과정을 분석하여, 현대 사회에서의 문화적 다양성에 대해 탐구해 보자.
③	연경당의 건축 양식과 설계가 조선 사회의 계층 구조와 문화적 가치에 어떻게 반영되었는지를 분석하여, 당시의 사회적 상황과 문화적 배경을 깊이 있게 연구해 보자.
④	연경당의 문화적 가치와 조선시대의 정체성이 현대 사회에서 어떻게 변형되고 재해석되는지를 분석하여, 문화유산이 현대 사회에 미치는 영향을 탐구해 보자.

⑤	한국 전통문화가 현대 사회에서 어떻게 변형되고 재창조되는지를 분석하여, 역사적 맥락에서 전통과 현대가 어떻게 상호작용하고 있는지를 고찰해 보자.
⑥	외부 문화의 유입이 한국 전통문화에 미친 영향을 역사적으로 고찰하고, 이를 통해 현대 사회에서의 문화적 갈등과 융합 현상을 분석해 보자.

🌐	관련학과: AI/과학	출제 빈도: ●●●●●

①	AI 기술이 전통문화 유산의 보존 및 복원 과정에서 어떻게 활용되고 있는지를 분석하고, 이를 통해 문화유산 보호의 새로운 방향성을 제시해 보자.
②	AI를 활용한 교육 프로그램이 전통문화의 이해와 보존에 어떻게 기여할 수 있는지를 분석하고, 그 효과를 평가해 보자.
③	AI가 전통 예술, 음악, 문학 등에서 전통 요소를 어떻게 재구성하고 변형하는지를 연구하여, 전통문화와 현대 기술의 융합 과정을 분석해 보자.
④	연경당과 같은 전통 건축 요소가 AI 기술을 통해 현대 건축 설계에 어떻게 활용되는지를 살펴보고, 그 결과로 나타나는 미적 가치와 실용성을 분석해 보자.
⑤	AI 기술을 활용한 시각화 도구가 전통 문화 콘텐츠를 현대적으로 재구성하여 어떻게 전달되는지를 분석하고, 이를 통해 전통 문화의 접근성을 높이는 방안을 탐구해 보자.

❖ 같이 읽으면 좋은 책

오정희 『바람의 노래』, 박완서 『나의 사랑 나비』

26 | 단독강화
선우휘

EBS 수능특강 출제

생각하며 읽어요

『단독강화』는 극한 상황 속에서 이념의 대립을 넘어서는 민족애를 묘사한 작품이야. 주인공 선우희의 성장 이야기를 중심으로 전개되는데, 선우희는 여러 갈등과 시련을 겪으면서 주변 인물들과의 관계를 통해 진정한 민족의식을 회복해 나가. 그녀는 자신의 과거와 상처를 직면하고 이를 극복하기 위해 끊임없이 노력하는 모습을 보여줘. 이 과정에서 선우희는 다양한 인물들과의 교류를 통해 서로의 처지를 이해하고, 갈등을 극복해 나가는 데 중요한 역할을 해.

특히, 친구와의 우정, 사랑의 대상과의 관계, 그리고 가족과의 갈등은 선우희의 성장에 결정적인 영향을 미쳐. 친구와의 우정은 그녀에게 지지와 위로를 제공하고, 사랑의 대상과의 관계는 그녀가 감정적으로 성숙해지는 계기가 돼. 가족과의 갈등은 그녀가 자신의 정체성을 찾고, 민족적 뿌리를 되새기는 중요한 요소로 작용해. 마지막 부분에서는 선우희가 주변 사람들과 힘을 합쳐 어려운 상황에 맞서는 장면이 그려지는데, 이는 이념 대립을 초월하고 민족적 동질성을 회복하는 과정에서 서로를 지지하고 연대하는 중요성을 강조해.

이 이야기는 개인의 성장과 함께 공동체의 소중함, 그리고 민족애의 회복을 강하게 조명해. 극한 상황에서도 서로를 이해하고 함께 나아가는 것이 얼마나

202 ~~~~~~~~~~~~~~~~~~~~~~~~~~~~~~~

중요한지를 잘 보여주는 작품으로, 독자들에게 깊은 감동을 주고, 인간의 연대와 협력의 가치를 일깨워 줘. 선우휘의 여정을 통해 우리는 서로 다른 배경과 이념을 가진 사람들 간의 이해와 화합이 어떻게 이루어질 수 있는지를 고민하게 돼. 이러한 메시지는 오늘날에도 여전히 유효하고, 다양한 갈등 속에서 민족적 연대의 필요성을 다시 한번 생각하게 만드는 작품이야.

선우휘 작가의 문학 세계: 이념을 초월한 민족애의 서사를 보다

선우휘 작가는 평북 정주에서 태어나 경성사범학교 본과를 졸업했어. 고향에서 교사로 일하다가 1946년 해방 직후 월남해 조선일보 사회부 기자로 활동했지. 1949년에는 정훈장교로 입대했고, 1957년에는 육군대령으로 예편했어. 그의 문학적 경력은 1955년 우화적인 소품 「귀신」을 『신세계』에 발표하면서 시작되었고, 1957년 『문학예술』 신인특집에 당선된 「불꽃」으로 제2회 동인문학상을 수상하며 작가로서의 입지를 다졌어. 그의 대표작 중 하나인 『단독강화』는 극한 상황에서 이념의 대립을 초월하는 민족애를 통해 민족의식을 회복하는 두 병사의 이야기를 담고 있어. 수송기에서 떨어진 보급 식량을 나눠 먹던 두 병사는 서로가 적군임을 알게 되고 처음에는 적대감을 드러내지만, 동굴에서 하룻밤을 보내며 서로의 처지를 이해하게 돼. 결말에서 두 병사는 힘을 합쳐 중공군에 대항하는 장면을 통해 이념 대립을 극복하고 민족적 동질성을 회복해야 한다는 주제를 강조해. 특히 두 사람의 피가 엉기는 마지막 장면은 그들이 죽음을 통해 한 민족으로서의 유대감을 회복하는 모습을 상징적으로 보여줘. '단독 강화'라는 제목은 한 나라가 동맹국에서 이탈해 상대국과 단독으로 맺는 강화의 의미를 가지고 있는데, 이 작품에서는 두 병사의 상황을 빗대어 표현하고 있어. 선우휘 작가는 이데올로기의 대립이 빚어낸 갈등을 극복해 가는 모습을 통해 남과 북의 대립 해소 가능성을 모색한 작가야.

줄거리를 꼭 알아야 해요

국군 병사 양과 인민군 병사 장은 전투 중 무리에서 낙오되어 동굴에 숨게 된다. 그들은 미군이 떨어뜨린 식량을 나누어 먹으며 서로가 적군임을 알게 되고 긴장감을 느낀다. 그러나 동굴에서 하룻밤을 보내기로 약속하며 서로 해치지 않기로 결심한다. 양은 잠결에 장이 뒤척이는 것을 오해해 그를 때리지만, 곧 그것이 자신의 착각임을 깨닫고 미안함을 느낀다.

양은 순수한 장의 모습에 연민을 느끼고, 장은 양을 '형'이라 부르며 마음을 열어간다. 그들은 서로의 처지를 이해하며 우정을 쌓아가지만, 다음 날 아침 각자의 본대로 돌아가야 할 시간이 다가온다. 아쉬운 작별을 하던 중 중공군이 나타나고, 양과 장은 다시 전투에 휘말린다. 장은 양을 돕기 위해 돌아오고, 둘은 힘을 합쳐 중공군과 맞서 싸운다. 그러나 그들은 끝내 총격전에서 죽음을 맞이하게 되며, 죽음 속에서도 민족적 동질성을 회복하게 된다.

 ## '생기부 세특' 깊이 파악하기

『단독강화』의 의미

사전적 의미로는 한 나라가 동맹국에서 이탈하여 단독으로 상대국과 강화하는 상황을 뜻한다. 이는 종종 국가 간의 이념 대립이나 갈등을 나타내지만, 작품에서는 이를 개인의 관계로 확장하여 해석할 수 있다. 작품 속에서 『단독강화』는 남과 북의 전쟁 상황에서도 화합을 이루어낸 양과 장의 관계를 상징한다. 두 병사는 각각의 군인으로서 적대적인 입장에 있지만, 동굴에서의 공존을 통해 서로를 이해하고 동정심을 느끼게 된다. 이 과정에서 그들은 군인이 아닌 인간으로서의 본질을 드러내며, 서로의 처지를 존중하고 연대하는 모습을 보인다. 『단독강화』는 이념적 대립을 넘어 인간애와 연대의 중요성을 강조하는 의미를 내포하고 있다. 두 병사가 적군과 아군의 경계를 허물고, 서로의 고통을 이해하며 하나의 공동체로서 연결되는 과정을 통해, 인간 존재의 본질적인 동질성을 회복하는 모습을 보여준다. 이러한 관점에서 제목은 단순한 전쟁의 맥락을 넘어서, 깊은 감정적 메시지를 전달하고 있다.

인간애의 피난처 - 동굴의 상징적 의미

동굴은 중요한 상징적 공간으로, 국가와 이념의 개입이 없는 격리되고 고립된 장소를 의미한다. 이 공간은 양과 장이 전쟁의 적대감과 이념적 대립을 잊고 인간적인 정을 나누며 공존할 수 있는 배경이 된다. 동굴은 외부의 압박과 갈등에서 벗어나 서로를 이해하고, 진정한 소통이 이루어지는 장소로 기능한다. 양과 장은 동굴에서 군인이 아닌 한 인간으로서 대화하며 서로를 인정하게 된다. 이 과정에서 그들은 각자의 고통과 처지를 나누고, 상대방의 존재를 존중하게 된다. 동굴은 서로의 진정한 모습을 드러내고, 이념의 경계를 허물며 인간애를 발견하는 공간으로 작용한다. 즉, 동굴은 양과 장이 서로의 마음을 열고, 전쟁이라는 극한 상황에서도 연대와 공감을 통해 인간으로서의 본질을 회복하는 장소로서, 작품의 핵심 메시지를 전달하는 중요한 요소로 자리 잡는다. 이처럼 동굴은 단순한 피난처를 넘어, 진정한 이해와 화합이 이루어지는 상징적 공간이다.

전쟁의 그림자 속 인간애: '양'과 '장'

양은 국군 병사로, 전쟁 상황에서 적대감을 드러내지만, 그 속에서도 인간적인 면모를 지닌 캐릭터다. 그는 전투 중 우연히 만난 인민군 병사 장을 챙겨 주며, 배려와 너그러움을 보여준다. 양은 전쟁의 참혹함 속에서도 인간성을 잃지 않으려는 노력을 하며, 장과의 관계를 통해 자신이 군인으로서의 역할을 넘어 한 사람으로서의 삶을 고민하게 된다. 그의 내면에는 전쟁에 대한 갈등과 동시에 동정심이 깃들어 있어, 전쟁의 피해자 중 하나로서의 고뇌를 느낀다.

반면 장은 인민군 소년 병사로, 유약하고 순수한 면모를 가진 인물이다. 그는 전쟁의 참혹함을 잘 알지 못하며, 양을 우연히 만난 후 그를 '형'으로 여기며 따르기 시작한다. 장은 전쟁의 이념적 대립 속에서 고립된 존재로, 양과의 만남을 통해 인간적인 정을 느끼고 성장해 나간다. 그의 순수함은 전쟁의 비극 속에서도 희망의 상징이 되며, 양과의 관계를 통해 서로의 고통을 이해하는 모습을 보여준다.

이 두 인물은 이념 대립에 의해 희생된 전쟁의 피해자로, 전쟁을 통해 서로의 존재를 인식하고, 인간애를 발견해 나가는 과정을 보여준다. 양과 장은 각각의 군인 정체성을 넘어, 전쟁의 희생자로서 서로를 이해하고 연대하는 모습을 통해, 인간 본연의 동질성을 회복하는 상징적인 인물들이다.

시간의 조각들- 비선형적 서사가 만들어내는 감정의 입체성

비선형적 서사 구조는 『단독강화』에서 선우희에게 깊은 몰입감을 선사한다. 이 작품은 시간의 흐름을 단순히 순차적으로 나열하지 않고, 과거와 현재를 교차하며 이야기를 전개한다. 이러한 방식은 선우희의 내면적 갈등과 성장 과정을 더욱 입체적으로 드러내는 데 기여한다. 또한, 다양한 인물들과의 관계가 시간의 흐름에 따라 변화하는 모습을 보여주며, 각 인물의 배경과 갈등이 서로 얽히는 과정을 통해 민족애의 회복이라는 주제를 더욱 강조한다. 이러한 서사 기법은 독자가 선우희의 여정을 따라가며, 그녀의 성장과 갈등을 함께 경험하게 한다.

결국, 비선형적인 서사 구조는 단순한 이야기 전개를 넘어, 인물의 심리와 관계의 복잡성을 드러내며, 독자에게 깊은 감동을 주는 중요한 요소로 작용한다. 이로 인해 독자는 선우희의 내면 세계에 더욱 몰입하게 되고, 그녀의 여정을 통해 다양한 감정을 경험하게 된다. 이러한 서사적 접근은 독자에게 단순한 이야기를 넘어, 깊이 있는 감정적 경험을 제공한다.

제재 정리

갈래	단편 소설
성격	사실적, 비극적, 현실 고발적
배경	6·25전쟁 (동굴)
시점	전지적 작가 시점
주제	전쟁의 비극성과 민족애를 통한 이념 대립의 극복
특징	• 동족상잔이라는 한국 전쟁의 비극성을 고발 • 주로 인물 간의 대화를 통해 사건이 전개 • 긴장과 이완을 통한 탄력적 사건 전개

'생기부 세특' 보고서, 글쓰기 주제 가이드

EBS 수능특강에 빈번히 출제되고 있어요

선우휘의 『단독강화』에 대한 시험 출제 유형은 주제 분석, 인물 관계, 상징적 장면 해석 등이 될 수 있다. 특히, 민족애와 이념 대립 극복의 의미, 두 병사의 변화 과정을 중점적으로 공부해야 한다. 마지막 장면의 상징성도 중요한 출제 포인트이다.

※ 진로학과에 따라 '세특' 주제 접근 방향이 달라요

🌐	관련학과: 국문학	출제 빈도: ●●●●
①	전쟁 문학에서 민족애의 의미가 현대 사회에서 어떤 교훈을 주는지 탐구해 보자.	
②	인물 간의 대화가 사건 전개에 미치는 영향을 현대 소통 방식과 비교하여 분석해 보자.	
③	『단독강화』의 동굴이 개인의 심리적 피난처로서의 역할을 어떻게 수행하는지 연구해 보자.	
④	선우휘의 문체가 현대 독자에게 어떤 감정적 반응을 이끌어내는지 탐구해 보자.	
⑤	한국 전후 문학의 특징이 현재의 사회적 갈등 상황에 어떤 영향을 미치는지 분석해 보자.	
⑥	전쟁의 비극성을 표현하는 기법이 현대 전쟁 영화와 어떻게 연결되는지 탐구해 보자.	

🌐	관련학과: 사회/정치	출제 빈도: ●●●●
①	이념 대립이 6.25 전쟁과 같은 역사적 사건을 통해 형성된 국가 간의 관계를 어떻게 지속적으로 영향을 미치는지 분석하고, 특히 한국과 북한 간의 갈등이 국제 사회에서의 동아시아 외교에 미치는 영향을 탐구해 보자.	

②	전쟁이 민족 정체성을 어떻게 형성하고 변화시키는지를 연구하고, 이를 통해 현대 정치 캠페인에서 민족 정체성을 어떻게 활용하는지, 예를 들어, 한국전쟁 후 남북한의 민족 정체성이 정치적 수단으로 어떻게 이용되고 있는지를 분석해 보자.
③	현재의 국제 동맹 체계에서 동맹과 단독강화의 개념이 어떻게 변모하고 있는지를 분석하고, 『단독강화』에서의 두 병사의 협력이 현대 외교에서의 동맹의 중요성을 어떻게 대변하는지를 연구해 보자.
④	현대 정치 캠페인에서 민족애가 어떻게 활용되는지를 연구하고, 특히 『단독강화』의 주제를 바탕으로 민족애가 정치적 이슈로 어떻게 부각되는지를 탐구해 보자.
⑤	한국전쟁 이후의 정치적 변화가 현재의 정치적 이슈, 예를 들어 남북 관계 및 국제 관계에 어떤 영향을 미치는지를 분석해 보자.

🌐	관련학과: **의학/과학**	출제 빈도: ●●●●

①	전쟁이 개인의 정신 건강에 미치는 영향을 『단독강화』에서 두 병사 양과 장의 심리적 변화를 통해 탐구해 보자.
②	전쟁으로 인한 트라우마가 현대 사회의 정신 건강 이슈, 특히 PTSD와 어떻게 연결되는지를 분석하고, 이러한 심리적 고통이 개인의 일상생활에 미치는 영향을 연구해 보자.
③	전후 사회에서의 정신적 회복 과정을 『단독강화』의 사례를 통해 탐구하고, 두 병사가 겪는 심리적 치유의 과정을 현대 정신 건강 치료에서의 회복 프로그램과 어떻게 연결될 수 있는지를 분석하고 이를 통해 전후 세대의 정신적 회복이 현재 치료 방식에 어떤 시사점을 주는지를 연구해 보자.
④	전쟁 상황에서의 스트레스 관리 방법을 『단독강화』의 동굴 속에서의 대화와 교류를 통해 탐구하고, 현대 사회에서 스트레스 해소 방법으로서의 인간적 교류의 중요성을 어떻게 연결할 수 있는지를 분석해 보자.
⑤	동굴에서의 인간적 교류가 양과 장에게 심리적 안정을 주는 과정을 분석하고, 이를 현대 사회의 관계 형성과 지지 체계에서 어떻게 나타나는지 연구하고, 현대의 사회적 관계가 개인의 정신 건강에 미치는 영향을 탐구해 보자.

❖ 같이 읽으면 좋은 책

박완서 『그 많던 싱아는 누가 다 먹었을까』, 황석영 『장길산』 구효서 『밤의 이야기』

생각하며 읽어요

「광장」은 1960년 『새벽』지를 통해 처음 발표된 장편소설로, 600매 분량이야. 이 작품은 월북한 사회주의자 아버지를 둔 주인공 이명준의 분단 현실을 통해 남북 분단의 비극을 성찰적으로 형상화하고 있어. 이명준은 실존적 선택을 통해 남북 체제를 동시에 재현하며, 분단 상황에서의 삶을 깊이 있게 탐구하지. 문학평론가 김현은 이를 '1960년의 해'로 평가하며, 최인훈을 '전후 최대의 작가'라고 칭송했어. 「광장」은 전후 한국 문학의 새로운 지평을 열어준 작품으로, 1950년대 전쟁 체험에 몰두할 수밖에 없었던 문학 경향을 탈피하고 주체의 자리를 새롭게 마련했지. 작가는 이 작품에 대해 열 차례 개작을 시도하며 깊은 애정을 드러냈고, 이는 작품의 중요성을 더욱 부각시켜. 이후 「광장」은 대표적인 분단문학으로 자리잡아 한국 사회에서 널리 읽히고, 4 · 19혁명과 함께 중요한 의미를 지닌 작품으로 평가받고 있어. 이처럼 「광장」은 한국 문학사에서 잊을 수 없는 이정표가 되었어.

분단의 현실을 문학으로 승화시킨 작가, 최인훈

최인훈은 1934년 함경북도 회령에서 태어났어. 목재를 팔던 집안에서 유년 시절을 보냈지만, 해방 후 공산정권이 들어서면서 부르주아로 지목돼 탄압을 받게 되었지. 1947년에는 원산으로 이주했고, 6·25전쟁이 발발한 1950년 12월, 그의 가족은 중공군에 밀려 해군함정 LST를 타고 월남했어. 서울대 법대를 4학년 1학기까지 다니다가 1956년에 자퇴하고 육군 통역·정훈장교로 복무했지. 그때 소설을 틈틈이 썼고, 1960년 10월에 발표한 중편소설 「광장」이 대표작이야. 이 소설은 남북한 이념 대립과 그 사이에서 파멸해 가는 이명준이라는 인물을 통해 남북한 이념 문제를 적극적으로 다룬 최초의 작품으로 꼽혀. 최인훈은 남한의 이기주의를 '광장이 없는 밀실'로, 북한의 전체주의를 '밀실이 없는 광장'으로 비유하며 비판했어. 그의 자아비판 장면은 월남 이전 중등학교 경험에 근거하고, 북한에 대한 비판적 거리를 유지했지. "광장을 가지지 못한 국민은 국민이 아니다. 밀실을 참지 못하는 개인은 개인이 아니다"라는 유명한 말을 남겼어. 이후 『구운몽』, 『회색인』, 『크리스마스 캐럴』 등 실험적인 소설을 많이 썼고, 1970년대 이후에는 희곡 창작에 힘썼어. 1977년에는 서울예대 문예창작학과 교수로 임용돼 2001년까지 강영숙, 심상대, 하성란, 신경숙 등의 제자를 길러냈지.

줄거리를 꼭 알아야 해요

명준은 서울의 대학교에서 철학을 공부하는 3학년 학생이다. 그는 월북한 아버지와 세상을 떠난 어머니, 그리고 친구의 집에서 자라는 복잡한 상황 속에서 자신의 장래에 대한 결정을 내리지 못하고 있다. 명준은 독서와 철학, 언론과 문학에 관심이 많지만, 아버지의 월북으로 인해 경찰에서 사상 취조를 받는 등 사회적 압박에 처한다. 그러던 중 윤애라는 여인을 만나 사랑을 시도하지만 실패한다. 월북 후 북한에서 아버지를 만나지만, 그는 자신이 품고 있던 이상의 아버지와 다른 현실에 실망한다. 기자로 일하면서 공산주의의 이상과 현실의 괴리를 경험하고, 은혜라는 발레리나와 사랑에 빠지게 된다. 그러나 한국전쟁 중 은혜를 잃고 유엔군에 포로로 잡히게 된 명준은 남한과 북한 모두에 실망하여 중립국으로 가는 길을 선택한다.

명준은 '광장'을 찾지 못하고, 사랑을 통해 안정과 도피처를 찾으려 하지만 결국 실패한다. 그는 남한, 북한, 중립국에서 새로운 삶의 기회를 얻지만, 진정한 삶을 향한 열린 마음이 없었던 것 같다. '밀실'에 갇힌 그는 자신의 삶을 더 나아가게 하지 못한 채, 갈등과 방황 속에 남아 있는 인물이다.

 '생기부 세특' 깊이 파악하기

이명준의 실존적 선택과 인간 존재의 탐구

이명준의 실존적 선택은 여러 가지 중요한 의미를 지닌다. 그의 선택은 개인의 정체성과 존재의 의미를 탐구하는 과정으로, 분단이라는 비극적 상황 속에서 자신의 정체성을 찾으려는 갈등을 보여준다. 월북한 아버지를 둔 상황에서 남한 사회의 압박과 이념적 갈등 속에 놓인 그는 이러한 배경이 자신의 선택에 깊은 영향을 미친다. 이명준의 선택은 남북 체제의 대립을 반영하며, 개인의 자유와 사회적 책임 사이에서 고민하면서 자신의 위치를 재정립하려 한다. 이는 단순한 선택의 문제가 아니라, 그가 속한 사회와 역사에 대한 성찰을 포함하고 있다. 또한, 그의 선택은 현대인의 실존적 고민을 상징한다. 전후 사회에서의 삶은 불확실성과 고통이 가득한 상황이며, 이명준은 그러한 현실 속에서 자신의 존재 이유를 찾으려는 노력을 통해 독자에게 깊은 공감을 불러일으킨다. 결국, 이명준의 실존적 선택은 개인과 사회, 그리고 역사적 맥락이 얽힌 복합적인 의미를 지니며, 분단 현실 속에서 인간 존재에 대한 심오한 질문을 던지는 역할을 한다. 이러한 선택은 독자에게도 자신의 정체성과 존재에 대한 고민을 촉구하게 만든다.

광장의 인물들이 추구하는 사회문화적 가치

「광장」은 다양한 등장인물을 통해 그들이 추구하는 사회문화적 가치를 드러낸다. 주인공 이명준은 정체성을 찾고자 하는 갈등 속에서 개인의 자유와 사회적 책임을 중시한다. 월북한 아버지라는 배경으로 인해 그는 남북 체제의 대립 속에서 자신의 위치를 재정립하려 하며, 이를 통해 자유로운 개인의 존재를 강조한다. 또한, 이명준의 친구인 강사장은 사회적 의무와 공동체의 연대를 중시한다. 그는 이명준에게 사회의 일원으로서 책임을 다할 것을 요구하며, 개인이 아닌 공동체의 중요성을 강조한다. 이러한 시각은 그가 속한 사회의 부조리를 극복하기 위한 방법으로 나타난다. 한편, 이명준의 연인인 혜정은 인간애와 감정적 유대의 가치를 추구한다. 그녀는 이명준이 겪는 내적 갈등을 이해하고 지지하며, 인간 간의 연대가 개인의 고통을 덜어줄 수 있음을 보여준다. 이러한 관계는 개인이 겪는 고통 속에서도 서로를 지지하는 협력적 가치의 중요성을 도출한다. 마지막으로, 이 작품에 등장하는 여러 인물들은 각기 다른 사회문화적 가치를 추구하며, 이는 분단 현실 속에서의 다양한 인간 존재의 의미를 탐구하는 중요한 요소로 작용한다. 이명준과 주변 인물들의 갈등과 선택은 독자에게 개인과 공동체, 자유와 책임의 복합적 관계를 성찰하게 만든다. 이러한 가치들은 결국 현대 사회의 갈등 해결과 인간 존재의 본질을 탐구하는 데 중요한 역할을 한다.

광장의 상징성과 개인의 고뇌

최인훈의 중편 소설 「광장」은 해방 직후부터 6·25 전쟁 이후의 남북한 이념 대립을 배경으로, 주인공 이명준을 통해 개인의 고뇌를 심도 있게 탐구한다. 이 작품에서 '광장'은 단순한 공간을 넘어 다양한 상징성을 지닌다.

광장은 고독과 소외의 상징으로 기능하며, 이명준은 외부 세계와 단절된 채 광장에서 느끼는 고립감을 통해 자신의 존재 의의를 고민한다. 이는 전후 혼란 속에서 개인이 겪는 심리적 갈등을 드러내며, 사회적 관계의 단절을 반영한다. 또한, 광장은 정체성의 탐구 장소로 작용한다. 이명준은 남북한의 이념 대립 속에서 자신의 정체성을 찾으려 애쓰고, 광장은 이러한 내적 갈등을 드러내는 공간으로 기능한다. 그는 광장에서 자신의 존재 가치를 모색하며, 이는 분단 사회에서 개인의 정체성 위기를 상징한다.

더불어, 광장은 저항과 연대의 장소로서의 의미를 지닌다. 역사적으로 광장은 시민들이 권리를 주장하고 저항하는 공간으로 활용되어 왔으며, 소설 속에서도 이명준은 광장을 통해 사회적 연대의 가능성을 탐색한다. 개인의 고독 속에서도 공동체의 필요성을 인식하게 된다. 마지막으로, 광장은 사회적 비판의 장으로 작용하며, 최인훈은 광장을 통해 한국 사회의 모순과 이념 대립을 비판한다. 이러한 상징성을 통해 「광장」은 인간 존재의 복잡성과 사회적 맥락을 연결하며, 개인과 집단, 이념과 현실 간의 갈등을 심도 있게 탐구한다.

구성 정리

발단	이명준은 북한에서 아버지가 대남방송에 출연했다는 이유로 폭행을 당하고, 월북을 한다.
전개	북한에 도착한 이명준은 아버지를 만나지만, 그가 품고 있던 이상의 아버지와는 다른 현실에 실망하며 신문 기자로 일하게 된다.
위기	북한에서 발레리나 은혜를 만나 사랑에 빠지지만, 전쟁이 발발하고 은혜는 비극적으로 죽고, 이명준은 전투 중 포로가 된다.
절정	포로 교환 시점에서 이명준은 남한과 북한 중 어느 쪽도 선택하지 않고 중립국으로 가기로 결심한다.
결말	중립국에 도착전에 이명준은 배에서 투신하며 자신의 삶을 마감하는 결정을 한다.

제재 정리

갈래	분단 소설
성격	관념적, 철학적
시점	전지적 작가 시점
배경	한국 전쟁 전과 후의 남한과 북한
주제	분단 현실에 대한 인식과 이상적인 사회의 염원과 좌절
특징	사변적인 성격의 주인공을 내세워 관념적, 철학적 주제를 표현함, 회상의 형식으로 과거의 시간을 기술함, '밀실', '광장' 등의 상징적 공간을 제시하여 주제를 형상화함

EBS 수능특강에 빈번히 출제되고 있어요

최인훈의 소설 「광장」을 공부할 때는 주제와 상징, 특히 '광장'과 '밀실'의 의미를 깊이 이해해야 한다. 이명준의 정체성 갈등과 인물 간 복잡한 관계를 분석하고, 6·25 전쟁과 정치적 배경을 살펴보자. 문체와 서사 기법, 사회적 비판이 출제포인트이다.

※ 진로학과에 따라 '세특' 주제 접근 방향이 달라요

관련학과: **국문**	출제 빈도: ●●●●●

①	최인훈의 문체가 이명준의 심리를 어떻게 복합적으로 드러내는지 탐구해 보자.
②	'광장'의 상징이 현대 사회의 정치적 참여에 대한 메시지를 어떻게 전달하는지 분석해 보자.
③	문체의 상징적 표현과 내적 독백이 이명준의 갈등을 어떻게 심화시키는지를 분석하고, 이를 통해 디지털 시대의 소통 방식이 개인의 심리적 고립을 어떻게 반영하는지 비교해 보자.
④	사회적 억압이 개인의 심리와 행동에 미치는 영향을 작품 속에서 구체적으로 찾아보자.
⑤	'밀실'의 개념이 개인의 삶에서 어떻게 고독을 심화시키는지를 분석하고, 이명준의 내적 갈등을 통해 현대 사회에서 개인이 겪는 고립감을 탐구해 보자.
⑥	작품 속 시간의 흐름이 이명준의 심리적 변화에 미치는 영향을 연구해 보자.
⑦	최인훈의 사회 비판적 시각이 현대 사회의 불균형적 관계를 어떻게 반영하는지 탐구해 보자.
⑧	작품 속 시간의 흐름이 이명준의 심리적 변화에 미치는 영향을 연구하고, 이명준의 과거 경험이 현재의 선택에 어떻게 영향을 미치는지를 분석하자.
⑨	최인훈의 사회 비판적 시각이 현대 사회의 불균형적 관계를 어떻게 반영하는지 탐구해 보자.

🌐	관련학과: **사회/정치**	출제 빈도: ●●●●
①	이명준의 갈등을 통해 남북한 이념 대립이 현대 사회의 정치적 분열을 어떻게 반영하는지 분석하고 현재의 정치적 극단화와 대립적 담론이 이 작품에서 어떻게 예견되었는지 고찰하자.	
②	이명준이 중립국을 선택한 이유와 그 선택이 현대 민주 사회에서 개인의 정체성과 가치관 형성에 어떤 영향을 미치는지 탐구하여 개인의 정치적 입장이 민주적 환경에서 어떻게 변화하는지를 연구해 보자.	
③	이명준이 경험하는 '광장'과 '밀실'의 개념을 오늘날의 정치적 참여와 소외 문제에 연결하고 현대 사회에서 개인이 '광장'을 찾기 위해 어떤 노력을 필요로 하는지 탐구해 보자.	
④	이명준의 월북 경험을 통해 자본주의와 공산주의의 대립이 개인의 삶에 미치는 영향을 현대 사회의 경제적 불평등에 대해 연구해 보자.	
⑤	전후 한국 사회의 불안정성이 이명준의 정체성 갈등에 미친 영향을 탐구하고, 현재 사회의 구조적 문제와의 유사성을 고찰하자.	

🌐	관련학과: **철학**	출제 빈도: ●●●●
①	이명준의 정체성 위기를 통해 현대 사회에서 개인이 어떻게 자신을 정의하고, 미래에는 어떤 새로운 정체성을 형성할 수 있을지를 탐구하자.	
②	이명준의 고독을 통해 존재의 의미를 탐구하며, 현대인이 느끼는 소외감이 미래 사회에서 어떤 새로운 연대의 형태로 변화할 수 있을지를 고찰하자.	
③	이명준의 사랑 경험을 통해 현대 사회에서 사랑의 본질이 어떻게 왜곡되고 있으며, 미래에는 진정한 사랑이 어떻게 재정의될 수 있을지를 고찰하자.	
④	전쟁의 영향을 받는 이명준의 경험을 통해 인간 본성과 윤리가 어떻게 시험받는지를 분석하고, 미래의 전쟁이 인간성에 미치는 영향을 탐구하자.	
⑤	이명준의 고독을 통해 현대인의 삶에서 고독이 어떻게 생존의 조건이 되는지를 탐구하고, 미래에는 고독이 어떻게 긍정적으로 전환될 수 있을지를 연구하자.	

❖ 같이 읽으면 좋은 책

박완서 『그 여자의 모든 것』, 김훈 『칼의 노래』

EBS 수능특강 출제

생각하며 읽어요

『소설가 구보씨의 일일』은 1930년대 지식인 청년의 분열상을 사실적으로 형상화한 작품이야. 단순한 세태 묘사를 넘어 일상적인 행복을 진실하게 추구하려는 주제를 다루고 있어. 주인공 구보는 '산책자'처럼 현대 도시를 돌아다니며 다양한 사람들과 사건을 경험해. 그의 동선은 우연적이고, 이 과정에서 그가 느끼는 상념과 사색이 중요한 역할을 하지. 구보의 상념은 외부 자극에 수동적으로 반응하는 반면, 그의 사색은 이러한 감각을 주체적으로 해석하고 평가하는 모습을 보여줘. 이 상념은 그를 고독하게 하고 괴롭게 만들지만, 사색을 통해 부정적인 의식의 기준이나 바람을 확인하게 돼. 결국, 구보는 소설을 쓰겠다는 결심을 하고 어머니의 행복을 생각하며 이야기가 마무리돼.

작품은 구보가 작가 자신이기도 하고, 친구가 소설가 이상으로 설정되어 작품 내외의 경계를 허물어버리는 모더니즘적 특징도 가지고 있어. 도시 풍물에 대한 고현학적인 관찰과 함께, 구보의 내면적 갈등을 통해 1930년대 청년들의 고뇌와 행복 추구를 깊이 있게 탐구하는 작품이야. 이 작품은 현대 사회에서 개인이 느끼는 고독과 소외, 그리고 그 속에서 찾으려는 행복의 의미를 성찰하게 해. 독자에게 깊은 여운을 남기고, 구보의 여정을 통해 인간 존재의 복잡성과 그 속에서의 진정한 행복을 찾는 과정을 함께 경험하게 해. 구보의 사색은 단순한 개인적 고뇌를 넘어, 사회적 맥락 속에서의 인간 존재의 의미를 탐구하게 하며, 독자에게 현대 사회의 복잡한 감정과 관계를 다시금 생각하게 만드는 힘을 지니고 있어. 이런 점에서 『소설가 구보씨의 일일』은 단순한 소설을 넘어, 시대를 초월한 인간의 보편적인 고민과 행복에 대한 탐구로서의 가치를 지니고 있어. 결국, 구보의 이야기는 우리 모두가 공감할 수 있는 보편적인 주제를 다루고 있어서, 읽는 이에게 깊은 감동을 주는 작품이야.

서울의 풍경을 담은 박태원의 소설세계

　박태원은 1910년 서울에서 태어난 엘리트 지식인이야. 일본에 유학도 다녀온 그는 당시 문명인의 상징으로 여겨졌지. 1933년에 구인회에 가입하면서 예술과 작가로서의 입지를 확고히 했고, 1939년 이후에는 자신의 체험을 바탕으로 신변 소설을 주로 썼어. 특히 『천변풍경』은 도시의 세태와 자신의 경험을 담아낸 리얼리즘 소설로 주목받았어. 그의 대표작인 『소설가 구보씨의 일일』은 하루 동안 경성을 돌아다니는 주인공의 생각과 사색으로 구성되어 있어. 주인공의 동선과 만나는 인물들이 우연적이라는 점이 특징이고, 30개의 절로 나뉘어 있지만 절 구분에 특별한 의미가 없다는 점에서 당대의 소설적 관습을 깨뜨렸지. 이 작품은 1930년대 지식인 청년의 분열상을 형상화하고, 일상적인 행복을 진실하게 추구하는 지향을 보여줘. 작가 자신의 자전적 소설로서 1930년대 문학인의 정신구조를 직접적으로 드러내고 있다는 점에서 중요한 지표를 제공해. 초기 단편들에서 인물의 심리를 면밀하게 탐구하던 모습과 『천변풍경』에서의 철저한 관찰적 방법이 혼재된 중편으로, 박태원의 작품 변모 과정을 이해하는 데 중요한 작품이야. 이런 점 덕분에 그는 단순한 세태 묘사를 넘어 깊이 있는 주제를 다룬 작가로 기억되고 있어. 박태원의 작품은 현대 사회의 복잡한 감정과 인간 존재의 의미를 탐구하며, 독자에게 깊은 여운을 남기는 힘을 지니고 있어. 그의 문학은 단순한 이야기 전달을 넘어, 독자에게 삶의 본질에 대한 성찰을 유도하는 중요한 역할을 해. 결국, 박태원은 20세기 한국 문학에서 중요한 위치를 차지하고, 그의 작품은 오늘날에도 여전히 많은 이들에게 감동과 영감을 주고 있어.

줄거리를 꼭 알아야 해요

구보는 직업과 아내가 없는 26세 청년으로, 정오에 집을 나서 광교와 종로를 걸으며 신체적인 불안감을 느낀다. 귀가 잘 들리지 않고 시력에도 문제가 있는 그는 무작정 동대문행 전차를 타고, 거기서 선을 본 여성을 발견하지만 모른 척하고 후회한다. 혼자 다방에 앉아 차를 마시며 여행비만 있으면 행복할 것 같다는 생각에 잠긴다.

고독을 피하려고 경성역 삼등대합실에 가지만, 냉정한 눈길들 속에서 슬픔을 느낀다. 그곳에서 만난 중학 시절의 열등생이 예쁜 여자와 동행하고 있는 모습에 물질에 약한 여자의 허영심을 떠올린다. 다방에서 만난 시인 친구는 돈 때문에 매일 살인강도와 방화범의 기사를 써야 한다고 애달파하며, 즐거운 연인들을 바라보며 질투와 고독을 동시에 느낀다.

다방을 나온 구보는 동경에서의 옛사랑을 추억하고, 자신의 용기 없는 약한 기질로 여자를 불행하게 만들었다는 죄책감을 느낀다. 전보배달 자동차가 지나가는 모습을 보며 오랜 벗에게서 편지를 받고 싶다는 생각에 젖는다.

'생기부 세특' 깊이 파악하기

소설 속 의식의 흐름: 구보의 마음을 읽다

『소설가 구보씨의 일일』에서 의식의 흐름 기법은 주인공 구보의 내면 세계를 사실적으로 드러내는 핵심 요소로 작용한다. 이 기법을 통해 독자는 구보의 생각과 감정이 자연스럽게 이어지는 방식을 경험하게 된다. 구보는 하루 동안 마주하는 일상적 사건들 속에서 자신의 감정을 즉각적으로 반영하며, 이러한 흐름은 그가 겪는 고독과 갈등을 더욱 생생하게 전달한다. 구보가 전차를 타고 지나가는 풍경을 바라보며 과거의 사랑을 회상하는 장면에서, 그의 상념은 외부 자극에 의해 촉발된다. 이러한 방식은 독자가 구보의 심리적 상태를 깊이 이해할 수 있게 해 준다. 예를 들어, 다방에서 친구와의 대화 중에 느끼는 불안과 고독감은 그가 처한 현실을 반영하고, 이는 독자가 구보의 감정의 복잡성을 더욱 실감할 수 있도록 한다. 의식의 흐름 기법은 구보의 고뇌와 행복을 동시에 탐구하게 하여, 작품이 단순한 사건 전개를 넘어 인간 존재의 본질을 탐구하는 방식으로 발전하도록 만든다. 구보의 내면적 갈등은 그의 삶의 진정성과 깊이를 더하며, 독자는 그를 통해 현대인의 고독과 정체성에 대한 고민을 함께 느끼게 된다. 이로 인해 작품은 독자에게 더욱 밀접한 감정적 연결을 형성하게 하고, 삶의 복잡성을 이해하는 데 중요한 역할을 한다.

인물-구보의 고뇌: 1930년대 물질 만능주의에 대한 비판자

1930년대의 시대 상황 속에서 소심한 식민지 지식인 '구보'는 '황금광 시대'에 대한 비판적 시각을 지니고 있다. 구보는 물질 만능주의와 이기적인 욕망에 빠진 사람들을 안타깝게 바라보며, 황금광으로 몰려가는 현실에 대해 경멸적인 태도를 보인다. 그는 근대화로 인해 정신적, 육체적으로 병들어가는 사회를 관찰하며, 특히 병든 노파를 멀리하는 시골 신사의 모습에서 냉소적 시선을 드러낸다. 구보는 일본 유학을 다녀온 근대적 지식인으로, 인간관계 형성에 소극적이며, 연인 관계의 발전을 거부하는 경향이 두드러진다. 이는 그가 세속적인 삶에 적응하는 과정에서 지나치게 정신적 피로를 느끼고, 이는 결국 육체적 고통으로 이어진다. 그는 자본주의적 삶의 방식에 대해 경멸을 느끼고, 이에 따라 현실에 대한 부적응을 경험한다. 하지만 구보는 한편으로 세계와의 화해를 추구한다. 그가 의식적으로든 무의식적으로든 현실을 거부하는 심리는, 그가 직면한 고독과 갈등을 더욱 심화시킨다. 결론적으로, 구보는 1930년대의 물질 만능주의 세태 속에서 고뇌하는 지식인으로, 자신의 내면적 갈등과 사회에 대한 비판적 인식을 통해 삶의 의미를 찾고자 고민하는 인물이다

몽타주 기법 - 구보의 내면 의식 탐구

박태원의 소설 『소설가 구보씨의 일일』에서 몽타주 기법은 구보의 내면 의식을 단편적으로 드러내는 중요한 장치로 활용된다. 이 기법은 시공간적 연속성을 무시하고, 다양한 사건과 감정이 교차하며 배열되는 방식으로 표현된다. 구보의 하루는 서울의 거리와 도시 풍경을 파노라마처럼 묘사하면서, 현실과 환상, 과거와 현재가 자유롭게 얽힌다. 예를 들어, 구보가 전차 안에서 느끼는 감정과 과거의 회상이 동시에 드러나며, 독자는 그의 심리적 상태를 깊이 이해하게 된다. 이러한 몽타주 기법은 구보의 의식이 단순히 사건의 연속이 아닌 복잡한 감정의 흐름임을 강조한다. 또한, 일상의 단편적인 순간들이 모여 구보의 정체성과 삶의 의미를 탐구하게 하며, 독자에게 도시의 세태와 인간의 내면을 동시에 경험하게 한다. 몽타주는 구보의 심리적 갈등을 시각적으로 나타내어, 독자가 그의 고뇌와 불안을 더욱 생생하게 느끼도록 한다. 이는 박태원이 현대적 기법을 통해 독특한 서사 구조를 만들어내고, 1930년대 서울의 정서를 효과적으로 전달하는 데 기여한다. 구보의 복잡한 감정이 다양한 이미지로 얽히며, 독자는 그가 처한 사회적 맥락을 통해 깊은 공감과 이해를 경험하게 된다.

제재 정리

갈래	중편 소설, 심리 소설, 모더니즘 소설.
배경	1930년대 서울의 거리
성격	관찰적, 묘사적, 심리적.
시점	전지적 작가 시점/ 인물 중심 시점의 결합
특징	• 의식의 흐름과 몽타주 기법을 활용한 근대적 서사 방식을 보인다. • 내면 고뇌와 심리적 모순이 중심적으로 전개되어, 구보의 복잡한 감정을 이해할 수 있다. • 도시 풍경과 인물 묘사를 통해 1930년대 서울의 세태를 형상화 했다.

EBS 수능특강에 빈번히 출제되고 있어요

박태원의 소설가 구보씨의 일일은 일상적인 경험과 심리적 갈등을 통해 현대인의 내면을 심도 있게 탐구하는 작품이다. 구보씨의 모순된 감정, 고독, 불안 등은 1930년대의 사회적 맥락에서 더욱 두드러지며, 현대인의 정체성 문제와도 깊은 연관이 있다. 이 소설은 시간의 흐름, 관찰의 시각, 사회적 고립을 통해 개인의 심리적 상태를 드러내고, 독자로 하여금 공감하게 만든다. 또한, 언어와 표현 방법에 주목하며 구보의 사색적 경험이 현대적인 심리학적 논의와 어떻게 연결되는지를 탐구하는 것이 중요하다.

※ 진로학과에 따라 '세특' 주제 접근 방향이 달라요

🌐	관련학과: 국문학/어문	출제 빈도: ●●●●●

①	1930년대 한국 문학에서 구보의 갈등이 어떻게 문체와 주제를 변화시켰는지, 특히 현대 청년 문학에 미친 영향을 탐구해 보자.
②	AI 시대에 구보의 모더니즘적 기법이 현대인의 정체성 탐구에 어떤 방식으로 이식될 수 있는지를 연구해 보자.
③	현재 도시의 정신적 압박이 구보의 심리적 상태와 유사한지, 현대 도시에서의 경험을 비교해 보자.
④	현대 사회의 고독감과 구보의 감정이 어떻게 연결되는지를 분석하고, AI 시대의 인간관계에 그 연결성을 적용해 보자.
⑤	AI 기술이 의식의 흐름을 어떻게 재현할 수 있는지를 탐구하고, 구보의 내면 세계와의 상관관계를 탐구해 보자.
⑥	박태원의 자전적 요소가 현대 작가들에게 어떤 영향과 영감을 주는지를 연구해 보자.
⑦	구보의 내면 갈등이 1930년대 문학에서 새로운 서사 기법을 도입하게 한 원동력이 되었는지, 그리고 이러한 변화가 현대 청년 문학의 주제와 형식에 어떻게 반영되었는지를 분석해 보자.
⑧	현대 사회에서의 고독과 구보의 심리적 갈등이 어떻게 유사한지를 분석하고, AI 시대의 고독감을 탐구해 보자.

①	구보의 이동 경로가 1930년대 서울의 사회적 구조를 어떻게 반영하는지를 분석해 보자.
②	현대 사회에서 개인의 행복 추구가 구보의 시각과 어떻게 상호작용하는지를 분석해 보자.
③	박태원의 문학이 1930년대 사회주의 운동과 어떻게 연결되는지를 연구해 보자.
④	AI 시대의 정치적 억압과 구보의 고뇌를 비교하여, 디지털 감시 사회에서 개인의 심리가 어떻게 영향을 받는지를 연구해 보자.
⑤	현대 젊은이들이 구보의 삶에서 어떤 교훈을 얻을 수 있는지를 탐구하고, 그 교훈이 현대 사회의 문제 해결에 어떻게 기여할 수 있는지를 논의해 보자.
⑥	현대 사회의 문제를 다루는 방식이 구보의 시각과 어떤 연관성을 가지는지를 탐구하고, 사회적 비판의 필요성을 논의해 보자.
⑦	작가들이 사회적 문제를 다루는 방식과 구보의 역할을 비교하고, 작가의 사회적 책임에 대한 새로운 관점을 제시해 보자.
⑧	구보의 도시 경험이 기업의 사회적 책임 이념과 어떻게 연결되는지를 탐구하고, 현대 기업의 이미지 형성에 미치는 영향을 분석해 보자.
⑨	구보의 작품 속 사회적 가치관이 1930년대의 경제적 불황과 어떻게 연결되는지를 분석하고, 현대 경제 위기 속에서의 개인의 심리를 재조명해 보자.
⑩	구보의 내면 갈등이 현대 사회에서의 개인과 사회 간의 상호작용에 어떻게 반영되는지를 분석하고, 이러한 갈등이 개인의 사회적 관계 형성에 미치는 영향을 탐구한다.

🌐 관련학과: 심리/의학/과학   출제 빈도: ●●●●●

| ① | 구보의 내면 갈등을 통해 현대인의 정체성 혼란과 불안이 어떻게 형성되는지를 탐구하고, 사회적 기대와 개인의 욕망 간의 충돌이 개인에게 미치는 심리적 영향을 분석해 보자. |
| ② | 주인공의 복잡한 상념과 사색이 현대인의 자기 인식 및 정체성 발달에 어떻게 기여하는지를 탐구하고, 개인의 사색적 경험이 심리적 치유에 미치는 영향을 비교해 보자. |

③	구보의 복잡한 상념과 사색이 현대인의 자기 인식 및 정체성 발달에 어떻게 기여하는지를 탐구하고, 특히 팬데믹 이후 개인의 사색적 경험이 심리적 치유와 자기 발견에 미치는 영향을 비교해 보자.
④	AI 기술이 개인의 의식의 흐름을 어떻게 재현할 수 있는지를 분석하고, 이를 통해 구보의 심리적 깊이와 현대인의 심리적 경험, 특히 디지털 미디어가 개인의 심리적 깊이를 어떻게 변화시키는지를 연결짓는 방안을 모색해 보자.
⑤	1930년대의 정치적 불안정성과 구보의 심리적 불안을 비교하여, 현대 사회에서의 불안이 경제적 불황, 정치적 갈등과 어떻게 연결되는지를 분석하고, 개인의 심리적 안정성에 미치는 영향을 탐구해 보자.
⑥	소설 속 물질 만능주의가 정신적 스트레스와 어떻게 관련되는지를 연구해 보자.
⑦	구보의 복잡한 상념이 존재론적 질문을 어떻게 이끌어내는지를 연구하고, 현대인이 이러한 질문을 통해 자신의 정체성을 탐구하는 과정에서 겪는 심리적 변화를 분석해 보자.

❖ 같이 읽으면 좋은 책

최인훈 『깊은 강』, 이청준 『당신들의 천국』

EBS 수능특강 출제

생각하며 읽어요

『장곡리 고욤나무』는 1990년대 한국 농촌의 현실을 비판적으로 다룬 작품이야. 이 시기 도시와 농촌 간의 경제적 격차가 심화되고 자유 무역 협정 때문에 농산물 관세가 개방되면서 농산물 가격이 급락해 농민들에게 큰 경제적 어려움을 안겼어. 이런 상황은 많은 농민들이 농사를 포기하게 만들었고, 주인공 기출의 맏아들이 농사를 외면하고 도시로 나가려는 모습은 농촌 사회의 변화를 상징적으로 보여줘. 기출은 아버지와의 갈등 속에서 농업의 가치와 가족의 유대를 잃어가며, 이로 인해 큰 상처를 받게 돼. 그는 자신의 땅을 처분하지 못하고 자식들과의 갈등에 시달리며, 결국 삶의 의지를 잃고 자살을 선택하게 돼.

고욤나무는 기출의 삶과 죽음의 상징으로, 그의 쓸모없음을 비유적으로 나타내. 이 나무는 농촌의 전통과 정체성을 상징하지만, 기출에게는 더 이상 희망의 대상이 아니야. 작품은 농촌 발전 정책의 실패와 그로 인한 개인의 비극을 통해 농촌 사회가 겪는 고통과 갈등을 여실히 드러내. 이런 현실은 단순한 개인의 문제가 아니라, 시대적, 사회적 맥락에서 이해해야 할 복합적인 문제임을 강조하고 있어. 이 작품은 농민들이 겪는 고난과 그로 인한 정체성의 상실을 통해, 독자들에게 농촌의 현실을 다시금 생각하게 만드는 힘을 지니고 있어. 결국, 『장곡리 고욤나무』는 농촌 사회의 아픔을 진솔하게 담아내며, 현대 사회에서의 인간 존재와 정체성에 대한 깊은 성찰을 제공하는 중요한 문학 작품으로 자리매김하고 있어.

농민소설의 새로운 지평을 여는 문학가 이문구

이문구는 농민소설의 전범을 보여주는 작가로, 근대화가 초래한 농촌 사회의 변화를 독특한 문체와 짙은 토속어로 묘사해왔어. 그의 작품은 농촌 공동체의 삶을 인정하고 재구성하려는 시도를 담고 있으며, 전근대적 요소를 탐색하면서 현대적으로 전용하는 작업도 하고 있어. 특히 1990년대 이후 영악해진 농민과 삭막한 농촌 풍경을 나무에 비유해 정감 있게 그려내는 방식이 돋보여. 그의 작품 중 하나인 『장곡리 고욤나무』는 고향을 잃은 사람들이 느끼는 갈등과 불안을 다루고 있으며, 우리 사회의 현실을 잘 반영하고 있어. 이문구는 농민의 어투에 가까운 사실적인 문체로 농민과 농촌의 문제를 작품화하여 농민소설의 새로운 장을 열었어. 등단 27년 만에 『매월당 김시습』이 베스트셀러가 되기도 했고, 민족문학작가회의, 한국소설가협회 등에서 활발한 사회 활동을 통해 문학계에 기여하고 있어. 그의 문학은 높은 평가를 받으면서 독자들에게 오랜 시간 사랑받고 있으며, 농민의 삶과 고뇌를 진솔하게 담아내어 많은 이들에게 감동을 주고 있어. 이문구의 작품은 단순한 농촌 묘사를 넘어, 현대 사회에서의 인간 존재와 정체성에 대한 깊은 성찰을 제공하며, 독자들에게 농촌의 현실을 다시금 생각하게 만드는 힘을 지니고 있어. 그의 문학적 여정은 앞으로도 계속될 것이며, 농민소설의 발전에 중요한 기여를 할 것으로 기대돼

줄거리를 꼭 알아야 해요

72세의 기출은 평생 농사로 살아온 농부였다. 그러나 그의 50세 큰아들이

사업을 위해 땅을 팔라고 조르기 시작했고, 아들과 기출은 대립한다. 기출은 아들에게 농사는 힘든 일이며 사업은 수단일 뿐이라고 설명하며, 수고 없이 인생을 얻을 수는 없다고 강조했으나 기출은 고욤나무에 목을 매어 자살한다. 봉출은 기출의 갑작스러운 자살 소식을 듣고 장례식에 가기 위해 버스를 탄다. 버스 안에서 사람들은 기출이 왜 목숨을 끊었는지에 대한 의문을 나누며, 봉출은 기출과의 마지막 만남을 떠올린다. 그저께 목욕탕에서 만난 기출은 평소와 달리 돈을 아끼지 않고, 술집에서 자식들 문제와 농촌 토지 정책에 대한 불만을 쏟아냈다. 기출은 경찰관과의 시비로 화를 내며 봉출은 그의 불안했던 모습이 마지막 기억임을 안다. 장례식에 도착한 봉출은 기출의 아내와 대화하며 자식들의 재산 분배 문제를 듣는다. 기출이 아들 효근이와의 다툼 후 자신을 나무에 비유했던 이야기도 떠오른다. 봉출은 기출의 죽음의 원인을 정부의 농촌 정책과 선거 기대의 실망으로 추측하며, 고욤나무를 베기 시작한다. 그는 기출이 삶의 의지를 잃게 된 이유를 깊이 생각하며, 주변 사람들의 비난에 반발한다. 기출이 세상을 떠난 것은 마지막까지 기대했던 선거용 농지 정책마저 그의 기대를 저버렸기 때문이라고 생각한다. 기출의 죽음은 단순한 개인의 문제가 아닌, 시대와 사회의 복합적인 원인으로 이해된다.

땅과 가족, 그리고 정체성의 갈등

기출은 가족 안에서 여러 갈등을 겪고 있다. 맏아들은 사업 자금을 지원해 달라며 땅을 팔기를 요구하지만, 기출은 땅을 잃는 것에 대한 두려움과 자부심 때문에 이를 받아들이기 힘들다. 또한, 자신의 사후에도 돈을 먼저 챙기려는 이기적인 자녀들과의 갈등이 더욱 심화되고 있다. 자녀들은 기출의 노력을 이해하지 못하고, 오히려 금전적인 이익만을 좇는 모습에 실망감을 느낀다. 더욱이 기출은 부동산 투기로 부를 축적하는 도시에 비해, 자신의 농촌 현실이 상대적으로 박탈감을 느끼게 한다. 농촌에서는 땅 거래조차 자유롭지 못해 기출은 경제적 어려움을 겪고, 농촌 정책이 부당하다고 느낀다. 이러한 상황 속에서 기출은 자신의 삶의 터전인 농토와 가족 사이에서 갈등을 겪으며, 농민으로서의 정체성과 자존심이 흔들리고 있는 것이다. 결국 기출은 농촌의 현실과 가족 간의 갈등 속에서 자신의 위치와 가치를 재정립해야 하는 어려운 상황에 처해 있다.

농촌 발전 정책의 그림자: 『장곡리 고욤나무』와 농민의 비극(작품배경)

1990년대 한국 농촌 발전의 정책은 농민들에게 많은 영향을 미쳤지만, 그 결과는 기대에 미치지 못했다. 자유 무역 협정 체결과 농산물 관세 개방으로 인해 농산물 가격이 급락하고, 이로 인해 농민들은 경제적 어려움에 처하게 되었다. 이러한 정책들은 농촌의 전통적 구조를 무너뜨리고, 농민들이 생계를 유지하기 위해 농사를 포기하게 만드는 원인이 되었다.

이런 배경 속에서 이문구의 작품 『장곡리 고욤나무』는 농촌 현실을 비판적으로 조명한다. 주인공 기출은 정부의 농촌 정책에 실망하고, 특히 선거용 농지 정책이 자신의 기대를 저버리면서 삶의 의지를 잃게 된다. 그의 맏아들이 농사를 외면하고 도시로 나가려는 모습은 농촌의 변화와 가족 간의 갈등을 상징적으로 나타내며, 농업의 가치가 사라져가는 과정을 보여준다.

작품은 농촌 발전 정책이 농민의 삶을 실질적으로 개선하지 못했음을 드러내며, 기출의 죽음은 이러한 실패의 결과로서, 단순한 개인의 비극이 아닌 시대적, 사회적 맥락에서 이해해야 할 복합적인 문제로 제시된다. 『장곡리 고욤나무』는 농촌 정책의 한계를 비판하고, 그로 인해 발생한 농민들의 고통을 여실히 드러내어, 한국 농촌 사회가 겪는 심각한 문제를 강조하고 있다. 이 작품은 결국 농촌 발전 정책의 실패가 농민들에게 어떤 영향을 미쳤는지를 깊이 성찰하게 만든다.

농촌의 비극과 가족의 갈등 - 이문구의 『장곡리 고욤나무』 메시지(작가의 메시지)

이문구의 『장곡리 고욤나무』는 1990년대 한국 농촌의 비극적 현실을 진지하게 조명하며, 여러 중요한 메시지를 담고 있다. 작품은 자유 무역 협정과 농산물 가격의 급락이 농민들의 생계를 위협하는 상황을 통해 농촌 공동체의 붕괴가 어떻게 이루어지는지를 보여준다. 이러한 경제적 어려움은 농민들에게 심각한 고통을 안기며, 그들의 삶을 송두리째 흔들어 놓는다.

또한, 기출과 그의 자녀들 간의 갈등은 농업의 가치와 가족의 유대가 어떻게 약화되는지를 상징적으로 나타낸다. 자식들이 금전적 이익만을 추구하는 모습은 전통적 가치의 소멸을 드러내며, 가족 내에서의 이해 부족이 개인에게 미치는 영향을 강조한다. 이는 농민으로서의 자존심과 정체성이 위협받고 있음을 나타내고, 고욤나무가 더 이상 희망의 대상이 아니라는 점에서 농촌의 전통이 사라지는 것에 대한 안타까움을 표현한다.

마지막으로, 작품은 농촌 발전 정책의 실패를 비판하며, 이러한 정책이 농민의 삶을 실질적으로 개선하지 못했음을 여실히 드러낸다. 기출의 죽음은 개인의 비극이 아니라, 시대와 사회의 복합적인 원인으로 이해해야 할 문제임을 강조하며, 농촌 사회가 겪는 고통과 갈등을 깊이 성찰하게 만든다. 『장곡리 고욤나무』는 농촌의 현실을 통해 독자에게 중요한 사회적 메시지를 전달하고 있다.

인물에 대해 살펴볼까요

이기출: 정부의 농촌 정책에 희망을 걸지만 좌절되어 고욤나무에 매달려 세상을 떠난다.

이봉출(화자): 기출의 사촌 동생으로 기출의 입장을 이해한다.

이효근(기출의 맏아들): 기출에게 땅을 팔아 사업자금을 달라고 하며, 기출의 죽음 후에는 유산을 돌려달라는 주장을 한다.

발단	봉출이 기출의 죽음 소식을 듣고, 버스를 탄다. 버스안에서 사람들은 기출의 죽음에 궁금해 한다.
전개	기출의 죽음이 이상했던 봉출은 그저께 저녁을 떠올리며 기출의 말을 기억한다.
위기	기출의 집에서 유산 싸움을 하는 자식들을 본다.
절정	봉출은 효근과 기출의 싸움을 떠올리며 기출이 세상을 떠난 이유가 농지 정책으로 인한 농촌의 파괴가 원인이라고 생각한다.
결말	봉출은 기출을 이해하며 고욤나무 밑동을 자른다.

제재 정리

갈래	현대소설(세태비판)
성격	사실적.비판적
주제	1990년 농촌 개발 정책에 따른 농촌의 황폐한 현실
특징	• 봉출의 시점으로 인물과 사건을 서술한다. • 방언을 사용해 사실감 있게 표현했다. • 농촌 정책의 부당한 면을 비판, 풍자한다. • 기출과 경찰관의 갈등에서는 정부 정책에 대한 불만을 표출하고, 기출과 아들(효근)의 갈등에서는 세대간의 갈등을 보여준다.

'생기부 세특' 보고서, 글쓰기 주제 가이드

EBS 수능특강에 빈번히 출제되고 있어요

『장곡리 고욤나무』의 출제 포인트는 주제와 메시지, 등장인물 간의 갈등, 농촌 사회의 현실 및 정부 정책의 비판적 시각이다. 공부 전략으로는 작품의 배경과 인물의 심리를 분석하고, 주요 테마를 정리하며, 작품 속 상징(고욤나무 등)을 이해하는 것이 중요하다. 또한, 감상문이나 요약을 작성해보며 내용을 체계적으로 정리하는 것도 도움이 된다.

※ 진로학과에 따라 '세특' 주제 접근 방향이 달라요

🌐	관련학과: **국문학**	출제 빈도: ●●●●●

①	이문구의 『장곡리 고욤나무』를 통해 농민 소설의 역사적 맥락과 현대 사회의 농민 문제를 어떻게 연결짓는지 분석해 보자.
②	독특한 토속어와 사실적 문체가 기출의 심리와 농촌의 고통을 어떻게 심화시키는지 탐구해 보자.
③	고욤나무가 기출의 정체성과 농촌의 전통을 어떻게 상징하는지, 그리고 현대 사회에서의 상실감을 어떻게 반영하는지 연구해 보자.
④	기출과 아들 간의 갈등을 통해 세대 간 가치관의 충돌이 농촌 공동체에 미치는 영향을 분석해 보자.
⑤	1990년대 농촌 발전 정책의 실패가 공동체의 해체에 미친 영향을 기출의 경험을 통해 탐구해 보자.
⑥	작품 속에서 사용된 토속어가 농민의 정체성과 감정을 어떻게 강화하는지 연구해 보자.
⑦	정부 정책의 변화가 기출의 삶에 미친 정치적, 사회적 압박을 구체적으로 탐구해 보자.
⑧	1990년대 한국 농촌의 경제적 변화가 기출의 선택과 심리에 어떻게 작용했는지 분석해 보자.
⑨	기출의 죽음을 통해 현대 사회에서의 농민의 고통과 그에 대한 사회적 책임을 어떻게 반영하는지 연구해 보자.

①	기출의 삶을 통해 당시 농촌 정책이 어떻게 농민들에게 실질적인 영향을 미쳤는지 연구해 보자.
②	기출의 아들이 도시로 나가려는 선택을 통해 농촌과 도시 간의 경제적 불균형을 분석해 보자.
③	기출이 선거용 농지 정책에 대한 실망을 통해 농민들이 느끼는 정치적 환멸을 탐구해 보자.
④	기출의 가족 갈등이 농촌 공동체의 해체와 사회적 불안을 어떻게 반영하는지 연구해 보자.
⑤	이문구의 작품에서 농민의 권리와 자율성이 어떻게 상실되었는지 분석해 보자.
⑥	기출의 경험을 바탕으로 현대 농촌 정책의 개선 방향과 대안을 탐구해 보자.
⑦	기출의 비극을 통해 농민 문제에 대한 사회적 책임을 어떻게 강조하는지 연구해 보자.
⑧	기출의 사례를 통해 현재 농업 정책의 문제점과 농민의 고통을 연결해 보자.
⑨	기출과 아들 간의 갈등을 통해 세대 간 가치관 충돌이 사회에서 어떻게 나타나는지 탐구해 보자.
⑩	기출의 삶에서 농촌 공동체의 붕괴가 정체성 상실로 이어지는 과정을 연구해 보자.
⑪	기출의 경험을 통해 농민의 삶을 개선하기 위한 사회적 프로그램과 정책을 제안해 보자.
⑫	기출의 비극을 통해 농촌에서의 불평등이 개인에게 미치는 영향을 탐구해 보자.
⑬	기출의 경험을 통해 농촌 정책 변화가 공동체 및 가족 구조에 미치는 영향을 연구해 보자.
⑭	기출의 비극을 통해 농촌 정체성을 유지하기 위한 사회적, 정치적 노력을 분석해 보자.

❖ 같이 읽으면 좋은 책

이청준 『병신과 머저리』, 김영하 『오직 두 사람』

EBS 수능특강 출제

생각하며 읽어요

이태준의 『해방 전후』는 1946년 8월에 발표된 자전적 단편소설로, '한 작가의 수기'라는 부제가 붙어 있어. 이 작품은 해방 직후 혼란스러운 상황 속에서 최소한의 자기를 지키려는 고뇌와 새로운 방향을 모색하는 과정을 그려. 주인공 현은 변화하는 시대에 적응하려고 고군분투하는 인물로, 해방 전 일제의 압박 속에서도 자신의 정체성을 지키려 했던 작가상을 대표해. 그는 새로운 시대에 맞춰 자신의 문학적 정체성을 재정립하려고 애쓰고, 그 과정에서 겪는 갈등과 고뇌는 독자에게 깊은 공감을 불러일으켜.

반면, 김 직원은 삼일운동 때 옥고를 치른 애국자지만, 완고한 성격 때문에 해방 후 힘을 잃고 물러나. 그는 과거의 영광에 집착하며 변화하는 시대에 적응하지 못하고, 결국 고립된 삶을 살게 돼. 이 두 인물은 시대의 변화를 상징하며, 이태준은 이를 통해 사회의 혼란과 변화의 필요성을 강조해. 현은 새로운 가능성을 찾으려 하고, 김 직원은 과거의 가치에 집착하면서 갈등을 겪지. 이태준은 이 두 인물을 통해 구세대와 신세대 간의 갈등을 잘 묘사하고, 변화의 필요성을 강조했어.

작품은 해방 전후의 상황을 차분하게 그리며, 당시 사회의 복잡한 감정을 잘 담아내. 이태준은 독자에게 변화의 불가피성을 일깨우고, 새로운 시대에 대한 희망을 제시해. 작품 이후 이태준은 월북하게 되고 그의 문학은 이전과는 전혀 다른 방향으로 전환되게 돼. 이러한 변화는 그가 겪었던 개인적, 사회적 갈등을 반영하며, 그의 문학적 여정에 중요한 전환점을 마련해. 결국,『해방 전후』는 단순한 개인의 이야기를 넘어, 시대의 흐름 속에서 인간 존재의 의미를 탐구하는 깊이 있는 작품으로 자리매김하고 있어.

한국 문학의 시대를 초월한 목소리, 이태준

이태준(1904-1969)은 한국 현대문학의 중요한 작가야. 해방 전후의 사회적 변화와 개인의 정체성을 탐구한 작품으로 유명하지. 본명도 이태준이고, 1920년대부터 문단에 등장해서 다양한 장르에서 활동했어. 그의 작품은 주로 인간의 내면과 사회적 갈등을 깊이 있게 다루고, 특히 해방 직후의 혼란스러운 시대를 배경으로 한 자전적 요소가 두드러져. 대표작인 '한 작가의 수기'는 신세대와 구세대의 대립을 통해 시대의 변화를 반영하고, 개인의 고뇌를 진지하게 그린 작품이야. 이태준은 개인의 정체성을 지키려는 노력을 강조하면서 사회적 변화의 필요성을 이야기해. 그의 문체는 사실적이고 차분하며, 인물의 심리를 섬세하게 묘사해. 이후 그는 월북해서 북한에서 문학 활동을 이어갔지만, 그의 작품은 남한에서도 여전히 큰 영향을 미치고 있어. 한국 문학사에서 그는 개인과 사회의 갈등을 조명한 중요한 작가로 평가받고, 현대 한국 사회를 이해하는 데 중요한 자료로 여겨져. 이태준의 작품은 시대를 초월한 인간의 고뇌와 갈등을 다루며, 오늘날에도 많은 독자들에게 감동을 주고 있어.

줄거리를 꼭 알아야 해요

일제 말기, 작가 현은 소극적으로 협조하지 않으려 했지만, 생계를 위해 강원도 산읍으로 떠난다. 그는 창씨개명과 친일 작품 작성을 거부했으나, 대동아 전기의 번역 요청은 거절하지 못했다. 낚시로 소일하며 감시의 눈을 피해 지내던 그는 김 직원을 만나 교류하게 된다. 그러나 문인궐기대회에 참석해야 하는 상황이 발생하자, 현은 연설할 차례에 대회장을 빠져나온다. 이후 주재소에서는 시국집회에 불참했다는 경고를 받는다. 김 직원은 전국유도대회와 관련해 체포되고, 현은 친구의 전보를 받고 상경하다가 일제의 패망과 조선의 독립 소식을 접한다. '조선문화건설중앙협의회'를 찾아간 그는 좌익 문인 단체의 선언문에 서명하고, 활동을 시작한다. 그러나 좌익과 우익, 찬탁과 반탁으로 어수선한 가운데 김 직원과의 논쟁이 격화되며, 결국 김 직원은 서울을 떠난다. 이 과정에서 현은 자신과 주변의 이념적 갈등을 경험하게 된다.

 '생기부 세특' 깊이 파악하기

전지적 서술자를 통한 이태준의 심리적 깊이 연구

이태준의 작품에서 전지적 서술자는 인물의 내면을 깊이 있게 탐구하는 중요한 역할을 한다. 이 서술자는 사건의 진행뿐만 아니라 인물의 심리적 갈등과 변화를 세밀하게 묘사함으로써 독자가 인물의 복잡한 감정을 이해할 수 있도록 돕는다. 중심인물 '현'은 나약한 지식인으로서 해방 직전의 압박과 해방 직후의 혼란 속에서 심리적 고통을 겪는다. 이러한 내면의 갈등은 전지적 서술자의 시선을 통해 더욱 생생하게 드러난다. 서술자는 '현'의 고뇌와 갈등을 조명하며, 그의 심리적 변화를 통해 시대적 상황을 반영한다. 강직한 김 직원과의 대비를 통해 '현'의 나약함이 부각되며, 이 두 인물 간의 갈등은 개인의 정체성과 사회적 압박 간의 긴장을 드러낸다. 이태준은 이러한 심리적 깊이를 통해 독자에게 해방 전후의 복잡한 사회상을 전달하며, 시대적 맥락 속에서 개인의 내면을 탐구하는 중요한 메시지를 전달한다.

즉, 이태준의 전지적 서술자는 인물의 내면을 심도 있게 탐구함으로써 독자가 개인의 고뇌와 시대적 상황을 성찰할 수 있는 기회를 제공한다. 이러한 서술 방식은 이태준 문학의 독창성을 더하고, 독자가 인물의 심리적 깊이를 느낄 수 있게 해준다.

자전적 소설로서의 심리적 탐구

이태준의 해방전후 작품을 자전적 소설로 보는 이유는 작품 속 인물의 경험과 감정이 작가 자신의 삶과 깊은 연관이 있기 때문이다. 이태준은 해방 전후의 혼란한 시대를 직접 겪었으며, 이 시기의 사회적 압박과 개인적 고뇌를 작품에 반영했다. 중심인물 '현'의 내면 갈등과 정체성 탐구는 이태준 자신의 심리와 상황을 투영하는 요소로 해석될 수 있다. 또한, 작품에서 다루는 주제는 이태준의 개인적 경험을 바탕으로 하여 해방 후의 변화와 혼란, 그리고 그 속에서 느끼는 고뇌와 갈등이 작가가 실제로 겪었던 사회적 상황과 맞물려 있다. 이러한 자전적 요소는 독자에게 보다 깊은 공감을 불러일으킨다. 이태준의 문체와 서술 방식에서도 자전적 성격이 드러나며, 전지적 서술자는 인물의 내면을 세밀하게 묘사하여 작가 자신의 감정을 전달하는 매개체 역할을 한다. 이런 방식은 독자가 인물의 심리적 상태를 이해하고, 동시에 작가의 경험을 느낄 수 있게 한다. 결국, 이태준의 해방전후 작품은 개인의 내면과 시대적 상황을 연결짓는 자전적 요소로 가득차 있어, 그의 삶과 문학적 세계를 이해하는 데 중요한 역할을 한다.

현과 김 직원의 갈등과 시대적 고뇌

현과 김 직원의 갈등은 개인의 정체성과 이념 간의 내립을 상징적으로 보여준다. 현은 해방 직후의 혼란 속에서 자신의 정체성을 찾기 위해 고뇌하는 나약한 지식인으로 묘사된다. 반면, 김 직원은 강직한 성격으로, 이념적으로 좌파에 속하는 인물이다. 이 둘의 대립은 단순한 개인적 갈등을 넘어, 당시 사회의 분열과 갈등을 반영한다.

김 직원과의 관계에서 현은 자신의 이념과 가치관을 고민하게 되며, 두 사람의 대화는 서로의 입장 차이를 드러낸다. 김 직원은 강한 신념으로 현을 압박하지만, 현은 자신의 불안정한 정체성으로 인해 갈등을 겪는다. 이 과정에서 독자는 두 인물의 심리가 복잡하게 얽힌 모습을 목격하게 되며, 이는 해방 전후의 사회적 혼란을 더욱 깊이 이해하는 데 도움을 준다. 결국, 이 갈등은 개인의 고뇌와 시대적 상황이 맞물려 형성된 복합적인 관계를 드러내며, 이태준 문학의 핵심적인 주제를 형성한다.

인물에 대해 살펴볼까요

현: 순수문학가, 해방 후 좌익계열에 가담하게 된다.

김직원: 철원에 사는 유학자, 해방이 되자 영친왕을 모셔야 한다고 주장하는 인물이다.

구성 정리

발단	호출을 받고 서에 출두한 현은 시국을 위해 일할 것을 강요받는다.
전개	시달림을 피하려고 강원도로 거처를 옮긴 현은 낚시로 소일하던 중 김 직원과 교유하며 그를 존경하게 된다.
위기	8.15 직후, 현은 다시 서울로 올라와 좌익 계열의 문학 운동에 적극 참여하게 된다.
절정	문학 운동을 통해 현은 새로운 사상과 가치관을 받아들이며 자신의 정체성을 찾기 위해 고민한다.
결말	자신을 찾아온 김 직원과 대화한 후, 현은 두 사람이 이념적으로 서로 화해할 수 없음을 확인하게 된다.

제재 정리

갈래	현대소설, 자전적 소설
성격	자전적, 사실적, 비판적
주제	해방 후 지식인의 이념적 갈등
배경	해방 전후, 서울과 철원
특징	• '한 작가의 수기'라는 부제가 붙은 자전적 소설이다. • 해방을 전후한 시기의 작가로서 고뇌와 사회성이 구체적으로 담겨있다. • 전지적 서술자 '현'의 시선에서 사건을 바라보고 전달한다. • 나약한 지식인과 강직한 인물의 대비를 통해 인물의 특성을 효과적으로 부각했다.

'생기부 세특' 보고서, 글쓰기 주제 가이드

EBS 수능특강에 빈번히 출제되고 있어요

이태준의 해방전후 작품 공부를 위해 중요한 사항은 다음과 같다. 주요 인물인 현은 나약한 지식인으로서 갈등과 정체성을 탐구하고, 김 직원은 강직한 좌파 인물로서 대립한다. 갈등의 주제는 개인의 정체성과 이념 간 대립, 해방 전후의 사회적 혼란을 반영한다. 전지적 서술자의 시점이 사용되며, 인물의 내면 심리가 세밀하게 묘사된다. 이태준의 개인적 경험이 작품에 반영되어 있으며, 정체성, 고뇌, 사회적 분열 등의 주요 테마가 드러난다. 이러한 요소를 깊이 있게 이해하는 것이 중요하다.

※ 진로학과에 따라 '세특' 주제 접근 방향이 달라요

🌐	관련학과: 사회/정치/윤리		출제 빈도: ●●●●
①	현재의 사회적 불안정성(예: 팬데믹, 경제위기)이 개인의 심리에 미치는 영향을 이태준의 작품과 연결 지어 연구해 보자.		
②	김 직원의 강직한 성격과 전통적 가치관이 현대 사회에서 어떻게 재조명되고 있으며, 그가 상징하는 구세대의 가치가 현재의 사회적 이슈에 어떻게 적용될 수 있는지 탐구해 보자.		
③	이태준의 작품에서 지식인 현이 사회의 혼란 속에서 성제성을 찾으려 고군분투하는 모습과 현대 사회에서 지식인이 정치적, 사회적 이슈에 대한 비판적 사고와 대안을 제시하며 겪는 갈등과 압박을 비교하여 탐구해 보자		
④	작품 속 현과 김 직원 간의 갈등이 개인의 이념적 차이를 반영하는 방식과 현재 한국 사회의 좌우 이념 간 갈등을 비교하여 분석해 보자.		
⑤	해방 후 지식인의 고뇌가 현대 사회에서도 어떻게 나타나는지를 이태준의 작품을 통해 비교 분석해 보자.		
⑥	개인의 정체성과 사회의 기대 간의 갈등을 주제로 한 현대 이슈와 이태준의 작품 속 갈등을 비교하여 시대를 초월한 개인과 사회의 관계를 연구해 보자.		
⑦	이태준의 문학이 현대 독자에게 주는 메시지와 그 사회적 의미를 분석하고, 개인의 고뇌와 사회적 갈등을 다룬 그의 문학이 현재의 사회 문제 해결에 어떻게 기여할 수 있는지를 탐구해 보자.		

이문구 _ 장곡리 고욤나무　　　　　　　　　　　　　　　　**237**

⑧	해방 전후의 사회적 혼란과 현대의 정치적 불안정 및 경제적 위기를 비교하여 두 시기의 사회적 혼란이 어떻게 유사하게 나타나는지를 분석해 보자.
⑨	이태준의 작품에서 나타나는 시대적 갈등이 현재 사회의 변화와 어떻게 연결되는지를 탐구하고, 이로부터 도출되는 교훈이나 시사점을 연구해 보자.

🌐	관련학과: 국문학	출제 빈도: ●●●●

①	이태준의 작품에서 인물의 심리가 형성되는 과정과 그 배경을 분석하여, 해방 전후의 사회적 혼란과 개인적 갈등이 주인공 현의 내면에 미치는 영향을 깊이 탐구해 보자.
②	김 직원과 현의 갈등이 구세대와 신세대 간의 이념적 대립을 상징하는 방식을 이태준의 문학적 맥락에서 구체적으로 탐구해 보자.
③	이태준의 전지적 서술자가 인물의 심리적 갈등을 세밀하게 묘사하여 독자가 이해할 수 있도록 하는 방식을 연구해 보자.
④	이태준의 사실적이고 차분한 문체가 주인공의 내면 갈등과 사회적 혼란을 강조하는 방식과 그 감정적 효과를 분석해 보자.
⑤	해방 전후의 정치적 불안정과 사회적 혼란이 이태준의 작품 배경에 미친 영향을 분석하고, 이 배경이 인물의 행동과 가치관에 어떻게 반영되는지를 탐구해 보자.
⑥	현의 정체성 탐구가 현대 독자에게 사회적 변화와 개인의 정체성 간의 관계를 어떻게 시사하는지를 연구해 보자.
⑦	이태준의 작품 속 갈등이 인간의 본성과 사회적 압박을 어떻게 드러내는지를 분석하고, 이러한 갈등이 인물의 선택과 행동에 미치는 영향을 탐구해 보자.
⑧	이태준의 자전적 경험이 그의 작품 속 인물과 사건에 어떻게 반영되어 깊이를 더하는지를 연구하고, 이러한 자전적 요소가 독자에게 주는 감동을 탐구해 보자.
⑨	이태준의 작품 속 인물들의 가치관이 현대 문학에서 어떻게 재조명되고 있으며, 이러한 가치관이 현재의 사회적 이슈에 어떻게 적용될 수 있는지를 연구해 보자.
⑩	이태준의 사실적 묘사와 전지적 서술 기법이 현대 한국 문학에 미친 영향을 분석하고, 그의 문학이 후대 작가들에게 어떤 영향을 주었는지를 탐구해 보자.

🌐	관련학과: **심리/의학**	출제 빈도: ●●●●

①	이태준의 작품에서 주인공 현이 해방 전후의 사회적 혼란 속에서 겪는 정체성 혼란이 그의 심리적 고통으로 이어지는 과정을 분석해 보자.
②	현과 김 직원 간의 갈등을 통해 나타나는 심리적 방어 기제를 연구하고, 이를 통해 인간 심리의 복잡성을 탐구해 보자.
③	현의 내면 갈등이 불안 장애와 관련된 증상으로 드러나는 방식을 구체적으로 탐구해 보자.
④	해방 후의 사회적 혼란이 주인공 현의 행동 및 의사결정에 미치는 영향을 연구해 보자.
⑤	프로이트의 정신 분석 이론을 적용하여 현과 김 직원의 갈등 속에서 드러나는 무의식적 욕망과 방어 기제를 분석해 보자.

❖ 같이 읽으면 좋은 책

김동리 『무녀도』, 최인훈 『광장』

EBS 수능특강 출제

생각하며 읽어요

이태준의 『돌다리』는 일제 강점기 말, 자본주의가 퍼지면서 농촌이 큰 충격을 겪었던 시기에 대한 이야기야. 이 작품은 땅을 사랑하는 농민의 모습으로 전통과 현대의 갈등을 보여주지. 주인공 창섭은 의사로서 근대 자본주의의 가치관을 가지고 있지만, 그의 아버지는 농부로서 땅에 대한 강한 애착을 가져. 이렇게 아버지와 아들 사이의 갈등이 시작돼.

아들이 아버지에게 소중한 땅을 팔고 서울로 가자고 제안했을 때, 아버지는 자신의 정체성의 일부인 땅을 팔 수 없다며 단호하게 거절해. 이 장면에서 두 사람의 가치관 차이가 정말 뚜렷하게 드러나고, 이는 세대 간의 갈등을 상징적으로 보여줘. 작품 안에는 아버지가 장마로 피해를 본 돌다리를 수리하는 모습도 나오는데, 이것은 그가 땅과 지역 사회에 대한 헌신을 상징하지.

반면에, 창섭은 현대의 가치관에 따라 병원 확장을 위해 땅을 팔고 싶어해. 이 과정에서 두 사람의 감정 간격이 점점 커지게 돼. 『돌다리』는 전통적인 가치와 현대 자본주의 사회의 갈등을 통해 개인의 정체성 문제를 깊이 있게 탐구하는 작품이야. 이 과정을 통해 우린 아버지와 아들이 겪는 고뇌와 갈등을 느끼며, 정체성이라는 것이 얼마나 복잡한지를 생각하게 돼.

작가는 변화하는 시대 속에서도 여전히 중요한 뿌리를 가진 사람들의 이야기를 통해, 전통의 가치가 현대 사회에서도 여전히 의미가 있음을 강조하고 있어. 결국,『돌다리』는 개인의 정체성을 찾는 여정이 얼마나 힘든지를 보여주며, 독자에게 잃어버린 것들에 대한 회복과 성찰의 필요성을 일깨우는 메시지를 전달하고 있어.

따라서 이 작품에서는 단순한 가족의 이야기를 넘어서, 시대의 변화 속에서도 여전히 중요한 뿌리를 가진 사람들의 이야기를 만나게 되는 거지. 이처럼 어쩔 수 없이 변화하는 시대에서 우리가 잃게 되는 것과 다시 찾아가야 할 것을 다시 한번 생각해보게 하는 작품이야. 결국,『돌다리』는 전통과 현대의 충돌 속에서 각자의 정체성을 찾으려는 노력과 그로 인해 발생하는 갈등을 통해 독자에게 깊은 여운을 남기는 작품이야.

줄거리를 꼭 알아야 해요

창섭은 맹장 수술 분야의 최고 권위자로 서울에서 병원을 운영하고 있지만, 병원 확장을 위해 필요한 자금을 마련해야 했다. 그는 자신의 고향 땅을 팔기로 결심하고, 부모님을 서울로 모시겠다는 계획을 세운다. 이를 실행하기 위해 고향으로 내려간 창섭은 아버지를 만난다. 그의 아버지는 성실한 농사꾼으로, 평소에도 동네 길과 정거장을 자비로 관리하며 지역 사회에 헌신하는 인물이다. 창섭이 고향에 도착한 날, 아버지는 장마로 피해를 입은 돌다리를 고치고 있었다. 창섭은 아버지에게 땅을 팔고 서울로 가자고 설득하지만, 아버지는 단호히 거절한다. 아버지는 땅에 대한 깊은 애착을 가지고 있으며, 이는 그들의 삶의 터전이자 정체성을 구성하는 중요한 요소다. 창섭은『아버지의 땅』에 대한 애착과 자신의 꿈 사이에서 갈등을 겪는다.

결국, 창섭은 아버지와의 정서적 간극을 깊이 느끼고 서울로 돌아가게 된다. 이 과정에서 그는 자신과 아버지, 그리고 고향의 세계가 서로 어떻게 분리되고 있는지를 깨닫게 된다. 변화하는 삶의 방식이 세대 간의 갈등을 야기하며, 이는 개인의 정체성에 대한 고찰로 이어진다. 창섭의 이야기는 현대 사회에서 전통과 현대의 충돌을 상징적으로 보여주며, 가족과의 유대가 단순히 물질적 가치로 환원될 수 없음을 일깨운다.

돌다리의미 – 전통과 현대의 갈등을 잇는 상징

이태준의 작품에서『돌다리』는 아버지에게 단순한 구조물이 아니라 깊은 상징적 의미를 지니고 있다. 이 다리는 아버지가 글을 배우러 다니던 곳이자 어머니가 시집올 때 가마를 타고 건너온 다리로, 가족의 역사를 간직한 장소다. 또한 조상의 상돌을 옮긴 다리이면서 아버지 자신이 죽어서 건널 다리로서, 이는 그의 삶과 죽음, 그리고 가족의 연결고리를 상징한다.

돌다리는 아버지가 소중히 여기는 '땅'의 상징적 의미와 밀접하게 연관되어 있다. 아버지는 이 돌다리를 통해 과거의 정신적인 가치를 후대에 전하고자 하는 염원을 담고 있으며, 이를 지키고 보수하는 행위는 전통과 유산을 소중히 여기는 그의 성품을 잘 보여준다. 아버지가 돌다리를 고치고 지키려는 모습은 단순한 물리적 수리 이상의 의미를 지니며, 가족과 조상의 삶을 떠올리게 하는 정신적 가치의 지속을 바라는 표현이다.

이와 대조적으로, 아들이 추구하는 금전적이고 현실적인 가치는 나무다리로 상징된다. 이로 인해 작품은 아버지와 아들 간의 갈등을 세대 간의 갈등으로 확대시킨다. 아버지는 돌다리를 통해 전통적인 가치를 지키려 하는 반면, 아들은 물질적 이익에만 집중한다. 이러한 대립은 농민으로서의 아버지의 신념을 통해 현재 세대의 물질주의적 가치관을 비판하는 메시지를 전달하고 있다. 결국, 돌다리는 아버지에게 가족의 역사와 정체성을 상징하는 중요한 요소로 자리 잡고 있다.

'생기부 세특' 깊이 파악하기

물질과 정신의 갈림길: 이태준의 「돌다리」가 전하는 메시지

이태준은 「돌다리」를 통해 물질 만능 사회에 대한 강한 비판을 전개하고 있다. 작품 속에서 등장인물들은 점차 돈과 재산으로 평가되는 현실에 휘둘리며, 그 과정에서 인간적인 감정과 도덕적 기준을 잃어간다. 특히, 창섭이 아버지에게 땅을 팔고 서울로 가자고 제안하는 장면은 이러한 물질적 가치의 우선순위를 잘 드러낸다. 아버지는 땅에 대한 애착을 가지고 있지만, 아들은 병원 확장을 위해 금전적 이익을 추구한다.

이서방이 자신의 땅을 잃고 결국 인간적인 가치마저 포기하게 되는 과정은 물질적 욕망이 인간의 삶을 어떻게 파괴할 수 있는지를 적나라하게 보여준다. 이태준은 이러한 변화를 통해 세대 간의 갈등도 드러내며, 전통적인 가치와 현대 자본주의 사회 간의 충돌을 강조한다. 아버지는 땅을 지키고자 하지만, 아들은 물질적 이익에 집중하면서 결국 서로의 세계가 분리되는 모습을 보여준다. 이태준이 「돌다리」를 통해 비판하고 싶었던 것은 단순한 물질적 가치의 추구가 아니라, 그로 인해 잃어버리는 인간의 본질적인 가치와 도덕적 기준이다. 이러한 비판은 현대 사회에서도 여전히 유효하며, 독자에게 깊은 성찰을 불러일으킨다. 작품은 전통과 현대, 물질과 정신의 갈등 속에서 진정한 인간의 가치를 고민하게 만드는 중요한 메시지를 전달하고 있다.

갈등의 아이러니: 전통적 가치관과 근대적 가치관 충돌

이태준의 「돌다리」에서 나타나는 가치관의 충돌은 창섭과 아버지 간의 인식의 아이러니를 통해 드러난다. 창섭은 현대 자본주의 사회에서 의사로서 물질적 가치를 중시하며, 병원 확장을 위해 「아버지의 땅」을 팔고자 한다. 이는 나무다리로 상징되는 현대적 가치, 즉 개인의 성공과 효율성을 추구하는 경향을 반영한다. 반면, 아버지는 땅과 전통, 가족의 역사를 중시하며, 돌다리를 통해 과거의 정신적 가치를 후대에 전하고자 한다. 그는 땅을 팔면 가족의 정체성을 잃게 된다고 믿는다.

이 과정에서 아들은 아버지의 입장을 이해하지만, 자신의 신념과 결별해야 하는

이태준 _ 돌다리   **243**

모순적인 상황에 처한다. 그는 아버지의 전통적 가치관을 존중하면서도, 자신의 꿈이 다른 방향으로 나아가야 한다는 갈등을 겪는다. 이러한 인식의 아이러니는 두 세대 간의 간극을 부각시키며, 전통과 현대, 물질과 정신의 조화를 고민하게 만든다.

결국, 나무다리와 돌다리는 서로 다른 가치관의 충돌을 통해 인간 존재의 복잡성을 탐구하며, 『돌다리』는 현대 사회에서 개인과 집단, 전통과 현대의 갈등을 깊이 있게 성찰하게 만든다.

세대 간의 갈등과 이해: 이태준의 『돌다리』에서의 가치관의 조화

작품에서 아버지와 아들은 서로의 가치관 차이로 인해 갈등을 겪는다. 아버지는 전통적인 농부로서 땅에 대한 애착을 가지고 있으며, 그 땅은 그의 삶과 정체성의 상징이다. 반면, 아들은 현대 자본주의 사회에서 의사로서 금전적 이익을 추구하며, 병원 확장을 위해 『아버지의 땅』을 팔고자 한다. 이 과정에서 두 사람은 서로의 입장을 이해하지 못하고 갈등이 심화된다.

아버지가 땅을 팔지 않겠다는 결정은 단순한 고집이 아니라, 가족의 역사와 정체성을 지키려는 의지에서 비롯된 것이다. 그는 과거의 정신적 가치를 후대에 전하려는 마음을 가지고 있다. 반면, 아들은 자신의 꿈과 미래를 위해 현실적인 선택을 하려는 것이지만, 아버지의 마음을 헤아리지 못한다. 갈등의 해결 과정은 두 사람의 대화를 통해 이루어진다. 아버지는 아들이 물질적 가치에만 집중하는 모습을 보며, 그가 잃고 있는 것에 대해 걱정하게 된다. 아들도 『아버지의 땅』에 대한 깊은 애착과 그 의미를 이해하기 시작하면서, 서로의 입장을 조금씩 받아들이게 된다.

 아버지와 아들은 각자의 가치관을 존중하며, 서로를 이해하는 과정을 통해 갈등을 해소하게 된다. 이러한 과정은 전통과 현대의 조화를 추구하는 메시지를 담고 있으며, 개인의 정체성과 가족의 유대가 어떻게 서로 연결되는지를 깊이 있게 탐구하고 있다. 이 작품은 두 세대 간의 갈등을 통해 인간의 본질적인 가치와 관계의 중요성을 일깨워준다.

인물에 대해 살펴볼까요

이태준의 『돌다리』에서 아버지는 땅을 가꾸고 지키는 것이 목적인 전통적 가치관의 인물이다. 그는 농부로서 자신의 삶의 터전인 땅에 대한 강한 애착을 가지고 있으며, 농토는 그의 정체성을 구성하는 중요한 요소로 작용한다. 아버지는 장마로 피해를 입은 돌다리를 수리하며 지역 사회에 대한 헌신을 보여주고, 농촌 공동체의 일원으로서 책임감을 느낀다. 반면, 창섭은 땅을 팔아 병원 확장을 위해 돈을 마련하고자 하며, 땅을 경제적 수단으로 여기는 근대적 가치관을 지닌 인물이다. 그는 의사로서 현대 자본주의 사회의 가치관을 내면화하고 있으며, 아버지와의 갈등을 통해 세대 간의 가치관 차이를 드러낸다. 이러한 두 인물의 대립은 전통과 현대의 갈등을 상징적으로 보여주며, 각자의 가치관이 충돌하는 과정에서 정체성의 혼란을 탐구하게 된다.

구성 정리

발단	창선은 누이가 오진으로 죽자 의사가 된다. 이후 창선은 맹장분야로 인정받는 의사가 되고 병원 확장을 위해 돈이 필요해 아버지를 찾아온다.
전개	고향에 내려오는 길에 돌다리를 고치는 아버지와 만난다.
위기	창섭은 아버지에게 땅을 팔자고 제안하고, 병원확장 계획을 말하며 함께 서울로 갈 것을 권유한다.
절정	아버지는 창섭의 의견을 거절하고, 창섭에게 자신이 가진 신념에 대해 설명한다.
결말	창섭은 아버지가 고친 돌다리를 건너 집으로 가며 아버지는 앞으로도 땅을 지키며 살 것을 다짐한다.

제재 정리

갈래	단편소설, 순수소설
성격	사실적, 세태 비판적, 교훈적
배경	일제 강점기
시점	전지적 작가 시점
주제	땅에 대한 사랑을 통한 가치관 충돌과 세태 비판

'생기부 세특' 보고서, 글쓰기 주제 가이드

EBS 수능특강에 빈번히 출제되고 있어요

이태준의 『돌다리』는 전통과 현대의 가치 충돌을 다룬 작품으로, 창섭과 아버지 간의 갈등이 주요 포인트이다. 창섭은 물질적 가치(나무다리)를 추구하는 반면, 아버지는 전통적 가치(돌다리)를 중시한다. 이 과정에서 인식의 아이러니가 드러나며, 두 세대의 간극과 갈등을 성찰하게 된다. 작품은 물질과 정신, 개인과 집단의 조화를 고민하게 만들며, 현대 사회의 복잡성을 탐구하는 것이 중요하다.

※ 진로학과에 따라 '세특' 주제 접근 방향이 달라요

🌐	관련학과: **국문**	출제 빈도: ●●●●●
①	전통적 가치관이 현대 사회의 가족 구조와 개인의 정체성에 어떤 방식으로 영향을 미치는지를 분석하고, 이를 통해 현대 한국 사회에서 전통의 재조명이 필요한 이유를 탐구해 보자.	
②	아버지와 아들의 갈등이 한국 문학 전반에 걸쳐 어떻게 다양한 형태로 나타나는지를 비교하고, '돌다리'가 이 갈등을 독창적으로 표현하는 방식을 분석해 보자.	
③	돌다리와 나무다리의 상징적 의미를 통해 전통과 현대의 가치가 어떻게 충돌하며, 이를 통해 일제 강점기의 사회적 압박이 아버지와 아들의 가치관 형성에 어떻게 작용하며, 이러한 역사적 맥락이 현대 한국 사회의 정체성과 연결되는지를 분석해 보자.	
④	이태준의 독특한 문체가 전통과 현대의 갈등을 어떻게 효과적으로 전달하는지를 분석하고, 현대 독자에게 주는 감정적 여운을 탐구해 보자.	
⑤	창섭의 물질적 가치관이 현대 사회의 세대 갈등과 경제적 불평등을 어떻게 반영하는지를 탐구하고, 그의 선택이 사회적 변화에 미치는 영향을 분석해 보자.	
⑥	현대 사회에서 아버지의 전통적 가치관이 어떻게 재조명되고 있으며, 그 변화가 개인의 정체성과 가족 관계에 미치는 영향을 분석해 보자.	
⑦	가족 간의 유대가 작품 속에서 어떻게 형성되며, 현대 사회에서 가족 관계의 중요성이 어떻게 변화하고 있는지를 탐구해 보자.	

⑧	세대 간 갈등이 한국 사회의 변화와 어떤 관련성을 가지며, 이를 통해 현대 사회가 직면한 문제들을 어떻게 이해할 수 있는지를 분석해 보자.
⑨	이태준이 '돌다리'를 통해 전달하고자 하는 메시지가 현대 문학에서 어떻게 계승되고 있으며, 그 사회적 의미를 분석해 보자.

🌐 관련학과: **사회/정치**	출제 빈도: ●●●●●

①	세대 간 갈등이 한국 사회의 정치적 의사결정에 어떻게 영향을 미치는지를 분석하고, 그 결과로 나타나는 사회적 불평등을 탐구해 보자.
②	전통적 가치와 현대적 가치의 충돌이 현대 정치에서 어떻게 나타나며, 이를 통해 나타나는 정치적 대립과 갈등을 연구해 보자.
③	아버지와 아들의 갈등이 사회적 불평등을 어떻게 드러내는지를 탐구하고, 이를 통해 현대 사회의 구조적 문제를 분석해 보자.
④	세대 간 갈등이 정치적 의사결정에 어떤 영향을 미치며, 이를 통해 나타나는 정책적 변화와 사회적 반응을 연구해 보자.
⑤	아버지의 전통적 가치관이 개인의 정치적 정체성 형성에 미치는 영향을 탐구하고, 이를 통해 한국 사회의 정치적 다양성을 분석해 보자.
⑥	창섭의 가치관이 현대 정치에서의 시민 참여와 사회적 행동에 어떻게 영향을 미치는지를 탐구해 보자.
⑦	전통적 가치가 현대 정치에서 어떻게 정치적 이슈로 부각되는지를 분석하고, 그로 인해 발생하는 사회적 논쟁을 연구해 보자.
⑧	작품 속 갈등이 한국 사회의 정치적 변화와 어떤 관계가 있는지를 탐구하고, 이를 통해 현재의 정치적 맥락을 이해해 보자.

❖ 같이 읽으면 좋은 책

김소진 『아름다운 생물』, 박완서 『그 산이 정말 거기 있었을까』

EBS 수능특강 출제

생각하며 읽어요

김원일의 『마당 깊은 집』은 6·25 전쟁 직후의 사회를 사실적으로 묘사한 전후 소설이야. 작가의 체험을 바탕으로 한 자전적 요소가 많고, 제목은 주인집을 포함한 여러 피란민 가족들이 함께 살고 있는 공간을 의미해. 이건 당시 한국 사회의 축소판이라고 할 수 있어. 작품은 전쟁으로 고통받는 피란민들의 삶을 어린아이인 '나'의 시선을 통해 생생하게 전달해. 아버지가 없는 상황에서 힘겹게 살아가는 주인공은 가족의 소중함을 깨닫고 성장해 나가.

이 과정에서 어머니의 역할이 크게 부각되는데, 어머니는 장남인 '나'에게 아버지의 역할을 기대하면서도 가족을 지키기 위해 강한 부성적 면모를 드러내. 이런 어머니의 모습은 '나'를 억압하면서도 동시에 그가 성장하는 데 중요한 원동력이 돼. 작품은 어린아이의 시점과 어른이 된 '나'의 시점을 교차하여 서술함으로써 성장 소설의 성격을 드러내. 이를 통해 독자는 전후 한국 사회의 풍속도와 함께 개인의 성장 과정을 깊이 있게 이해할 수 있어.

특히, 전쟁의 참상 속에서 가족 간의 유대가 어떻게 형성되고 강화되는지를 보여주는 점이 인상적이야. '나'는 어머니의 희생과 사랑을 통해 가족의 의미를 깨닫고, 그 과정에서 자신의 정체성을 찾아가. 또한, 작품은 전후 사회의 혼란과 불안 속에서도 희망을 잃지 않으려는 인간의 강인함을 감동적으로 그려내. 김원일의 문학적 깊이는 이러한 복합적인 감정을 통해 더욱 빛을 발하고,

독자에게 깊은 여운을 남겨.『마당 깊은 집』은 전쟁의 상처 속에서도 가족의 유대와 희망을 찾고자 하는 인간의 강인함을 감동적으로 그려낸 작품으로, 한국 문학에서 중요한 위치를 차지하고 있어.

전후 한국 사회의 고난과 희망을 노래한 작가 김원일

김원일은 한국 현대 문학의 중요한 작가 중 한 명이야. 1954년 대구에서 태어나 전후 한국 사회의 변화와 고난을 작품에 담아내고 있어. 그의 대표작인 『마당 깊은 집』은 1950년대 전쟁 직후의 어려운 시절을 배경으로 하고, 가난과 희망, 가족의 유대를 중심으로 이야기를 전개해. 이 작품은 전쟁으로 인해 피난민이 된 가족들이 겪는 고난과 그 속에서도 피어나는 희망을 통해 인간의 강인함과 삶의 의미를 탐구하고 있어.

어머니의 강직한 모습과 장남으로서의 책임감은 김원일의 성장 과정에서 형성된 가치관을 잘 반영하고 있어. 어머니는 가족을 지키기 위해 강한 모습을 보이고, 이런 요소들은 독자들에게 깊은 감동을 주지. 김원일은 문학을 통해 사회적 약자와 그들의 삶을 조명하며, 가난과 고난 속에서도 희망을 잃지 않는 인물들을 그려내. 그의 작품은 개인의 삶과 사회적 맥락을 연결하며, 독자들에게 깊은 사유를 하게 만들어. 김원일은 한국 문학의 정체성과 시대적 아픔을 진술하게 담아내는 작가로서, 앞으로도 많은 독자들에게 사랑받을 거야. 그의 이야기는 단순한 서사를 넘어, 우리가 잊고 지내던 중요한 가치들을 다시금 생각하게 해. 그래서 김원일의 작품은 많은 사람들에게 여전히 큰 울림을 주고 있는거 같아.

줄거리를 꼭 알아야 해요

'나'는 시골에서 허드렛일을 하며 초등학교를 마친 후, 대구 장관동의 『마당 깊은 집』에서 세 들어 살고 있는 가족들과 함께 지내게 된다. 이 집에는 '나'의 가족 외에도 6 · 25 전쟁으로 피란 온 두 가족과 상이군인 가족이 함께 살고 있다. 전쟁의 상처로 힘든 시기를 보내는 이들 사이에서 '나'는 가족의 소중함과 생존의 어려움을 체감하며 성장해 나간다.

어머니는 아버지의 역할을 해야 한다고 엄하게 기르며, 중학교 입학이 미뤄진 '나'에게 신문 팔이를 시킨다. 이는 '나'에게 생계의 무게를 느끼게 하며, 가족을 지키기 위한 책임을 부여한다. 늦가을, 주인집은 세를 든 가족 중 한 가족을 내보내기로 결정하고, 불운하게도 '나'의 가족이 제비뽑기에서 뽑히게 된다. 경제적 형편 때문에 한겨울에 이사 가기가 어려운 어머니는 새로 들어오기로 한 정기사와의 계약 덕분에 『마당 깊은 집』에서 계속 살게 된다. 하지만 3월 말, 집주인은 세를 주었던 곳을 허물고 새로 집을 짓겠다고 발표하며, 세 들어 살던 가족들은 모두 흩어지게 된다.

 '생기부 세특' 깊이 파악하기

시간을 넘나드는 기억의 여정

김원일의 작품에서 '나'라는 서술자는 사건이 일어나는 과거와 그 사건을 회상하는 현재의 시점을 교차하며 독자에게 깊은 감정을 전달한다. 과거 시점의 '나'는 어리둥절한 상태로 손에 쥔 돈을 바라보며 상황에 대한 혼란을 느낀다. 이는 당시의 감정과 불안, 그리고 주위 환경에 대한 무기력을 그대로 드러낸다. "나는 살그머니 잠자리에서 빠져나와 반바지를 껴입고 마당으로 나섰다"라는 구절은 어린 시절의 순수함과 호기심을 보여주며, 그 시점에서의 '나'는 사건의 현실을 생생하게 경험하고 있다.

반면, 현재 시점의 '나'는 과거를 회상하며 그때의 기억을 반추한다. "지금 생각해 보면"과 "나는 지금도 기억하고 있다"라는 표현은 시간이 흐른 후에도 여전히 그 사건이 마음속에 깊이 남아 있다는 것을 나타낸다. 현재의 '나'는 과거의 경험을 통해 배운 점이나 느낀 감정을 성찰하며, 어린 시절의 순수함과 그로 인해 생긴 감정의 깊이를 이해하게 된다.

이런 방식으로 두 시점을 교차하여 서술함으로써, 독자는 '나'의 내면적 갈등과 성장 과정을 더욱 깊이 있게 느낄 수 있다. 과거의 경험이 현재의 '나'에게 어떤 영향을 미쳤는지를 탐구하게 하며, 이는 독자로 하여금 자신의 기억과 감정에 대해 다시 생각해 보게 만든다. 결국, 김원일은 '나'의 시각을 통해 독자에게 인간 존재의 복잡함과 성장 과정을 감동적으로 전달하고 있다.

'전후의 상처, 희망의 씨앗'

김원일의 작품에서 나타나는 전후 현실은 전쟁의 상처로 가득 차 있다. 초등학교를 갓 졸업한 '나'는 '애비 없는 이 집안의 장자'라는 무거운 책임을 짊어지고, 전쟁으로 인한 가족의 상실과 관계의 왜곡을 경험한다. 이러한 상황 속에서 '나'는 세상이 얼마나 야박하게 대하는지를 절실히 느끼며, 각박한 인간관계 속에서 고립감을 느낀다.

주인집 부엌의 남은 밥을 뒤져 먹는 모습은 궁핍과 생존의 어려움을 보여주며, 이는 도덕적으로 타락한 상황을 반영한다. 하지만 '나'는 그 속에서도 꿋꿋이 참아내며, 바람직한 가치관을 정립하고자 하는 노력을 기울인다. 이러한 희망은 전후의 힘든 현실 속에서도 인간이 어떤 가치와 목표를 추구할 수 있는지를 보여준다. 결국, 김원일의 작품은 전후 한국 사회의 아픔을 깊이 있게 담아내면서도, 그 속에서 희망과 인간의 강인함을 잃지 않으려는 의지를 드러낸다.

공간이 드러내는 삶의 무게

작품에서 공간은 인물의 사회적 위치와 삶의 질을 드러내는 중요한 요소로 작용한다. 주인집은 지배층의 공간으로, 전쟁의 분위기와는 거리가 먼 부유한 환경을 제공한다. 이곳은 식모를 둘 정도로 여유로운 삶을 살고 있는 인물들이 거주하며, 그들 사이에서는 전후의 고난과는 무관한 평화로운 일상이 이어진다. 반면, 아래채는 피지배층의 공간으로, 전쟁으로 인해 피란민이 된 세입자들이 치열한 삶을 살아가는 곳이다. 여기서는 각기 다른 배경을 가진 인물들이 모여 고난을 공유하며 생존을 위해 애쓰고 있다. 첫째방의 경기댁은 경기도 연백군에서 피란 온 인물로, 고향의 상실감을 느끼며 새로운 삶을 개척하려고 한다. 둘째방의 준호댁은 강원도 평창 출신으로, 전쟁의 상처를 안고 살아가는 모습을 보여준다. 셋째방의 평양댁은 헌 군복 장사를 하며 생계를 이어가고, 넷째방의 길남이네는 각자의 사연을 지닌 인물들로 구성되어 있다. 바깥채의 김천댁 역시 전후의 힘든 현실 속에서 가족과 함께 생존을 위해 고군분투하는 모습이 드러난다.

인물에 대해 살펴볼까요

'나'(길남): 길남은 아버지 없이 어머니, 누나, 두 동생과 함께 살며, 어머니의 기대에 중압감을 느낀다. 어머니의 꾸중에 반발해 가출하지만, 결국 어머니의 사랑을 깨닫게 된다.

어머니: 어머니는 부재한 아버지를 대신해 가족의 생계를 책임지며, 자식에게 엄격하고 냉정하다. 그녀의 강한 모습은 가족을 지키려는 애절한 사랑을 담고 있다.

아버지: 아버지는 6·25 전쟁 중 가족을 남쪽에 두고 월북하여, 가족과의 관계가 단절된 인물이다. 그의 부재는 가족의 고난과 상실감을 더욱 심화시킨다.

제재 정리

갈래	전후 소설 , 성장 소설, 자전적 소설
배경	6·25 전쟁 이후, 대구의 『마당 깊은 집』
성격	자전적, 회고적, 사실적
시점	1인칭 주인공 시점
주제	6·25 전쟁 이후, 서민들의 힘겨웠던 삶의 모습
특징	• 한국 전쟁 직후의 세태를 사실적으로 묘사한다. • 어린 '나'와 어른이 된 '나'의 시점이 교차하며 성장 과정을 드러낸다. • 거대한 서사가 없이 다양한 인물들의 사건을 사슬처럼 연결하여 일상의 고난을 보여준다.

'생기부 세특' 보고서, 글쓰기 주제 가이드

EBS 수능특강에 빈번히 출제되고 있어요

김원일의 『마당 깊은 집』은 전후 소설, 성장 소설, 자전적 소설의 갈래로 분류된다. 6·25 전쟁 이후 대구를 배경으로 하여 서민들의 힘겨운 삶과 인간의 강인함을 주제로 삼는다. 1인칭 시점에서 어린 '나'와 어른 '나'의 교차는 성장 과정을 강조한다. 사실적 묘사와 사건의 연결을 통해 다양한 인물들이 겪는 고난을 드러내며, 주요 인물인 '나', 어머니, 아버지의 갈등과 관계가 중요하다.

※ 진로학과에 따라 '세특' 주제 접근 방향이 달라요

🌐	관련학과: 국문학	출제 빈도: ●●●●

①	어린 '나'는 전후 사회의 고난 속에서 어떤 가치관을 형성하며 성장하는지, 현재 사회의 청소년들이 겪는 어려움과 연결해 탐구해 보자.
②	『마당 깊은 집』의 공간이 어떻게 인물의 사회적 위치를 반영하는지, 현대 사회의 주거 환경과 개인의 정체성 형성과의 관계를 비교해 보자.
③	김원일의 문체가 독자에게 감정을 어떻게 전달하는지, 현대 문학에서 감정 표현의 방식이 어떻게 변화하고 있는지를 연구해 보자.
④	작품 속 전후 사회의 특징이 어떻게 묘사되는지, 현재의 전후 사회와의 유사성과 차이짐을 비교해 보자.
⑤	자전적 요소가 독자에게 어떤 공감을 이끌어내는지, 현재의 자전적 문학 트렌드와 비교해 보자.
⑥	회고적 서술이 독자의 감정에 미치는 영향을 연구하고, 현대 문학에서 회고적 서술 방식의 활용을 비교해 보자.

🌐	관련학과: 정치학/사회학	출제 빈도: ●●●●

①	개인의 삶에서 정치적 결정이 미치는 영향을 탐구하고, 현재 정치적 불안정성이 개인에게 미치는 영향을 비교해 보자.
②	가족의 부재가 개인의 정치적 참여 방식에 미치는 영향을 분석하고, 현대 사회의 가족 구조 변화와의 관계를 연구해 보자.

③	전후 사회의 계급 갈등이 개인의 삶에 미치는 영향을 탐구하고, 현재 사회의 계급 문제와의 유사성을 비교해 보자.
④	피란민의 삶을 통해 사회적 안전망이 개인의 생존에 미치는 영향을 분석하고, 현재의 사회복지 시스템과의 관계를 연구해 보자.
⑤	가족 내 역할 변화가 개인의 정치적 태도에 미치는 영향을 탐구하고, 현대 사회의 가족 역할 변화와의 관련성을 분석해 보자.
⑥	전쟁 후 사회적 불안이 개인의 정치적 행동에 미치는 영향을 연구하고, 현재의 사회적 불안과 갈등에 대한 개인의 반응을 비교해 보자.
⑦	김원일의 시각이 현재의 정치적 이슈와 어떻게 연결되는지를 연구해 보자.
⑧	개인의 결정이 사회적 변화를 이끌 수 있는지를 탐구하고, 현대 사회의 개인의 역할과 그 중요성을 분석해 보자.
⑨	『마당 깊은 집』에서 보여지는 사회적 연대가 개인의 삶에 미치는 영향을 탐구하고, 현재 사회의 연대 의식과 그 필요성을 비교해 보자.

🌐	관련학과: 과학/공학	출제 빈도: ●●●●

①	전후 사회에서 생존을 위한 자원 관리의 중요성이 개인과 가족의 생존에 미치는 영향을 분석하고, 현재의 환경 위기가 개인의 자원 관리 방식에 어떻게 반영되고 있는지를 탐구해 보자.
②	가족의 생계 유지에 필요한 과학적 지식이 개인의 경제적 안정에 미치는 영향을 연구하고, 현대 사회에서 과학적 교육이 경제적 문제 해결에 어떻게 기여하는지를 비교해 보자.
③	전쟁으로 인한 환경 변화가 개인의 생활 방식과 건강에 미치는 영향을 분석하고, 현재 기후 변화가 개인에게 미치는 영향을 연구해 보자.
④	피란민의 생존 전략에 포함된 과학적 지식과 기술을 분석하고, 현대 난민들이 사용하는 생존 전략과의 유사성을 탐구해 보자.
⑤	전후 사회의 사회적 구조가 생태학적 문제에 미치는 영향을 탐구하고, 현재 사회의 생태계 보호와 관련된 정책들이 개인의 삶에 미치는 영향을 연구해 보자.

❖ 같이 읽으면 좋은 책

최인훈 『광장』, 이문열 『우리들의 일그러진 영웅』

EBS 수능특강, 2024 임용고시 출제

생각하며 읽어요

최인훈의 초기 단편 중 하나인 『모범동화』는 순수한 아이들의 세계를 보호해야 한다는 당위를 바탕으로 하고 있어. 이 작품에서는 결코 모범적이지 않은 행동을 일삼는 어른들과 그런 어른들을 추종하는 아이들이 등장해. 어른들의 위선과 타락을 간파하고 폭로하는 소년의 모습은 1970년대 산업화 시대의 사회상을 비판하고 있어. 특히 이 이야기에 나오는 아이는 일반적인 어린이 이미지와는 다르게 늘 피곤한 표정을 하고 있어. 생기와 발랄함, 순수함 대신에 어른들에게 냉소를 드러내는 모습이 인상적이야. 이 소년은 애어른처럼 행동하며, 현실의 부조리함과 모순을 드러내는데, 그 모습이 독자에게 큰 여운을 남겨.

작품은 단순한 동화의 틀을 넘어, 사회에 대한 깊은 고찰을 담고 있어. 아이들이 순수함을 잃지 않고 성장할 수 있도록 어른들이 어떤 역할을 해야 하는지를 고민하게 만들지. 최인훈은 이렇게 아이들의 시선을 통해 현실을 날카롭게 비판하며, 독자에게 많은 생각할 거리를 던져줘. 결국 『모범동화』는 순수한 아이들의 세계가 어떻게 지켜져야 하는지에 대한 중요한 메시지를 전달하는 작품이야. 이 작품은 또한 어른들이 아이들에게 어떤 본보기가 되어야 하는지를 성찰하게 하며, 사회의 부조리와 위선을 드러내는 데 중요한 역할을 해. 최인훈은 아이들의 순수함을 지키기 위해 어른들이 가져야 할 책임과 의무를 강조하며, 독자에게 깊은 감동을 주는 동시에 사회에 대한 비판적 시각을 제시하고 있어. 이러한 점에서『모범동화』는 단순한 동화 이상의 의미를 지니며, 현대 사회에서도 여전히 유효한 메시지를 전달하고 있어. 이 글로 변경하면?

부조리한 사회를 직시한 현대 문학의 거장, 최인훈

최인훈은 한국 현대 문학에서 중요한 작가로, 그의 작품은 사회의 부조리와 인간 존재에 대한 깊은 성찰을 담고 있어. 그의 초기 소설에는 부조리한 사회를 일찍 깨달은 조숙한 아이들이 자주 등장하는데, 이 아이들은 기성세대의 위선과 허위를 비판하며 현실의 부조리를 직시하는 태도를 보여. 특히『모범동화』에서도 이런 주제가 잘 드러나고 있어.

작품 속 '아이답지 않은 아이'는 겉으로는 어른처럼 지각도 하고 수업 시간에 졸거나 원숭이 흉내를 내는 바보 같은 모습이지만, 사실은 기성세대의 위선을 날카롭게 간파한 인물이야. 그는 강 씨 같은 어른들의 속임수를 폭로하고 위선적 행동을 조롱해. 강 씨는 아이들을 현혹시키기 위해 모범적인 모습을 보이지만, 아이는 그의 진짜 의도를 꿰뚫고 있지. 이러한 대립은 최인훈이 보여주는 부조리한 사회의 단면을 드러내고, 독자에게 깊은 인상을 남겨.

그의 작품은 단순한 동화의 틀을 넘어서서 사회적 비판을 담고 있어. 조숙한 아이들을 통해 어른들의 위선과 부조리를 폭로하고, 그 과정에서 아이들의 순수함과 진정한 가치를 강조하지. 최인훈은 이렇게 독자에게 진정한 '모범'이 무엇인지 질문을 던지며, 사회적 현실에 대한 깊은 성찰을 유도해. 그의 문학은 단순한 이야기의 차원을 넘어, 사회와 인간 존재에 대한 근본적인 질문을 탐구하는 데 중점을 두고 있어. 이러한 점에서 최인훈의 작품은 독자에게 지속적인 여운을 남기며, 현대 사회의 복잡한 문제를 성찰하게 만드는 힘을 지니고 있어.

『모범동화』 제목의 의미와 사회적 비판

최인훈의 『모범동화』는 물질적 부를 추구하며 모범적인 어른 행세를 하는 위선적 인물인 강 씨의 이야기를 중심으로 전개된다. 제목에서 '모범'은 표면적으로는 이상적인 어른의 모습을 암시하지만, 실제로는 강 씨가 사회의 기대에 부응하기 위해 만들어낸 허위의식을 나타낸다. 강 씨는 외적으로는 모범적인 행동을 보이지만, 내면에서는 자신의 이익을 위해 타인을 이용하고, 그 결과로 아이들에게 부정적인 영향을 미친다. 이러한 대비는 어린이들이 순수함을 잃지 않고 성장해야 한다는 메시지를 강조한다.

제목은 또한 동화라는 장르의 특성을 반영하여, 아이들이 꿈꾸는 이상적인 세계와 현실의 부조리를 대비시키는 역할을 한다. 결국 『모범동화』는 위선적인 사회 구조와 그 속에서 고뇌하는 아이들의 모습을 통해, 진정한 가치가 무엇인지에 대한 깊은 사유를 촉발한다. 이 작품은 물질적 부의 추구가 개인의 도덕성을 어떻게 왜곡할 수 있는지를 경고하며, 독자에게 진정한 '모범'이 무엇인지 다시 생각하게 만든다.

줄거리를 꼭 알아야 해요

피란민 출신의 강 씨가 D 국민학교 앞에서 아이들을 상대로 장사를 하며 벌어지는 이야기를 중심으로 전개된다. 강 씨는 아이들을 물질적 대상으로 여기고, 그들을 통해 돈을 벌려는 위선적인 인물이다. 그는 학교 앞에서 장사를 독점하며 다른 장사치들을 배제하고, 아이들도 강 씨 이외의 장사꾼들에게는 관심을 두지 않는다.

강 씨가 아이들에게 인정받는 이유는 그가 보여주는 처세와 뛰어난 연기력 때문이다. 그는 아이들의 모범이 되기 위해 학교 앞을 청소하고 수재 의연금을 내는 등의 연기를 통해 신뢰를 쌓는다. 그러나 이 신뢰를 이용해 그는 사행성 짙은 놀이를 통해 아이들에게 돈을 벌어 나간다. 그러던 중 전학 온 특별한 소년과 마주치게 된다. 이 소년은 어른들 세계의 위선과 거짓을 조롱하며 폭로하는 인물이다. 강 씨는 그 소년을 통해 자신이 돈벌이로 활용하던 사행성 놀이가 단순한 장난이 아님을 깨닫고, 결국 큰 상처를 입으며 좌절하게 된다.

 '생기부 세특' 깊이 파악하기

위선과 진실: 소년과 강 씨의 갈등 속 성장 이야기

소년과 강 씨의 관계는 전형적인 대립 구도로 그려진다. 소년은 새로 전학 온 학생으로, 어른들의 위선과 비밀을 폭로하려는 강한 의지를 지닌 인물이다. 그는 일반적인 아이의 이미지와는 달리 생기 없고 지루한 모습을 자주 보이지만, 그 속에는 날카로운 통찰력이 숨겨져 있다. 소년은 강 씨의 장사를 접하며 강 씨의 행동을 비판하고, 어른들이 어린이들을 어떻게 이용하는지를 지적하는 역할을 한다. 반면, 강 씨는 아이들을 상대로 장사하는 위선적인 인물로, 자신의 이익을 위해 아이들을 물질적 대상으로 바라본다. 아이들의 호감과 호기심을 이용해 돈을 벌고자 하지만, 소년의 도전적인 태도에 불쾌감을 느끼고 괴로워한다. 소년은 강 씨의 사행성 짙은 놀이에 도전하며, 그로 인해 강 씨는 자신이 벌어놓은 놀이판에서 패배하게 된다. 이 패배는 강 씨에게 큰 상처가 되고, 그의 장사에 대한 의욕을 잃게 만든다.

소년은 강 씨의 위선과 허위를 드러내는 역할을 하며, 강 씨는 소년을 통해 자신이 그동안 해온 일의 부정성과 허무함을 깨닫게 된다. 이 두 인물은 서로의 존재를 통해 각자의 정체성과 사회적 역할을 성찰하게 된다. 소년의 직설적인 태도는 강 씨에게 위기감을 안겨주고, 결국 그들은 서로의 관계를 통해 성장과 변화의 과정을 겪게 된다. 이러한 대립과 갈등은 작품의 핵심 주제를 더욱 부각시킨다.

부조리의 상징: 『모범동화』 속 소재의 의미 탐구

최인훈의 『모범동화』에서 등장하는 여러 소재들은 작품의 주제를 심화시키는 중요한 역할을 한다. 특히 동전은 강 씨와 아이들 간의 관계를 상징적으로 드러낸다. 강 씨는 어린이들을 물질적 대상으로만 바라보며, 그들을 통해 돈을 벌려는 위선적인 인물이다. 이 동전은 그의 입장에서 어린이들을 단순한 돈벌이 대상으로 여기는 모습을 나타낸다. 반면, 아이들은 원판 경기에서 승리하여 한 번에 열 개의 사탕을 얻는 것과 같은 요행을 기대한다. 이들은 강 씨의 사행성 놀이에 참여함으로써 순간적인 기쁨과 보상을 원하며, 그 속에서 어린이로서의 순수한 욕망을 드러낸다. 사탕은 아이들이 놀이를 통해 얻고자 하는 구체적인 목적을 상징하며, 이들은 단순한 사탕을 넘어 그들의 꿈과 희망을 나타낸다.

원판 경기는 강 씨가 아이들을 상대로 벌이는 사행성 놀이로, 아이들의 욕망과 기대감을 이용해 돈을 버는 구조를 상징한다. 이 경기는 단순한 놀이가 아니라, 강 씨가 아이들의 순수함을 착취하는 수단으로 기능한다. 결국, 이러한 소재들은 작가가 표현하고자 하는 부조리한 사회의 단면과 그 속에서 고뇌하는 아이들의 현실을 잘 드러내고 있다. 이처럼 동전, 사탕, 원판 경기는 모두 강 씨와 아이들 간의 복잡한 관계를 형성하고, 그들의 욕망과 위선을 교차하는 지점을 탐구함으로써 작품의 주제를 더욱 깊이 있게 전달한다. 최인훈은 이러한 소재를 통해 독자에게 진정한 가치와 인간 존재에 대한 질문을 던지며, 사회적 비판의 메시지를 전달하고 있다.

인물에 대해 살펴볼까요

소년: 아이답지 않은 조숙한 모습이 있고 어른들의 비밀을 폭로하며 강씨의 장사를 막는 인물이다.

강씨: 아이들의 물질적 욕구 충족의 대상으로 도박성 놀이를 통해 아이들을 상대로 돈을 번다.

제재 정리

갈래	현대소설
성격	사실적, 비판적, 고발적
주제	아이답지 않은 모습을 통해 현실의 부조리를 폭로한다.
특징	• 전지적 시점으로 등장 인물의 내면 심리 사건의 정황을 자세하게 서술하고 있다. • 반어적, 역설적인 제목으로 주제의식을 드러낸다. • 인물들의 서술을 통해서 상황에 대한 부정적 분위기를 보여준다.

'생기부 세특' 보고서, 글쓰기 주제 가이드

EBS 수능특강, 2024 임용고시에 출제되었어요

최인훈의 『모범동화』 출제유형에 대해 설명하는 것은 문학적 주제를 이해하는 데 중요하다. 등장인물 간의 관계 분석은 작품의 핵심 갈등을 드러내는 데 중요하다. 또한, 동전, 사탕, 원판 등의 소재 의미를 파악하는 것이 주제를 심화시키는 데 중요하다. 작가의 의도를 분석하는 것은 독자에게 전달하고자 하는 메시지를 이해하는 데 중요하다. 마지막으로, 문체와 서술 방식을 분석하는 것은 작품의 깊이를 이해하는 데 중요하다.

※ 진로학과에 따라 '세특' 주제 접근 방향이 달라요

🌐	관련학과: **국문학**	출제 빈도: ●●●●●

①	최인훈의 『모범동화』에서 아이들의 순수함을 지키기 위한 구체적 방법을 상상해 보자.
②	'아이답지 않은 아이'의 모습이 현대 아동문학에서 어떻게 재현될 수 있는지를 탐구해 보자.
③	강 씨의 위선이 현대 사회에서 어떤 방식으로 변형될 수 있는지를 분석해 보자.
④	작품 속 부조리한 사회의 요소들을 현실 사회와 비교해 보자.
⑤	제목의 반어적 의미가 주는 사회적 메시지를 탐구해 보자.
⑥	전지적 시점이 인물 간의 갈등에 미치는 영향과 그로 인해 나타나는 상징을 분석해 보자.
⑦	아이들과 어른들 간의 갈등 구조가 현대 사회에서 어떻게 변화해 왔는지를 연구해 보자.
⑧	작품 속 사회적 비판이 오늘날의 아동 문제와 어떻게 연결되는지를 탐구해 보자.
⑨	강 씨와 소년의 관계가 현대 가족 구조에서 어떻게 재현될 수 있는지를 분석해 보자.

🌐	관련학과: **정치학**	출제 빈도: ●●●●

①	『모범동화』속 어른들의 위선이 현대 정치에서 어떻게 재현될 수 있는지를 탐구해 보자.
③	어린이의 권리를 보호하기 위한 혁신적인 정책적 방안을 제안해 보자.
④	강 씨의 행동이 현대 사회의 불평등 구조를 어떻게 반영하는지를 연구해 보자.
⑤	아동의 물질적 착취 문제를 글로벌 차원에서 연결해 보자.
⑤	최인훈의 작품이 정치적 메시지를 전달하는 새로운 방식에 대해 탐구해 보자.
⑥	어른과 아이 간의 권력 관계가 현대 정치에서 어떻게 나타나는지를 분석해 보자.
⑦	사회적 위선이 정치적 신뢰에 미치는 영향을 현대 사례로 연구해 보자.
⑧	어린이의 순수함을 지키기 위한 정치적 캠페인을 설계해 보자.
⑨	『모범동화』의 주제를 현대 정치적 이슈와 연결해 재구성해 보자.

🌐	관련학과: **사회학**	출제 빈도: ●●●●

①	현대 사회에서 어린이의 순수함을 지키기 위한 사회적 노력의 필요성을 탐구해 보자.
③	『모범동화』가 현대 사회의 위선 문제를 어떻게 반영하는지를 연구해 보자.
④	강 씨의 행동이 사회적 기대와 어떻게 충돌하는지를 분석해 보자.
⑤	아이의 시선에서 본 사회적 부조리가 현대 아동에게 미치는 영향을 탐구해 보자.
⑤	작품 속 인물들의 행동을 통해 현대 사회의 구조적 문제를 연구해 보자.
⑥	어른들의 위선이 아동의 사회적 발달에 미치는 영향을 탐구해 보자.
⑦	『모범동화』가 사회적 변화의 필요성을 어떻게 촉구하는지를 분석해 보자.
⑧	현대 사회에서 아동의 경제적 착취 문제를 구체적인 사례로 연구해 보자.
⑨	강 씨와 소년의 갈등을 통해 현대 사회의 모순을 탐구해 보자.
⑩	최인훈의 작품이 사회적 진단을 통해 제시하는 해결책을 연구해 보자.

🌐	관련학과: **심리학**	출제 빈도: ●●●●●

①	소년의 심리적 갈등을 통해 현대 아동의 정체성 문제를 탐구해 보자.
②	강 씨의 행동이 아동의 자아 형성에 미치는 영향을 연구해 보자.
③	위선과 진실 간의 갈등이 아동의 심리적 발달에 미치는 영향을 탐구해 보자.
④	아동의 순수함이 심리적 성장에 미치는 긍정적 요인을 연구해 보자.
⑤	『모범동화』 속 인물들의 심리적 변화 과정을 통해 현대 아동의 심리적 문제를 분석해 보자.
⑥	강 씨의 위선이 아동에게 미치는 심리적 영향과 그 대처 방안을 탐구해 보자.
⑦	소년의 직설적인 태도가 현대 아동의 방어 기제로 작용하는지를 연구해 보자.
⑧	현대 사회에서 아동이 느끼는 심리적 압박의 원인을 탐구해 보자.
⑨	부조리한 현실이 인물의 심리에 미치는 영향을 분석해 보자.
⑩	작품 속 인물들의 심리적 갈등을 통해 아동의 정신 건강 문제를 연구해 보자.

🌐	관련학과: **의학**	출제 빈도: ●●●●●

①	아동의 심리적 건강을 지키기 위한 새로운 치료적 접근 방안을 탐구해 보자.
②	『모범동화』가 아동 정신 건강에 미치는 영향을 현대 연구와 연결해 보자.
③	어린이의 물질적 착취가 심리적 문제를 유발하는 구체적인 메커니즘을 탐구해 보자.
④	강 씨의 행동이 아동의 정서적 발달에 미치는 영향을 분석해 보자.
⑤	부조리한 사회가 아동의 정신 건강에 미치는 영향을 현대 사례로 연구해 보자.
⑥	아동의 순수함을 보호하기 위한 의료적 접근 방안을 제안해 보자.
⑦	소년의 심리적 갈등을 통해 아동 정신 건강 문제의 예방 방안을 탐구해 보자.
⑧	아동의 경제적 착취가 신체적 건강에 미치는 영향을 연구해 보자.
⑨	『모범동화』 속 아동의 정서적 발달 과정을 현대 심리학 이론과 연결해 보자.
⑩	작품이 현대 아동의 건강 문제에 대한 경각심을 어떻게 일깨우는지를 연구해 보자.

🌐	관련학과: **과학**		출제 빈도: ●●●●
①	아동의 인지 발달에 미치는 사회적 요인을 현대 연구와 연결해 탐구해 보자.		
③	『모범동화』에서 나타나는 사회적 부조리를 과학적 방법으로 분석해 보자.		
④	아동의 행동이 환경적 요인에 의해 어떻게 변화하는지를 연구해 보자.		
⑤	강 씨의 사행성 놀이가 아동의 뇌 발달에 미치는 영향을 탐구해 보자.		
⑤	아동의 순수함을 유지하기 위한 과학적 방법론을 제안해 보자.		
⑥	『모범동화』 속 인물들의 행동을 인지과학적으로 분석하여 학습 과정을 탐구해 보자.		
⑦	사회적 환경이 아동의 정서적 반응에 미치는 영향을 과학적으로 연구해 보자.		
⑧	아동의 물질적 욕구가 뇌의 보상 시스템에 미치는 영향을 탐구해 보자.		
⑨	작품에서 나타나는 사회적 위선과 과학적 사실 간의 관계를 분석해 보자.		
⑩	『모범동화』 속 아동의 심리적 갈등을 과학적 접근으로 해결 방안을 탐구해 보자.		

❖ 같이 읽으면 좋은 책

김영하 『오직 두 사람』, 김인정 『고통 구경하는 사회』

EBS 수능특강 출제

생각하며 읽어요

임철우의 소설『아버지의 땅』은 1984년에 발표된 작품으로, 6·25 전쟁을 전후한 한국 현대사를 배경으로 하고 있어. 이 소설은 개인의 이야기를 넘어서, 주인공 '나'가 겪는 고통과 좌절을 통해 그 시대의 아픔을 깊이 탐구하고 있어. 주인공의 아버지는 빨치산으로 가족을 두고 북으로 넘어갔고, 그로 인해 '나'와 어머니는 경제적 어려움과 함께 인민군의 아들이라는 이유로 사회적 박해를 받게 돼. 이 과정에서 '나'는 아버지에 대한 피해 의식을 느끼고, 심지어 증오하기도 해. 하지만 시신을 수습하는 과정에서 과거를 떠올리게 되고, 그런 과거와 현재가 겹치는 이야기 속에서 '나'의 인식이 변화하기 시작해. 특히, 유해를 수습하면서 아버지와 같은 사람에게 가해진 폭력의 흔적, 즉 '철삿줄'이 상징하는 고통을 마주하게 돼. 주인공은 자신이 증오했던 아버지를 이해하고 용서하게 되고, 그와 함께 전쟁의 피해자라는 사실을 깨닫게 되는 거야. 이 책은 개인적 상처와 더불어 전쟁과 분단이 남긴 아픔을 치유할 수 있는 가능성을 소설적으로 강조하고 있어. 임철우는 이러한 복잡한 감정을 통해 전쟁이 남긴 상처와 그 극복 가능성에 대한 메시지를 전달하고 있어.『아버지의 땅』은 각각의 인물이 겪는 고통을 통해, 우리 역사 속에서 회복과 이해의 길을 모색하게 하는 중요한 작품이야.

부조리한 사회를 직시한 현대 문학의 거장, 최인훈

임철우는 한국 현대 문학에서 중요한 작가야. 그의 작품은 주로 한국 전쟁의 상처와 그로 인해 형성된 개인의 정체성을 탐구해. 1949년 전라남도에서 태어난 그는 6·25 전쟁을 직접 경험하진 않았지만, 전후 세대의 고통과 갈등을 생생하게 그려내서 독자에게 깊은 감동을 주지.

그의 대표작인 『아버지의 땅』에서는 전쟁의 유산을 지닌 인물들이 과거와 현재를 연결하며 아버지와 화해하는 과정을 담고 있어. 작품 속에서는 참호에서 발견된 유해를 통해 전쟁의 참상과 그로 인한 상처를 시각화하고, 전후 세대가 과거의 아픔을 어떻게 유산으로 안고 살아가는지를 조명해. 특히 노인과 소대원의 시각 차이를 통해 역사적 경험의 깊이를 드러내고, 전쟁이 단순히 사라진 과거가 아닌 현재에도 여전히 영향을 미친다는 메시지를 전해. 임철우는 독자가 잊고 싶었던 과거와 마주하게 하여, 이를 통해 치유와 화해의 가능성을 제시해. 그의 문학은 단순한 전쟁 소설을 넘어서, 인간 존재의 복잡성과 상처를 치유하는 과정을 그려내며 독자에게 깊은 성찰을 유도해. 그래서 임철우는 한국 문학에서 중요한 목소리로 자리매김하고 있어.

줄거리를 꼭 알아야 해요

'나'는 군인으로 훈련용 참호를 파던 중, 철사에 감긴 유해를 발견한다. 이 유해는 6·25 전쟁 당시 빨치산으로 추측되는 시신으로, 전쟁의 고통과 이념 대립을 상징한다. '나'는 마을의 노인을 모셔와 유해를 정성스럽게 수습하고 무덤을 만들어준다. 노인은 전쟁의 희생자이자, 과거에 자신과 가족이 겪었던 아픔을 간직한 인물이다. 그는 유해를 염하며 연민을 드러내고, 이를 통해 서로의 상처를 이해하고 치유할 수 있다는 메시지를 전달한다.

'나'는 아버지가 빨치산으로 가족을 두고 북으로 간 뒤, 어머니와 함께 힘든 삶을 살아왔다. 그러나 유해 수습 과정에서 아버지에 대한 증오와 피해 의식이 변화하기 시작한다. 그는 유해와 아버지의 고통을 통해, 자신도 전쟁의 피해자임을 깨닫고 아버지를 용서하게 된다. 결국, '나'는 노인과의 만남을 통해 과거의 아픔을 이해하고, 서로에 대한 연민을 느끼며 상처를 극복할 수 있는 길을 발견한다.

상처의 역행: 아버지와의 화해를 향한 여정

임철우의 『아버지의 땅』은 역순행적 구조를 통해 주인공의 내면적 갈등과 가족의 상처를 깊이 있게 탐구한다. 현재의 상황에서 주인공은 6·25 전쟁 중 유해 수습 현장을 목격하며 죽음의 고통을 느끼고, 그 순간 아버지를 떠올린다. 이 과정에서 아버지가 겪었을 고통과 공포에 대한 연민을 느끼고, 아버지 또한 이념 대립의 피해자라는 사실을 깨닫는다. 이는 그가 화해와 용서를 결심하게 하는 중요한 변화로 작용한다. 과거 회상에서는 주인공의 상처가 드러난다. 아버지가 빨치산으로 활동하며 가족을 떠난 뒤, 홀로 남은 어머니 밑에서 성장한 주인공은 어머니의 끈질긴 기다림을 지켜보게 된다. 아버지의 부재는 주인공에게 차별과 피해의식을 안겨주며, 결과적으로 아버지에 대한 증오심을 형성하게 만든다. 이러한 복잡한 감정은 어머니의 희생과 기다림을 통해 더욱 심화된다. 역순행적 구조는 현재의 화해와 용서의 결심이 과거의 상처와 경험에서 비롯되었음을 강조한다. 초기 상황인 아버지의 선택과 그로 인한 가족의 분열은 주인공의 내면에 깊은 상처를 남기고, 이는 결국 현재의 연민으로 이어진다. 임철우는 이러한 구조를 통해 개인의 상처와 그 치유 과정을 드라마틱하게 표현하며, 독자로 하여금 인간 존재의 복잡성을 깊이 있게 성찰하게 만든다.

전쟁의 유골 발견 의미

이 작품에서 유골의 발견은 전쟁의 비극적 결과를 상징하며, 전쟁의 폭력과 상처가 여전히 남아 있음을 드러낸다. '나'와 오 일병이 참호를 파던 중 발견한 유골은 과거의 상처를 현재로 끌어오며, 전쟁으로 잃어버린 인명과 그로 인해 생긴 고통을 상징적으로 보여준다. 유골은 단순한 유체가 아니라, 전쟁의 아픔을 고스란히 담고 있는 존재로 기능한다.

노인이 유골을 수습하는 과정에서 "원통한 넋이니 죽어서라도 편히 눈 감도록 해야지"라는 말은 단순히 시신을 정리하는 행위를 넘어, 전쟁으로 인해 억울하게 죽은 이들의 넋을 기리는 중요한 의식을 강조한다. 이는 살아있는 이들이 과거의 희생자에 대한 도리를 다하는 방식으로, 전쟁의 폭력으로 훼손된 인간성을 회복하고 그들의 고통을 이해하려는 노력을 나타낸다.

유골 수습을 통한 인간성 회복의 의미

유골 수습 과정에서 나타나는 인간성 회복의 의미는 여러 측면에서 깊은 통찰을 제공한다. 먼저, 유골을 수습하는 행위는 전쟁의 희생자에 대한 깊은 연민과 존중을 나타내며, 노인이 유골을 정성스럽게 다루는 모습은 생명에 대한 기본적인 존엄성을 회복하려는 의지를 보여준다. 이는 단순한 시신 처리 이상의 의미를 지니며, 과거의 아픔을 기억하고 그들의 넋을 기리는 중요한 의식으로 작용한다. 또한, 유골 수습은 과거의 상처를 직시하고 그 아픔을 치유하려는 노력의 일환으로, 전쟁으로 인해 억울하게 죽은 이들의 이야기를 기억함으로써 살아있는 이들이 그들과의 연결을 회복하고 화해의 과정을 시작할 수 있게 한다. 이는 개인의 상처뿐만 아니라 공동체의 상처를 치유하는 데 기여한다. 더불어, 유골 수습 과정은 공동체 구성원 간의 연대감을 회복하는 기회를 제공하며, 서로 다른 배경을 가진 이들이 함께 유골을 수습함으로써 인간으로서의 도리와 상호 존중의 가치를 재확인하게 된다. 이러한 과정은 전쟁의 상처를 치유하고 서로 간의 이해를 증진시키는 중요한 계기가 된다. 전쟁의 폭력과 고통 속에서 흔들린 인간성을 회복하려는 의지가 드러나는 이 행위는 단순히 물리적 행위가 아니라, 전쟁이 남긴 상처를 극복하고 기본적인 도리와 예의를 다하려는 노력의 상징이다. 결국, 유골 수습은 과거의 아픔을 극복하고 더 나은 미래를 위한 희망의 메시지를 전달하며, 전쟁의 상처를 잊지 않으면서도 서로를 이해하고 존중하는 방법을 찾아 나가는 과정을 나타낸다.

작품의 포인트 정리

'나': 어머니를 모시며 살다가 입대한 군인이다. 유골을 발견하고 수습하는 과정에 참여하면서 불행했던 과거를 회상하게 된다. 그는 부모님의 고통스러운 삶을 이해하게 된다.

어머니: 좌익 활동을 하다가 집으로 돌아오지 못한 남편을 그리워하며 오랜 기간을 기다리는 인물이다. 그녀의 마음속에는 남편에 대한 그리움과 상실감이 깊이 자리 잡고 있다.

노인: '나'와 오 일병이 유골의 주인을 찾기 위해 방문한 마을에서 만난 인물이다. 그는 산 자의 도리를 강조하며 유골을 수습하는 과정을 주재한다.

제재 정리

갈래	단편 소설, 분단 소설
성격	상징적, 서정적
시점	1인칭 주인공 시점
배경	1980년대, 전방의 어느 야영지
구성	역순행적 구성(현재 → 과거 회상 → 현재)
주제	분단 현실의 상처와 극복
특징	• 아버지에 대한 증오를 벗어나 이해와 연민으로 나아가는 심리 변화를 섬세하게 드러낸다. • 6·25 전쟁에서 희생된 유골을 수습하며, 빨치산이 되어 자신과 어머니를 버렸던 아버지를 용서하게 된다. • 유골을 수습하는 행위는 전쟁의 폭력으로 훼손된 인간성을 회복하려는 의지를 보여주며, 이념 대립을 비판하는 노인의 모습을 통해 이데올로기의 허구성을 강조한다.

'생기부 세특' 보고서, 글쓰기 주제 가이드

EBS 수능특강에 빈번히 출제되고 있어요

임철우의 『아버지의 땅』은 전쟁의 상처와 개인의 정체성을 탐구하는 작품으로, 유골 발견을 통해 과거와 현재의 갈등을 연결한다. 아버지에 대한 증오에서 이해와 용서로 변화하는 주인공의 심리적 여정이 핵심이다. 이념 대립의 허구성과 가족 간의 화해가 중요한 주제로 부각된다

※ 진로학과에 따라 '세특' 주제 접근 방향이 달라요

🌐	관련학과: 국문학	출제 빈도: ●●●●
①	임철우의 『아버지의 땅』에서 유골 발견이 상징하는 전쟁의 비극적이고 지속적인 영향을 현재 사회의 트라우마와 어떻게 연결되는지를 탐구해 보자.	
②	주인공의 내면적 갈등이 유골 발견 후 어떻게 전개되며, 그 과정이 개인의 정체성 회복에 미치는 영향을 분석해 보자.	
③	가족 간의 화해가 이루어지는 과정에서 나타나는 상징적 요소들이 현대 가족 구조에 미치는 영향을 연구해 보자.	
④	전후 세대의 정체성 형성이 문학적으로 어떻게 그려지며, 이는 오늘날 청년 세대의 성체성 문제와 어떤 연관성이 있는지를 탐구해 보자.	
⑤	전쟁의 상처를 치유하는 과정이 작품에서 어떻게 묘사되며, 이는 현대 사회의 치유 과정과 어떤 유사점을 가지는지를 탐구해 보자.	
⑥	노인의 역할이 작품에서 가지는 의미가 오늘날의 세대 간 소통 문제와 어떻게 연결되는지를 연구해 보자.	
⑦	어머니의 기다림이 주인공에게 미친 영향이 현대 사회의 여성상과 어떻게 연관되는지를 분석해 보자.	
⑧	소설 속 상징적 이미지들이 전달하는 메시지가 현재 사회의 갈등 해결에 어떤 도움을 줄 수 있는지 연구해 보자.	

🌐	관련학과: **정치학/사회학/심리학**	출제 빈도: ●●●●●

①	한국 전쟁이 남긴 이념 대립의 유산이 현재 사회의 정치적 담론에 미치는 영향을 구체적으로 연구해 보자.
②	전후 세대의 정치적 태도가 형성되는 과정에서 나타나는 사회적 맥락과 현재의 정치적 태도와의 유사성을 분석해 보자.
③	전쟁 기억이 현재 정치적 담론에 어떻게 영향을 미치며, 이는 사회적 갈등 해결에 어떤 역할을 하는지를 연구해 보자.
④	이념 대립이 사회 갈등에 미치는 영향이 현재의 정치적 상황과 어떻게 연결되는지를 탐구해 보자.
⑤	개인의 고통이 집단 정체성에 미치는 영향이 현대 사회의 정치적 활성화에 어떻게 기여하는지를 탐구해 보자.
⑥	전쟁 후 사회의 재건 과정에서 나타나는 정치적 갈등이 현재 정치적 결정에 미치는 영향을 연구해 보자.
⑦	세대가 경험한 경제적 어려움과 사회적 박해가 개인의 정체성 형성에 미친 영향을 현대 사회의 경제적 불평등과 연결해 보자.
⑧	전쟁의 상처가 공동체에 미치는 영향을 분석하며, 오늘날의 지역 사회 갈등 해결에 어떻게 기여할 수 있는지를 탐구해 보자.
⑨	아버지에 대한 증오가 변화하는 과정을 통해 개인의 심리적 치유 과정이 어떻게 이루어지는지를 구체적으로 연구해 보자.
⑩	과거의 아픔이 개인의 심리적 회복에 미치는 영향을 현대 사회의 치유 과정과 연결해 탐구해 보자.

❖ 같이 읽으면 좋은 책

오정희 『벌레 이야기』, 이청준 『당신들의 천국』

생각하며 읽어요

안수길의 「제3인간형」은 1953년에 발표된 전후 소설로, 6 · 25 전쟁을 배경으로 세 인물의 삶을 통해 '어떻게 살아야 하는가'라는 질문을 던져. 조운은 경제적으로 성공했지만 정신적 가치를 잊고 타락한 인물이고, 미이는 전쟁으로 집안이 몰락한 후 시대적 사명을 깨닫고 성장하는 문학소녀야. 석은 생계를 위해 교직에 종사하며 작가의 꿈을 포기한 인물이지. 작가는 이 세 인물의 삶을 통해 전쟁의 비극 속에서 인간성이 어떻게 황폐해지는지를 보여줘. 서술자는 3인칭 전지적 시점으로 석의 시선을 통해 인물들의 감정과 생각을 전달해. 특히, 작품의 마지막 부분에서는 조운의 내면이 드러나는 1인칭 주인공 시점으로 바뀌면서 미이와의 만남을 통해 복잡한 감정을 생생하게 표현해. 작가는 이 세 인물을 통해서 인간성이 황폐해지고 생존 자체가 지상 과제가 되는 전쟁의 비극적 상황에서 과연 바람직한 삶의 방향이 무엇인지에 대한 주제의식을 전달하고 있어.

망국인의 삶을 탐구한 현대사 작가, 안수길

안수길은 1926년 간도중앙학교를 졸업하고 함흥고등보통학교에 입학했지만, 2학년 때 맹휴사건으로 자퇴하고 1928년 서울의 경신학교로 편입했어.

1929년 광주학생운동에 참여했다가 퇴학당하고, 다음 해 일본으로 건너가 교토의 료요중학을 거쳐 1931년 와세다대학에 입학했지만, 학비 문제로 중단하고 귀국했지. 1932년부터 1945년까지 간도에서 소학교 교원과 기자로 활동했고, 1948년 월남 후에는 경향신문 문화부 차장 등을 지냈어. 그는 용산고등학교, 서라벌예술대학, 이화여자대학교 등에서 교편을 잡으며 문학 활동을 이어갔지. 국제펜클럽 한국본부 중앙위원과 한국문인협회 이사를 역임했으며, 여러 문학상을 수상했어.

1935년에 작품 활동을 시작한 이후, 장편 20여 편과 단·중편 60여 편을 남겼고, 그의 작품은 주로 망국인의 삶과 존재의 의미를 다루었어. 특히, 전후 지식인의 고뇌와 갈등을 조명한 작품들이 많아. 안수길은 현대사와 국토 문제를 제기하며, 어떻게 사느냐는 질문을 깊이 탐구한 작가로 기억되고 있어.

줄거리를 꼭 알아야 해요

석은 6·25 전쟁 전에 작가였지만, 현재 피란지인 부산에서 교사로 일하고 있다. 생계 문제를 해결하며 안정감을 느끼는 석은, 그러나 생활에 치여 잡문 하나 쓸 수 없는 초조함과 공허함을 느낀다. 그러던 중, 전쟁 중 소식이 끊겼던 동료 작가 조운이 찾아온다. 조운은 자동차 운수업으로 경제적으로 성공했지만, 정신적 가치에 대한 상실감을 느끼고 있다.

석은 조운과 함께 술을 마시며 궁금한 것들을 물어보지만, 조운은 미이에 대한 이야기를 꺼낸다. 미이는 부유하게 자란 명랑한 문학소녀로, 전쟁으로 인해 집안이 망가진 후 조운과 재회하게 된다. 조운은 미이에게 다방을 차려주겠다고 제안하지만, 미이는 더 깊은 고민이 필요하다고 답한다.

조운을 만나기로 한 날, 미이는 간호 장교에 지원하기로 했다는 편지를 남기고 떠난다. 이 사건을 계기로 조운은 자신의 정신적 타락을 깨닫고 석을 찾아온 것이었다. 석은 조운의 이야기를 듣고 미이에 대한 강한 인상을 받으며, 그 날 밤 자신의 삶을 되돌아본다. 이로써 석은 전후 사회와 개인의 가치에 대한 깊은 고민을 시작하게 된다.

 '생기부 세특' 깊이 파악하기

갈등의 인간형 - 사명과 생존 사이에서: 제목의 의미

「제3인간형」에서 제목이 의미하는 바는 석이라는 인물이 대표하는 인물 유형을 가리킨다. 석은 생계를 위해 교직을 선택했지만, 작가로서의 꿈과 사명 사이에서 갈등을 겪고 있는 인물이다. 이는 전후 사회에서 많은 지식인들이 경험하는 고뇌와 방황을 상징적으로 드러낸다.

작품은 석을 중심으로 두 가지 유형의 인물, 즉 생활을 위해 사명을 저버린 조운과 생존의 고통 속에서도 사명을 선택한 미이를 대비시키고 있다. 조운은 경제적 성공을 추구하며 작가의 길을 포기한 인물로, 세속화된 삶을 살아가고 있다. 반면, 미이는 어려운 상황 속에서도 '이 세상에서 꼭 할 일'을 고민하며 사명을 선택한 성숙한 인물이다.

이처럼 석은 두 인물 사이에서 갈팡질팡하며, 사명과 생활의 갈등을 체험한다. 작가는 이러한 구도를 통해 전후 지식인의 고뇌를 생생하게 그려내고, 독자에게 '어떻게 살아야 할 것인가'라는 본질적인 질문을 제기한다. 따라서 '제3인간형'은 단순히 석의 유형을 넘어서, 전후 사회에서 방황하는 모든 이들의 내면을 반영하는 상징적인 표현으로 기능한다. 이는 각자의 삶의 선택이 어떤 의미를 가지는지를 깊이 고민하게 만든다.

전쟁이 준 변화 - 인물의 삶의 변곡

「제3인간형」에서 전쟁은 인물들의 삶에 극적인 변화를 가져오는 중요한 계기이다. 전쟁 전, 조운은 자신만의 문학 세계를 구축한 작가로, 문학적 열정을 가지고 있었다. 그러나 전쟁을 겪으면서 그는 작가의 길을 포기하고 사업가로 변신하게 된다. 경제적 성공을 추구하는 삶으로 전환한 조운은 세속화된 가치에 물들게 되며, 자신의 정체성을 잃어가는 과정을 겪는다.

미이는 전쟁 전 부유한 가정에서 자란 낙천적인 문학 소녀였다. 그러나 전쟁으로 인해 집안이 풍비박산 나고 생존의 위협에 직면하게 된다. 그럼에도 불구하고 미이는 절망하지 않고, 자신의 사명을 고민하며 간호 장교가 되기로 결심한다. 그녀는 전쟁 속에서도 강한 의지를 보여주며, 자신의 정체성을 지키려는 노력을 지속한다. 석은 전쟁 전 문학을 마음의 지주이자 목표로 삼았던 문학인이었다. 그러나 전쟁 중 생계를 해결하기 위해 교사가 되면서, 작가의 길에서 멀어지는 자신을 느끼고 초조함을 겪는다. 석은 두 인물, 조운과 미이 사이에서 방황하며, 사명과 생활의 갈등을 체험한다. 이처럼 전쟁은 각 인물의 삶의 조건을 변화시키고, 그들의 문학이나 삶에 대한 인식과 태도를 재조명하게 만든다. 작가는 이를 통해 전후 사회에서 인간의 존재와 선택이 가지는 의미를 깊이 있게 탐구하고 있다.

검정 넥타이: 타락과 각성의 상징

「제3인간형」에서 검정 넥타이는 조운의 삶의 변화를 상징하는 중요한 요소로 작용한다. 이 넥타이는 조운이 미이에게 받은 것으로, 그의 타락한 현재를 반성하게 만드는 계기로 기능한다. 전쟁 전, 조운은 고고한 문학 사상을 지니고 있었으며, 반세속적인 가치관을 지켰던 인물이다. 그러나 전쟁을 겪으며 사업가로 변신한 그는 경제적 성공을 추구하게 되고, 그 과정에서 자신의 정체성을 잃고 타락하게 된다. 검정 넥타이는 이러한 조운의 변화를 드러내는 상징적 아이템이다. 미이는 조운의 타락한 삶을 보고 그가 예전의 순수한 모습으로 돌아가기를 바라며 이 넥타이를 선물한다. 이는 단순한 액세서리가 아니라, 조운의 과거와 현재를 연결하는 매개체로 작용한다. 검정이라는 색상은 전통적으로 슬픔이나 상실을 상징하기도 하며, 조운이 현재의 삶을 성찰하게 만드는 중요한 역할을 한다. 검정 넥타이는 조운이 자신의 타락한 삶을 인식하고, 다시 예전의 순수한 가치로 돌아가려는 각성의 상징으로 작용한다. 이로 인해 독자는 전후 사회에서의 인간 존재의 의미와 삶의 선택이 가지는 중요성을 깊이 있게 생각하게 된다. 검정 넥타이는 조운이 겪는 내적 갈등과 성찰의 과정을 시각적으로 드러내는 중요한 요소로, 작품의 주제를 더욱 풍부하게 만드는 데 기여하고 있다.

인물에 대해 살펴볼까요

석:원래 작가였으나 전쟁 중 피난지 부산에서 생계를 유지하기 위해 교사로 일하고 있다. 그는 자신의 문학적 꿈과 현실 사이에서 갈등을 겪고 있다.

조운: 철저한 작가 정신을 지닌 문인이었지만, 전쟁 중 사업가로 변신하여 속물적이고 안일한 삶을 추구하며 살아가고 있다.

미이: 전쟁 전에는 철부지 문학 소녀였으나, 집안의 몰락을 겪으면서 신념 있는 인간으로 성장하여 간호장교의 길을 선택하게 된다

구성 정리

발단	석은 피난지 부산에서 안일하고 나태한 삶을 살고 있다.
전개	친구 조운이 찾아와 그동안의 궁금한 이야기를 나누게 된다.
위기	두 친구는 작가다운 삶에서 멀어지고 있는 자신들을 자조적으로 돌아본다.
절정	조운이 미이의 과거 행적을 들려주며 그녀의 삶을 회상한다.
결말	석은 조운의 이야기를 듣고 깊은 감동과 함께 자책감을 느끼게 된다.

제재 정리

갈래	단편소설
배경	6·25 전쟁, 부산
시점	전지적 작가 시점
주제	지식인의 좌절과 방황 그리고 인간형의 탐구, 전쟁으로 인한 삶의 회의와 새로운 길로의 자기 성찰
특징	사실주의적 경향과 자조적이고 반성적인 어조
출전	『자유세계』(1953년)

'생기부 세특' 보고서, 글쓰기 주제 가이드

EBS 수능특강에 빈번히 출제되고 있어요

「제3인간형」을 공부할 때 유의할 점은 다음과 같다. 첫째, 인물 간의 갈등과 성격 변화에 주목할 것. 석, 조운, 미이 각각의 삶의 선택과 그로 인한 내적 갈등을 이해해야 한다. 둘째, 전후 사회의 배경과 문학적 주제를 분석할 것. 사명과 생활 간의 갈등을 통해 작품의 메시지를 파악해야 한다. 마지막으로, 검정 넥타이와 같은 상징 요소의 의미를 깊이 있게 이해하는 것이 중요하다.

※ 진로학과에 따라 '세특' 주제 접근 방향이 달라요

	관련학과: **국문학**	출제 빈도: ●●●●●

①	석과 조운의 갈등이 작품의 주제인 '어떻게 살아야 하는가'에 어떻게 기여하는지 분석해 보자.
②	전후 사회의 문학적 특성이 조운과 미이의 선택을 통해 어떻게 드러나는지를 탐구해 보자.
③	검정 넥타이가 조운의 타락과 각성을 상징하는 방식과 그 의미를 구체적으로 분석해 보자.
④	석의 현실적 선택과 조운의 속물적 선택이 문학적 가치에 미치는 영향을 연구해 보자.
⑤	미이의 성장 과정에서 나타나는 가치관의 변화가 현대 사회의 여성상에 어떻게 반영되는지를 탐구해 보자.
⑥	6·25 전쟁이 안수길의 작품 세계에서 어떻게 표현되며, 한국 문학에 미친 영향을 분석해 보자.
⑦	석의 내적 갈등이 심리적으로 어떻게 나타나며, 이는 전후 사회와 어떻게 연결되는지를 분석해 보자.
⑧	안수길의 작품에서 인간 존재의 의미가 어떻게 탐구되며, 이는 현대 사회에 어떤 메시지를 전달하는지를 고찰해 보자.
⑨	작품의 서술 방식이 석과 조운의 갈등을 어떻게 효과적으로 전달하는지를 연구해 보자.

①	조운의 경제적 선택이 전후 사회의 정치적 상황과 어떻게 연결되는지를 탐구해 보자. 특히, 현대의 경제적 불평등 문제와 조운의 선택이 어떤 유사성을 가지는지를 분석하자.
②	전쟁이 석의 사명감에 미친 영향을 분석하고, 이는 현대인의 가치관 특히 재난 상황에서의 개인적 책임과 사회적 연대 의식에 어떤 함의를 가지는지를 고찰해 보자.
③	문학이 정치적 이념을 어떻게 반영하며, 이는 조운과 미이의 갈등에 어떻게 영향을 미치는지를 연구해 보자. 특히, 현재의 정치적 양극화와 문학의 역할을 연결지어 보자.
④	석과 조운의 갈등이 전후 사회의 계층 구조와 어떤 관계가 있는지를 탐구해 보자. 현대 사회의 계급 이동성과 조운의 선택을 비교해 보자.
⑤	안수길의 작품에서 전후 사회의 정치적 갈등이 어떻게 문학적으로 표현되는지를 분석해 보자. 이는 현재의 정치적 시위나 사회 운동과 어떤 연관성이 있는지를 탐구해 보자.
⑥	전후 지식인으로서 석이 겪는 정체성 위기가 정치적 맥락에서 어떻게 의미를 가지는지를 연구하고, 이는 현대 지식인들의 역할과 어떻게 연관되는지를 고찰해 보자.
⑦	문학을 통한 사회 비판이 조운과 석의 관계에 어떤 역할을 하는지를 분석하고, 이는 현대 문학에서 사회적 불평등을 어떻게 다루고 있는지를 탐구해 보자.
⑧	전후 사회에서 석과 조운의 삶의 조건이 어떻게 변화했는지를 구체적으로 언구하되, 현대 사회의 불평등 문제와 연결해 보자.
⑨	전쟁이 인물 간의 사회적 관계에 미친 영향을 분석하고, 이는 현대 사회에서의 소셜 미디어와 관계의 변화와 어떻게 재현되는지를 탐구해 보자.
⑩	미이의 성장 과정에서 전후 사회의 가치관 변화가 어떻게 반영되는지를 분석하고, 이는 오늘날의 젊은 세대의 가치관과 어떤 유사점을 가지는지를 탐구하자.
⑪	조운의 타락이 심리적 요인과 어떤 관계가 있는지를 구체적으로 연구하고, 이는 오늘날의 중독 문제와 어떻게 연결되는지를 분석하자.

❖ 같이 읽으면 좋은 책

김승옥 『무진기행』, 조정래 『태백산맥』

EBS 수능특강 출제

생각하며 읽어요.

이 작품은 유경환의 기행 수필인 『두물머리』야. '두물머리'라는 말은 두 갈래 이상의 물줄기가 모이는 지점을 의미하는 우리말인데, 이 작품의 배경은 경기도 양평군 양서면으로, 남한강과 북한강이 만나는 아름다운 장소야. 수필의 특징 중 하나는 글쓴이가 자신의 체험을 솔직하게 풀어내는 것인데, 이 작품에서도 유경환이 직접 겪었던 일과 느꼈던 감정을 담고 있어.

글쓴이는 두물머리에서 두 물줄기가 만나는 순간을 주목하며, 그 만남의 깊은 의미를 탐구해. 그는 우주 만물의 만남이 가지는 이치를 인식하고, 이를 인간에게도 적용할 수 있는지를 성찰해. 물이 지닌 미덕을 통해 인간 관계의 중요성과 아름다움을 깨닫게 되고, 이러한 깨달음은 두물머리의 경치를 더욱 빛나게 해.

유경환은 이러한 미적 체험을 통해 두물머리가 가진 아름다움을 진솔하게 그려내고, 독자에게 자연과 인간의 관계에 대한 깊은 통찰을 전달해. 이 작품은 만남의 의미와 그로 인해 얻는 깨달음이 어떻게 인간의 삶을 풍요롭게 하는지를 잘 보여주는 수필이야.

자연과 인간의 관계를 탐구하는 아동문학가이자 시인, 유경환

유경환은 한국의 아동문학가이자 시인으로, 그의 작품 세계는 자연과 인간의 관계를 깊이 탐구하는 데 집중돼 있어. 그는 1936년 황해도 장연에서 태어나 경복고등학교와 연세대학교 정치외교학과를 졸업한 후, 하와이대학교에서 신문학 과정을 마쳤어. 그리고 연세대학교 대학원에서 행정학 석사와 언론학 박사 학위를 받았지. 1957년 '조선일보' 신춘문예에 동시가 당선되면서 문단에 데뷔했고, 이후 '현대문학'을 통해 본격적으로 활동을 시작했어. 또한 아동문학 발전을 위해 한국동요동인회 회장과 한국아동문학인협회 공동대표 및 회장 등을 역임했어.

그의 대표작 중 하나인 『두물머리』는 물의 속성을 통해 인간 존재와 삶의 이치를 탐구하는 작품으로, 물이 서로 만나 하나가 되는 과정을 통해 조화와 통합의 중요성을 강조해. 유경환은 물이 지닌 전체성과 포용력을 예찬하며, 자연과 인간의 대비를 통해 외로움의 본질을 드러내기도 해. 외로움은 고독이 아니라 깊은 성찰의 기회를 제공한다고 이야기하지. 그는 간결한 이미지로 압축된 맑고 따스한 시어를 사용해 자연현상의 본질을 탐색하는 시인으로 평가받아. 현대문학상, 대한민국문학상 등 여러 문학상을 수상하며 그의 문학적 기여를 인정받았지. 유경환의 작품은 독자에게 자연과 인간의 관계를 다시 생각하게 만드는 깊은 통찰을 갖게하는 작가야.

물의 미학을 예찬하다 – 유경환의 『두물머리』

유경환의 기행 수필 『두물머리』에서 작가는 물을 예찬하며 그 본질적 특성을 깊이 있게 탐구한다. 물은 개체를 만들지 않고 융합하여 큰 하나를 이루는 존재로, 다양한 물줄기가 만나 하나의 강을 이루는 모습을 통해 인간 관계의 중요성을 상징적으로 드러낸다. 서로 다른 요소들이 조화롭게 어우러져 하나의 아름다움을 창출하는 과정은 인간 사회에서도 다양성이 존중되어야 함을 암시한다. 또한, 물은 바다에 이르기까지 오랜 인고의 시간을 거친다. 이 과정에서 물은 끊임없이 순환하며 변화하지만, 그 본질은 변하지 않으며, 이는 인간도 삶의 여정 속에서 고난과 역경을 겪으면서 본래의 자신을 잃지 말아야 한다는 교훈을 준다. 물의 이러한 특성은 삶의 지속성과 회복력을 상징하며, 독자에게 깊은 감명을 남긴다. 더 나아가, 물은 모든 것을 다 받아 안을 수 있는 포용력을 지닌다. 다양한 형태와 색깔을 가진 것들을 흡수하고, 주변 환경에 따라 그 모습을 변화시키는 물의 포용력은 인간 관계에서도 중요한 덕목으로, 서로를 이해하고 받아들이는 태도가 필요함을 일깨운다. 결국, 작가는 물을 통해 자연의 아름다움과 인간 존재의 의미를 연결하며 독자에게 깊은 성찰을 유도한다. 물의 미학은 단순한 자연의 요소를 넘어 인생의 여러 교훈을 담고 있으며,『두물머리』는 이처럼 물을 예찬함으로써 독자에게 자연과 인간의 조화로운 관계를 다시금 생각하게 만드는 작품이다.

 '생기부 세특' 깊이 파악하기

고독 속의 깨달음 - 유경환의 『두물머리』에서 외로움의 의미

유경환의 『두물머리』에서 외로움의 속성은 인간 존재의 복잡함과 고독의 깊이를 드러내고 있다. 우주와 자연이 자신의 짝을 찾는 것은 본능적인 이끌림에 따라 이루어지지만, 인간은 자신에게 맞는 존재를 찾아야 하는 과제가 있다. 이 과정이 1년의 사계절로 한정되지 않기 때문에, 인간은 더 많은 시간과 노력을 필요로 하게 된다. 그래서 대부분의 경우, 인간은 외로움을 겪을 수밖에 없다. 작가는 이러한 외로움을 단순한 고독으로 치부하지 않는다. 외로움은 인간이 자신의 내면을 돌아보게 하는 기회를 제공하며, 반성과 성찰, 그리고 명상을 통해 깨달음을 얻게 한다고 이야기한다. 이는 외로움이 단순히 고통스러운 감정이 아니라, 성장과 변화를 위한 중요한 과정임을 의미한다. 외로움 속에서 우리는 자신을 이해하고, 삶의 진정한 의미를 탐구하게 된다. 작품에서 작가는 "다른 하나를 선택하기 위한 기다림"이라는 표현을 통해, 인간이 겪는 고통과 그로 인해 생기는 깊은 성찰의 과정을 강조한다. 선택을 결정하기까지 느끼는 목마름은 외로움과 함께하며, 이는 결국 자기 발견의 여정으로 이어진다. 작가는 이러한 외로움의 속성을 통해 인간의 삶이 고독 속에서도 의미를 찾아가는 과정을 그려냈다.

『두물머리』는 외로움이 인생의 필연적인 부분임을 인정하면서도, 그 속에서 얻는 깨달음과 성장의 중요성을 일깨운다. 외로움을 통해 우리는 자신과의 만남을 이루고, 더 나아가 타인과의 관계에서도 깊은 이해와 공감을 이끌어낼 수 있다.

흐름 속의 만남 - 유경환의 『두물머리』에서 물의 철학

유경환의 『두물머리』에서 물의 속성은 깊은 의미를 담고 있다. 작가는 물이 여러 개체가 만나 하나의 큰 흐름을 이루는 과정을 통해 생명 유지의 중요한 원리를 깨닫는다. "만나고 만나서 줄기가 커지고 흐름이 느려지는 것"이라는 표현은 물이 다양한 만남을 통해 더 큰 존재가 되는 과정을 나타낸다. 물은 조화와 통합, 포용의 상징으로, 서로 다른 것들이 하나가 되는 과정을 강조한다. 작가는 이러한 물의 속성을 우주 만물과 인간사에 연결지어 생각한다. 세상의 섭리는 서로 만나서 하나가 되어 생명을 이어가는 것이라는 점을 강조한다.

그러나 인간은 자연의 섭리를 거스를 수 있는 존재로, 영혼의 짝을 만나는 것이 어렵다는 점에서 깊은 고민에 빠지게 된다. 작품에서 "다른 하나를 선택하기 위한 기다림"이라는 표현은 인간이 살아가면서 겪는 외로움의 필연적인 이유를 잘 설명한다. 선택을 결정하기까지 느끼는 목마름은 자연스럽게 외로움을 동반하게 마련이다.

작가는 물의 속성을 통해 인간 존재의 복잡함을 드러내고, 외로움이 단순한 고독이 아니라 깊은 성찰의 기회가 될 수 있음을 암시한다. 물이 만남을 통해 커지고 흐르는 것처럼, 인간 관계에서도 서로의 만남이 중요하다는 메시지를 전달한다. 『두물머리』는 이렇게 물의 속성을 통해 삶의 진리를 탐구하며, 독자에게 자연과 인간의 관계에 대해 다시 생각해 보게 만드는 작품이다.

두물머리 - 물과 삶의 조화가 흐르는 곳

두물머리는 금강산에서 시작된 북한강과 강원도 태백시 금대봉의 검룡소에서 발원한 남한강이 만나는 지점으로, '두 개의 물이 합쳐지는 곳'이라는 뜻을 지닌다. 현재의 행정 지명은 양수리로, 경기도 양평군에 속한다. 과거에는 강원도 정선과 충북 단양, 서울 마포나루를 연결하는 중요한 물길로, 조선시대에는 한강 4대 나루 중 하나로 번창했다.

두물머리는 아름다운 자연경관으로 유명하며, 특히 새벽에 피어오르는 물안개는 많은 이들의 사랑을 받는다. 정약용이 이곳에서 태어나 소년기를 보낸 사실은 두물머리의 역사적 의미를 더해준다. 그는 한강의 별칭인 열수(洌水)를 자신의 호로 삼아 자연의 맑음과 인간의 삶을 연결하고자 했다. 두물머리는 자연과 인간의 조화로운 관계를 상징하며, 소중한 역사와 문화가 얽혀 있는 특별한 장소로, 방문객들에게 깊은 감동을 준다. 정약용은 두물머리에서 태어나 소년기를 보냈고, 그의 삶의 여정은 이곳과 깊은 연관이 있다. 그는 한강의 별칭인 열수(洌水)를 자신의 호로 삼았으며, 이는 그가 젊은 시절 새로운 시대를 열고자 했던 꿈을 담고 있다. '열수'는 맑고 깨끗한 물을 뜻하며, 그의 사상과도 맞닿아 있다. 정약용의 저서인 '목민심서'에서도 이 호를 사용하여 그의 철학과 신념을 표현했다.

제재 정리

갈래	기행 수필
성격	사색적, 예찬적, 성찰적, 유추적
주제	두물머리를 바라보며 떠올린 삶의 이치
특징	• 운길산을 여행하며 두물머리를 바라본 글쓴이는 만남에 대한 이치와 세상에 대한 깊은 깨달음을 얻었다. • 물에 대한 사색을 통해 자연의 이치를 우주 만물과 인간사에 확대 적용하는 유추적 사고가 드러난다. • 외로움을 견디기 위한 인간의 반성과 성찰은 결국 성숙으로 이어진다는 통찰이 드러난다. • 자연물에 대한 사색은 인간의 삶에 대한 깊은 통찰을 제공하며, 물에 대한 예찬적 태도를 확립한다.

'생기부 세특' 보고서, 글쓰기 주제 가이드

EBS 수능특강에 빈번히 출제되고 있어요

유경환 작가의 『두물머리』에서는 물의 속성을 통해 인간 관계와 삶의 이치를 탐구하는 요소가 중요하다. 물의 융합과 포용력은 다양성을 존중하고 조화로운 관계의 필요성을 강조한다. 또한, 물이 변화하면서도 본질을 잃지 않는 특성은 고난 속에서도 자신을 잃지 말라는 교훈을 준다. 따라서 이 작품을 공부할 때는 물의 상징성과 그로부터 얻는 인간 존재에 대한 깊은 성찰을 중요하게 다루어야 한다.

※ 진로학과에 따라 '세특' 주제 접근 방향이 달라요.

	관련학과: 국문학	출제 빈도: ●●●●
①	유경환의 『두물머리』에서 물의 상징성을 통해 현대 사회의 기후 변화 문제를 탐구해 보자.	
②	작품 속 자연의 미가 현대인의 정신 건강에 미치는 영향을 연구해 보자.	
③	두물머리의 지명이 주는 느낌이 현대 사회에서의 정체성 형성에 어떻게 반영되는지 탐구해 보자.	
④	기행 수필의 특징을 통해 팬데믹 이후 개인의 체험이 문학에 미친 영향을 분석해 보자.	
⑤	물의 속성을 통해 현대 사회의 소외 문제를 어떻게 이해할 수 있는지 연구해 보자.	
⑥	작품 속 언어적 표현이 주는 감정 변화가 사회적 갈등 해소에 어떻게 기여할 수 있는지 탐구해 보자.	
⑦	두물머리의 역사적 배경이 현대 사회의 환경 정책에 미친 영향을 연구해 보자.	
⑧	조화와 통합의 중요성을 작품 속에서 어떻게 드러내는지 현대 사회의 다양성 존중과 연결하여 탐구해 보자.	
⑨	외로움의 표현이 문학적 기법으로 어떻게 구현되는지, 특히 현대인의 고독을 반영하는 방식으로 연구해 보자.	

🌐	관련학과: **사회/정치/지리**　　　출제 빈도: ●●●●

①	두물머리의 물줄기 만남을 통해 다양한 이념과 정체성을 가진 사람들이 어떻게 하나의 목표를 향해 나아갈 수 있는지 분석하고, 이를 현대 정치에서의 대화와 협력의 모델로 삼을 수 있는 방안을 모색해 보자.
②	물의 포용적 특성을 인종과 문화가 다양한 사회에서의 갈등 해소에 어떻게 활용할 수 있는지를 탐구하고, 물이 서로 다른 배경을 가진 사람들을 어떻게 연결할 수 있는지를 사례를 통해 분석해 보자.
③	현대 사회에서 외로움이 개인의 정치 참여 및 투표 의사결정에 미치는 심리적 영향을 분석하고, 외로운 개인이 정치적 소외감을 느끼는 이유와 그 해결 방안을 제시해 보자.
④	두물머리의 역사적 배경을 통해 지역 주민 간의 이해관계가 어떻게 형성되었는지를 살펴보고, 이를 바탕으로 현재 지역 정치에서 발생하는 갈등의 원인을 분석해 보자.
⑤	두물머리의 자연적 요소가 현대 사회의 환경 정책, 특히 수자원 관리 및 보전 정책에 미친 영향을 연구하고, 자연과의 조화로운 관계가 정책 결정에 어떻게 반영될 수 있는지를 탐구해 보자.
⑥	물의 속성을 통해 젠더 갈등을 해결하기 위한 포용적 접근 방안을 제시하고, 이를 통해 성별 간의 이해와 협력을 증진할 수 있는 방법을 탐구해 보자.
⑦	두물머리의 지명이 정치적 상징으로서의 의미가 현대 사회의 환경 운동과 어떻게 연결되는지 탐구해 보자.
⑧	외로움의 속성이 개인의 사회적 정체성, 특히 소셜 미디어 사용에 어떻게 작용하는지 연구해 보자.
⑨	두물머리의 경치가 지역 사회의 정체성 형성, 특히 지역 개발과 어떻게 연결되는지를 연구해 보자.
⑩	두물머리의 경치가 지역 주민의 자부심 및 정체성 형성에 미치는 영향을 분석하고, 이를 통해 지역 개발 시 자연환경의 중요성을 강조하는 방안을 제시해 보자.
⑪	물의 미덕을 통해 인권 문제를 해결하기 위한 포용적 접근 방안을 제시하고, 이를 통해 다양성을 존중하는 사회를 어떻게 형성할 수 있는지를 탐구해 보자.

❖ 같이 읽으면 좋은 책

박완서 『그 많던 싱아는 누가 다 먹었을까』, 이청준의 『병신과 머저리』

284　　〰〰〰〰〰〰〰〰〰〰〰〰〰〰〰〰　명문대 합격 생기부 필독서 40

EBS 수능특강, 2024 고등학교 3학년 9월 모의고사 출제

생각하며 읽어요

윤흥길의 『날개 또는 수갑』은 제복을 통해 개인의 자유와 생존권이 억압받는 현실을 다룬 작품이야. 제복은 사람들의 개성과 자율성을 구속하는 상징으로 등장하고, 그래서 인물들 간의 갈등이 생겨나. 대다수의 사원들은 생계를 위해 권력에 순종하지만, 우기환은 자신의 불만을 적극적으로 드러내는 인물이야. 하지만 결국 그는 권력에 의해 쫓겨나고, 민도식은 문제를 인식하면서도 창립 기념일에 출근함으로써 무기력한 지식인의 모습을 보여줘.

이 작품은 군사 문화의 획일성을 비판적으로 조명하고, 날개는 자유를, 수갑은 구속을 상징해. 제복은 회사가 일방적으로 정한 것이고, 이로 인해 개인의 자유는 침해받고 사생활도 제약받게 돼. 결국, 제복은 개인을 구속하는 도구가 되고, 『날개 또는 수갑』이라는 제목은 이러한 주제를 잘 담고 있어. 작품은 우리가 자유를 위해 어떻게 싸워야 하는지를 고민하게 만드는 작품이야.

인간의 갈등과 민족적 의식을 탐구하는 소설가, 윤흥길

윤흥길은 1942년 12월 14일에 전라북도 정읍군 정주읍 시기리에서 태어난 대한민국의 소설가야. 그는 전주 사범학교를 다닌 후 원광대학교 국문과를 졸업했어. 1968년에 『한국일보』 신춘문예에서 「회색 면류관의 계절」이 당선되

면서 작가로서의 길을 시작했지.

그의 주요 작품으로는 『황혼의 집』, 『장마』, 『묵시의 바다』, 『완장』, 『아홉 켤레의 구두로 남은 사내』 등이 있어. 윤흥길은 인간의 근원적인 갈등과 민족적 의식이 담긴 삶의 풍속도를 예리하게 파헤치는 솜씨가 뛰어난 작가야. 그의 작품은 깊이 있는 주제와 생생한 묘사로 독자들에게 큰 감동을 주지. 윤흥길의 이야기는 단순히 개인의 삶을 넘어서서 사회적, 역사적 맥락을 함께 고민하게 만들어. 그래서 많은 독자들이 그의 작품을 통해 다양한 생각을 하게 되는 거 같아.

줄거리를 꼭 알아야 해요

동림산업은 사장의 일방적인 방침으로 사복을 제정한다는 소식이 전해지면서 사원들이 술렁인다. 사장의 친인척들로 구성된 간부들은 사복 제정을 지지하지만, 관리과 직원들은 우기환과 민도식을 중심으로 강하게 반발한다. 사원들은 사복 준비 위원회가 발족되자마자 위원회의 기획실장 설명을 듣고 반대 의견을 철회하기로 결정하지만, 우기환은 여전히 불복종의 의지를 보인다. 결국 우기환만이 퇴사하고, 반대의견은 사라진다. 창립 기념일이 다가오며 모든 사원들이 새로 제정된 사복을 입고 행사에 참석하지만, 민도식은 사복 대신에 기존의 복장을 유지하며 어정쩡한 위치에 서 있게 되는데, 이는 그가 제복 제정에 대한 무기력하거나 복종하지 못하는 모습을 상징한다. 이 작품은 개인의 자유를 포기하고 집단에 맞추려는 압박감을 보여주며, 비판적인 시각으로 조직의 권력 구조를 드러낸다.

『날개 또는 수갑』의 상징적 의미

제목 『날개 또는 수갑』은 작품의 주제 의식을 상징적으로 표현한다. '날개'

는 개인의 자유와 자율성을 나타내며, 자유롭게 날아오르는 존재로서의 인간의 본질을 상징한다. 반면, '수갑'은 개인의 자유를 억압하고 구속하는 권력의 상징으로 작용한다. 이러한 대립은 독자에게 개인의 선택과 사회적 규범 간의 갈등을 상기시킨다.

작품은 제복을 통해 개인의 정체성이 어떻게 억압될 수 있는지를 드러내며, 제복이 개인에게 주는 소속감과 그로 인한 자유의 상실을 동시에 보여준다. 이는 현대 사회에서의 개인과 집단의 관계에 대한 깊은 성찰을 요구한다. 제목은 독자로 하여금 이러한 복잡한 관계를 다시금 생각하게 만들며, 개인의 자유와 사회적 압박 간의 모순을 강조한다.

 '생기부 세특' 깊이 파악하기

제복의 이중성을 말하다, '자유와 구속 사이' 그 어딘가?

작품 『날개 또는 수갑』에서 제복은 상반된 의미를 지니며, 자유와 구속의 상징으로 작용한다. 날개는 자유를 나타내지만, 제복은 조직의 책임과 의무를 수행하도록 강세하는 수갑으로 표현된다. 이 작품에서 제복은 개인의 자율성과 개성을 억압하는 도구로 등장하며, 사원들은 이러한 제복을 통해 자신의 정체성을 상실하게 된다.

작가는 제복을 통해 옷이 과연 자유를 표현해야 하는 것인지, 아니면 구속의 상징이 될 수 있는지를 깊이 있게 질문한다. 제복은 사원들에게 소속감을 주는 동시에, 개인의 자유를 제한하는 역할을 한다. 이를 통해 작가는 사회의 규범과 개인의 갈등을 드러내며, 제복이 지닌 이중성을 강조한다. 결국, 제복은 권력 구조와 개인의 관계를 반영하는 중요한 요소로 작용한다. 사원들은 제복을 통해 조직에 속해 있다는 소속감을 느끼지만, 그로 인해 개인의 자유가 억압된다는 갈등을 경험하게 된다. 이러한 질문은 독자들에게 깊은 여운을 남기고, 개인의 자유와 사회적 규범 간의 복잡한 관계를 다시 한 번 생각하게 만든다. 작가는 이처럼 제복을 통해 현대 사회의 모순과 인간 존재에 대한 본질적인 질문을 던진다.

제복 제정 사건에 대한 인물들의 다양한 대응방식

제복 제정 사건에 대한 인물들의 대응 방식은 다양하며, 각각의 인물은 제복이 상징하는 통제와 억압, 개성 말살에 대해 저마다의 태도를 보인다. 장상태는 제복 제정에 대해 비교적 수용적인 태도를 보인다. 그는 조직의 일원으로서의 소속감을 중시하며, 제복이 가져오는 통제를 받아들이는 편이다. 이는 그가 안정된 직장 환경을 원하고, 권력층의 의사에 순응하려는 경향을 반영한다. 그의 태도는 현실에 동참하는 모습으로 해석될 수 있으며, 개인의 자유보다 집단의 조화를 우선시하는 경향이 있다. 민도식은 제복 제정에 대해 갈등하는 모습을 보인다. 그는 개인의 자유와 개성을 중시하지만, 동시에 조직에서의 소속감도 느끼고 있다. 민도식은 제복이 가져오는 억압에 반발하면서도, 현실적인 문제를 인식하고 있어 갈등을 겪는다. 그의 고민은 현대 사회에서 개인과 집단 간의 복잡한 관계를 상징하며, 제복을 통해 개인의 정체성이 어떻게 위협받는지를 드러낸다. 우기환은 가장 강력하게 저항하는 인물이다. 그는 제복 제정에 대해 반발하며, 개인의 자유를 침해하는 것을 강하게 비판한다. 우기환은 권력층의 억압에 저항하고, 적극적인 행동을 취할 것을 촉구하는 인물로, 그의 태도는 다른 인물들과의 뚜렷한 대비를 이룬다. 그는 개인의 자율성을 중시하며, 집단의 압박에 맞서 싸우겠다는 의지를 드러낸다.

1970년대 한국 사회의 모순: 윤흥길의 『날개 또는 수갑』 속 시대배경 탐구

윤흥길의 『날개 또는 수갑』은 1970년대의 시대배경을 깊이 있게 반영하고 있다. 이 시기는 한국이 군사 정권 아래에 있었으며, 경제 성장과 사회적 통제가 동시에 이루어지던 복잡한 시기였다. 정부는 경제 발전을 위해 산업화를 추진하였지만, 이러한 발전은 개인의 자유와 인권을 억압하는 방식으로 이루어졌다. 사회는 강압적인 규범과 통제 속에서 개인의 자율성을 잃어가고 있었고, 사람들은 권력에 의한 억압을 느끼며 갈등을 겪고 있었다.

이러한 배경에서 제복은 권력의 상징으로 작용하게 된다. 제복은 단순한 복장이 아니라, 개인의 정체성을 말살하고 소속감을 강요하는 도구로 기능한다. 사원들은 제복을 통해 조직에 속해 있다는 소속감을 느끼지만, 동시에 자신이 가진 개성과 자율성을 잃게 된다. 이는 개인이 권력 구조 속에서 어떻게 억압받는지를 상징적으로 드러낸다.

작품 속 인물들은 이러한 사회적 압박에 대해 각기 다른 반응을 보인다. 일부는 순응하고, 다른 이들은 저항하며, 또 다른 이들은 갈등을 경험한다. 이러한 다양한 반응은 1970년대 사회에서 개인과 집단 간의 복잡한 관계를 보여준다. 『날개 또는 수갑』은 개인의 자유와 사회적 통제 간의 갈등을 드러내는 중요한 작품으로, 1970년대 한국 사회의 모순을 고스란히 담고 있다.

인물에 대해 살펴볼까요

사장: 회사단체 제복으로 억압과 규율을 회사원들에게 협박하고 강요한다.

장상태: 사복 제정 방침을 관철시키려는 회사결정에 따르는 소시민적 인물

민도식: 사복 제정에 반대하지만, 혼자만 사복을 입지 않는 순진한 인물이다.

우기환: 사복 제정에 강력히 반발하다가 결국 퇴사하는 인물이다.

권씨: 생산부 인부들의 처우 개선을 위해 적극적으로 나서서 싸우는 인물이다.

제재 정리

갈래	현대소설, 단편소설
성격	사실적, 풍자적, 상징적. 비판적
배경	1970~1980년대, 중소기업
시점	전지적 작가 시점
주제	불합리한 권력에 대한 대응, 인물의 모습을 통해 1970년대 독재 국가의 권력 비판
특징	• 개인의 자유와 억압 간의 갈등을 심도 있게 탐구한다. • 제복을 통해 나타나는 이중적 상징은 사회의 규범과 개인의 정체성 상실을 드러낸다. • 인물들의 다양한 반응을 통해 현대 사회의 모순과 인간 존재의 본질적인 질문을 던진다. • 민도식의 심리에 초점을 맞춘 서술하고 있다.

'생기부 세특' 보고서, 글쓰기 주제 가이드

EBS 수능특강, 2024 고등학교 3학년 9월 모의고사에 출제되었어요

윤흥길의 '날개 또는 수갑'을 효과적으로 공부하기 위해서는 작품의 주제와 인물 간의 갈등을 이해하는 것이 중요하다. 시대배경인 1970년대 한국 사회의 억압적 상황을 파악하고, 제복이 상징하는 개인의 자유와 사회적 통제 간의 대립을 분석하는 것이 필수적이다. 인물들의 다양한 반응과 심리를 비교하며 정리하면, 시험 문제에 대한 깊은 이해가 도움이 된다. 또한, 주요 인용구를 암기해 두면 논술형 문제에 유용하게 활용할 수 있다.

※ 진로학과에 따라 '세특' 주제 접근 방향이 달라요

🌐	관련학과: **국문학/어문**	출제 빈도: ●●●●●

①	현대소설에서 제복이 개인의 정체성을 말살하는 상징으로 작용하는 방식을 윤흥길의 「날개 또는 수갑」을 통해 분석해 보자.
②	윤흥길의 작품 속에서 인간 존재의 본질적 질문이 1970년대 사회적 억압과 어떻게 결합되어 나타나는지를 탐구해 보자.
③	민도식의 심리를 분석하여 그가 겪는 무기력함이 현대 사회의 지식인으로서의 갈등을 어떻게 반영하는지를 살펴보자.
④	제복 제정 사건을 통해 개인이 집단의 규범에 맞추려는 압박감을 어떻게 경험하는지를 논의해 보자.
⑤	1970년대 한국 문학에서 권력이 개인의 삶에 미치는 영향을 윤흥길의 작품을 통해 비판적으로 연구해 보자.
⑥	작품의 비판적 시각이 현대 독자에게 전달하는 메시지가 개인의 자유와 사회적 억압 간의 갈등을 어떻게 조명하는지를 탐구해 보자.
⑦	윤흥길의 문체와 서술 기법이 인물들의 심리적 갈등을 어떻게 효과적으로 전달하는지를 분석해 보자.
⑧	인물 간의 갈등이 1970년대 한국 사회의 정치적 상황을 어떻게 반영하는지를 탐구해 보자.

①	제복이 개인의 사회적 정체성에 미치는 영향은 윤흥길의 『날개 또는 수갑』에서 개인의 개성과 자율성이 억압받는 방식으로 드러나며, 이는 현대 사회에서도 조직의 규범이 개인의 정체성을 어떻게 형성하는지를 탐구해 보자.
②	조직 내에서의 권력 관계는 제복을 통해 명확히 드러나며, 이는 중소기업에서 개인의 생존과 소속감이 권력에 의해 어떻게 통제되는지를 연구해 보자.
③	제복을 통한 사회적 규범의 강요는 개인의 행동을 제약하며, 이는 현재의 직장 문화에서도 나타나는 억압적인 환경과 연결되는지를 탐구해 보자.
④	윤흥길의 작품 속에서 개인과 집단 간의 갈등은 현대 사회의 다양성과 집단 압박 간의 긴장 관계를 효과적으로 표현하는지를 연구해 보자.
⑤	작품 속 인물들의 반응은 사회적 압박을 드러내며, 이는 현대 사회에서 개인이 겪는 스트레스와 소외감을 상징적으로 나타내는지를 탐구해 보자.
⑥	권력 구조가 개인의 삶에 미치는 영향은 윤흥길의 작품에서 개인이 권력에 의해 억압받는 모습을 통해 현대 사회에서도 여전히 유효한 주제로 남는지를 연구해 보자.
⑦	민도식의 갈등은 현대 사회의 무기력한 지식인을 상징하며, 이는 사회적 책임과 개인의 자유 간의 갈등을 반영하는지를 탐구해 보자.
⑧	제복이 개인의 자율성을 침해하는 방식은 1970년대 사회에서의 억압적 환경과 현재 직장 내 통제 메커니즘과의 유사성을 보여주는지를 연구해 보자.
⑨	사회적 통제가 개인의 정체성 형성에 미치는 영향은 윤흥길의 작품을 통해 현대 사회에서도 여전히 중요한 이슈로 남는지를 탐구해 보자.

❖ 같이 읽으면 좋은 책

최인훈 『광장』, 김영하 『퀴즈쇼』

EBS 수능특강 출제

생각하며 읽어요

함세덕의 희곡 『무의도기행』은 1941년에 발표된 작품이야. 이 작품은 인천 부근의 가난한 어촌을 배경으로 하고, 어부들의 빈곤한 삶을 제삼자인 교사의 시각에서 담담하게 서술하고 있어. 일제의 잔혹한 착취로 인한 어민들의 참담한 현실을 진솔하게 묘사하지.

주인공 천명은 과거 소년 시절에 교사에게 가르침을 받았던 인물로, 여름 방학을 맞아 무의도를 찾았다가 비극적인 사실을 알게 돼. 두 형이 익사한 충격으로 바다와 배에 대한 공포에 시달리고, 부모는 생계를 위해 억지로 그를 바다로 내보내려 하면서 갈등이 깊어져. 외삼촌 공주학 부부는 천명을 숙련된 어부로 단련시키려고 협박과 회유를 해. 이런 상황 속에서 천명은 자신의 꿈과 가족의 기대 사이에서 고뇌하게 돼.

이 작품은 각 인물의 처지와 개성이 갈등을 고조시키면서, 천명을 바다로 내몰아 죽게 하는 과정이 긴밀하게 구성돼 있어. 간결하고 시적인 대사는 섬사람의 향토 말씨와 어울려 독특한 맛을 주고, 마지막에 낭독되는 천명의 최후는 비장미를 높인 작품이야.

리얼리즘과 서정성을 아우른 극작가, 함세덕

함세덕은 1941년 4월에 희곡 『무의도기행』을 발표한 작가야. 그는 유치진의 제자로 1935년부터 작품 활동을 시작했고, 1950년 6·25전쟁 중 사망할 때까지 15년 동안 극작 활동을 했어. 이 시기는 광복, 분단, 전쟁 등 현대사의 격동기로, 그의 작품도 여러 변화를 겪었지.

『무의도기행』은 그의 초기 작품 중 하나로, 리얼리즘에 근거하여 처절한 현실을 묘사해. 함세덕은 답답한 현실을 부정적으로 그리면서도 사랑의 요소를 추가해 사실과 낭만을 조화롭게 표현하는 극작가야. 이 작품은 강화도의 가난한 어촌을 배경으로 하고, 어부들의 빈곤한 삶을 소학교 교원의 시각에서 담담하게 그려내. 그는 민족항일기 작가들처럼 현실을 진솔하게 묘사하며, 그 과정에서 독특한 서정성을 더해. 함세덕의 작품은 당시 사회의 고통을 잘 드러내고, 사람들의 삶에 대한 깊은 이해를 보여줘. 이런 점에서 그는 한국 극작사에서 중요한 위치를 차지하는 작가라고 할 수 있어. 함세덕은 리얼리즘을 바탕으로 사랑과 현실의 복잡한 관계를 조화롭게 표현하며, 관객에게 삶의 고뇌와 아름다움을 동시에 느끼게 해. 그래서『무의도기행』은 단순한 비극을 넘어 서정적인 깊이를 지닌 작품이 돼.

줄거리를 꼭 알아야 해요

『무의도기행』은 가난한 무의도를 배경으로 하여 일제 강점기 어부들의 빈곤한 삶을 한 소학교 교사의 시각으로 담담하게 전한다. 주인공인 공 씨는 강원도에서 농사를 짓다가 여의치 않아 무의도로 옮겨와 바다에 삶의 터전을 잡았다. 그러나 그는 두 아들을 모두 바다에서 잃은 슬픔을 겪는다. 공 씨의 셋째 아들 천명은 형들의 죽음으로 인해 바다를 죽음의 공간으로 인식하고 배를 타는 것을 두려워하게 된다. 천명의 부모는 생계 문제를 해결하기 위해 그에게 외삼촌 공주학의 배에 타기를 강권하지만, 천명은 어부의 삶을 살기보다는 기술을 배워 뭍에 정착하기를 갈망한다. 천명은 부모의 강압과 애원을 이기지 못하고 배에 오르게 된다. 그러나 천명은 고기를 잡고 돌아오는 길에 풍랑을 만나 파선하여 결국 죽게 된다. 이 작품은 천명의 고뇌와 가족의 기대 사이의 갈등을 통해 인간의 운명과 삶의 고통을 진솔하게 그려내고 있다.

바다의 복합적 의미: 천명의 두려움과 운명의 상징

바다는 천명에게 두려움의 공간으로 변모한다. 천명은 형들의 죽음으로 인해 바다를 죽음의 공간으로 인식하며, 그로 인해 배를 타는 것을 극도로 피하게 된다. 하지만 바다는 또한 천명이 자신의 운명에서 벗어날 수 없는 공간이기도 하다. 부모의 기대와 생계 문제로 인해 그는 결국 다시 바다로 나가게 되고, 이는 그가 받아들이기 힘든 현실을 상징한다. 바다는 거대한 자연, 즉 운명의 공간으로서 어민들에게는 벗어날 수 없는 비극적인 운명을 상징한다. 바다는 가난한 어민들의 삶과 죽음을 관통하는 공간으로, 그들의 고난과 희망이 얽힌 복합적인 의미를 지닌다. 이러한 맥락에서 바다는 단순한 배경이 아니라, 인물들의 감정과 운명을 결정짓는 중요한 요소로 작용하며, 작품 전체의 서사를 더욱 깊이 있게 만드는 역할을 한다.

 '생기부 세특' 깊이 파악하기

고무장화: 천명의 운명과 갈등을 엮는 상징

『무의도기행』에서 공주학이 천명에게 주는 고무장화는 단순한 의복 이상의 깊은 의미를 지닌다. 고무장화는 바다와의 단절을 상징하는 동시에, 천명이 어부의 삶에 강제로 끌려들어가는 상황을 나타낸다. 천명은 형들의 죽음으로 인해 바다에 대한 두려움을 느끼고, 고무장화는 그 두려움을 극복하기 위한 도구로 제시된다. 하지만 이 장화는 천명이 바다에 나가야 한다는 부모의 강압을 상징하기도 한다.

부모는 생계를 위해 그를 어부로 만들고자 하고, 고무장화는 그 강제적인 상황을 더욱 부각시킨다. 천명은 기술을 배우고 뭍에 정착하기를 갈망하지만, 고무장화는 그가 바다로 나가야 한다는 운명을 암시한다. 또한, 고무장화는 천명이 겪는 갈등을 상징한다. 그는 부모의 기대와 자신의 꿈 사이에서 고뇌하고, 장화는 그 갈등의 상징으로 작용한다. 이 장화는 천명이 바다에서의 삶을 받아들여야 한다는 압박을 느끼게 하며, 그의 내면에서의 저항과 순응을 동시에 드러낸다. 공주학이 주는 고무장화는 천명의 운명과 갈등을 상징하는 중요한 요소로 작용한다. 이 장화는 단순한 의복이 아니라, 바다와의 연결, 가족의 기대, 그리고 개인의 정체성을 고민하게 만드는 매개체로서의 역할을 한다

부모의 기대와 개인의 꿈: 공씨와 천명의 갈등

『무의도기행』에서 공씨와 그의 아들 천명 사이의 갈등은 작품의 핵심적인 요소로 작용한다. 공씨는 두 아들을 바다에서 잃은 슬픈 과거를 가지고 있으며, 생계를 위해 셋째 아들인 천명에게 어부로서의 삶을 강요한다. 그는 바다에서의 삶을 통해 가족을 부양하고자 하는 강한 의지를 지니고 있다. 반면, 천명은 형들의 죽음으로 인해 바다를 공포의 공간으로 인식하며, 어부의 삶을 피하고자 한다. 그는 기술을 배우고 뭍에 정착하기를 갈망하지만, 부모의 기대와 생계 문제로 인해 갈등을 겪는다. 이러한 상황에서 공씨는 천명에게 바다로 나갈 것을 강하게 요구하며, 이는 천명에게 큰 압박으로 작용한다. 천명은 부모의 기대와 자신의 꿈 사이에서 고뇌하게 되며, 이로 인해 내면의 저항과 순응이 얽힌 복잡한 감정을 느낀다 그는 바다로 나가야 한다는 압박에 시달리며, 자신이 원하는 삶과 부모의 기대 사이에서 갈등을 겪는다. 공씨는 아들의 안전과 생계를 걱정하지만, 그로 인해 천명에게 불안을 주게 된다.

공씨와 천명 간의 갈등은 단순히 부모와 자식 간의 갈등을 넘어, 전통과 현대, 생계와 개인의 꿈, 그리고 운명과 선택의 문제를 드러낸다. 이러한 인물 갈등은 작품의 주제를 깊이 있게 전달하며, 관객에게 삶의 고난과 인간의 복잡한 감정을 느끼게 한다.

인물에 대해 살펴볼까요

천명: 두 형이 죽고 난 후 배를 타고 바다에 나가 일하는 것에 대해 거부감을 갖

는다.

낙경: 천명의 아버지, 유능한 뱃사람이며 과욕으로 파산하여 가족의 생계문제를 해결하고자 아들을 배에 타도록 만든다.

공씨: 천명의 어머니, 딸은 중국에 파고, 두 아들을 바다에서 잃었다. 그럼에도 가족의 생계를 위해 천명에게도 배 탈것을 강요한다.

공주학: 공씨동생, 낙경의 도움으로 배를 부리는 사람. 천명이 배에 타도록 압력을 가한다.

판성: 천명의 누나인 천순의 약혼자이다.

구성 정리

발단	부부는 천명을 기다린다.
전개	천명을 두고 공주학과 구주부는 갈등을 시작한다.
위기	공씨가 천명에게 배를 못타게 하다가 공주학과 낙경의 말로 인해 배를 타라고 강요한다.
절정	천명을 배를 거부하면서 인물들과의 갈등이 발생한다.
결말	천명은 결국 배를 타고 떠나지만 배가 난파된 후 천명의 사망소식이 전해진다.

제재 정리

갈래	희곡, 장막극
성격	비극적, 사실적
주제	천명의 비극적인 삶과 식민지 시대의 무의도 사람들의 처참한 현실
특징	• 일제 강점기의 가난한 어촌을 배경으로 한 이 작품은, 어부들이 겪는 처절한 삶을 통해 당시의 빈곤과 고난을 생생하게 묘사한다. 바다라는 자연과 운명을 피하지 못하는 천명을 통해, 인간의 무기력함과 비극성이 깊이 형상화되며, 그의 고뇌는 관객에게 강한 감정을 불러일으킨다. • 주인공 '천명'이라는 이름은 그가 운명을 벗어나지 못하고 결국 바다에서 죽을 것임을 암시하며, 비극적인 결말을 예고한다. • 극의 결말에서 낭독을 통해 천명의 죽음을 압축적으로 제시함으로써, 관객은 그의 비극적 운명에 대한 깊은 공감을 느끼게 된다.

'생기부 세특' 보고서, 글쓰기 주제 가이드

EBS 수능특강에 빈번히 출제되고 있어요

주제와 상징에서는 바다의 의미와 '천명'이라는 이름이 암시하는 운명을 분석할 필요가 중요하다. 사회적 배경에서는 일제 강점기 어민의 삶과 그로 인한 고난을 이해하는 것이 중요하다. 또 극적 요소에서는 결말의 낭독 처리 방식과 이를 통해 관객의 감정을 어떻게 유도하는지에 대해 논의하는 것이 중요하다.

※ 진로학과에 따라 '세특' 주제 접근 방향이 달라요

🌐	관련학과: **국문학**	출제 빈도: ●●●●●

①	바다가 천명의 두려움과 운명을 상징하는 방식을 탐구해 보자. 이 과정에서 바다가 인물의 심리적 상태와 어떻게 연결되는지를 분석하고, 이를 통해 바다가 단순한 배경이 아닌 주제적 요소로 작용하는 방식을 연구해 보자.
②	천명의 갈등이 인간 존재의 비극성을 어떻게 드러내는지 연구해 보자. 특히 개인의 꿈과 가족의 기대 간의 대립을 통해 나타나는 내적 갈등을 심리적 관점에서 심층적으로 분석해 보자.
③	일제 강점기 어민의 경제적 고난을 문학적으로 분석해 보자. 당시 사회적 불평등과 경제적 착취의 맥락 속에서 어민들이 겪는 고난을 구체적인 사례와 함께 서술하여 작품의 현실성을 드러내 보자.
④	희곡 형식의 특성이 작품의 사회적 메시지를 어떻게 진달하는지를 탐구해 보자. 특히 대사와 행동이 상호작용하는 방식이 사회적 이슈를 어떻게 효과적으로 전달하는지를 분석해 보자.
⑤	함세덕의 서정성이 현대 사회의 고통을 어떻게 반영하는지를 분석해 보자. 서정적인 요소가 고통의 감정을 어떻게 표현하고, 이를 통해 독자에게 어떤 감정적 반응을 유도하는지 살펴보자.
⑥	인물 간의 갈등이 가족의 기대와 개인의 꿈을 어떻게 대립시키는지를 연구해 보자. 구체적인 인물들의 심리적 변화와 그로 인해 발생하는 갈등의 양상을 분석하여 가족과 개인의 관계를 탐구해 보자.
⑦	고무장화의 물리적 특성과 그로 인해 나타나는 심리적 압박을 분석하여 작품의 상징성을 심화시켜 보자.

①	일제 강점기 어민의 사회적 지위가 현대 사회의 계급 문제와 어떻게 연결되는지를 탐구해 보고, 역사적 맥락에서 불평등 구조가 현대 사회에도 여전히 존재하는 방식을 연구해 보자.
②	빈곤과 갈등이 개인의 정체성 형성에 미치는 영향을 현대 사회적 맥락에서 연구하고, 개인이 사회적 고난을 통해 어떻게 정체성을 구성하는지를 분석해 보자.
③	공동체의 기대가 개인에게 미치는 영향이 현대 사회의 개인주의와 어떻게 대립하는지를 바탕으로 공동체와 개인 간의 갈등이 현대 사회에서 어떻게 나타나는지 연구해 보자.
④	바다를 매개로 한 사회적 관계가 현대 사회의 환경 문제와 어떻게 연결되는지 생각하면서 바다 자원을 둘러싼 사회적 갈등이 현대 환경 문제에 미치는 영향을 분석해 보자.
⑤	어민의 삶의 질이 현대 사회의 경제적 불평등과 어떻게 관련되는지를 찾아보고 어민들이 겪는 삶의 질 저하가 현대 사회의 경제적 구조와 어떤 관계가 있는지를 탐구해 보자.
⑥	사회적 고난이 개인의 심리에 미치는 영향을 현대의 정신 건강 문제와 연결해 개인이 겪는 심리적 고난이 사회적 맥락에서 어떻게 발생하는지를 분석해 보자.
⑦	작품 속 인물의 사회적 역할이 현대 사회의 역할 갈등과 어떻게 연결되는지 또 사회적 역할의 변화가 개인에게 미치는 영향을 사례를 통해 탐구해 보자.
⑧	천명의 심리적 갈등이 현대 사회에서의 정체성 위기와 어떻게 연결되는지 또 정체성 형성이 개인의 심리적 안정에 미치는 영향을 분석해 보자.
⑨	두려움과 무기력함의 심리적 원인이 현대 사회의 압박감과 어떻게 연관되는지 현대 사회에서의 심리적 압박이 개인에게 미치는 영향을 사례를 통해 탐구해 보자.
⑩	가족의 기대가 개인의 심리에 미치는 영향을 현대의 심리적 트라우마 관점으로 이해할 때 가족의 기대가 개인의 정신 건강에 미치는 부정적 영향을 연구해 보자.

❖ 같이 읽으면 좋은 책

오정희 『바람난 식구들』, 이청준 『당신들의 천국』

EBS 수능특강 출제

생각하며 읽어요

황석영의 『한씨연대기』는 분단 현실과 경직된 체제 이데올로기가 개인의 삶을 어떻게 파괴하는지를 다룬 소설이야. 이 이야기는 해방 직전부터 1970년대 초반까지의 시간을 배경으로 하고, 주인공 한영덕의 비극적인 삶을 통해 한국 현대사의 아픔을 보여줘. 한영덕은 평양에서 의학부 교수로 일하다가 전쟁 중 생명이 위급한 환자를 치료했다는 이유로 투옥되지. 이후 그는 기적적으로 살아남아 월남하게 돼. 월남한 후에는 아들을 찾기 위해 포로수용소 근처에서 배회하다가 적성용의자로 몰려 수사를 받기도 해. 여동생의 집에서 무면허 의시 박가와 함께 낙태수술로 생계를 이어가지만, 갈등을 겪게 돼. 결국, 안정된 삶을 꿈꾸며 재혼하고 시립병원에서 일하려 하지만, 박가의 투서로 간첩 혐의로 체포돼 고문을 당해. 정전협정 후 간첩 혐의는 벗지만 의료법 위반으로 감옥에 가게 돼. 출옥 후에는 세상을 등지고 살아가다가 지방 소도시에서 장의사로 일하다 죽음을 맞이해. 이 소설은 다큐멘터리 장면들을 삽입해 한영덕의 삶을 조건 지은 시대적 상황을 표현해. 강대국의 회담과 한국 신탁 통치 논의, 미국의 한반도 분단 과정 등을 통해 분단 현실이 어떻게 개인에게 영향을 미쳤는지를 강하게 드러내. 이런 요소들이 한영덕의 비극을 더욱 깊이 있게 만들어줘.

문학으로 세상을 바꾸는 목소리, 황석영

황석영은 1943년 1월 4일에 태어난 한국의 소설가이자 사회운동가야. 1962년 「입석부근」으로 문단에 등장했고, 1970년엔 「탑」으로 조선일보 문학상에 당선되면서 본격적으로 활동하기 시작했어. 그의 문학은 한국 현대사의 격동기를 반영하며, 사회적 현실을 날카롭게 포착해. 1989년에 방북하고 귀국하지 못한 채 독일에 정착했지만, 이후 미국으로 이주했지. 1993년 귀국 후에는 국가보안법 위반으로 구속되었고, 무기징역을 구형받았지만 1998년에 석방되었어. 이러한 경험은 그의 작품에 깊은 영향을 미쳤고, 그는 문학을 통해 남북 분단의 모순을 드러내고 통일을 위한 메시지를 전했지.

그의 대표작인 『장길산』은 민중의 생명력에 주목하고, 『한씨연대기』와 『삼포 가는 길』은 산업화 시대의 노동자와 도시 빈민의 삶을 다뤘어. 특히 『한씨연대기』는 한국의 전통과 현대를 아우르면서 한 여성의 삶을 통해 사회의 불평등과 억압을 드러내. 이 작품에서 황석영은 개인의 고난을 통해 집단의 고통을 강조하고, 여성의 목소리를 통해 사회의 변화를 촉구하는 메시지를 담고 있어. 이 작품은 한국 사회의 역사적 맥락 속에서 여성들이 겪는 다양한 어려움과 그로 인한 고통을 사실적으로 묘사하고 있어. 주인공 한씨를 통해 여성의 삶이 단순한 개인의 이야기가 아니라, 사회 전체의 구조적 문제와 연결되어 있음을 보여줘. 그래서 독자들은 여성의 고난이 단지 개인의 문제가 아니라, 사회적 불평등과 억압의 결과임을 깨닫게 돼. 이렇게 『한씨연대기』는 단순한 서사를 넘어, 사회적 메시지를 전달하면서 독자들에게 깊은 감동을 주고 있어. 황석영은 노동자와 빈민의 현실을 사실적으로 묘사하며, 모든 이가 평등한 세상을 꿈꿔야 한다는 생각을 전하고 있어. 그의 문학은 단순한 서사를 넘어, 독자들에게 깊은 사유를 불러일으키고, 사회적 이슈에 대한 인식을 높이는 데 기여하고 있어. 그는 문학을 통해 사람들에게 행동을 촉구하고, 더 나은 세상을 위한 변화를 이끌어내고자 하는 강한 의지를 보여줘. 황석영의 작품은 독자들에게 감동을 주는 동시에, 사회의 불평등과 억압에 대한 경각심을 일깨우는 중요한 역할을 하고 있어.

줄거리를 꼭 알아야 해요

북한 대학 병원의 산부인과 교수인 한영덕은 6·25 전쟁 중 특별 병동의 담당 의사지만, 소신에 따라 일반 병동 환자를 치료하는 데 전념한다. 이로 인해 그는 반동분자로 낙인찍혀 사형당할 위기에 처하지만, 기적적으로 사형장에서 살아남아 가족을 북에 남긴 채 혼자 월남한다. 생계를 위해 의사 면허를 무면허 의사인 박가에게 빌려주고, 낙태 수술 문제로 양심의 가책을 느끼며 박가와 갈등을 겪는다. 그러나 박가는 한영덕을 배신하고 간첩 누명을 씌워 정보대에 고발한다. 한영덕은 기관에 끌려가 모진 고문을 당한 뒤 간첩 누명을 벗지만, 결국 불법 낙태 수술 혐의로 실형을 살게 된다. 형기를 마치던 중 재혼한 아내 윤미경으로부터 휴전 소식을 듣고 절망에 빠진다. 만기 출소한 한영덕은 온전한 삶을 살지 못하고 집을 나가 떠돌며 지방 소도시에서 장의사로 삶을 마감하게 된다. 그의 딸 한혜자는 아버지의 장례식에 찾아오지만, "아버지의 매장은 아직 끝나지 않았다"며 빈소를 떠난다. 한영덕의 비극적 삶은 분단 현실 속에서 개인의 고난을 깊이 있게 드러내고 있다.

제15장 무대 구성의 극적 요소와 시간의 병렬성

이 작품에서 제15장의 무대 구성은 현재와 과거를 병렬적으로 제시하여 극적 요소를 강화한다. 무대 오른쪽 위는 현재를, 오른쪽 아래는 과거를 나타내며, 이를 통해 한혜자가 아버지 한영덕의 삶을 요약적으로 설명하는 장면이 연출된다. 한혜자는 아버지의 비극적인 삶을 되새기며, 관객에게 그가 겪었던 고난과 아픔을 전달한다. 무대에서 한영덕과 강 노인의 대화를 통해 사건이 전개되며, 이 대화는 한영덕의 과거를 회고하는 중요한 역할을 한다. 과거의 사건들이 현재의 대화와 연결되면서, 관객은 한영덕의 삶을 보다 깊이 이해하게 된다. 이러한 회상은 단순한 설명이 아닌, 감정적으로도 관객에게 다가가게 하며, 인물의 심리가 드러나는 중요한 장면이 된다. 무대 구성에서 하나의 공간 안에 현재와 과거가 공존함으로써, 두 시간대의 긴장감과 대비가 극대화된다. 이는 작품의 극적 요소를 더욱 풍부하게 하여, 관객이 한영덕의 고난을 직접적으로 느끼고 이해할 수 있도록 돕는다. 결국, 이러한 무대 구성은 극의 주제를 더욱 효과적으로 전달하며, 인물의 삶의 복잡성과 비극성을 강조하는 역할을 한다.

 '생기부 세특' 깊이 파악하기

첫번째 망치 소리의 상징성과 극적 의미

첫번째 망치 소리는 한영덕의 판결 내용이 확정됨을 의미한다. 이 소리는 그의 운명이 결정되는 순간을 상징적으로 전달하며, 인물의 안타까운 상황을 강조한다. 망치 소리가 울리는 순간, 관객은 한영덕이 겪었던 고난과 그로 인해 잃어버린 것들을 직감하게 된다. 이는 단순한 판결이 아니라, 한영덕의 인생 전체에 대한 재판으로 해석될 수 있다.

또한, 망치 소리는 극 중에서 시간의 흐름과 긴장감을 조성하는 중요한 역할을 한다. 이 소리가 울릴 때마다 관객은 한영덕의 심리적 상태와 그가 처한 현실을 더욱 깊이 느끼게 된다. 그의 운명이 결정되는 과정에서 망치 소리는 단순히 법정의 소음이 아니라, 한 개인의 삶이 어떻게 사회적 이데올로기와 역사적 상황에 의해 규정되는지를 상징한다.

결국, 첫번째 망치 소리는 한영덕의 비극적인 운명을 상징적으로 드러내며, 관객에게 깊은 감정적 반응을 유도한다. 이는 그가 겪는 고난의 무게를 더욱 부각시켜, 극의 주제를 효과적으로 전달하는 역할을 한다. 이러한 점에서 망치 소리는 단순한 효과음을 넘어, 인물의 삶과 심리를 드러내는 중요한 극적 요소로 작용한다.

한씨연대기와 한국 현대사-사실과 허구의 경계

이 소설에서는 한국 현대사의 주요 사건들이 사실적으로 묘사되며, 이를 통해 인물들의 삶이 어떻게 역사적 맥락 속에서 형성되는지를 잘 보여준다.

특히, 강대국 지도자들의 카이로회담과 얄타회담 장면이 삽입되어 한국 신탁통치에 대한 논의가 이루어진다. 이 회담들은 한반도의 분단을 결정짓는 중요한 역사적 사건으로, 작품 속 인물들이 겪는 고난과 직접적으로 연결된다. 또한, 미국의 마샬 장군과 참모들이 한반도를 분단하는 과정에서도 그들의 전략적 이해관계가 드러난다.

한국전쟁 당시 미국의 입장과 중공군의 개입도 사실적으로 묘사되어, 전쟁이 개인의 삶에 미치는 영향을 강조한다. 이승만 정권의 부패와 휴전 협정에 대한 다큐멘터리 장면들은 시대적 상황을 생생하게 전달하며, 인물들이 처한 고난의 배경을 이해하는 데 도움을 준다.

이러한 역사적 사실의 삽입은 한씨 가문의 개인적 이야기를 넘어, 한국 사회의 복잡한 역사적 맥락을 드러내며 독자가 인물들의 고난을 더욱 깊이 이해할 수 있도록 돕는다. 이로 인해 작품은 단순한 개인 서사가 아닌, 한국 현대사의 중요한 기록으로 기능하게 된다.

방백을 통한 내면 탐구와 인물 평가: 한씨연대기의 극적 요소

방백은 인물의 내면적 갈등과 감정을 직접적으로 드러내는 방식으로, 관객이나 독자가 인물의 심리를 깊이 이해할 수 있게 돕는다.

주인공 한영덕의 방백을 통해 그는 자신의 비극적 인생을 돌아보며, 과거의 선택과 그로 인해 발생한 고난을 회상한다. 이러한 내적 독백은 그가 겪은 고통과 희생을 생생하게 전달하며, 관객에게 그의 인생에 대한 공감과 이해를 유도한다.

또한, 방백을 통해 주변 인물들의 시각에서 한영덕을 평가하는 장면이 삽입되어, 그에 대한 다양한 반응과 의견을 드러낸다. 이는 인물의 복잡성을 강조하고, 한영덕이 단순한 희생자가 아닌 시대의 희생양으로서의 모습을 부각시킨다.

결국, 방백은 작품의 극적 요소를 강화하고, 인물의 내력을 보다 풍부하게 전달하며, 독자가 중심인물의 삶을 다각적으로 이해할 수 있도록 하는 중요한 역할을 한다. 이로 인해 한씨연대기는 개인의 고난을 통해 역사적 맥락을 더욱 깊이 있게 탐구하게 한다.

인물에 대해 살펴볼까요

한영덕: 양심적이고 사명감이 투철한 의사로 분단과 전쟁의 희생양으로 북에서 사형선고를, 남에서는 간첩으로 고발당해 삶을 망친다.

서학준: 한영덕의 친구이다. 보통 윤리관을 지닌 보통의 인물이다.

박가: 무면허 의사로 병원을 운영하고 한영덕을 고발하고 고생하게 하는 인물이다.

한영숙: 한영덕의 동생으로 두뇌회전이 빠르고 먼저 월남한다.

구성 정리

다큐멘터리 1	남북분단을 배경으로 한영덕의 고뇌와 갈등을 통해 정치적 모순을 드러내며, 결국 비극적인 처형에 이르는 그의 운명을 담아낸다.
다큐멘터리 2	미국의 시각에서 압록강 진격과 중공군 개입을 분석하며, 1.4 후퇴 후 한영덕의 남하와 피난민들의 고통을 조명한다.
다큐멘터리 3	박가의 무면허 낙태 수술을 통해 의료 윤리를 논의하고, 한영덕의 체포와 심문 과정을 통해 가족의 애환과 정치적 긴장을 드러낸다.

제재 정리

갈래	현대소설, 중편소설, 희곡, 장막극, 서사극
성격	비극적, 연대기적, 사실적
배경	시간적 : 6·25 전쟁 무렵 / 공간적: 평양, 서울
주제	분단 된 남·북에서 겪게 되는 개인의 시련과 민족의 비극적 고통

EBS 수능특강에 빈번히 출제되고 있어요

황석영의 『한씨연대기』에서 한 여성의 삶을 통해 드러나는 사회적 불평등과 억압은 매우 중요하다. 이 작품은 산업화 시대의 노동자와 빈민의 현실을 사실적으로 묘사하며, 개인의 고난이 집단의 고통과 연결됨을 보여준다. 또한, 여성의 목소리와 권리를 강조하며, 가족과 공동체의 연대감을 통해 사회적 변화를 촉구한다는 점을 기억해야 한다.

※ 진로학과에 따라 '세특' 주제 접근 방향이 달라요

🌐	관련학과: 국문학		출제 빈도: ●●●●
①	『한씨연대기』의 주제가 현대 사회의 사회적 불평등 문제에 어떻게 적용될 수 있는지를 분석해 보자.		
②	『한씨연대기』에서 한영덕의 고난을 통해 여성의 목소리가 사회적 변화에 미치는 영향을 분석해보자.		
③	『한씨연대기』에서 노동자와 빈민의 현실을 묘사한 사건들이 사회적 역할을 형성하는 데 어떻게 기여하는지를 분석해보자.		
④	황석영이 사용하는 상징적 요소가 한영덕의 고난을 어떻게 부각시키며, 이러한 상징이 독자에게 어떤 감정적 반응을 이끌어내는지를 살펴보자.		
⑤	『한씨연대기』의 주제가 현대 사회의 사회적 불평등 문제에 어떻게 적용될 수 있으며, 이를 통해 어떤 사회적 변화의 필요성이 강조되는지를 탐구해 보자.		

🌐	관련학과: 정치/역사/사회		출제 빈도: ●●●●
①	카이로회담과 얄타회담을 통해 결정된 한반도의 분단이 한영덕의 고난에 어떻게 연결되는지를 탐구하고, 그의 가족과 사회적 관계에 미친 영향을 구체적으로 분석해 보자.		
②	간첩 혐의가 한영덕의 의사로서의 사명감과 직업적 정체성에 미친 영향을 살펴보고, 그로 인해 겪는 심리적 갈등을 분석해 보자.		

③	미국과 소련의 대립이 한국전쟁 중 한영덕의 생존 전략 및 정치적 선택에 미친 영향을 연구하며, 전쟁이 개인의 운명에 끼친 구체적 사례를 분석해 보자.
④	정치적 억압으로 인해 한영덕이 의사로서의 역할을 어떻게 제약받았는지를 분석하고, 그로 인해 발생한 도덕적 갈등을 구체적으로 탐구해 보자.
⑤	신탁통치가 한영덕의 가족 구조와 사회적 연결망에 미친 영향을 연구하고, 개인의 삶에 대한 사회적 책임을 어떻게 변화시켰는지를 분석해 보자.
⑥	한영덕의 사례를 통해 개인의 권리와 사회적 책임 간의 갈등을 탐구하고, 이를 현대 정치에 어떻게 적용할 수 있는지를 논의해 보자.

🌐	관련학과: **의학**	출제 빈도: ●●●●

①	한영덕이 무면허 의사인 박가와 협력하게 되는 과정에서 발생하는 윤리적 딜레마를 분석하고, 그로 인해 환자와의 신뢰 관계가 어떻게 손상되는지를 탐구해 보자.
②	전쟁 중 환자를 치료하기 위해 위험을 감수했던 한영덕의 결정이 그의 직업적 정체성과 어떤 갈등을 일으켰는지를 구체적인 사건을 통해 연구해 보자.
③	한영덕이 무면허 의사로서 낙태 수술에 관여하게 되는 사건을 중심으로, 이 선택이 그의 도덕적 가치관과 가족 관계에 미친 영향을 심층적으로 탐구해 보자.
④	의료법 위반으로 인한 한영덕의 법적 처벌과 이로 인해 발생하는 삶의 변화, 특히 가족과의 관계에서의 갈등을 분석해 보자.
⑤	전쟁 상황 속에서 의사로서의 한영덕의 역할이 그의 심리적 부담과 도덕적 갈등에 어떻게 연결되는지를 구체적인 사례를 통해 연구해 보자.
⑥	한영덕이 의료 윤리를 지키기 위해 겪는 심리적 갈등과 그로 인한 고통을 구체적인 사례를 통해 탐구하고, 그의 정체성에 미친 영향을 분석해 보자.
⑦	전쟁과 분단 상황에서 의료와 정치적 이데올로기가 한영덕의 의사로서의 역할과 선택에 어떻게 영향을 미쳤는지를 분석하고, 이를 통해 의료 현장에서의 정치적 압박을 탐구해 보자.

❖ **같이 읽으면 좋은 책**

윤대녕 『의사와 파리』, 이문열 『상처받은 사람들』

40 | **할머니의 죽음**
현진권

EBS 수능특강 출제

생각하며 읽어요

　현진건의 작품 중에서 할머니의 죽음을 다룬 이야기는 진짜 인상적이야. 이 작품은 할머니가 죽음을 거부하려는 모습과 그에 대한 가족들의 위선적인 행동을 통해 인간의 이중성을 날카롭게 포착하고 있어. 특히 중모라는 인물이 할머니에게 극진한 효성을 보이면서 도덕적 우위를 드러내는 모습이 참 아이러니해. 하지만 그 이면에는 할머니의 처지를 비웃는 자손들의 모습이 있지. 가족들이 할머니의 병을 치료하기보다는 그녀의 수명이 얼마나 더 지속될지를 궁금해하며 왕진을 청하는 장면은 정말 씁쓸해. 이렇게 가족들이 각자의 사정을 우선시하면서 할머니의 죽음을 은근히 바라는 모습은 이기적이고 위선적이야. 그리고 이 모든 상황을 바라보는 서술자 '나'의 태도도 모순적이지.

　작가는 이런 가족들의 위선과 이기주의를 직접적으로 비판하기보다는 결말 부분에서 반어적인 효과를 통해 간접적으로 풍자하고 있어. 아름다운 봄날, 친구들과 벚꽃 구경을 가려는 들뜬 분위기와 할머니의 쓸쓸한 죽음을 알리는 전보가 극적으로 대비되는 장면은 정말 아이러니해. 이렇게 혈육의 고통을 외면한 채 일상을 영위하는 자손들의 이기적인 태도가 비판적으로 드러나고 있어. 이 작품을 통해 우리는 인간의 복잡한 감정과 이중성을 다시 한 번 생각하게 되는 것 같아.

현진건 _ 할머니의 죽음

식민지 현실을 반영한 한국 소설가이자 언론인, 현진건

현진건(1895-1943)은 식민지 현실을 부단히 의식하면서 시대 상황의 변화를 반영한 한국의 소설가이자 언론인이야. 그는 도쿄와 상하이에서 유학한 후, 1920년에 조선일보사에 입사하면서 언론계에 발을 들였어. 이후 1922년에는 동명사에 입사하고, 1923년에는 시대일보로 옮겨서 사회부장까지 올라갔지. 이 신문이 폐간된 뒤에는 동아일보사로 전직해서 1928년부터 사회부장으로 재직하게 돼. 현진건은 언론인으로서의 활동 외에도 소설가로서의 업적이 두드러져. 그는 김동인과 함께 한국 소설의 선구자로 불리며, 객관적인 시각에서 현실의 문제를 있는 그대로 보여주는 사실주의 작가로 알려져 있어. 그의 작품은 민족주의적인 의식과 태도 변화를 잘 드러내고, 시대의 아픔을 깊이 있게 표현하고 있지. 하지만 그의 언론인으로서의 경력은 1936년 이길용 기자의 '일장기 말소 사건'에 연루되면서 큰 전환점을 맞이하게돼. 이 사건으로 인해 그는 1년간 옥살이를 하게 되었고, 1937년에 출옥한 후 동아일보사를 사직하면서 언론인으로서의 생활을 마감했어. 이후 그는 소설가로서의 길을 계속 걸으며, 식민지 시대의 복잡한 사회적 맥락을 반영한 작품을 통해 한국 문학에 큰 영향을 미쳤지. 현진건은 민족의 고난과 현실을 사실적으로 묘사해서 독자에게 강한 감동을 주며, 한국 현대문학에서 중요한 위치를 차지하고 있어. 독자에게 강한 감동을 주며, 한국 현대문학에서 중요한 위치를 차지하고 있어 현진건이 "할머니의 죽음"을 쓴 이유는 할머니와의 깊은 정서적 유대와 그로 인한 상실감을 표현하기 위해서야. 할머니는 그의 어린 시절에 큰 영향을 미친 인물로, 그 죽음은 그에게 큰 충격이었지. 이 작품을 통해 그는 가족의 사랑과 상실, 그리고 그로 인한 슬픔을 사실적으로 묘사했어. 또한, 할머니의 죽음은 개인적인 슬픔을 넘어서서, 당시 사회의 고난과 아픔을 상징적으로 드러내기도 해. 결국, 이 작품은 인간의 삶과 죽음, 그리고 그 속에서 느끼는 감정을 깊이 있게 탐구하는 계기가 되었던 거야.

줄거리를 꼭 알아야 해요

주인공 '나'는 여든둘을 넘긴 할머니의 병환 소식을 듣고 본가로 향한다. 할머니의 병세는 이미 악화되어 있었고, 주인공은 할머니 옆에서 밤새도록 염불을 하며 기도를 하지만, 할머니의 상태는 점점 심각해진다. 가족들은 슬픔과 복잡한 감정을 안고 그녀의 곁에서 시간을 보내며, 중모는 헌신적으로 할머니를 돌보지만, 정성이 부족한 조카들과 '나'를 꾸짖는다. 이런 상황에 지친 자손들은 각자의 현실적인 문제로 바쁜 일상으로 돌아가고 싶어 한다. 사경을 헤매던 할머니는 기력이 돌아와 일으켜 달라고 애원하지만, 할머니의 몸에 난 상처 때문에 일으켜 드릴 수 없다. 혼미한 정신 속에서 할머니가 '나'를 '서방'이라고 부르며 이상한 행동을 할 때, 가족들은 웃음을 터뜨리지만 그 속에는 깊은 슬픔이 자리하고 있다.

직장 등의 문제로 계속 머물 수 없는 자손들은 의사들을 연달아 불러 진단을 받고는 결국 일상으로 복귀하게 된다. 어느 화창한 봄날, 이른 아침에 '나'는 '조모주 별세'라는 전보를 받게 되고, 할머니의 죽음은 가족에게 큰 아픔으로 다가온다. 그동안의 고통과 헌신, 마지막 인사를 나누지 못한 아쉬움이 남아, '나'는 할머니를 잃은 슬픔 속에서 그리움을 느끼며 돌아서지 않을 수 없다.

상실의 의미: 할머니의 죽음이 전하는 메시지

현진건의 작품에서 할머니의 죽음은 여러 가지 상징적 의미를 지닌다. 우선, 할머니는 가족의 전통과 지혜를 상징하며, 그녀의 죽음은 이러한 전통이 사라지는 것을 의미한다. 이는 세대 간의 단절을 나타내며, 과거의 가치와 지혜가 현대 사회에서 잊혀져 가는 과정을 드러낸다. 또한, 할머니의 죽음은 주인공과 주변 인물들에게 깊은 슬픔과 상실감을 안겨준다. 이는 인간 존재의 덧없음과 삶의 무상함을 강조하며, 독자에게 삶의 의미에 대해 다시 생각하게 만든다. 더 나아가, 할머니의 죽음은 주인공의 성장과 변화를 상징하기도 한다. 주인공은 할머니의 죽음을 통해 성숙해가며, 새로운 시작을 맞이하게 된다. 이러한 변화는 개인의 삶에서 중요한 전환점을 나타내며, 성장의 과정을 보여준다. 마지막으로, 할머니의 죽음은 사회적 메시지를 전달하는 역할을 하기도 한다. 노인에 대한 사회적 무관심이나 가족의 해체를 비판하는 요소로 작용하며, 독자에게 현대 사회의 문제를 성찰하게 만든다.

이처럼 할머니의 죽음은 단순한 상실을 넘어, 다양한 의미와 메시지를 내포하고 있다. 이는 독자에게 인간 관계의 소중함과 전통의 중요성을 일깨우며, 삶의 본질에 대한 깊은 성찰을 유도한다. 할머니의 존재는 가족의 정체성을 형성하는 중요한 요소로, 그녀의 상실은 단순한 개인의 슬픔을 넘어 사회적 맥락에서도 큰 의미를 지닌다. 이러한 복합적인 상징성은 작품의 깊이를 더하며, 독자에게 강한 여운을 남긴다.

 '생기부 세특' 깊이 파악하기

이기적 슬픔, 허위의 애도: 할머니의 죽음을 통해 본 가족의 진실
현진건의 소설 '할머니의 죽음'은 죽음을 둘러싼 가족의 이기적이고 허위적인 태도를 깊이 있게 탐구한다. 소설 속에서 할머니의 죽음은 단순한 개인의 상실이 아니라, 가족 구성원들이 각자의 이해관계에 따라 반응하는 복잡한 상황을 드러낸다. 가족들은 할머니의 죽음을 애도하는 척하지만, 실제로는 자신의 이익을 우선시하는 모습을 보인다.

우리가 흔히 죽음 뒤에 맞이하는 상속 문제나 사회적 지위와 같은 현실적인 요소들이 가족 간의 갈등을 유발하며, 진정한 슬픔보다는 외적인 체면을 중시하는 경향이 두드러진다. 이러한 태도는 죽음을 통해 드러나는 인간의 본성과 사회적 관계의 복잡성을 보여준다. 현진건은 이를 통해 죽음이 단순한 끝이 아니라, 남은 자들의 진정한 모습을 드러내는 계기가 됨을 강조한다. 결국, 할머니의 죽음은 가족의 이기적인 본성과 허위적인 감정이 얽힌 복잡한 상황을 통해, 인간 존재의 의미와 관계의 본질에 대한 깊은 성찰을 이끌어낸다. 이러한 요소들은 독자로 하여금 죽음이라는 주제를 다시 한 번 생각하게 만들며, 인간 관계의 진정성과 허위성을 고민하게 한다.

감정의 경계: 이기심과 진정한 슬픔

현진건의 소설 '할머니의 슬픔'에서는 이기심과 진정한 슬픔의 경계가 뚜렷하게 드러난다. 가족들은 할머니의 상실을 통해 각자의 감정을 표현하지만, 그 깊이는 다르다. 이기적인 슬픔은 주로 자신의 상실에 집중하며, 할머니의 고통보다는 자신의 감정에 더 많은 관심을 기울인다. 일부 가족은 할머니의 죽음을 통해 자신의 외로움이나 고통을 강조하고, 타인의 슬픔에 대한 공감이 부족하다. 반면, 진정한 슬픔은 할머니의 삶과 사랑을 기억하고 애도하는 과정에서 나타난다. 가족들은 할머니의 존재를 소중히 여기며, 그녀의 고통을 함께 느끼고 기리는 행동을 통해 서로의 연결을 강화한다. 이러한 감정의 복잡성은 시간이 지남에 따라 더욱 깊어지며, 상실을 받아들이는 과정에서 개인의 성찰이 이루어진다. 결국, 이기심과 진정한 슬픔은 가족들이 할머니의 죽음을 어떻게 받아들이고 표현하는지에 따라 구분된다. 이 과정은 감정의 복잡성을 이해하는 데 중요한 요소로 작용하며, 슬픔을 공유하는 힘을 보여준다. 시간이 지나면서 이기적인 슬픔이 아닌 진정한 슬픔이 깊어지고, 가족들은 서로를 지지하며 상실을 극복해 나간다. 이처럼 이기심과 진정한 슬픔은 서로 얽혀 있으며, 이러한 감정의 깊이를 통해 인간 관계의 본질을 더욱 깊이 이해할 수 있다.

상실 속의 성장: 1920년대 한국 가족 인식의 전환점

1920년대 한국 사회에서 가족에 대한 인식 구조는 전통과 현대의 갈등 속에서 복잡하게 얽혀 있었다. 현진건의 작품에서 '할머니의 죽음'은 이러한 가족 구조의 변화를 상징적으로 드러낸다. 할머니는 가족의 중심이자 전통의 상징으로, 그녀의 존재는 가족 간의 유대와 지혜를 이어주는 역할을 한다. 그러나 할머니의 죽음은 이러한 전통이 사라지는 것을 의미하며, 세대 간의 단절을 초래한다. 이는 과거의 가치가 현대 사회에서 잊혀져 가는 과정을 보여준다.

주인공은 할머니의 죽음을 통해 깊은 슬픔과 상실감을 경험하며, 이는 인간 존재의 덧없음과 삶의 무상함을 일깨운다. 이러한 감정은 독자에게 삶의 의미에 대해 다시 생각하게 만든다. 또한, 주인공은 할머니의 죽음을 계기로 성숙해가며 새로운 시작을 맞이하게 된다. 이는 개인의 성장과 변화를 나타내며, 가족의 해체와 사회적 무관심을 비판하는 요소로 작용한다.

할머니의 죽음은 단순한 상실을 넘어, 가족의 전통과 현대 사회의 문제를 성찰하게 만드는 중요한 사건으로 자리 잡는다. 1920년대의 가족에 대한 인식 구조는 이러한 상징적 사건을 통해 더욱 명확하게 드러나며, 독자에게 깊은 여운을 남긴다.

작품으로 바라보는 가족의 진화: 1920년대 전통에서 현대의 다양성으로

우리 시대의 가족 가치관은 1920년대와 여러 면에서 다르다. 1920년대에는 전통적인 가족 구조가 일반적이었으며, 가족의 역할이 명확하게 구분되었다. 남성은 가장으로서 경제적 책임을 지고, 여성은 가정과 자녀 양육을 담당하였다. 사회적 규범에 의해 가족의 가치와 역할이 강하게 규제되었고, 결혼과 출산은 필수적인 삶의 단계로 여겨졌다. 이탈하는 경우 사회적 비난을 받았으며, 가족 구성원 간의 경제적 의존도가 높았다. 여성의 경제적 자립은 드물었다.

반면, 현대 사회에서는 개인주의와 다양성이 중시된다. 결혼, 출산, 가족 형태에 대한 선택이 개인의 자유로 여겨지며, 동성 커플이나 비혼 가구 등 다양한 가족 형태가 인정받고 있다. 여성의 경제적 자립이 증가하면서 가정 내 역할 분담이 변화하고, 많은 가정에서 남성과 여성 모두 경제적 책임을 공유하고 있다. 가족의 개념이 확장되어 혈연관계가 아닌 선택적 가족 관계도 중요시된다. 친구나 동료와의 관계가 가족처럼 여겨지는 경우도 많다. 1920년대의 가족 가치관은 전통적이고 규범적이었던 반면, 현대의 가족 가치관은 개인의 선택과 다양성을 중시한다. 이러한 변화는 사회의 발전과 함께 가족의 역할과 구조가 어떻게 진화해

왔는지를 보여준다. 현대 사회에서 우리는 다양한 형태의 가족을 인정하고 존중하는 방향으로 나아가고 있으며, 이러한 변화는 앞으로도 계속될 것으로 보인다.

효의 이중성: 중모의 사랑과 허위의 경계

 중모의 효행은 긍정적인 측면과 부정적인 측면을 동시에 지니고 있어, 이를 통해 효의 본질에 대한 깊은 성찰을 가능하게 한다. 긍정적으로 보면, 중모는 할머니를 극진히 모시며 예법을 다하고 정성을 쏟는다. 이러한 모습은 전통적인 효의 가치관을 잘 보여주며, 중모의 헌신은 다른 이들이 쉽게 따를 수 없는 지극한 사랑과 보살핌으로 평가될 수 있다. 이는 가족 간의 유대와 존경의 중요성을 강조하며, 중모의 행동은 사회적으로도 긍정적인 모델로 여겨질 수 있다. 그러나 부정적인 측면에서 중모의 효행은 자신의 도덕적 우월성을 과시하려는 의도가 내포되어 있다는 점에서 비판받을 수 있다. 중모의 극진한 보살핌이 진정한 사랑에서 비롯된 것이 아니라, 외부의 시선을 의식한 허위적 행동으로 비춰질 수 있다. 특히, 할머니의 위중한 상태를 걱정하기보다는 조카들을 야단치는 모습은 중모의 진정성을 의심하게 만든다. 이러한 이중적인 태도는 효의 본질이 단순한 의무감이나 사회적 압박에서 비롯될 수 있음을 시사한다. 중모의 효행은 전통적인 가치와 개인의 도덕적 동기가 충돌하는 복잡한 양상을 드러낸다. 이는 효의 의미를 다시 생각하게 하며, 진정한 효가 무엇인지에 대한 질문을 던진다.

인물에 대해 살펴볼까요

나: 할머니의 병환 소식을 듣고 시골 본가로 급히 내려간다. 할머니의 죽음을 통해 가족의 위선과 무관심을 깨닫는다.

할머니: 위독한 상태로 주인공을 기다린다. 가족들의 사랑과 관심을 받지 못하고 외롭게 세상을 떠난다.

가족들: 할머니의 곁에서 간호하는 척하지만, 진정한 걱정은 보이지 않는다. 자신의 도덕적 우월성을 드러내려는 행동을 보이며 할머니의 상태가 호전되자 바쁜 일정을 핑계로 하나둘씩 떠난다.

주변 인물들: 주인공의 감정을 이해하지 못하고, 할머니의 죽음에 대한 진정한 슬픔을 느끼지 않고, 벚꽃놀이를 즐기며 할머니의 죽음을 잊은채 살아간다.

구성 정리

발단	주인공'나'는 할머니의 병환 소식을 듣고 시골 본가로 급히 내려간다. 할머니는 이미 위독한 상태이다.
전개	가족들은 할머니의 곁에서 간호하지만, 진정한 걱정은 보이지 않고, 오히려 자신의 도덕적 우월성을 드러내려는 행동을 보인다.
위기	할머니의 상태가 호전되자 가족들은 바쁜 일정을 핑계로 하나둘씩 떠나고, 결국 할머니는 외롭게 세상을 떠난다.
결말	주인공은 벚꽃놀이를 가던 중 할머니의 사망 소식을 전해 듣는다.

제재 정리

갈래	단편 소설
성격	사실주의
배경	1920년대 시골
시점	1인칭 관찰자 시점
주제	인간의 허위(虛僞) 의식 풍자
특징	• 현진건의 신변 소설로, 죽음을 앞둔 할머니와 가족의 복잡한 심리를 그린다. • '조모주 병환 위독'에서 '오전 3시 조모주 별세'로 이어지는 구조는 극적인 대비를 제공한다. • 가족들의 이기적이고 형식적인 행동은 인간의 부끄러운 모습을 드러낸다. • 중모의 효행은 도덕적 우월성을 드러내기 위한 수단으로 인식된다. • 작품은 죽음을 통해 삶의 의미를 되새기며 가족 간의 복잡한 정서를 탐구한다. • 독특한 결말처리로 극적인 효과와 아픔의 여운을 남긴다. • 만물이 소생하는 봄을 할머니의 죽음이라는 사건과 대비하여 비극성을 돋보이게 한다

'생기부 세특' 보고서, 글쓰기 주제 가이드

EBS 수능특강에 빈번히 출제되고 있어요

현진건의 '할머니의 죽음' 시험 유형은 주로 인물 분석과 주제 해석이다. 수험생들은 가족의 복잡한 관계와 인물 간의 갈등을 분석하게 되며, 도덕적 갈등에 대한 이해도를 평가받는다. 또한, 작품 속 상징과 배경을 통해 작가의 의도를 해석하는 문제가 출제되기도 한다.

※ 진로학과에 따라 '세특' 주제 접근 방향이 달라요

관련학과: 국문학, 문예창작	출제 빈도: ●●●●

①	현대사회에서 가족의 의미가 변화하는 과정을 구체적으로 살펴보고, 특히 세대 간의 가치관 차이가 가족 관계에 미치는 영향을 작품과 비교해 탐구해 보자.
②	현진건 '할머니의 죽음'의 주제를 변화하는 가족의 개념과 이로 인한 미래사회의 가족 구성원의 삶에 미치는 영향을 분석하며, 개인의 정체성과 사회적 관계의 향후 변화를 연구해 보자.
③	작품 속 인물들의 갈등 구조를 구체적으로 분석하고, 각 인물의 심리적 배경이 작품 속 갈등에 어떻게 작용하는지를 탐구해 보자.
④	할머니의 죽음을 통해 드러나는 전통과 현대의 충돌을 최근 이슈나 구체적인 사례를 통해 연구하고, 이로 인해 발생하는 미래 사회의 가족 갈등에 대해 추측해 보자.
⑤	작품의 주제 의식이 현대사회에서 어떻게 재조명되는지를 살펴보며, 특히 앞으로 1인가족화를 바라보는 현대인의 가치관과의 관계를 탐구해 보자.
⑥	인물의 성향이 갈등에 미치는 영향을 구체적으로 분석하고, 각 인물의 선택이 갈등 해결에 어떻게 기여하는지를 연구해 보자.
⑦	작품 속 표현방식이 감정 전달에 미치는 영향을 구체적인 예시를 통해 탐구하고, 독자의 감정적 반응을 분석해 보자.
⑧	작품 속 죽음의 의미를 바탕으로 현대사회에서 죽음의 의미가 어떻게 변화하는지를 살펴보며, 특히 죽음에 대한 인식의 변화를 연구해 보자.

①	할머니의 죽음이 현대인에게 어떻게 사랑의 새로운 형태를 인식하게 만드는지 구체적인 사례를 통해 알아보자.
②	효의 전통적 가치가 현대 사회에서 어떻게 변화하고 있는지, 특히 1인 가구와 핵가족화가 효의 실천에 미치는 영향을 탐구해 보자.
③	진정성과 허위의 경계: 현대 사회에서 효행이 진정한 사랑인지, 아니면 사회적 압박에 의한 허위인지에 대한 경계를 탐구해 보자.
④	세대 간의 가치관 차이가 효의 실천에 미치는 영향을 분석하고, 이를 통해 현대 사회의 가족 관계를 연구해 보자.
⑤	죽음에 대한 개인과 가족의 심리적 반응 차이를 탐구하며, 현진건의 『할머니의 죽음』에서 주인공이 할머니의 죽음을 통해 겪는 개인적 슬픔과 가족의 반응을 비교해 보자.
⑥	효행의 심리적 동기가 진정성과 허위 사이에서 어떻게 형성되는지를 연구하고, 주인공이 할머니의 죽음을 맞이하며 느끼는 효의 진정성과 사회적 기대 간의 갈등을 분석해 보자.
⑦	현대 사회의 맥락에서 죽음과 슬픔의 심리적 메커니즘을 탐구하며, '할머니의 죽음'에서 주인공이 느끼는 슬픔이 현대 사회에서 어떻게 표현되는지를 연구해 보자.
⑧	가족 내 갈등이 개인의 심리에 미치는 영향을 연구하고, 주인공이 할머니의 죽음 이후 가족 간의 갈등을 겪는 과정을 분석해 보자.
⑨	효의 실천이 개인의 자아 정체성 형성에 미치는 영향을 탐구하며, 주인공이 할머니의 죽음을 통해 효의 가치를 재조명하는 과정을 연구해 보자.
⑩	죽음의 경험이 개인의 심리적 성장에 미치는 긍정적 영향을 연구하고, 주인공이 할머니의 죽음을 통해 성숙해 가는 과정을 분석해 보자.
⑪	효와 도덕적 우월감 간의 심리적 관계를 탐구하며, 주인공이 할머니의 죽음을 통해 느끼는 도덕적 갈등을 분석해 보자.

❖ 같이 읽으면 좋은 책

박경리 『토지』, 조정래 『아리랑』

진로 탐색과
성장의 기록

생기부 기재 내용 예시 자료
(과세특 예시)

도서 『엄마의 말뚝』을 자율 활동과 연계했을 경우(본문 11~24쪽 참조)

학년	영역	시간	특기 사항
1	자율 활동	79	독서 활동 학급진로교육(2025.03.07.)시간에 '심리학과'에 대한 관심을 가져 문학작품을 활용한 심리학적 접근에 대한 주제를 설정함. 1학기 도서로 '엄마의 말뚝'을 선정하고, 심리학적 관점을 바탕으로 문학작품을 활용한 다양한 생각을 고찰함. 작품 속 '엄마'의 슬픔에 대한 공감과 이해를 바탕으로 가족을 잃은 상황에 대한 심적 스트레스를 조사함. 탐색활동을 통해 가족 상실에 대해 주인공과 엄마가 겪는 슬픔이 '상실의 트라우마'로 해석될 수 있음을 이해하게 됨. 상실의 경험이 우울증과 불안장애 등 다양한 심리학적 문제를 유발할 수 있음을 인식하고, 스트레스의 원인과 결과에 대해 고민함. 가족을 잃은 경험이 심리적 스트레스를 유발하며, 전쟁과 같은 외부 요인이 스트레스 장애를 초래할 수 있음을 확인함. 독후 활동으로 엄마의 감정 분석을 통해 문학작품 속 엄마가 겪는 심적 고통을 '모호한 상실' 이론으로 분석함. 이를 통해 심리적 처방과 지도 방법에 대한 대안을 모색하게 됨. 트라우마를 해결하는 접근 방식으로 상담과 공감을 제시하며, 심리학적 관점에서 문학작품을 분석할 때 심리학적 접근 방식에 대한 흥미와 재미를 찾게 됨. 이러한 경험은 앞으로의 학문적 여정에 큰 도움이 될 것이 기대됨.

도서 『돌다리』를 진로 활동과 연계했을 경우(본문 240~247쪽 참조)

학년	영역	시간	희망 분야(건축학)
1	진로 활동	37	사회 시간에 도시화에 따른 급격한 사회 변화 및 성장을 배우며 도시 건축에 대한 관심을 가지게 됨. 이후 진로 시간에 '도서로 진로찾기' 독서릴레이 소개 활동(2025.03.31.)에서 도서 '돌다리'를 선정하여 소개함. 자신의 진로인 '건축학'의 관점에서 '돌다리'의 시대 배경인 일제 강점기 말 자본주의가 확산되며 농촌의 붕괴에 따른 도시화의 모습과 '발전'에 대해 관심이 커짐. '발전'이라는 긍정적인 측면에도 불구하고 발전을 거부하며 전통적 가치관을 고수한 아버지의 태도에 깊게 고찰함. 이에 서구적인 물질적 가치와 전통적인 정신적 가치를 모두 공존하게 할 수 있는 방법에 대해 고민하게 됨. 극구 땅을 팔길 거부하고, 근대화보다는 전통을 누리고 싶어한 아버지를 보며, 신구 세대의 융합이 될 수 있고, 다가올 AI 시대에 전통부터 미래까지 융합할 수 있는 건축 방법에 대해 생각함. 서울에 복합 공간 '하루'라는 곳이 전통 한옥 구조를 바탕으로 현대적인 기초와 재료를 결합한 카페와 아트 갤러리임을 알고 직접 방문하여 체험함. 다양한 계층의 사람들이 함께 어우러진 공간을 직접 본 뒤, 미래에 건축학도로서 돌다리의 아버지와 같이 아쉬움이 남지 않을 수 있는 융합형 건축물을 만드는 건축학도가 되고 싶다는 목표를 세움. 건축 동아리에서 프로토타이핑 활동을 가지고 각자 생각해 본 미래의 융합 건축 모형을 앱을 통해 설계해 보며 조원과 이에 대한 다양한 의견을 나눔.

도서 『웰컴 투 동막골』을 진로 활동과 연계했을 경우(본문 178~184쪽 참조)

학년	영역	시간	희망 분야(미디어학과)
1	진로 활동	37	인문인사이드 활동 영화 연계 프로그램 '나도 PD다' 행사에 참여함.(2024.12.13.) 평소 미디어학과를 지원하고 싶어했기에 작품 '웰컴 투 동막골'을 통해 전쟁의 비극성을 탐구함. 대조적인 캐릭터와 상황을 통해 극적 요소를 강조하며, 카메라 워크와 색채 사용으로 감정 변화를 시각적으로 표현하고, 음악이 긴장감과 감동을 증대시킨다는 것을 탐구하여 얻음. 이러한 영화적 기법들이 작품속의 구성과 이야기의 몰입감을 높임을 이해하게 됨. 클로즈업 기법을 사용한 부분에서 전쟁으로 인한 군인과 마을 사람들 간의 긴장감이 고조되며 서로의 인간성을 이해하려는 갈망이 드러날 것임을 예측할 수 있었음에 뿌듯함을 느낌. 이러한 작품 표현 방법이 주는 감정의 교차는 전쟁의 비극을 더욱 깊이 전달하는 것 같다 느낀 자신의 생각을 전함. 작품 속 인물들의 갈등과 감정을 분석하며 전쟁이 개인과 공동체에 미치는 영향을 이해하게 됨. 특히 전쟁의 비극이 단순한 폭력과 파괴가 아니라 인간의 고통과 연대의 이야기임을 깨달음. 다양한 미디어 콘텐츠를 비교 분석하며 대중의 인식이 어떻게 형성되는지를 고민하는 경험을 통해 미디어가 사회적 이슈에 미치는 영향력을 체감하게 됨. 이러한 경험은 자신의 미래 연구에 큰 자산이 될 것으로 보임.

도서 『결혼』을 자율 활동과 연계했을 경우(본문 65~72쪽 참조)

학년	영역	시간	특기 사항
1	자율 활동	79	학급독서시간(2024.03.05.~2024.12.10.)에 이강백의 '결혼'을 읽고 우리나라 사회문제와 결혼제도에 대한 깊은 이해를 하게 됨. 작품 속 인물들은 서로의 관계와 감정, 소유에 대한 갈망을 통해 진정한 소유의 의미를 탐구함. 결혼이라는 제도를 통해 사람들은 서로를 소유하고자 하지만, 그 소유가 진정한 사랑과 이해에서 비롯되지 않는다면 결국 공허ㅋ함을 느끼게 된다는 것을 이해함. 이를 통해 인간관계에서의 소유가 단순한 소유권 이상의 것임을 깨닫게 됨. 또한, 감정적 소유의 중요성을 인식하며 상대방의 감정을 이해하고 존중하는 것이 진정한 소유의 시작임을 인지함. 도서를 통해 결혼이 사회적 제도로서 개인의 행복과 성취를 어떻게 이루어낼 수 있는지를 탐구하고 전통적인 소유 개념에 대한 도전과 개인의 자아실현을 위한 새로운 관점을 제시함. 이러한 분석을 통해 진정한 소유가 물질적인 것에 국한되지 않고, 감정과 이해, 사회적 맥락에서의 관계를 포함함을 깨닫게 됨. 사회학과 지망생으로서, 결혼제도가 현대 사회에서 어떻게 변형되고 있는지를 탐구하는 기회를 가짐.

도서 『만무방』을 진로 활동과 연계했을 경우(본문 79~86쪽 참조)

학년	영역	시간	희망 분야(정치학과)
1	진로 활동	37	내생애최고의책(2024.9.24.)발표 시간에 김유정의 『만무방』을 읽고 일제 강점기의 사회적 억압과 개인의 고뇌에 대해 고찰함. 정치적 맥락에서 인간 존재의 의미를 더욱 깊게 살펴보고자 탐구함. 작품 속 인물들의 갈등을 분석하며 당시 사회의 정치적 상황을 이해하고, 개인의 삶이 정치적 환경에 어떻게 영향을 받는지에 대해 궁금증이 생김. '만무방'의 주제를 현대 정치와 연결 지어보며 개인의 저항과 사회 변화의 필요성을 탐구함. 이 과정에서 정치학의 이론과 실제를 접목시키는 기회를 가짐. 이러한 탐구 활동을 통해 정치학의 중요성과 문학이 사회에 미치는 영향을 깊이 이해하게 됨. 『만무방』을 통해 얻은 통찰을 통해 정치적 가치관을 개인의 권리와 사회적 책임을 동시에 중시하는 방향으로 변화시키는 데 큰 도움이 되었음을 설명함. 현대 사회의 정치 문제와 연결해 보면, 개인의 목소리가 집단의 힘으로 이어질 수 있음을 깨닫게 되었고, 이는 사회 정의와 평등을 위한 지속적인 노력이 필요하다는 결론에 이르게 됨. 개인의 저항이 모여 사회를 변화시킬 수 있다는 믿음은 앞으로의 정치적 참여에 더욱 적극적으로 나설 수 있는 용기의 밑거름이 되었다고 발표함. 결혼이 단순한 제도적 관계를 넘어, 개인의 정체성과 행복, 그리고 사회적 맥락에서의 상호작용을 어떻게 형성하는지를 연구할 것이며, 이를 통해 더 나은 사회를 만드는 데 기여하고자 함.

도서 『거삐딴 리』을 자율 활동과 연계했을 경우(본문 58~64쪽 참조)

학년	영역	시간	특기 사항
1	자율활동	79	오전독서산책활동(2024.08.18.-2024.12.18.)에서 작품 『거삐딴 리』를 읽고, 윤리학에 대한 관점으로 주인공이 자신의 이익을 위해 타인을 희생시키는 모습을 통해 '올바른 인간상은 무엇인가'에 대한 도덕적 기준을 고민함. 주인공이 시대 배경의 영향을 받아 기회주의적으로 하는 행동은 단순히 개인의 생존을 위한 것이지만, 그 이면에는 인간의 본성이 드러나는 복잡한 심리가 존재함을 인지하고 개인의 욕망이 공동체에 미치는 영향에 대해 탐구함. 주인공의 자신의 이익을 최우선으로 삼아 타인을 이용하고, 상황에 따라 태도를 바꾸는 모습에서 기회주의의 전형을 이해함. 이러한 행동은 단기적인 이익을 추구하지만, 결국에는 공동체의 신뢰를 무너뜨리고 고립을 초래함을 윤리시간에 배운 '윤리적 딜레마' 이론에 접목해 깊게 이해함. 미래 시대 윤리의 정의에 대한 관심이 높아 현대 사회에서도 쉽게 발견할 수 있는 현상으로, 개인의 이익을 우선시하는 태도가 공동체의 윤리를 해칠 수 있다고 느낌. 주인공의 기회주의적 행동이 사회적 맥락에서 어떻게 형성되는지를 분석하고 경제적 불안정과 사회적 경쟁이 개인의 윤리적 기준을 왜곡할 수 있음을 깨달음. 『거삐딴 리』를 통해 기회주의적 인간상이 단순한 개인의 문제를 넘어 사회적 윤리와 관계의 중요성을 깊게 생각하는 기회를 가지게 됨.

도서 『곡예사』을 진로 활동과 연계했을 경우(본문 50~57쪽 참조)

학년	영역	시간	희망 분야(정치학과)
1	진로 활동	37	학급안진로토론모임(2024.04.12.)에서 황순원의 소설 『곡예사』를 바탕으로 예술의 본질에 대한 성찰을 통해 인간 존재의 의미와 미래 예술의 모습을 탐구하는 보고서를 작성함. 곡예사라는 인물을 통해 예술이 단순한 기술이나 오락을 넘어 인간의 삶과 존재에 깊은 영향을 미친다는 점을 강조하며 인간 존재의 의미를 탐구함. 예술이 인간의 감정과 경험을 표현하는 중요한 매개체임을 바탕으로 곡예사는 자신의 몸을 통해 관객과 소통하며, 그 과정에서 인간의 고뇌와 희망을 전달하는 역할을 지닌 존재로 해석함. 이러한 점에서 예술은 인간 존재의 본질을 드러내는 중요한 수단이라고 자신의 생각을 밝힘. 미래 예술의 모습에 대해서 기술의 발전과 함께 예술의 형식이 변화하고 있지만, 그 본질은 여전히 인간의 감정과 경험을 반영하는 데 있음을 예상함. 따라서 AI의 발전으로 예술이 어떻게 진화하더라도, 인간의 존재 의미를 탐구하고 소통하는 역할은 변하지 않을 것이라는 결론에 도달함. 이러한 성찰을 통해 예술학과 지망생으로서 예술의 본질에 대한 깊은 이해를 갖추게 되었으며, 예술이 인간 존재와 어떻게 연결되는지를 탐구하는 중요한 기초가 되었다고 발표함.

도서 『참새』을 자율 활동과 연계했을 경우(본문 87~94쪽 참조)

학년	영역	시간	특기 사항
1	자율활동	79	학급자율독서토론회(2024.06.07.)시간에 도서활동으로 윤오영 『참새』를 선정하여 조별 활동을 진행함. 참새는 소박하고 평범한 존재로, 일상 속에서 쉽게 볼 수 있는 작은 새로 표현함. 이러한 참새의 평범한 모습은 우리가 소소한 것들의 소중함이므로 잊지 말라는 메시지를 담고 있다고 전달함. 미래사회는 참새와 같은 작은 생명체들이 잊혀질 수 있으며, 자연의 소중함을 느끼지 못하는 사회가 될 수 있다고 생각함. 참새가 생태계에서 수행하는 역할과 그 중요성에 대해 논의함. 참새는 곤충을 잡아먹고 씨앗을 퍼뜨리는 등 생태계의 균형을 유지하는 데 기여한다는 점에서 생태적 역할이 사라지면, 자연의 순환이 깨지고 결국 인간에게도 부정적인 영향을 미칠 수 있음을 깨달음. 이에 생명공학의 발전이 자연과의 관계를 어떻게 변화시킬 수 있는지를 고민하게 됨. 생명공학은 식물과 동물의 유전자를 조작하여 생산성을 높이고, 질병을 예방하는 데 기여할 수 있지만, 이러한 기술이 자연 생태계에 미치는 영향도 간과해서는 안 된다고 생각함. 유전자 변형 생물체(GMO)의 사용이 생태계에 미치는 영향은 아직 완전히 이해되지 않았으며, 이러한 생명공학적 접근이 자연의 다양성을 해칠 수 있는 가능성도 존재하므로 생명공학의 발전과 함께 자연 생태계의 소중함을 인식하고, 지속 가능한 방법으로 기술을 활용해야 함을 느낌.

도서 『만세전』을 자율 활동과 연계했을 경우(본문 33~42쪽 참조)

학년	영역	시간	특기 사항
1	자율 활동	79	나의진로독서발표(2024.12.12.) 염상섭의 『만세전』을 문학 시간에 배우며 역사학을 전공하는 입장에 한국 현대문학은 민족 정체성을 강하게 반영함을 느낌. 이에 일제 강점기와 전후 시대의 아픔을 통해 형성된 민족적 감정이 작품에 어떻게 스며들어 있는지를 탐구함. 1930년대를 배경으로 하는 많은 현대문학 작품들은 사회적 불평등과 부조리를 비판하는 내용을 담고 있음을 이해함. 이는 한국 사회의 역사적 맥락과 밀접하게 연결되어 있음을 인식함. 한국 현대문학은 시대적 배경에 따라 민족 정체성, 사회적 비판, 다양한 장르와 형식의 실험을 통해 다른 문학 작품들과 차별화되어 있음을 느낌. 작품을 통해 표현된 내용에서 일제 강점기와 전후 시대의 아픔이 작품에 스며들어 있는 과정을 탐구하며, 1930년대의 사회적 불평등과 부조리를 비판하는 내용이 한국 사회의 역사적 맥락과 밀접하게 연결되어 있음을 확인함. 이러한 경험을 통해 한국 현대문학이 시대적 배경에 따라 독특한 위치를 차지하고 있음을 깨달음. 앞으로도 문학을 통해 역사적 맥락을 탐구하며, 민족 정체성과 사회적 비판의 중요성을 잊지 않겠다는 다짐을 함.

도서 『그때 알았더라면 좋았을 것들』을 진로 활동과 연계했을 경우(본문 132~139쪽 참조)

학년	영역	시간	희망 분야(심리상담가)
1	진로 활동	37	심리상담가를 꿈꾸는 학생으로 '나의꿈소개'(2024.12.11.)시간에 정여울의 『그때 알았더라면 좋았을 것들』 도서를 바탕으로 자신의 꿈에 대한 소개를 함. 작품을 읽으며 저자가 제시하는 여러 가지 고통스러운 상황 속에서 꿈과 희망을 유지하는 것이 얼마나 중요한지를 인지하게 되었다고 밝힘. 고등학교 시절에 자신의 노력이 충분했다고 생각한 부분에서 그동안의 삶에서 느꼈던 부족함과 어려움을 반성하게 되었고, 이러한 경험이 인생의 과정 속에서 긍정적인 변화로 이어질 수 있다는 교훈을 얻음. 추후 상담학을 전공하고 싶다는 목표와 관련해서, 이 책은 내 마음속에 끌림을 불어넣는 역할을 했다고 소개함. 상담학은 타인의 고통을 이해하고, 그들의 내면을 달래주는 역할이 중요하다고 느끼며, 이를 통해 사람들의 삶을 고양시키는 것이 꿈이라고 밝힘. 작품에서 의도한 대로 비록 고통스러운 현실에 묶여 있을지라도, 마음속의 꿈과 희망을 놓지 않는 것이 그 어떤 어려움과 현실을 극복하는 원동력이 될 수 있음을 깊이 이해하는 기회를 가짐. 현실이 힘들고 괴로워도 희망을 품고 살아가는 태도가 얼마나 귀중한지를 다시금 인지하며, 앞으로의 상담가로서의 여정에 큰 힘과 영감을 주는 도서임을 소개함.

사교육 없이 명문대 가는
생기부 고득점의 비밀

명문대 합격 생기부 필독서 40
현대문학 이야기

1판 1쇄 발행 2025년 5월 8일

지은이	이지혜
펴낸이	애슐리
디자인 및 그린이	신병근
발행처	가로책길
주소	서울시 중구 퇴계로 409
등록	제 2021-000097호
e-mail	garobook@naver.com
ISBN	979-11-93419-04-5(43800)

가로책길 출판사는 독자 여러분의 의견에 항상 정성껏 귀를 기울이고 있습니다. 책을 출간하고 싶은
아이디어가 있으신 분은 언제든지 이메일(garobook@naver.com)로 보내주세요. 잠재된 생각을 가지
고 있는 분은 망설이지 말고 출간 문의에 도전하시길 바랍니다.